Winterapfelgarten

## Das Buch

Raus aus dem alten Leben und mit einem Kopfsprung hinein in ein neues. Ist das mutig? Oder verrückt? Von beidem ein bisschen! Aber wenn vier Frauen aus drei verschiedenen Generationen sich dafür zusammentun, wird es definitiv abenteuerlich:

Claudia ist mit einundfünfzig Jahren angeblich zu alt für ihren Job in einer Hamburger Parfümerie. Ihre Tochter Jule vergräbt sich nur noch zu Hause, nachdem ihr Bein bei einem Reitunfall schwer verletzt wurde, und Claudias beste Freundin Sara will endlich ihrem langweiligen Exmann entkommen. Zusammen ziehen die drei auf einen Apfelhof im Alten Land und bringen das Leben der Einheimischen ganz schön durcheinander: Claudias selbsthergestellte Naturkosmetik stößt auf Skepsis und Saras Flirtversuche auf Gegenwehr. Nur Jule kann mit ihrer großen Tierliebe beim spröden Nachbarn Johann punkten, der Claudia mit seiner ruppigen Art in den Wahnsinn treibt. Erst als Rentnerin Elisabeth auf dem Hof strandet, beruhigen sich die Gemüter. Sie ist es auch, die erkennt, dass Claudia und Johann viel mehr verbindet als ein gepflegter Nachbarschaftsstreit ...

## Die Autorin

Brigitte Janson heißt eigentlich Brigitte Kanitz und wurde 1957 in Lübeck geboren. Viele Jahre war Hamburg ihre Wahlheimat, wo sie als Journalistin arbeitete. Heute lebt sie in den italienischen Marken.

Von Brigitte Janson sind in unserem Hause bereits erschienen:

*Die Tortenbäckerin*
*Der verbotene Duft*

Einen Roman über Freundinnen kann ich natürlich nur
meinen Freundinnen widmen:

*Gaby und Lola, die zu früh gegangen sind.*

*Bettina, Claudia, Inge, Marianne, Martina, Micaela, Renate,
Sabine, Simona, Sissi L., Sissi S., Tiziana, Ursula und Wally.*

*Gianni, Massimo und Rainer.
Ihr seid zwar Männer, aber das ist schon okay.*

*Einige von euch kennen sich nicht untereinander, und ähnlich wie im
Buch, gehört ihr verschiedenen Generationen an. Aber das hat uns
nie gestört, nicht wahr? Ich danke euch für eure Freundschaft.
Ohne euch wäre mein Leben nur halb so bunt.*

# 1. Kapitel

Claudia wusste, was er sagen würde. Langsam näherte sie sich seinem Schreibtisch und blickte auf ihn hinab. Auf seiner runden Stirn glänzten Schweißtropfen, an seiner rechten Schläfe pochte eine dicke Ader. Er öffnete den Mund, brachte aber keinen Ton heraus. Seine Hand mit den kurzen dicken Fingern bedeutete ihr, sich zu setzen. Ihre watteweichen Knie gaben so schnell nach, dass sie hart auf dem Stuhl aufkam. Erschrocken zuckte er zusammen und starrte sie an. Er schwieg immer noch, obwohl sich seine Lippen bewegten. Oder? Ein Rauschen ging durch ihren Kopf. Claudia rubbelte heftig an ihren Ohren.

Schweigen. Es sei denn, sie war in den letzten paar Minuten taub geworden. Jetzt begann sie, sich gegen den Kopf zu klopfen. Es half nichts. Keine Silbe erreichte sie.

»Geht es Ihnen gut, Frau Konrad?«

Na endlich!

Sein irritierter Blick lag auf ihren Fingerknöcheln, die immer noch gegen ihren Schädel pochten, und sein Oberkörper neigte sich in ihre Richtung, bis die Schreibtischkante sich in seine Schlüsselbeine bohrte.

Prima, dachte Claudia, jetzt werde ich meinem Chef schon unheimlich. Nicht bloß zu alt und faltig für den Job.

Beinahe hätte sie gelacht. Sollte der kleine dicke Bernhard Beeks ruhig ein bisschen Angst vor ihr haben. Sie war schließlich auch einer Panik nahe. Das Rauschen schien noch zuzunehmen, aber drei Worte gingen ihr klar und deutlich durch den Kopf: Verjüngung, Konkurrenz und neue Perspektiven. Die hatten in der kurzen E-Mail gestanden, die Beeks ihr am frühen Morgen geschrieben hatte, zusammen mit der Bitte, im Laufe des Vormittags in seinem Büro zu erscheinen.

»Verjüngung! Ha!«, rief Claudia mit schriller Stimme.

Ihr Chef zuckte zurück.

»Konkurrenz! So ein Blödsinn! Neue Perspektiven! Dass ich nicht lache!«

»Frau Konrad ...«

Wut war besser als Verzweiflung. Neue Energie durchströmte sie, verdrängte endlich das unheimliche Rauschen und ließ sie aufspringen. Nun stand sie weit über ihm. Immerhin.

»Sie können mich doch nicht für dumm verkaufen! Ich soll ins Büro abgeschoben werden, oder gleich ins Warenlager. Als Beraterin für die Kunden bin ich Ihnen zu alt und schrumpelig!«

Schrumpelig? Hatte sie wirklich schrumpelig gesagt? Claudia spürte, wie sie dunkelrot anlief.

»Ich muss doch bitten.«

Der kurze Moment der Scham verging, und sie blickte ihn fest von oben herab an. »Seien Sie doch wenigstens ehrlich zu mir. Ich finde, nach dreißig Jahren habe ich mir das verdient.«

Beeks fiel in sich zusammen, woraufhin er kaum noch über die Schreibtischplatte schauen konnte, und nickte.

»Ich bedauere es wirklich sehr, Frau Konrad, doch der Befehl kommt von oberster Stelle. Direkt aus der Konzerndirektion. Ich kann da nichts machen.«

Claudias Wut verpuffte ebenso schnell, wie sie aufgekommen war. Beeks war genau wie sie selbst nur ein kleines Rädchen im Getriebe der Parfümerie Schwan. Ganz oben saßen Menschen, die sie noch nie persönlich kennengelernt hatte. Zu dem Konzern gehörten nicht nur rund fünfzig Filialen in Deutschland und ganz Europa, sondern auch Kosmetikstudios und Fabriken, in denen eigene Pflegeprodukte hergestellt wurden. Begonnen hatte die Firmengeschichte vor einem halben Jahrhundert mit der ersten Parfümerie in bester Lage unter den Hamburger Alsterarkaden. Das Logo war schnell gefunden. Ein goldumrandeter Schwan zierte nicht nur den Eingang, sondern bald auch Feuchtigkeitscremes, Lippenstifte, Körperpuder, Parfums und zahlreiche Artikel mehr, die allesamt der Verschönerung dienten. Die berühmten Alsterschwäne erwiesen sich bald als glückbringende Namensgeber.

Claudia kannte die Erfolgsgeschichte auswendig, und als junge Kosmetikerin war sie stolz gewesen, eine Anstellung in der Parfümerie Schwan zu bekommen. Noch dazu im Hauptgeschäft.

Jetzt war sie nur noch tief verletzt.

»Im letzten Quartal hab ich wieder am besten verkauft«, sagte sie. »Und Sie wissen das. Unsere Stammkundinnen verlassen sich auf meinen Rat.«

Das stimmte, aber Claudia war auch klar, dass sie nicht unersetzlich war. Es gab Kolleginnen, die genauso viel Sachkenntnis wie sie selbst besaßen – und die zehn Jahre jünger waren. Oder fünfzehn.

Bernhard Beeks setzte eine unglückliche Miene auf. »Sehr wohl, liebe Frau Konrad. Und genau diesen Einwand habe ich der Direktion gegenüber auch mit Vehemenz vorgebracht.«

Claudia unterdrückte ein Stöhnen. Wenn der Chef so

gedrechselt daherredete, war alles verloren. Sie kannte ihn lange genug. Hinter solch komplizierten Sätzen verbarg er seine eigene Hilflosigkeit. Er war genauso machtlos wie sie selbst.

»Verflucht«, sagte sie laut. Dann musste sie grinsen. Claudia Konrad, gepflegt, elegant und ein vornehmes Beispiel für alle anderen Verkäuferinnen, wurde gewöhnlich. Wie befreiend doch ein einziges Schimpfwort wirken konnte!

Vielleicht sollte sie sich das Vokabular eines Bierkutschers zulegen, genau wie Jule. Endlich verstand sie, warum ihre Tochter neuerdings so gern Zoten riss. Kerzengerade stand sie da, kampfbereit.

»Frau Konrad! Ich muss doch bitten!«, wiederholte Beeks.

»Verflucht!«, rief sie.

Eine Sekunde lang sah er aus, als wollte er laut herauslachen. Aber er tat es nicht. Schade, dachte Claudia. Bernhard Beeks hätte sie nach den vielen gemeinsamen Arbeitsjahren wenigstens ein Mal überraschen können.

»Nehmen Sie es bitte nicht so schwer. Schauen Sie, ich arbeite doch auch nur hinter den Kulissen und bin sehr zufrieden.«

Aber ich bin weder klein noch fett, noch glatzköpfig, dachte sie böse.

Ihr Chef öffnete eine dünne Akte.

»Ich habe den neuen Vertrag bereits aufsetzen lassen. So verlieren wir keine Zeit, nicht wahr? Heute ist Montag, der elfte August. Zum ersten September können Sie Ihre neue Stellung antreten. Sie werden verstehen, dass Ihr Gehalt ein wenig reduziert werden muss. Es handelt sich ja um keine gleichwertige Arbeit. Im Warenlager ...«

Kein Wort mehr! Das Rauschen in ihrem Kopf setzte wieder ein, und sie war dankbar dafür.

Sie würde nicht auf den Stuhl zurücksinken. Sie würde ihn nicht um Gnade anflehen. Sie würde einfach gehen. Genau!

»Ich pfeife auf Ihr Warenlager!«, schleuderte sie ihm entgegen. »Ich kündige!«

Gut so. Nun noch umdrehen und mit drei Schritten die Tür erreichen. Den Kopf dabei hoch erhoben halten, den Rücken durchdrücken, keine Träne vergießen!

Dreißig Jahre lang eine der besten Fachverkäuferinnen der Parfümerie Schwan? Geschenkt!

Zig Prämien und Auszeichnungen bekommen? Egal!

Ihr zweites Zuhause inmitten edler Düfte und Wundercremes? Abgehakt!

Beeks rief ihr etwas nach, sie verstand nichts, lief durch den Flur, erreichte die Hintertür des Verkaufsraumes, betrat die Parfümerie und lächelte eine Kundin an, die ratlos vor einem Regal mit Anti-Falten-Cremes stand.

»Darf ich Ihnen helfen?«

Die Kundin, eine elegante Erscheinung um die sechzig, musterte Claudia von oben bis unten und nickte dann gnädig.

»Ich denke schon. Ich habe etwas über dieses neue Serum von La Pastie gelesen. Mit Hyaluronsäure und Coenzym Q10. Es soll wahre Wunder wirken.«

»Oh, gewiss.«

Ihre Mundwinkel schmerzten, ihr Lächeln fühlte sich an wie einbetoniert. Die letzten paar Minuten ihres Lebens hatte es nie gegeben. Alles war wie immer. Sie musste nur fest daran glauben. Rasch griff Claudia nach dem gewünschten Produkt, einem schmalen dunkelblauen Probefläschchen mit silbernem Verschluss. Sie schraubte ihn auf und ließ eine winzige Menge auf den Handrücken der Kundin tröpfeln.

»Bitte schön, fühlen Sie nur die samtige und zugleich kraftvolle Konsistenz. Ein paar wenige Tropfen am Tag rund um die Augen reichen schon. Das Serum wirkt tatsächlich Wunder, besonders in den Bilanzen des Herstellers.«

Sie bemerkte, wie ihre junge Kollegin Nadine näher kam, in den Augen ein Ausdruck der Verwunderung. Claudia achtete nicht weiter auf sie, sondern konzentrierte sich ganz auf die Kundin.

»Was sagen Sie da?« Die Dame hob zwei perfekt gezupfte Brauen. Ihre Stirn blieb dabei unnatürlich glatt.

»Schmieren Sie sich das Zeug aber lieber nicht da oben hin. Wenn die Substanz auf das viele Botox unter der Haut trifft, können sich kleine Knubbel bilden. Ungefähr erbsengroß, verstehen Sie? Und Erbsen auf der Stirn sehen nicht so hübsch aus.«

Claudia grinste jetzt, und ihre Mundwinkel entspannten sich.

Die Kundin machte vorsichtig zwei Schritte rückwärts. Dann krallte sie sich an Nadines goldfarbenem Kittel fest und stieß einen hellen spitzen Schrei aus, bei dem sämtliche Anwesende im Geschäft herumfuhren.

»Die da!«, rief sie und zeigte mit dem Finger auf Claudia. »Die ist verrückt! Rufen Sie die Polizei!«

Nadine schaute verwirrt von einer zur anderen. Sie hatte gerade erst ihre Ausbildung zur Parfümeriefachverkäuferin abgeschlossen und sah in Claudia Konrad ihr großes Vorbild.

»Was ist denn los?«

»Die hat gesagt, mir wachsen so verdammte Erbsen auf der Stirn.«

Claudias Grinsen wurde noch breiter. Ganz so vornehm, wie ihre Erscheinung suggerierte, war die Dame wohl doch nicht.

»Erbsen?« Nadine befreite sich aus dem Klammergriff. »Wo denn? Sieht doch alles superglatt aus.«

Weitere Kundinnen und Verkäuferinnen kamen näher und bildeten einen Halbkreis aus goldenen Kitteln und sommerlichen Outfits von Escada, Dior oder Jil Sander.

»Ist was passiert?«, fragte eine Frau leise.

Niemand wusste eine Antwort.

Claudia schloss kurz die Augen. Alles war wie immer. Sie hatte keine Kundin beleidigt, die letzten Minuten mussten gelöscht sein. Doch als sie wieder aufschaute, war sie noch immer eingekreist. Die Luft roch künstlich und schwer, das Atmen wurde plötzlich schwierig. Nichts war wie immer.

Sie öffnete den obersten Knopf an ihrem Kittel. Dann den nächsten und den übernächsten. Schließlich zog sie ihn aus, faltete ihn ordentlich zusammen und reichte ihn Nadine.

»Ich denke, den brauche ich nicht mehr. Bitte geben Sie ihn nachher dem Chef.«

»Frau Konrad, sind Sie krank?«

»Ganz im Gegenteil, ich fühle mich wunderbar.« Sie ließ ihren Blick durch die Parfümerie schweifen. All dieser Luxus, all diese Schönheit. Vorbei. Sie gehörte nicht mehr in die Welt der Düfte, Cremes und Tinkturen. Und während sie nun die Gesichter um sie herum betrachtete, einige bekannte und viele unbekannte, da begriff sie, dass es stimmte, was sie zu Nadine gesagt hatte. Sie fühlte sich tatsächlich wunderbar. Befreit.

Claudia Konrad, einundfünfzig Jahre alt, durfte noch einmal ganz neu anfangen.

»Ich gehe jetzt.«

Niemand hielt sie auf.

In ihrem Rücken begann das Getuschel. Erst als sie schon an der automatischen Tür war, rief jemand ihr nach. »Warte, Claudia! Wir informieren deine Tochter. Die soll dich lieber abholen.«

Sie erstarrte. Wer hatte das gesagt? Vielleicht Christine, ihre liebste Kollegin? Unwichtig.

»Das ist nicht nötig!«, schrie sie. Viel zu laut, viel zu hoch. »Ich brauche wirklich nur ein bisschen frische Luft!« Ihre Stimme überschlug sich. Nicht Jule, nicht hier. In dieser perfekten kleinen Welt gab es keinen Platz für jemanden wie Jule.

Mit einem leisen Surren öffnete sich die Tür. Claudia rannte hinaus, stieß gegen einen Stand mit Eiscreme und kalten Getränken, wäre fast gefallen. Sie entschuldigte sich bei dem Verkäufer, atmete tief durch und lief dann weiter, zwang sich, langsamer zu gehen, lenkte ihre Schritte unter den Arkaden entlang zur Schleusenbrücke, überquerte die Kleine Alster, erreichte den Rathausmarkt – und wusste nicht weiter.

Es war ein sonniger, aber kühler Augusttag, und ein starker Wind fegte von Nordwesten her in die Stadt. Claudia fröstelte in ihrer dünnen Bluse. Sogar ihre Beine zitterten jetzt. Sie schaffte es bis zu einer Bank vor dem mächtigen Rathaus und sank dort in sich zusammen.

Auf einmal fühlte sie sich verloren in einem Leben, das nicht mehr ihres war. Mit beiden Händen rieb sich Claudia über die Schläfen. Verloren? Vor zehn Minuten hatte sie sich noch befreit gefühlt.

»Ich bin arbeitslos«, murmelte sie vor sich hin. Ihr war nach Schreien und Weinen zumute, aber es kam nur ein unterdrücktes Schluchzen aus ihrem Mund.

Wunderbar, dachte Claudia. Eine läppische Kündigung, und ich verliere die Kontrolle. Ob es auffallen würde, wenn sie sich auf der Bank ausstreckte und ein wenig schlief? Sie war so unendlich müde. Um sie herum liefen die Menschen eilig von einem Ort zum anderen. Ein Ballett der Betriebsamkeit und Effizienz beherrschte den Rathausmarkt. Nur diese Bank hier war eine ruhige Insel, ein Ort für Leute, die nicht dazugehörten. Langsam hob Claudia die Füße. Niemand nahm Notiz von ihr. Sie rutschte ein wenig tiefer, streckte die Beine aus und stieß mit dem linken Fuß an ein Hindernis. Da lag eine kleine Plastiktüte, die sie vorher nicht bemerkt hatte. Claudia wollte die Tüte einfach von der Bank kicken. Schlafen, nur schlafen. Nichts mehr wissen, nichts sehen, nichts fühlen. Schon flatterten ihre Lider. Trotzdem griff sie nach der Tüte und sah hinein. Ein Apfel lag darin.

Claudia schloss kurz die Augen und öffnete sie dann wieder. Tatsächlich, ein Apfel. Sie holte ihn heraus. Er war weder rund noch tiefrot wie die Äpfel, die sie normalerweise kaufte. Vielmehr wies er die Form einer Glocke auf und hatte eine grünlich-gelbe Farbe. Ihr Magen knurrte und erinnerte sie daran, dass sie zum Frühstück nur einen schnellen Espresso getrunken hatte. Claudia frühstückte nie, aß mittags einen Salat mit Putenbrust oder Thunfisch und begnügte sich abends mit gedünstetem Gemüse und Fisch. Dazu trank sie täglich drei Liter stilles Wasser. Wer fast einen Meter achtzig groß war und aus einer kräftigen friesischen Familie stammte, der musste streng auf seine Linie achten, wenn Bauch, Po und Hüften nach dem vierzigsten Geburtstag nicht ihren Umfang verdoppeln sollten. Und wer einen italienischen Feinschmecker zum Freund hatte, der alles essen konnte, ohne je ein Gramm zuzunehmen, der musste dreifach aufpassen. Ganz kurz dachte Claudia an Gianluca. Ach, wenn er jetzt hier bei ihr wäre! Oder nein, bloß nicht. Er liebte das Leben und hasste Probleme. Und sie war die Freundin, die stets ein Lächeln auf den Lippen trug.

Wieder betrachtete sie den Apfel. Es schien ihr plötzlich, als hätte sie diese Sorte schon einmal gesehen. Vielleicht damals bei ihrer Oma in Friesland? Hertha Konrad hatte einen wunderschönen Obstgarten besessen, mit Apfel-, Birn- und Pflaumenbäumen. Aber so sehr Claudia auch ihre Erinnerung bemühte, sie kam nicht darauf. Eines jedoch wusste sie genau: Der Apfel hatte nur fünfzig Kalorien. Das war in Ordnung. Claudia zog die Füße an und biss kräftig in die Frucht. Sie kaute langsam und genoss das säuerliche, erfrischende Aroma. Ihre Müdigkeit verschwand mit einem Schlag, und während sie weitere große Stücke aß, dankte sie im Geiste dem Menschen, der diese bescheidene Mahlzeit hier vergessen hatte. Es musste ein guter Mensch gewesen sein.

»Ja, klar«, sagte sie laut. »Vielleicht war es aber auch Schneewittchens böse Stiefmutter, und der Apfel hier ist vergiftet!«

Sie musste lachen, verschluckte sich an dem Bissen in ihrem Mund und hustete heftig. Sekundenlang befürchtete sie, es könne sie Schneewittchens Schicksal ereilen – ohne die wundersame Rettung am Ende des Märchens.

Jemand schlug ihr zwischen die Schulterblätter.

»Danke«, krächzte Claudia, als sie wieder Luft bekam.

»Gern geschehen«, erwiderte Christine und reichte ihr

die Handtasche, die sie in der Parfümerie gelassen hatte. Dann ließ sie sich neben Claudia auf die Bank sinken.

»Ein Glück, dass ich dich noch gefunden habe. Bist du jetzt völlig durchgedreht? Sitzt hier mitten auf dem Rathausmarkt und lachst vor dich hin.«

»Ich habe mir gerade vorgestellt, ich sei Schneewittchen«, erwiderte Claudia wahrheitsgemäß.

»Und ich hatte befürchtet, du bist Leda mit dem Schwan, und wir müssen dich aus der Kleinen Alster fischen.«

Sie klopfte ihr mit dem Fingerknöchel leicht gegen die Stirn. »Hallo? Ist da drin irgendwo meine geschätzte Kollegin verborgen? Die zuverlässige Frau Konrad, Meisterin der Selbstbeherrschung, Vorbild für mehrere Generationen von Kolleginnen und beste Verkäuferin?«

»Klopfen bringt nichts.« Claudia wischte die Hand beiseite. »Habe ich vorhin selbst schon versucht. Werde aber nicht klarer davon. Alles ist irgendwie – durcheinander.«

»Verstehe«, sagte Christine, obwohl ihr anzusehen war, dass sie nicht mehr mitkam.

»Weißt du, was das für ein Apfel ist?«, fragte Claudia. Es erschien ihr auf einmal unglaublich wichtig, die Sorte zu kennen.

»Witzbold.«

»Ich meine es ernst, Christine.«

»Ich auch. Und ich kann leider nicht hellsehen. Wie soll ich eine Apfelsorte am Gehäuse erkennen?«

»Oh. Entschuldigung.«

Claudia ließ die Hand wieder sinken. Enttäuschung machte sich in ihr breit. Es war das Wichtigste auf der Welt, den Namen des Apfels zu kennen.

## 2. Kapitel

Als Sara den dritten Stock erreichte, musste sie stehen bleiben und tief Luft holen.

Mist!, dachte sie, ich bin nicht mehr in Form. Zu viel faules Leben, zu wenig Bewegung. Kein Pfund Übergewicht, aber auch null trainierte Muskeln. Daran musste sie dringend etwas ändern. In Zukunft würde sie noch mehr Zeit für sich selbst haben. Sie konnte jeden Tag einmal um die Außenalster laufen und anschließend ein paar Stunden im Fitnessstudio verbringen. Mit ihrem bequemen Leben als Anwaltsgattin war es ein für alle Mal vorbei. Niemand würde sie vermissen, wenn sie sich ganz dem Sport verschrieb.

Sara ballte die Hände zu Fäusten. Kein guter Gedanke, wenn sie gleich ihre gesamte positive Energie einsetzen wollte.

Noch einmal atmete sie tief durch und klingelte dann an der Wohnungstür. Eine Weile blieb alles still, und sie glaubte schon, es sei niemand zu Hause. Was ein gutes Zeichen gewesen wäre. Doch dann hörte sie schwere unregelmäßige Schritte im Flur. Unwillkürlich fragte sich Sara, wie Jule es nur schaffte, mehrmals täglich diese schmalen, hohen und ausgetretenen Treppen zu steigen. Dritter Stock Altbau in Hamburg-Eppendorf, eine Traumwohnung für junge sportliche Leute, ein Alptraum für jemanden wie Jule.

Die Tür wurde geöffnet. Blass und mit tiefen Ringen unter den Augen stand Jule vor ihr.

»Sara.«

»Hallo, mein Schatz.«

Jule lehnte sich schwer gegen die Türrahmen und verschränkte die Arme vor der Brust.

»Du hättest anrufen sollen, ich muss gleich weg.«

»Wenn ich anrufe, spreche ich seit einiger Zeit nur noch mit deiner Mailbox«, erklärte Sara. Genauer gesagt seit dem zehnten Juni, fügte sie in Gedanken hinzu. Seit Jule aus der Reha entlassen worden war.

»Ich bin eben sehr beschäftigt.«

Ihre stille Frage nach Jules Ausflügen über die Treppe beantwortete sich Sara gleich selbst. Sie sah nicht so aus, als ginge sie viel vor die Tür. Jules Gesichtsfarbe wurde noch einen Ton bleicher. Es musste sie ungeheure Anstrengung kosten, hier so zu stehen. Ganz ohne Krücken.

»Du siehst ja, es geht mir blendend. Also, ciao. Man sieht sich.«

Sara dachte gar nicht daran, sich abwimmeln zu lassen. Es war ihr unangenehm, ihre körperliche Überlegenheit auszuspielen, aber sie tat es einfach. Der Wunsch, bei Jule nach dem Rechten zu sehen, war stärker.

Rasch schlüpfte sie an ihr vorbei und war im Flur, bevor die andere sich auch nur bewegt hatte. Schale, abgestandene Luft waberte um ihren Kopf und ließ sie schwindeln.

Wie zur Verteidigung erklärte sie: »Ich bin deine Patentante, und ich kenne dich, seit du auf die Welt gekommen bist. Du kannst mich nicht aus deinem Leben ausschließen.«

»Welches Leben?«, giftete Jule.

Sara ersparte sich eine Antwort und ging stattdessen ins Wohnzimmer. Dort prallte sie erschrocken zurück, schaute dann in die Küche und ins Schlafzimmer.

»Deine Wohnung ist ein einziger großer Saustall«, stellte sie fest.

»Ja.« Es kam gleichgültig.

»Wann war Dora das letzte Mal hier?« Dora war eine polnische Haushaltshilfe, die Sara für ihre Patentochter engagiert hatte.

»Ich habe sie entlassen. Sie ist mir auf die Nerven gegangen.«

»Warum?«, fragte Sara so ruhig wie möglich. Innerlich kochte sie vor Wut. Jule wollte sich einfach nicht helfen lassen.

»Die hat sich eingebildet, sie wäre studierte Psychologin und nicht bloß die Tochter eines Bauern. Hat mir Tag für Tag damit in den Ohren gelegen, ich solle doch mal rausgehen und andere junge Leute treffen. Wieder Spaß haben, am Leben teilnehmen und so weiter, blabla. So ein Scheiß.«

Sara zuckte zusammen. Diese herablassende Art passte nicht zu Jule. Genauso wenig wie dieses neue Einsiedlerdasein in abgestandener Luft und ohne Schwung. Vor dem Unfall hatte sie keinen Menschen mit einem derart ausgeprägten Bewegungsdrang wie Jule gekannt.

Ein Bild stieg vor ihren Augen auf. Sie selbst, ihre beste Freundin Claudia und die vielleicht fünf- oder sechsjährige Jule an einem strahlenden Sommertag in Hagenbecks Tierpark. Das fröhliche Kind, das niemals ging, sondern immer hopste, und das die Elefanten, Löwen und Giraffen links liegen ließ, weil es nur zu den Ponys wollte. Eine Runde reiten und noch eine Runde. Und dann mehr und mehr, bis der Tag zu Ende ging und bis Jule mit leuchtenden Augen erklärte: »Wenn ich groß bin, werde ich Reiterin.«

»Das ist ein schönes Hobby«, hatte Sara zurückgegeben.

Sie war erschöpft gewesen, weil sie sich stundenlang mit Claudia dabei abgewechselt hatte, Jules Lieblingspony im Kreis herumzuführen. In jenem Moment war ihr zum ersten Mal der Verdacht gekommen, sie könnte schwanger sein, so müde war sie. Und zugleich so grenzenlos glücklich, dass sie am liebsten Luftsprünge gemacht hätte. Mit Jule um die Wette.

»Nee! Das wird mein Beruf. Das ist ganz, ganz wichtig«, hatte Jule ernsthaft geantwortet.

Sara und Claudia hatten einen amüsierten Blick getauscht. Wie konnte sich ein kleines Mädchen da so sicher sein? Jule würde heranwachsen und noch ganz andere Berufswünsche entwickeln.

Tja, sie waren beide überrascht worden. Jule wurde tatsächlich Reiterin. Und schon mit Anfang zwanzig war sie auf dem besten Weg, in die Elite der deutschen Dressurreiter aufzusteigen. Sie bekam eine Anstellung bei Heinrich Baron von Schilling, der zu den größten Sponsoren im Dressurreiten gehörte, und wurde von ihm besonders gefördert. So stellte er ihr seinen Hannoveraner-Hengst Salut zur Verfügung, den Jule seitdem auf großen Turnieren ritt. Das Pferd galt in Fachkreisen als hoffnungsvoller Nachfolger des wunderbaren Totilas. Jules Lebenstraum würde sich in nicht allzu ferner Zukunft erfüllen. Daran glaubten alle, die sie kannten und die ihre bisherige Karriere verfolgt hatten. Nicht allein, weil Jule so talentiert war, sondern weil sie einen so starken Charakter besaß. Sie war eine Kämpferin, und sie ließ sich von Rückschlägen niemals unterkriegen. Eher wurde sie noch stärker.

Bis zu dem einen verhängnisvollen Tag. Jule hatte gerade ihren vierundzwanzigsten Geburtstag gefeiert, als ihre Zukunftsaussichten zu Staub zerfielen.

Schnell wischte Sara die Erinnerung beiseite. Im Augenblick dachte sie nicht gern an glückliche Zeiten zurück, und das hatte nicht nur mit Jule zu tun.

»Heulst du jetzt vor lauter Mitleid gleich los, Sara? Du weißt genau, dass ich das nicht abkann.«

»Nein. Mir brennen bloß die Augen, weil es hier stinkt wie in einer Pommesbude.«

Sie wandte sich ab, ging zum Fenster und riss es mit einem Ruck auf. Eine frische Brise vertrieb den Mief in der Wohnung.

»Soll ich erfrieren?«

Sara musste lachen. »Erfrieren im August, das könnte in diesen Breitengraden schwierig werden, Süße. Du sollst bloß mal gesunde Luft atmen.«

Sie bekam nur eine Art Schnauben zur Antwort und kümmerte sich nicht weiter darum.

»Und Claudia? Wann hat sie dich zuletzt besucht?« Es fiel ihr schwer zu glauben, dass ihre Freundin solche Zustände bei ihrer Tochter zuließ.

»Samstag«, gab Jule knapp zur Antwort.

»War sie hier in der Wohnung?«

»Nein. Sie hat im Auto auf mich gewartet, weil sie keinen Parkplatz gekriegt hat. Dann sind wir an die Elbe gefahren und in ein Café gegangen.«

Sara schüttelte den Kopf. Jule schaffte es viel zu leicht, ihre Mutter abzuwimmeln.

»Na, immerhin bist du mal rausgekommen.«

»Ja, und alle haben mich angestarrt wie einen Alien.«

Sara gab es auf, ein vernünftiges Gespräch führen zu wollen, und machte sich an die Arbeit. Der Sofatisch war zugemüllt mit den Resten ungesunder Mahlzeiten. Offenbar ließ sich Jule von verschiedenen Lieferservices versorgen. Sara schnappte sich zwei leere Pizzakartons, einige ausgetrunkene Colaflaschen und mehrere zerknüllte Chipstüten. Etwas tun war besser als grübeln. Sie fand es bemerkenswert, dass Jule mit so viel Zucker und Fett nicht in die Breite ging. Na ja, abgesehen von einem kleinen Bäuchlein vielleicht, das aber mit gesunder Ernährung schnell wieder verschwinden würde. Jule kam nach ihrem Vater, einem großen hageren Griechen. Claudias friesische Gene hatten sich nicht durchgesetzt. Rasch brachte Sara alles in die Küche und kam zurück, um eine weitere Ladung zu holen. Jule schien protestieren zu wollen, aber es war nicht zu übersehen, dass sie am Ende ihrer Kräfte war.

Sara räumte einen Sessel frei. »Du setzt dich jetzt da hin und rührst dich nicht von der Stelle. Ich mach dir einen Eistee und bringe dann deine Wohnung auf Vordermann.«

»Wo sollte ich schon hingehen«, murmelte Jule, lehnte den Kopf zurück und schloss die Augen.

Als Sara ihr wenig später den Tee brachte, war sie fest eingeschlafen. Zwischen ihren Augenbrauen standen zwei tiefe Falten. Der Schmerz verfolgte sie auch in ihre Träume.

Zwei Stunden später hatte Sara die Wohnung in Schuss gebracht. Dreimal war sie mit großen Plastiksäcken zu den Mülltonnen im Hof hinuntergegangen. Sie hatte Staub gesaugt, die Böden gewischt, das Bettzeug gewechselt und gründlich die Küche geputzt. Jetzt lief nebenan die Waschmaschine, und Sara saß erschöpft auf dem Sofa.

Lange betrachtete sie ihre Patentochter. Du dummes, dummes Ding, dachte sie. Vor zwei Monaten ging es dir besser als jetzt. Da gab es noch so etwas wie Hoffnung.

Zorn wallte in ihr hoch, und sie rüttelte Jule an der Schulter, bis diese aufwachte.

»Seit wann schwänzt du die Physiotherapie?«

Jule blinzelte verwirrt, schaute sich in ihrem sauberen Wohnzimmer um und richtete ihren Blick dann auf Sara.

»Wow! War Mary Poppins zu Besuch?«

»Lenk nicht ab. Also?«

»Wie kommst du darauf, dass ich schwänze?«

»Glaubst du, ich bin dumm? Du kannst ja kaum noch laufen. Im Juni sind wir im Stadtpark spazieren gegangen.«

Es war ein guter Tag gewesen. Die große blonde Claudia, die kleine Sara mit den wilden roten Locken und die schlanke schwarzhaarige Jule unterwegs zu den Ententeichen. Nicht mehr das lustige Trio von einst, aber noch immer eine Gemeinschaft, die den Wirrnissen des Lebens gemeinsam trotzte. Jule hatte sich zwar schwer auf eine Krücke gestützt, aber sie war guten Mutes gewesen. So als könnte sie jederzeit wieder loshopsen.

Eine leichte Röte überzog jetzt ihr Gesicht. »Laufen tut weh«, erklärte sie leise.

»Mag ja sein. Aber du musst deine Beinmuskeln trainieren. Sonst wird es nie besser.«

»Besser? Scheiße noch mal! Was zum Teufel soll besser werden? Meinst du, das Bein wird über Nacht wieder länger?«

Mit einer schmalen Faust schlug sie auf ihren rechten Oberschenkel.

Sara zuckte zusammen, als fühle sie selbst einen stechenden Schmerz. Komplizierter Trümmerbruch. Verkürzung des Knochens um drei Zentimeter. Verdammt! Sie würde niemals vergessen, wie verzweifelt Claudia geweint hatte, als der Oberarzt ihnen die Diagnose mitgeteilt hatte. Ihre fröhliche, sportliche Jule – ein Krüppel.

»Sag das nie wieder!«, hatte Sara ihre Freundin angeschrien und ihr eine Ohrfeige verpasst. »Jule wird wieder gesund werden! Sie muss kämpfen.«

Nun, vor ihr saß keine Kämpferin, sondern eine junge Frau, die sich aufgegeben hatte. Sara zerriss es das Herz, sie so zu sehen, aber sie war noch nicht fertig.

»Bist du endlich bei dem orthopädischen Schuhmacher gewesen?«

»Sehe ich so aus?«

»Jule!«

»Was denn? Ich habe keinen Bock, mir so einen bescheuerten Schuh anzuziehen, damit alle Leute denken, ich hätte einen Klumpfuß.«

Sara zwang sich, geduldig zu bleiben. »Das ist doch Unsinn. Dieser Schuster vollbringt wahre Wunder. Eine Einlage und eine Verlängerung des Absatzes. Es würde kaum auffallen.«

»Bloß, dass es nicht mit normalen Schuhen geht, schätze ich mal. Es müssen schon diese Gesundheitstreter sein, damit mein Bein ausreichend Halt bekommt. Nee, danke. Muss ich nicht haben. Hab echt keinen Bock, wie eine alte Oma durch die Gegend zu schlurfen.«

Sara wollte anregen, es mit den Reitstiefeln zu versuchen, doch sie ließ es. Bestimmt hatte Jule auch dafür einen Einwand parat. Müde senkte sie den Blick. Einen Moment lang wünschte sie sich, sie wäre nicht hergekommen. Sollte doch Claudia sich um sie kümmern, es war schließlich ihre Tochter. Sollte …

»Ach, Quatsch!«, sagte sie laut.

Sie fühlte sich für Jule verantwortlich, als sei sie ihr leibliches Kind, die Tochter, die sie sich so sehr gewünscht und nie bekommen hatte. Und sie wollte für sie da sein. Zur Not auch gegen ihren Willen. Wozu waren Patentanten sonst gut?

»Was?«

»Nichts, schon gut.«

Sie spürte, dass Jule sie beobachtete, und plötzlich war ihr unwohl unter dem Blick. Die dunklen Augen starrten sie durchdringend an, so als wollten sie ihr tief in die Seele blicken.

»Was hast du denn da?«

Sara schaute auf. »Was meinst du? Sehe ich wieder einmal aus wie der Pumuckl?«

Früher hatte Jule viele Witze über Saras unbändige Locken gerissen. »Jimi Hendrix in Rot« war ihr Lieblingsspruch gewesen. Es gab auch gute Tage, an denen sich Saras Haare in weichen Wellen um den Kopf schmiegten und so verführerisch glänzten, als seien sie mit Photoshop bearbeitet worden. Leider waren solche Tage eher selten. Das hing nicht nur mit der Luftfeuchtigkeit, sondern besonders mit ihrer Stimmung zusammen. Meistens saßen die Haare wie ein umgedrehter Mopp auf ihrem Kopf und verfilzten drei Sekunden nach dem Kämmen. Schon zweimal hatte Sara sich die Haare ganz kurz schneiden lassen, einmal mit neunzehn und einmal, als sie Mitte dreißig gewesen war. Beide Male war der Look ein Reinfall gewesen. Da sie über nahezu unsichtbare weibliche Formen verfügte, ging sie ohne ihre Lockenpracht glatt als Junge durch.

Langsam schüttelte Jule den Kopf. »Nein. Du hast da so ein komisches Zucken unter den Augen. Das sieht echt seltsam aus.«

Einen Moment lang hoffte Sara, ein kleines Stück der alten Jule käme wieder zum Vorschein.

»Du willst mich auf den Arm nehmen.«

»Ehrlich, nein.«

Sara stand auf, ging in den Flur und stellte sich vor den Garderobenspiegel. Dann kehrte sie zu Jule zurück.

»Ich kann nichts erkennen. Das bildest du dir ein.«

»Jetzt ist es weg.«

»Aha.«

»Du hast nervöse Zuckungen, weil du dein Leben versaut hast.«

Wenn Jule es darauf angelegt hatte, sie zu verletzen, so war es ihr gelungen.

»Ich habe mich bloß scheiden lassen. Das tun viele Leute. Und ich bin nicht hergekommen, um über mich zu reden.«

»Nee, logisch. Du bist hier, um für ein paar Stunden die fromme Samariterin zu spielen. Danke, nicht nötig. Ich komme wunderbar allein klar. Denk du lieber mal darüber nach, warum du einen so tollen Mann wie Christian in die Wüste geschickt hast. Ich finde, das war reichlich blöd von dir.«

Sara hatte plötzlich genug. Es hatte eine Zeit gegeben, da war Jule für sie mehr Freundin denn Patentochter gewesen. Zwar trennten die beiden Frauen ganze dreiundzwanzig Jahre, aber das hatte keine von beiden gestört. Immer öfter hatte Sara erstaunt festgestellt, dass sie nicht nur auf Claudias, sondern auch auf Jules Meinung Wert legte. Und während Claudia manchmal so viel älter wirkte in ihrer täglichen Routine und mit ihren klaren Wertvorstellungen, fand Sara bei der jüngeren Jule einen lebhaften Geist und herzliches Verständnis für ihre Eheprobleme. Seit Jules Unfall war diese Zeit vorbei. Schlagartig waren sie keine ebenbürtigen Freundinnen mehr. Sara wäre nicht im Traum auf die Idee gekommen, die Jüngere noch zusätzlich mit ihren Sorgen zu belasten, und sie gestand sich nicht ein, wie sehr ihr die Freundschaft mit Jule fehlte.

»Wenn du mich nicht mehr brauchst, gehe ich jetzt.« Erneut erhob sie sich und war aus der Tür heraus, bevor Jule auch nur etwas erwidern konnte.

Diesmal flog sie die Treppen hinunter, und erst draußen auf dem Bürgersteig bremste sie ihren Lauf ab. Gerade noch rechtzeitig, bevor sie mit einem lässig gekleideten Mann zusammenstoßen konnte.

»Sara von Stelling, du bist ein Esel!«

»Aber ein hübscher«, erwiderte der Mann. »Und mit so einer schönen roten Mähne.«

Sie starrte ihn an, bis er schnell weiterging. Dann fischte sie ihr Handy aus der Tasche. Sie musste Claudia anrufen und ihr alles erzählen. Dass sie in bester Absicht zu Jule gefahren war und alles nur noch schlimmer gemacht hatte. Sie war an Jules spitzen Stacheln abgeprallt, war fortgelaufen wie ein beleidigter Teenager, anstatt sich ihrem Alter entsprechend zu verhalten. Eine Frau, die in drei Jahren fünfzig wurde, durfte auf so etwas nicht hereinfallen. In zweieinhalb Jahren, um genau zu sein.

Claudias Stimme klang merkwürdig, als sie sich meldete. Irgendwie weit weg und sehr leise.

»Es tut mir so leid«, platzte Sara heraus. »Ich hätte erkennen müssen, dass sie mich in Wahrheit um Hilfe anfleht. Dass sie mich nur provoziert hat, um festzustellen, ob ich sie trotz allem noch gern habe. Ich bin so ein Vollidiot.«

Claudia antwortete nicht.

Kein Wunder, dachte Sara, ich rede wirres Zeug.

»Also, es war so«, begann sie noch einmal von vorn.

»Sara, ich kann jetzt nicht«, kam es von weit her. »Ich melde mich später. Oder, warte mal, kennst du einen Apfel, der die Form einer Glocke hat?«

»Was?«

»Er war grün und ein bisschen gelb. Als ich eben Christine fragen wollte, hatte ich ihn schon aufgegessen.«

Sara nahm ihr Handy vom Ohr und starrte es an. Hatte sie irgendeine falsche Taste gedrückt? Warum klang Claudias Stimme, als käme sie vom Mond? Und warum kamen unsinnige Worte bei ihr an?

»Wo bist du, Claudia?«

Sie hoffte, die Freundin würde gleich loslachen und etwas von einer spontanen Party in der Parfümerie erzählen. Ein Gläschen Sekt zu viel, weil der Chef Geburtstag hatte. Es musste eine logische Erklärung geben!

»Auf dem Rathausmarkt«, kam es leise zurück.

»Mit deiner Kollegin Christine?«

»Ja, sag ich doch. Aber sie muss gleich wieder ins Geschäft.«

»Und du?«

»Ich nicht. Nie mehr.«

Sara stöhnte laut auf. Was war da bloß los? Dieser Montag, der ganz normal begonnen hatte, schien im Chaos versinken zu wollen. Am liebsten hätte sie ihr Handy einfach ausgeschaltet. Stattdessen hörte sie sich sagen: »Wir müssen reden, Claudia.«

»Klar. Du kannst ja herkommen. Ist nett hier auf der Bank. In der Zeit googel ich mal diesen Apfel.«

»Schluss jetzt!«, schrie Sara. »Lass mich mit dem blöden Apfel in Frieden. Es geht um deine Tochter!«

»Jule? Was ist mit ihr?«

»Hab ich doch gerade versucht dir zu erklären. Hör mal, bleib, wo du bist. Ich bin gleich da.«

»Bis nachher«, kam es zurück. Die Verbindung wurde unterbrochen, bevor Sara noch etwas sagen konnte. Verwirrt zwirbelte sie eine Haarlocke auf. Vielleicht hätte sie sich diese Kollegin geben lassen sollen. Irgendetwas stimmte nicht mit Claudia. Sollte sie noch einmal hochlaufen und Jule fragen, ob sie etwas wusste? Nein, besser nicht. Kein Grund, Jule aufzuregen.

Als ihr Handy klingelte, nahm sie das Gespräch an, ohne auf das Display zu schauen. Im nächsten Moment hätte sie sich am liebsten dafür geohrfeigt.

»Bist du wieder normal?«, fragte sie.

»Wie darf ich das verstehen?«, fragte Christian von Stelling, der letzte Mann, mit dem sie je wieder hatte sprechen wollen.

»Ich ... äh ... dachte, du wärst jemand anderes.«

»Verstehe. Tut mir leid, wenn ich dich enttäusche. Ich bin leider nach wie vor der unromantische, todlangweilige Spießer.«

»So war das nicht gemeint«, murmelte Sara. Warum musste er sich jedes Wort merken, das sie mal im Streit ausgesprochen hatte? »Gibt es was Wichtiges?«

»Nein«, kam es ruhig, beinahe sanft zurück. »Ich dachte nur, ich melde mich mal und höre, wie es dir so geht.«

Sara stutzte. Was war denn plötzlich in ihren Exmann gefahren?

»Ganz wunderbar«, erwiderte Sara und beendete das Gespräch. Dummerweise fühlte sie sich überhaupt nicht wunderbar. In Wahrheit litt sie unter einer neuen Form von Einsamkeit. Aber das würde sie im Leben nicht zugeben.

Vor allem nicht Christian gegenüber. Und eher würde sie sich die Zunge abschneiden, bevor sie ihm gestand, dass sie seit einigen Wochen ganz neue, ziemlich unangenehme Gedanken im Kopf herumwälzte. Erst jetzt, da er aus ihrer Villa ausgezogen war, wurde ihr langsam bewusst, dass sie es sich möglicherweise zu leichtgemacht hatte, als sie alle Schuld bei ihm abgeladen hatte.

Verdammt!

Besser nicht länger darüber nachdenken.

Sie lief los zu ihrem Auto, das sie am anderen Ende der Straße geparkt hatte, und ihre Haare standen zu Berge, als hätten sie Feuer gefangen.

## 3. Kapitel

Endlich allein. Jule ließ den Kopf gegen die Sessellehne sinken und schloss die Augen. Sara! Ausgerechnet. Sara mit ihren Feuerlocken und dem überschäumenden Temperament. Sara, die zweite Mutter, die Freundin, die Vertraute. Sara, die es gut meinte und nichts verstand, die hilflos war und Jules Wohnung putzte, anstatt sich hinzusetzen und mit ihr zu reden. Wirklich zu reden. Und zuzuhören.

Jule stieß einen tiefen Seufzer aus. Warum hörte ihr bloß niemand mehr zu? Warum glaubte alle Welt, sie wüsste, was in Jule vorging, und präsentierte ihr alle paar Tage neue Lösungsvorschläge? Reha, Physio, Gesellschaft, Spaziergänge, Spezialschuhe. Die Liste wurde immer länger, und bei jedem neuen Vorschlag erstickte Jule ein bisschen mehr.

Begraben unter wohlmeinenden Maßnahmen, schnappte sie nach Luft und klammerte sich mit aller Kraft an das Wenige, das ihr von der alten Jule geblieben war. An ihre Klugheit und ihre Fähigkeit, andere zu durchschauen. An ihre scharfe Zunge und ihren eisernen Willen.

Und mit diesem Willen hatte sie beschlossen, sich von der Welt zurückzuziehen. Warum zum Teufel konnten das Leute wie ihre Mutter oder Sara nicht akzeptieren?

Musste sie sich erst eine doppelläufige Flinte anschaffen und die Besucher über den Haufen schießen, um sich klar auszudrücken? Wow, dachte sie, das wäre was! Wenn sie das jemandem erzählte, würde sofort ein neuer Punkt auf die gute Liste gesetzt werden: Psychotherapie, aber ein bisschen dalli, bevor das Kind verrückt wird. Das Kind. Ha! Das war auch so eine Sache. Seit dem Unfall schien es Jule, als sei sie in den Augen der anderen keine vierundzwanzig mehr, sondern höchstens zehn Jahre alt.

Nicht nur Claudia und Sara, auch ihre Freunde und Reitkollegen behandelten sie wie ein unmündiges, hilfloses Wesen.

Unerträglich!

Niemand verstand, wie schwer es war, mit allem fertig zu werden. Es war ja nicht der Unfall allein, der sie so aus der Bahn geworfen hatte. Es waren nicht nur die Schmerzen, die ihr beinahe den Verstand raubten. Selbst das Wissen, dass ihr Bein verkürzt bleiben würde, hätte sie unter anderen Umständen verkraften können. Was sie jedoch wirklich zu Boden drückte, war das Ende aller Träume. Jule Konrad, der neue junge Star der deutschen Dressurreiter, würde nie mehr ein Turnier bestreiten. Mit einem schwachen Bein konnte sie keine Leistung erbringen. Ihr Lebensziel war zerstört. Alles, wofür sie in den vergangenen Jahren gekämpft hatte, hatte sich in Luft aufgelöst. Wenn sie jetzt in die Zukunft schaute, sah sie nur eine öde Aneinanderreihung von leeren Jahren. Wie zur Hölle sollte sie das ertragen?

Jule stieß einen Fluch aus und langte dann nach ihrem Handy. Sie musste mit jemandem reden, bevor sie heute noch durchdrehte. Am besten mit Ilka, die verstand sie wenigstens. Und sie behandelte Jule so, wie sie selbst auch behandelt werden wollte. Als normale junge Erwachsene, die sich bloß mit einem kleinen Handicap herumschlug. Nicht als debile Knalltüte, die kaum noch bis drei zählen konnte, wie es Ilka einmal ausgedrückt hatte. Die beiden Frauen hatten sich in der Reha kennengelernt. Die eine mit einem kürzeren Bein und grässlichen Schmerzen, die andere mit einer Querschnittslähmung und null Gefühl unterhalb der Gürtellinie. Allein mit Ilka konnte Jule normal sprechen. Oft lachten sie zusammen, manchmal weinten sie. Es war in Ordnung.

Verdammt! Wo war das Handy? Es lag doch immer griffbereit auf dem Sofatisch. Sara, na klar! Die hatte aufgeräumt. Und gedankenlos, wie sie war, hatte sie das Handy wer weiß wo abgelegt. Jetzt durfte Jule humpelnd die gesamte Wohnung absuchen.

Danke auch.

Noch während sie sich aus dem Sessel hievte, hörte sie es klingeln. Direkt neben ihr. Sie ließ sich zurücksinken und schaute über die Armlehne. Dort stand ihr Rucksack, und darin befand sich das Handy. Erleichtert ließ Jule sich zurücksinken. Ganz so dumm war Sara ja doch nicht.

Ihr Herz schlug plötzlich schneller, als sie es herausnahm. Vielleicht, vielleicht war es ein Anruf aus Griechenland. Sie wusste, Claudia hatte ihrem Vater eine Mail geschickt. »Du hast nach der OP so sehr geweint«, hatte sie erklärt. »Und ständig nach deinem Papa gerufen. Kann ja sein, dass es an der Narkose lag, aber ich dachte, es wäre wichtig, dass Yannis Bescheid weiß.«

Seitdem wartete Jule auf einen Anruf von ihm, obwohl sie es hätte besser wissen müssen. Yannis Perdopolos war nur zwei Jahre lang bei seiner Freundin Claudia geblieben. Dann hatte er sie verlassen, als Jule ins Krabbelalter kam. Vor fünf Jahren, so hatten sie erfahren, war er für immer zurück nach Griechenland gezogen.

Und doch, und doch ... Ein Mal den Vater hören, ein Mal

zu glauben, er sei stolz auf sie, ein einziges Mal nur von ihm umarmt werden. Diese Sehnsucht hatte Jule durch die Kindheit begleitet und sie auch später nie ganz losgelassen. Besonders schlimm war es, wenn Freunde von Claudia sagten, sie sehe genauso aus wie Yannis, nur zarter und schöner.

Und nun, in diesen grauen Tagen, wünschte sie so sehr, er würde sich melden.

Jule erkannte den Anrufer, verschloss die dumme Hoffnung in ihrem Herzen und sagte: »Hallo Ilka. Ich wollte mich auch gerade bei dir melden.«

»Das passt ja gut an diesem Scheißtag«, kam es bissig zurück.

Jule musste grinsen. Die unflätigen Ausdrücke, die sie neuerdings selbst benutzte, hatte sie von Ilka übernommen.

»Der saublöde Typ vom Pflegedienst hat mir beim Duschen fast die Kopfhaut verbrannt! Jetzt sitze ich hier mit einer Schlammpackung auf der Birne und sehe aus wie eine überdimensionale Folienkartoffel. Es juckt wie verrückt.«

Jules Grinsen vertiefte sich. »Du solltest ihn feuern. Der taugt nichts.«

Das war ein alter Witz zwischen ihnen. Schon in der Klinik hatten sie regelmäßig Ärzte, Krankenschwestern oder Trainer entlassen. »Doktor Klinger wird fristlos gekündigt, nachdem er die Patientin Jule Konrad genötigt hat, positiv in die Zukunft zu schauen«, oder »Schwester Kristin muss unser Haus verlassen, weil sie die Stereoanlage der Patientin Ilka Sievers ausgestellt hat«.

Jule lachte jetzt. Nicht alle Patienten hatten die Musik von Scooter gemocht. In Wahrheit hatten ihnen die diversen Kündigungen dabei geholfen, sich weniger verdammt hilflos zu fühlen. Ilka sollte diese Tradition nun fortführen, Jule hatte sie sogar in die Tat umgesetzt, als sie ihre polnische Putzfrau Dora weggeschickt hatte.

»Geht nicht«, sagte Ilka jetzt. »Ich brauche dabei noch Hilfe, obwohl ich es hoffentlich allein schaffen werde, wenn die blöde Dusche endlich umgebaut ist. Außerdem ist der Typ echt hot. Er heißt zwar Torben, aber dafür kann er ja nichts. Und wenn ich irgendwann mal wieder geil werde, ist er zur Stelle.«

Jule schluckte hart. Manchmal schämte sie sich, weil es ihr vergleichsweise so viel besser ging als Ilka. Die Freundin war seit einem Motorradunfall vom zweiten Lendenwirbel abwärts gelähmt, und es bestand so gut wie keine Hoffnung, dass sich an ihrer kompletten Empfindungslosigkeit jemals wieder etwas ändern würde.

Aber sie gab die Hoffnung nicht auf, recherchierte ständig nach neuen Behandlungsmethoden und rechnete fest damit, eines Tages wieder laufen zu können. Und Sex wollte sie auch wieder haben. Eine ganze Menge davon. Guten, schlechten, aufregenden, langweiligen – ganz egal. Hauptsache viel.

»Hat's dir die Sprache verschlagen? Bist du etwa scharf auf meinen heißen Pfleger? Kannste gleich wieder vergessen. Der gehört mir. Außerdem kannste ja selber duschen.«

So war Ilka. Erwähnte zwar mal, dass Jule nicht so schlecht dran war wie sie selbst, nahm das aber als selbstverständlich hin. Kein Grund, deswegen neidisch zu werden. Das Leben war scheiße, ließ sich aber manchmal nicht ändern.

»Ist zwar ein Läufer, aber das passt schon.«

»Läufer?«

»Na, ein Fußgänger eben. Du weißt schon. Die Typen,

die nicht auf zwei großen und zwei kleinen Rolli-Rädern unterwegs sind.«

»Okay. Und du kannst ihn behalten. Ich will sowieso keinen Mann.«

»Echt nicht? Nie wieder? Bloß, weil dieser Honk den Schwanz eingezogen hat?«

Jule wusste nicht, ob sie weinen oder lachen sollte. Sie entschied sich für Letzteres.

»Peer hat mich nur um eine Pause gebeten. Ich ... denke schon, dass er noch Gefühle für mich hat.«

»Hört, hört. Und wie kommst du darauf?«

»Er schickt mir jeden Sonntag Blumen.«

Ilka stieß einen Ton aus, der wie ein Schnauben klang. »Mann! Wach auf, Jule! Dein feiner Herr Baron von und zu Schießmichtot hat dich genauso lange geliebt, wie du die perfekte Frau für ihn warst. Schöner als Pocahontas und Nscho-tschi zusammen, eine Sportlerin mit besten Aussichten, gute Erziehung trotz zweifelhafter Herkunft, pflegeleicht und in Anbetung an ihn versunken. Nicht zu vergessen der Liebling von seinem Herrn Papa, dessen Zossen du zu Höchstleistungen gebracht hast.«

Jule wollte protestieren, aber Ilka war noch nicht fertig. »Und weil er ein schlechtes Gewissen hat, bezahlt er bei Fleurop einen Dauerauftrag und sucht sich auf der Galopprennbahn einen neuen langbeinigen Schatz.«

»Die Galopprennbahn hat mit meinem Sport nichts zu tun«, sagte Jule schwach.

»Ist doch egal. Dann knutscht er eben im Sulky rum und tätschelt mit seinen adeligen Patschehändchen einen anderen knackigen Po.«

Jule verzichtete darauf, die Freundin erneut zu verbessern. Sie war noch mit ihrer »zweifelhaften Herkunft« beschäftigt. An einem schwarzen Abend in der Klinik hatte sie Ilka davon erzählt, dass Peer Baron von Schilling nicht hundertprozentig von ihrer alleinerziehenden Mutter und ihrem griechischen Vater begeistert war.

»Na, mein Spatz. So ganz standesgemäß bist du ja nicht, aber darüber will ich mal hinwegsehen.« Dazu hatte er gelächelt und nicht bemerkt, dass sie kurz davor war, ihm eine reinzuhauen. Aber dann war er wieder besonders charmant gewesen, hatte sie ausgeführt und einen ganzen Abend lang mit Komplimenten überhäuft. Es war einfacher gewesen, die dumme Bemerkung zu vergessen. Bis sie ihr in der Klinik wieder eingefallen war – kurz nachdem Peer mit leidendem Gesichtsausdruck an ihrem Bett gestanden und etwas von einer nötigen Pause gemurmelt hatte.

Leidender Gesichtsausdruck? Wirklich? Jule runzelte die Stirn. Hatte er nicht eher angeekelt gewirkt? So als müsse er in einer Leprakolonie ausharren? Sie ballte die freie Hand zur Faust. Eine zweifelhafte Herkunft und ein verkrüppeltes Bein. Das war für jemanden wie Peer natürlich unzumutbar.

Und doch – er war kein schlechter Mensch. Vom Schicksal verwöhnt, aber auch mit Herzenswärme ausgestattet. Sie hatten gute Zeiten zusammen erlebt, und Jule war glücklich mit ihm gewesen. Nur hatte sich jetzt gezeigt, dass er schwach war.

Ilkas Stimme brachte sie ins Hier und Jetzt zurück. Jule unterbrach den Redefluss, dessen Inhalt an ihr vorbeigerauscht war.

»Danke.«

»Kein Ding. Brad_Pitt_81 läuft schon nicht weg. Ich habe ihm geschrieben, dass ich mal schnell in die Küche flitze, mir ein Glas Champagner hole und dann eine Runde Cha-Cha-Cha tanze.«

»Hä?«, machte Jule.

»Na, ich habe dir doch gerade gesagt, dass ich mit Brady-Boy chatte. Aber zwischendurch musste ich dir von meiner verbrannten Kopfhaut erzählen. Weißt du was? Ich mach das Ding jetzt aus. Der ist sowieso nicht mein Typ. Eingebildeter Muskelprotz. Der sollte sich lieber Arnie_wie_er_mal_war nennen. Außerdem will er mich dringend treffen.«

Ilka unterhielt sich stundenlang mit Männern im Netz und verschwieg grundsätzlich, dass sie im Rollstuhl saß. Ihre Flirts mussten zwangsläufig virtuell bleiben, und wenn sie auf Skype unterwegs war, achtete sie sehr genau auf den Bildausschnitt.

»Ich meinte was anderes«, murmelte Jule.

»Ach so. Weil ich die Wahrheit und nichts als die Wahrheit über Peer von und zu Adelsprotz gesagt habe.«

»Hm.«

»Prima. Dann ist an diesem Scheißtag wenigstens etwas Gutes. Meine Freundin Jule hat die Scheuklappen abgenommen, um mal beim Thema Pferde zu bleiben. Jetzt musst du dich nur noch von Mister Arroganz entlieben, aber das ist ein Klacks. Habe ich schon eine Million Mal gemacht. Sogar bevor ich auf die Idee kam, meine Tage künftig auf meinem Arsch zu verbringen. Und wenn du es geschafft hast, kannst du dir wieder einen Kerl anlachen. Zum Beispiel einen, der es richtig gut mit dir meint.«

»Bloß nicht.«

»Angsthase.«

»Selber«, gab Jule genervt zurück.

»Ich, wieso? Ich stehe doch voll im Leben. Na ja, im übertragenen Sinne.« Ilkas Stimme klang einen Hauch weniger energisch.

»Du weißt schon, was ich meine.«

Es war ein ungeschriebenes Gesetz zwischen ihnen, offen und ehrlich miteinander umzugehen. Beide hassten es, wenn sie von Ärzten, Freunden und Familien gut gemeinte Lügen zu hören bekamen.

Ilkas Stimme bekam einen dunklen Klang. »Weil ich kneife, wenn mich einer meiner Chat-Freunde treffen will.«

»Ja«, sagte Jule schlicht.

»Okay, aber ich bin auf dem besten Weg. Ehrlich. Muss mir nur noch überlegen, wie ich den Typen verklickere, dass sie beim Hamburg-Marathon auf meine Gesellschaft verzichten müssen. Könnte ja sein, dass sie dann nicht mehr so heiß auf mich sind.«

»Schon klar.« Jule nickte, obwohl die Freundin das nicht sehen konnte. Sie bewunderte Ilka für ihre Energie und ihren Lebensmut. Irgendwann, vielleicht schon bald, würde sie einem Brad oder Arnie, oder wie immer ihr virtueller Verehrer dann hieß, im Rolli entgegenfahren und ihm frech ins Gesicht lachen. Und sie würde einen wundervollen Mann finden. Einen, der sie nicht nur sprichwörtlich auf Händen trug und der nie – niemals – eine Pause von der Beziehung brauchte.

Ilka räusperte sich. »Aber du musst auch an dir arbeiten. Glaubst du etwa, du kannst dem Schicksal den Stinkefinger zeigen, bloß weil es dich vorübergehend mal aus dem Sattel geworfen hat?«

Jule schwieg.

»Ups. Shit. Entschuldigung.«

»Ist schon gut.«

»Nee, ich habe mal wieder das Taktgefühl eines Holzfällers. Tut mir echt leid.«

»Vergiss es einfach! Es war nur ein blöder Spruch.«

»Aber was für einer! Hey, ich habe eine Idee. Du darfst dafür zu mir sagen, dass ich selbst schuld bin, wenn ich besoffen Motorrad fahre.«

»Das würde ich nie tun.«

»Okay, ist auch überflüssig. Hat mein alter Herr ja schon erledigt.«

»Ilka ...«

»Relax, Jule. Mir geht's gut.«

»Es tut mir leid.«

»Du bist nicht mein Vater. Zum Glück. Bis bald mal. Ich muss mir jetzt die Folie vom Kopf reißen und die Schlammpackung abwaschen. Die ist hart wie Beton und knackt so komisch. Und stinken tut sie auch. Wenn ich's allein nicht schaffe, rufe ich sexy Torben an, dann muss er mir helfen. Zur Strafe, weil er vorhin nicht aufgepasst hat. Vorher ziehe ich mir aber noch einen Spitzen-BH an. Ich meine, er weiß wenigstens, wie hübsch ich im Sitzen bin, und er blinzelt mir ständig zu. Vielleicht sollte ich ihn mal ermutigen.«

Die Verbindung wurde unterbrochen, bevor Jule noch etwas erwidern konnte. Erschöpft lehnte sie sich wieder zurück. Manchmal vergingen ganze Tage, ohne dass sie mit jemandem sprach. Heute dagegen – erst der Besuch von Sara, jetzt das Telefonat mit Ilka. So viele Worte, so viele Gefühle, so viel Leben.

Es wäre einfacher, unerreichbar zu sein. Allein durch dichten Nebel treiben, geschützt sein vor Blicken und Forderungen und vor der Erinnerung daran, was war und niemals zurückkehren konnte.

Sie musste eingeschlafen sein, denn als sie die Augen

wieder aufschlug, war es draußen dunkel geworden. Hatte sie geträumt? Nein. Dafür war sie dankbar. Manchmal träumte sie von Peer. Dann wachte sie mit einem Lächeln auf und weinte erst, als die Wirklichkeit zurückkehrte. Oft träumte sie vom Unfall. Dann kam sie mit einem lauten Schrei zu sich und musste sich hart auf die Innenseiten der Wangen beißen, weil der Schrei sonst nicht enden wollte.

In der Klinik hatte Jule einmal mit einer Psychiaterin gesprochen. Nicht freiwillig, natürlich nicht. Die Frau war einfach in ihr Zimmer geplatzt, hatte sich vorgestellt und Jules Akte gelesen. Und obwohl Jule nur mit Ja oder Nein auf ihre vielen Fragen antwortete, maßte sich diese Frau Doktor an, ihr am Ende noch einen guten Rat mit auf den Weg zu geben. »Sie sollten sich bewusst mit dem Unfall auseinandersetzen. Gehen Sie Schritt für Schritt den Tag durch, und schreiben Sie auf, was Sie dabei empfinden. Nächste Woche komme ich wieder, dann sprechen wir darüber.«

Als Ilka davon erfuhr, war ihr Kommentar eindeutig: »Das ist Bullshit. Wenn ich mich zum Beispiel ständig daran erinnern sollte, wie dieser beknackte Straßenbaum auf mich zugehopst ist, als ich nur ganz friedlich mit meiner Suzuki um die Kurve gurken wollte, da könnte ich mir ja gleich die Kugel geben.«

Jule war ganz ihrer Meinung, und als die Psychiaterin wiederkam, erklärte sie ihr fest, es ginge ihr gut, sie leide unter keinerlei seelischer Erschütterung, und sie müsse sich von nun an ganz auf ihre körperliche Gesundung konzentrieren.

Niemand hatte ihr vorausgesagt, dass der Unfall sie in ihre Träume verfolgen würde. Jule fuhr sich durchs Haar. Irgendwo hatte sie noch die Visitenkarte dieser Psychiaterin. Vielleicht sollte sie die Frau einmal anrufen. Der eine oder andere Tipp konnte ja nicht schaden.

Morgen vielleicht. Oder übermorgen.

Ihr Magen knurrte und erinnerte sie daran, dass sie seit der Pizza von gestern Abend nichts mehr gegessen hatte. Sie nahm das Handy wieder hoch und scrollte durch ihre Kontakte. Pasta von Alfredo's? Nein. Chinesisch? Auch nicht. Schließlich fand sie das Richtige, rief bei Costas an und bestellte sich Gyros mit Ofenkartoffeln und Krautsalat. Dazu gebackenen Feta-Käse und zum Nachtisch ein großes Stück Baklava.

Als sie den Anruf erledigt hatte, sah sie an sich hinunter. Unter dem schmuddeligen T-Shirt zeichnete sich ein Bäuchlein ab. Zu viel falsches Essen.

Na und? Was machte es schon? Mal abgesehen von Sara heute, bekam kaum jemand sie zu Gesicht. Und Claudia hatte es schon lange aufgegeben, Jule dazu anzuhalten, sich wenigstens zu pflegen. Claudia sagte schon seit Wochen eigentlich gar nichts, das irgendwie von Bedeutung wäre. Claudia sprach über das Wetter oder über ihre Arbeit.

Nicht dran denken! Nicht begreifen, dass die eigene Mutter weiter und weiter in die Ferne rückte, obwohl sie pünktlich alle drei Tage zu Besuch kam.

Jule hievte sich aus dem Sessel und unterdrückte einen Schmerzenslaut. Ihr kaputtes Bein jagte Stromstöße durch ihren Körper. Mühsam hinkte sie durch den Flur und zog ihren Rucksack mit der Geldbörse darin hinter sich her. Wenn der Bote kam, wollte sie schon an der Tür sein. Einmal war es ihr passiert, dass der Junge von Costas wieder weggegangen war, weil es so lange dauerte, bis sie öffnete.

An der Tür angekommen, wischte sich Jule den Schweiß

von der Stirn. Sara hatte recht. Sie war schlechter in Form als noch vor zwei Monaten. Es war verdammt anstrengend gewesen, jeden Tag zur Physio zu humpeln, und sie hatte kaum einen Erfolg bemerkt. Sie müsse Geduld haben, hatte die Therapeutin gesagt. Aber Jule war noch nie ein geduldiger Mensch gewesen. Irgendwann Ende Juni war Jule einfach zu Hause geblieben.

Jemand kam die Treppen hinaufgerannt, und es klingelte. Jule öffnete und wollte Costas' Jungen mit einem Lächeln begrüßen.

Er war es nicht. Sie zuckte zurück, geriet ins Straucheln und wäre gestürzt, wenn der Mann sie nicht am Arm festgehalten hätte.

»Pardon«, sagte er. »Ich wollte Sie nicht erschrecken. Geht es wieder?«

»Ja ... danke«, stammelte Jule.

Dann hob sie den Blick und starrte fest in ein paar schwarze Augen. »Wer zum Teufel sind Sie?«

Gleichzeitig raste ihr Herz plötzlich los. Aber nein, unmöglich. Der Mann war zwar ein südländischer Typ, aber viel zu jung, um ihr Vater zu sein. Sie schätzte ihn auf höchstens Anfang dreißig.

»Das ist aber nicht die nette Art, seine neuen Nachbarn zu begrüßen. Darf ich mich vorstellen? Fernando Barcani. Ich wohne seit gestern unter Ihnen.«

Jule ließ ihren Blick noch einen Ton finsterer werden. »Ach, daher kam der Krach den ganzen Tag.«

Seine Augen musterten sie interessiert.

Nein, korrigierte sie sich im Stillen. Noch immer dauerte es eine Weile, bis sie begriff, dass die Männer nicht mehr die exotische Schönheit in ihr sahen. Er schaute nicht interessiert. Vielmehr prüfend. Und er sah ihr fleckiges T-Shirt, die Haare, die strähnig herabhingen, die tiefen Schatten unter ihren Augen und ihr schwaches Bein.

»Es tut mir leid, wenn ich Sie gestört habe. Ich hoffe, ich kann es wiedergutmachen.«

Musste der jetzt auch noch so scheißfreundlich sein?

Sie hasste ihn!

»Nicht nötig. Nett, Sie kennenzulernen. Auf Wiedersehen.« Sie knallte ihm die Tür vor der Nase zu.

»Ich wollte Sie zu meiner Einweihungsparty am Samstag einladen!«, rief er. »Werden Sie kommen?«

»Eher hänge ich mich auf!«

Eine Party! Das hatte ihr gerade noch gefehlt.

## 4. Kapitel

Der Sonntag begann für Claudia mit einem flauen Gefühl im Magen. Als sie sich im Bett aufsetzte, gesellten sich hämmernde Kopfschmerzen dazu. Stöhnend sank sie zurück in die Kissen und versuchte, sich daran zu erinnern, was sie gestern getan hatte. Es wollte ihr nicht einfallen, aber es musste Alkohol im Spiel gewesen sein. Eine Menge Alkohol.

Mit einem doppelten leisen Ton kündigte ihr Handy den Eingang einer Nachricht an. Claudia tastete den Nachttisch ab, setzte sich wieder auf und ignorierte Kopfschmerzen und Übelkeit. Endlich entdeckte sie das Handy unter einem Berg von Papiertaschentüchern.

»Bellissima. Tut mir leid, dass ich es nicht mehr geschafft habe. X und bis bald, Gianluca.«

Schlagartig wusste sie wieder alles. Das Warten. Dieses entsetzliche Warten. Seit Freitagabend. Und nach vierundzwanzig Stunden das Wissen, dass er nicht kommen würde. Wieder einmal.

Die Flasche Barbera, die sie daraufhin allein getrunken hatte, die fließenden Tränen, die ihr ausgeklügeltes Make-up zerstörten.

Claudia drückte auf die Anruftaste, noch bevor sie einen klaren Gedanken fasste.

»Bellissima.« Er klang erfreut. Oder ärgerlich?

»Schade«, sagte Claudia leise. »Ich hatte mich auf dich gefreut.«

Viele hundert Kilometer entfernt ließ Gianluca sie ein paar lange Sekunden auf Antwort warten.

»Ich auch, meine Schöne, ich auch«, sagte er endlich. »Aber die Konferenz war früher zu Ende als gedacht, und so bin ich wieder heimgeflogen.«

Heim nach Mailand, weit weg von Hamburg. Manchmal verfluchte Claudia den Tag, an dem sie ihn kennengelernt hatte. Den blendend aussehenden Italiener im Maßanzug, der in der Parfümerie Schwan ein Geburtstagsgeschenk für seine deutsche Mutter gesucht hatte.

Alle weiblichen Angestellten waren dahingeschmolzen, aber Gianluca De Santis hatte nur Augen für Claudia gehabt. Er war geblieben, bis sie ihm ihre Handynummer gegeben hatte, bis Bernhard Beeks schon im Verkaufsraum aufgetaucht war und ihr mit Blicken zu verstehen gegeben hatte, dass sie den Kunden loswerden musste, der den ganzen Betrieb aufhielt.

Drei Jahre war das jetzt her, und seitdem brannte in Claudias Leben ein wildes Feuer. Reisen nach Mailand, Kurztrips nach Paris oder London, Wochenenden in der High Society, zügellose Leidenschaft und die Angst, nicht genug zu sein. Nicht schön genug, nicht jung genug. Und doch nicht ohne ihn können, diesen Traummann mit der Sportlerfigur, mit den graumelierten Haaren und den bernsteinfarbenen Augen. Fünfundvierzig Jahre alt und im Glauben, seine blonde nordische Freundin sei jünger als er. Hatte sich so ergeben, diese klitzekleine Lüge. Gianluca war der Meinung gewesen, sie könne doch nur ganz knapp über vierzig sein, wenn überhaupt, und sie hatte ihn nicht korrigiert.

Immerhin – sie sah doch wirklich deutlich jünger aus. Vielleicht nicht heute früh, aber sonst schon. Die besten

Pflegecremes, für die sie trotz Mitarbeiterrabatt stets Unsummen hinlegte, sorgten für eine glatte Haut, die eine oder andere Botoxspritze hatte auch geholfen, und ihren Körper hielt sie mit strenger Diät und zwei wöchentlichen Besuchen im Fitnessstudio in Form.

»Claudia, bist du noch da?«

Ärgerlich, entschied sie. Seine Stimme klang entschieden ärgerlich. Wenn er sie mit Vornamen ansprach, war er nie erfreut.

»Ja, entschuldige. Ich hätte dich nicht stören sollen.«

O Gott, sie klang so unterwürfig. Hätte sie doch das Handy in die Ecke gefeuert, bevor ihr Finger auf die Taste drücken konnte. Es musste an der Flasche Barbera liegen, aber sie hatte wenigstens seine Stimme hören wollen.

»Va bene«, kam es gnädig zurück. »Ich muss jetzt Schluss machen. In einer Stunde haben wir eine Besprechung in der Firma.«

»Am Sonntag?«, rutschte ihr heraus. Gianluca war der Erbe eines Mailänder Modehauses, und sie wusste, er kannte nur selten ein freies Wochenende.

»Ich verstehe«, schob sie rasch hinterher. Dann entschlüpfte ihr ein Ton, der verdächtig nach einem Seufzer klang.

»Alles in Ordnung bei dir?«, fragte er immerhin, und es klang beinahe besorgt.

Nein! Ich bin arbeitslos, und meine verkrüppelte Tochter hasst mich. Ich brauche dich! Ich will meinen Kopf an deine Schulter lehnen und von dir gehalten werden. Bitte komm. Jetzt!

Nichts davon sprach sie aus. Gianluca mochte keine Schwierigkeiten.

»Sicher, alles bestens.«

»Wunderbar. Bis bald, Bellissima. Un bacio.«

Auch Claudia schickte ihm einen Kuss, aber da hatte er das Gespräch schon beendet. Sie rieb sich den schmerzenden Kopf. Der Sonntag dehnte sich vor ihr aus wie Gummi, zog sich wieder zusammen, erdrückte sie. Ohne lange zu überlegen, rief sie bei Sara an.

»Was machst du heute?«

»Schlafen. Das heißt, jetzt bin ich wach, weil mein Telefon geklingelt hat.«

»Wollen wir etwas unternehmen?«

»Kommt darauf an. Wie bist du denn drauf? Ich will nicht noch einmal abgeführt werden.«

Claudia atmete tief durch und zwang sich zur Ruhe. Es war ihr peinlich, an den Nachmittag auf dem Rathausmarkt zurückzudenken. Sie konnte sich an kaum etwas aus den vielen Stunden erinnern. Nur undeutlich wusste sie, dass ihre Kollegin Christine irgendwann später von Sara abgelöst worden war.

»Wir sind nicht abgeführt worden. Wir haben nur so lange auf der Bank gesessen, bis ein freundlicher Polizeibeamter uns gefragt hat, ob alles in Ordnung ist.«

»Ja, und dem hast du auch den Apfelgriebs unter die Nase gehalten. Mensch, das war wirklich verrückt. Ich habe geglaubt, der holt gleich Verstärkung und lässt uns einweisen.«

Claudia stieß ein kleines unglückliches Lachen aus. »Tut mir leid. Ich war ein bisschen durcheinander.«

»Schwamm drüber. Zu deinem Glück habe ich Max ja dann mit meinem Charme eingewickelt.«

»Max?«

»Na, der nette Polizist, der aussieht wie Justin Timberlake. Ich war gestern mit ihm aus.«

»Oh.«

»Fand ihn aber ziemlich steif. Ich fürchte, der Job färbt auf ihn ab. Werde ihn wohl nicht mehr wiedersehen.«

Einen Moment lang schwieg Claudia. Seit ihrer Trennung von Christian suchte Sara intensiv nach einem neuen Partner.

»Tja, deswegen hast du Glück«, fuhr die Freundin fort. »Ich habe heute noch nichts vor. Was wollen wir machen?«

»Weiß nicht. Vielleicht einen Ausflug?«

»Okay, denk dir was aus. Ich bin in einer halben Stunde bei dir.« Sara wohnte in Harvestehude und brauchte nicht lange bis zu Claudia in Alsterdorf.

»Wir könnten ins Alte Land fahren«, schlug Claudia vor. Sie hoffte, es klang spontan.

»Was? Wieso ausgerechnet dahin? Willst du etwa deinen komischen Apfel suchen?«

Das Alte Land südlich von Hamburg ist das größte Apfelanbaugebiet nördlich der Alpen. Das wusste natürlich auch Sara. Ja, hätte Claudia am liebsten geantwortet. Weil er eine Bedeutung hat, und ich muss es herausfinden. Aber sie zögerte und sagte stattdessen: »Ach was. Fiel mir nur gerade so ein.«

»Ich glaube dir kein Wort. Aber okay, mir soll's recht sein. Ist eine nette Abwechslung. Und wir können Jule mitnehmen. Dann kommt sie mal raus.«

Jule. Himmel! Wieso musste der Vorschlag von Sara kommen? Es hätte ihr eigener, ihr erster Gedanke sein müssen.

»Ich rufe sie gleich an«, sagte Claudia schnell und beendete das Gespräch.

Ihr Finger zitterte, als sie unter ihren Kontakten bis zum Namen ihrer Tochter scrollte. Es klingelte dreimal, viermal, bis Jule sich endlich meldete.

Claudia wünschte ihr einen schönen Morgen und hätte sich am liebsten auf die Zunge gebissen. Für Jule war kein Morgen mehr schön.

»Hast du Lust, mit Sara und mir ins Alte Land zu fahren?«

»Nein«, sagte Jule schnell. »Keine Lust. Ich bin todmüde. Gestern wurde unter mir Einweihung gefeiert. Das ging bis heute früh um fünf. Ich habe kaum geschlafen.«

»Wie schade«, sagte Claudia und hoffte inständig, Jule würde ihr die Erleichterung in der Stimme nicht anhören. »Dann ruh dich aus. Wir kommen auf dem Rückweg bei dir vorbei. Soll ich dir was mitbringen? Ein paar schöne Äpfel?«

Im August, dachte sie, ist es noch zu früh für die Apfelernte. Dann würde sie eben welche vom Vorjahr kaufen.

»Wie du willst«, kam es schläfrig zurück.

Claudia stand auf und ging unter die Dusche. Sie gab sich alle Mühe, fröhlich zu sein, doch es gelang ihr nicht. Jule hatte so seltsam geklungen. Nicht nur müde. Irgendwie dumpf. Als ihre Mutter hätte sie sich nicht so leicht abwimmeln lassen sollen. Ein vertrautes Gefühl ließ sie unter dem heißen Wasserstrahl vor Kälte zittern. All die Jahre war Claudia stolz drauf gewesen, eine gute Mutter zu sein. Sie hatte Kind und Job gut gemeistert, und Jule war als glückliches Mädchen aufgewachsen. Zwar hatte ihr der Vater gefehlt, aber wenigstens war Claudia immer für sie da gewesen. Als ihre Tochter heranwuchs und eigene Wege ging, hatte Claudia ihre vielen Muttersorgen mit sich selbst ausgemacht. Und als Jule dann tatsächlich Profireiterin wurde, da hatte Claudia sogar ihre Furcht vor diesen riesenhaften Pferden überwunden, um ihr nah zu sein. Die Todesängste, die sie um Jule ausstand, hielt sie gut verborgen. Und sie tröstete sich mit dem Gedanken, dass Dressurreiten bei weitem nicht so gefährlich war wie zum

Beispiel Springreiten. Dennoch sprach sie stille Dankgebete, wenn sie zuschaute, wie Jule zum Training eine Sicherheitsweste anlegte und einen Helm aufsetzte. Sie würde geschützt sein, wenn sie einmal stürzte, ihr würde schon nichts Schlimmes passieren. Was dann wirklich geschah, hätte Claudia sich in ihren schlimmsten Alpträumen nicht ausmalen können.

Und nun, da ihr Kind sie wieder so sehr brauchte, war Claudia unfähig, eine gute Mutter zu sein. Die liebevolle, optimistische, starke Mutter, die es irgendwie fertigbrachte, dass Jule neuen Lebensmut schöpfte. Stattdessen war sie heilfroh, wenn Jule lieber allein sein wollte, damit sie selbst auf fröhliche Landpartie gehen konnte.

Das musste aufhören. Sie würde Jule jetzt anrufen und darauf bestehen, dass sie mitkam. Claudia stieg aus der Dusche, schlüpfte in ihren Bademantel und schlang sich ein Handtuch um den Kopf. Ihr Handy lag noch im Schlafzimmer, und mit jedem Schritt dorthin wurde sie langsamer.

Was hatte Jule gesagt? Sie sei müde, weil unter ihr so laut gefeiert worden war? Dann musste sie tatsächlich Schlaf nachholen, oder? Immerhin war sie noch rekonvaleszent. Da brauchte sie Erholung.

Noch vor einem Jahr hätte Jule am Telefon ungefähr so geredet: »Hi Mama, nee, vergiss es. Bin total geschafft. Musste gestern mit den neuen Nachbarn feiern, und wenn ich nicht noch ein paar Stunden penne, führe ich heute Nachmittag bei der Dressurprüfung in Klein Flottbek den Ententanz auf. Mach dir mal lieber mit Sara einen schönen Altweiber-Tag.« Dazu hätte sie laut gelacht und ihr einen tollen Ausflug gewünscht. So war sie gewesen, ihre geliebte, wunderbare, schöne und erfolgreiche Tochter.

So würde sie nie wieder sein.

Claudia merkte, wie sie mit den Zähnen knirschte. Gut, dass Sara noch nicht da war. Sie würde ihr wieder eine Ohrfeige verpassen, falls sie solche Gedanken laut aussprechen sollte. So wie damals, als Claudia das Wort Krüppel verwendet hatte. Natürlich nicht vor Jule. Aber im Beisein ihrer Freundin.

Sara hatte nicht verstanden, welche Erleichterung es bedeutete, dieses Wort endlich einmal zu sagen. In dem Augenblick hatte Claudia so etwas wie Wahrheit gespürt, und Ehrlichkeit. All die Schönfärberei, die vielen falschen Versprechungen, das kalte Schweigen, waren sekundenlang verschwunden gewesen und hatten den Blick frei gemacht auf das wahre Leben. Nur so, das hatte sie begriffen, würde es überhaupt eine Chance auf einen Neuanfang geben.

Sara jedoch hatte den Moment zerstört.

Ihr Handy lag auf dem Nachttisch, wo sie es vorhin abgelegt hatte. Es war nicht verschwunden, es erlöste sie nicht von ihrer Pflicht.

Zitternd griff sie danach, drückte auf Jules Nummer, hielt es ans Ohr.

Die fröhliche Stimme ihrer Tochter war ein Schock. »Hi, liebe Leute. Nett, dass ihr anruft. Kann jetzt bloß nicht. Meldet euch wieder. Muss wahrscheinlich gerade Weltmeisterin werden. Ciao.«

Mailbox.

Claudia widerstand der Versuchung, gleich noch einmal anzurufen. Diese Stimme, so wie sie war, so wie sie klang. Glück und Folter zugleich. Es gab sie auch auf privaten Filmen, unerträglich jedoch in Verbindung mit dem Anblick einer überschäumenden Jule.

Schon schwebte ihr Finger erneut über der Anruftaste, als die Türklingel sie erlöste.

»Ich habe uns was vom Bäcker mitgebracht«, sagte Sara und rauschte herein. Sie trug einen knallroten Pulli, der ihre Haare in Flammen setzte, und dazu eine extrem enge Jeans. Size zero, schätzte Claudia neidisch. »Und ich hoffe, du kannst mit deiner Hightech-Espressomaschine auch einen guten Cappuccino kochen. Sonst muss ich noch mal los zum Coffeeshop und mir meine legale Droge abholen. Hier, gedeckter Apfelkuchen. Dachte, das passt zu deiner neuen Leidenschaft. Wieso bist du noch nicht angezogen? Willst du nicht mit mir um einen alten knorrigen Apfelbaum herumtanzen und dabei um göttliche Eingebung beten, wie es mit deinem verkorksten Leben weitergehen soll? Also, ich bin dabei. Bei mir läuft's auch nicht gerade bombastisch. Und wenn die Tanzeinlage nichts bringt, probieren wir es danach mit einer Flasche Apfelkorn. In vino veritas gilt bestimmt auch für Appelköm. Einen Versuch ist es wert.«

Während sie ohne Luft zu holen redete, ging sie zielsicher in die Küche, kochte mit der Maschine, von der Claudia noch nicht einmal die Hälfte der Funktionen verstanden hatte, Espresso und Cappuccino, ließ die Kuchenstücke auf zwei Teller gleiten, setzte sich und grinste breit.

»Ich brauche dich wohl nicht zu fragen, ob du Sahne im Haus hast.«

Claudia schüttelte den Kopf.

»Zu schade. Und Cappuccino mit Magermilch ist auch nicht so der Hit. Das schäumt so schlecht. Aber ich will mal nicht meckern. Hau rein.«

Auf einmal verspürte Claudia einen Bärenhunger. Der Kuchen duftete köstlich und schmeckte – himmlisch.

Sara lachte. »So gefällst du mir. Was ist mit Jule? Kommt sie mit?«

Claudia hatte auf einmal Leder im Mund. Umständlich kaute sie darauf herum, konnte nicht antworten, mahlte mit den Zähnen, schluckte schwer.

»Schon verstanden. Mailbox.«

»Nein«, sagte Claudia, als sie es geschafft hatte, den Klumpen hinunterzuschlucken. »Ich habe mit ihr gesprochen. Sie will schlafen, weil letzte Nacht unter ihr eine Einweihungsparty gefeiert wurde und sie nicht zur Ruhe gekommen ist.«

Saras Lachen erstarb. Sie schob ihren Kuchen auf dem Teller umständlich von einer Seite zur anderen.

»Früher hätte sie mitgefeiert und wäre als Letzte gegangen.«

»Ja.«

Manchmal fand Claudia es erschreckend, wie treffend Sara ihre eigenen Gedanken wiedergeben konnte. Vielleicht war das normal unter besten Freundinnen und Wahlverwandten. Vielleicht war es aber auch etwas Besonderes. So wie ihre Freundschaft etwas Besonderes war. Sie hatten sich in einer Nacht kennengelernt, die Claudias schönste und schwerste zugleich werden sollte. Die werdende Mutter und die junge Hebamme, deren Ausbildung erst seit kurzem abgeschlossen war, hatten sich in der Uniklinik Eppendorf zehn Minuten lang nur angebrüllt, weil beide mit der Situation überfordert waren.

»Ich will meinen Mann hier haben!«, hatte Claudia unter den Schmerzen einer Wehe geschrien.

»Der hat gekniffen!«, hatte Sara zurückgeschrien. »Ist gerannt, als wollte ihm jemand was abschneiden, und lässt sich wahrscheinlich beim nächsten Griechen mit Ouzo volllaufen. Den ollen Schlappschwanz können Sie vergessen.«

So brüllten sie eine Weile weiter, bis eine erfahrene Hebamme hinzukam, die junge Kollegin ordentlich zusammenfaltete und Claudia mit ruhigen Worten durch die Geburt half.

Erstaunlicherweise war Sara geblieben, hatte Claudia den Schweiß von der Stirn gewischt, zugelassen, dass sie ihre Hand zerquetschte, und keinen Ton mehr gesagt, bis ein rotgesichtiges hässliches Wesen mit schwarzen Haaren und zerknittertem Gesicht auf der Welt war.

Claudia war zutiefst erschrocken gewesen. Dieses Ding mit der ekligen Schmiere am Körper sollte ihre Tochter sein? Unmöglich.

»Es muss eine Verwechslung sein«, hatte sie geflüstert. »Das kann nicht mein Baby sein.«

»Schwierig«, hatte Sara zurückgeflüstert. »Die Kleine hängt noch an der Nabelschnur. Und jetzt stellen Sie sich mal nicht so an. Sie ist wunderschön.«

Mit diesen Worten hatte sie Claudia mehr geholfen, als sie ahnen konnte, und es war überhaupt keine Frage, dass sie Jules Patentante wurde. Und sie erwies sich schnell als eine wertvolle Stütze. Sie war zur Stelle, wenn Claudia mal wieder eine Nacht durchschlafen musste, sie blieb zwei Tage bei ihr, als Yannis sie verließ, und sie kümmerte sich um Jule, als diese nacheinander die Windpocken und eine schwere Grippe bekam. Sie war ganz einfach eine Freundin, ohne die Claudia nicht mehr sein mochte.

Außer vielleicht in diesem einen Moment. Und in so manch anderem Moment der vergangenen Monate. Als Saras Sohn geboren wurde, hatte Claudia selbstverständlich die Patenschaft für ihn übernommen. Aber ich habe mich nie in seine Erziehung eingemischt, dachte sie jetzt. Na gut, mit Leo hatte es auch nie eine so schwere Krise gegeben wie jetzt mit Jule. Trotzdem. Die enge Beziehung zwischen Sara, Jule und ihr selbst erdrückte sie.

Manchmal erschien ihr die Freundin wie diese doppelte Persönlichkeit aus der Werbung für einen Weichspüler in den siebziger Jahren: »Die Bademäntel, nicht weich genug. Die ganze Wäsche könnte auch weißer sein. Deine Tochter, du hast sie nicht lieb genug. Eure ganze Beziehung könnte auch besser sein.«

Die Stimmung in der Küche brach. Saras Überschwang war verpufft, Claudias Lust auf einen Ausflug verschwunden. Stumm saßen sie einander gegenüber und nippten an ihren Tassen.

»Ich könnte auch zur Tanke fahren und eine Flasche Appelköm besorgen«, erklärte Sara endlich. »Und ganz viel ungesundes Futter. Du kannst in der Zeit deine DVD-Sammlung durchforsten. Eine paar grottenschlechte Filme musst du noch haben. Dann veranstalten wir einen Nein-Tag. Hatten wir lange nicht mehr.«

Unwillkürlich musste Claudia lächeln.

»Stimmt«, sagte sie.

Ihren gemeinsamen Nein-Tag hatte sie schon vor Jahren erfunden. Wenn Claudia eine Pause brauchte von ihrem Dasein in der Welt des schönen Scheins, wenn Sara genug hatte von ihrem gelebten Klischee der unausgefüllten Anwaltsgattin, dann legten sie einen solchen Tag ein und sagten nein zu allem, was sonst ihr Leben bestimmte. Die Regeln waren einfach: keine Diät, kein stilles Wasser, keine Schminke, keine schicken Klamotten. Karl Lagerfeld mochte ja recht haben mit seiner Behauptung, dass jemand, der Jogginghosen trug, die Kontrolle über sein Leben verloren hatte, aber die beiden Freundinnen kümmerte das an diesem einen Tag kein bisschen.

Sie stopften Junkfood in sich rein und tranken Cola und süßen Sekt dazu. Sie lümmelten auf Claudias großem Sofa, schauten sich miese DVDs an oder ergötzten sich an Aufzeichnungen von Auswanderersoaps, in denen Menschen ohne jegliche Fremdsprachenkenntnisse, mit null handwerklichem Können und leerem Geldbeutel ein neues Leben auf Mallorca, in Südamerika oder in Lappland beginnen wollten. Claudia und Sara schüttelten synchron die Köpfe, wenn diese Leute dann auf die Nase fielen und gar nicht verstehen konnten, was sie falsch gemacht hatten, während sich ihre Kinder, die mitgeschleppt worden waren, prima einlebten und dann wieder wegmussten, weil es zurückging nach Deutschland, zurück in die soziale Geborgenheit. Lustiger waren Castingshows, wo Kandidaten die Bühne rockten oder nur lernen mussten, geradeaus zu gehen, wo Juroren entweder Gänsehaut bekamen oder nicht abgeholt wurden und heute leider kein Foto für dich hatten.

Es war ihr gemeinsamer Kurzurlaub vom normalen Leben und erholsamer als ein ganzes Wellnesswochenende in einem Fünf-Sterne-Hotel.

Die wichtigste Regel war daher, dass keine von beiden aus der realen Welt berichten durfte. Claudia behielt den Stress in der Parfümerie und zuletzt immer häufiger ihre Enttäuschung über Gianluca für sich. Sara unterdrückte Klagen über ihren abwesenden Ehemann und die leeren Tage, seit ihr einziger Sohn Leo in Edinburgh studierte. Nicht einmal mit Jules Erfolgen durfte Claudia prahlen.

All das war tabu.

Am Tag darauf waren beide regelmäßig froh, in ihr normales Leben zurückzukehren. Na ja. Mal mehr, mal weniger.

»Verdammt!«, sagte Sara.

Mehr war nicht nötig. Auch Claudia fiel es wieder ein, und es traf sie wie eine Faust im Magen. Ihren letzten Nein-Tag hatten sie eine Woche vor Jules Unfall veranstaltet. In Gesellschaft von Heidi Klum und Dieter Bohlen waren sie bis spät in die Nacht aufgeblieben und hatten so viel gelacht, als müsse dieses Gelächter für ein Leben reichen.

Es hatte nicht gereicht.

# 5. Kapitel

Sie hatten schon den Elbtunnel hinter sich gelassen, als die Erste von ihnen wieder sprach. Vorhin in Claudias Küche hatten sie sich eine Weile nur angeschaut und waren schließlich in stillem Einvernehmen aufgestanden und losgefahren. Sara saß am Steuer ihres roten Alfa Romeo, einem Geschenk von Christian zu ihrem fünfzehnten Hochzeitstag, und Claudia warf ihr hin und wieder einen Blick zu.

»Du siehst gut aus«, sagte sie endlich. »Die Scheidung scheint dir zu bekommen.«

»Oh, danke.«

»Aber du hast da so ein Zucken im Gesicht.«

»Jetzt hör bloß auf. Das hat Jule auch schon behauptet. Aber da ist nichts.«

»Jule? Wann hast du sie denn besucht?« Claudia spürte einen winzigen Stich der Eifersucht. In den vergangenen drei, vier Jahren hatte sie sehr wohl bemerkt, dass Jule und Sara sich auf neue Art annäherten. Auf einmal waren sie echte Freundinnen geworden. Und es hatte Tage gegeben, in denen sich Claudia ausgeschlossen gefühlt hatte. Bald darauf war Gianluca in ihr Leben getreten, und sie hatte ohnehin weniger Zeit mit ihrer Tochter und ihrer besten Freundin verbracht.

Sara sah sie kurz an, bevor sie sich wieder auf die Straße konzentrierte. »Am Montag, das weißt du doch. Ich war bei ihr zu Hause, bevor ich mit dir auf dem Rathausmarkt lustige Campingferien mit Verhaftung als Hauptgewinn gespielt habe.«

»Ach so, ja.« Nur verschwommen erinnerte sie sich daran, dass Sara ein paarmal angesetzt hatte, von Jule zu erzählen, aber sie war ihr jedes Mal ins Wort gefallen, fest davon überzeugt, nichts könnte so wichtig sein wie die köstliche Frucht, die sie gegessen hatte und deren Gehäuse nun verschrumpelt, braun und klebrig in ihrer Hand lag.

Sie wusste, sie sollte sich nun erkundigen, was bei Jule vorgefallen war. Stattdessen hörte sie sich selbst sagen: »Du kannst mir später davon erzählen. Wenn wir einen schönen langen Spaziergang irgendwo auf dem Deich machen.«

»Ja, sicher«, murmelte Sara, setzte den Blinker und fuhr an der Ausfahrt Moorburg von der A7 ab.

»Inzwischen hast du ja bestimmt selbst gesehen, was los ist.«

»Hm«, machte Claudia, während ihr Schuldbewusstsein sich in ihr ausbreitete wie eine Flutwelle. Sie war in der vergangenen Woche nirgendwo gewesen. Weder in der Parfümerie noch bei ihrer Tochter. Bernhard Beeks hatte angerufen und um ein weiteres Gespräch gebeten. Ob sie sich die Kündigung nicht noch einmal überlegen wollte. Man könne doch in Ruhe darüber reden. Sie hatte ohne ein weiteres Wort aufgelegt. Jule war nicht ans Telefon gegangen, und Claudia war nicht wie sonst einfach zu ihr gefahren. Sie hatte sich in ihrer Wohnung vergraben und die Welt außen vor gelassen. Wie nah sie damit ihrer Tochter kam, war ihr erst gegen Ende der Woche aufgefallen.

Am Freitag endlich hatte sie sich aufgerafft, zum Friseur zu gehen und einzukaufen. Gianlucas bevorstehender Besuch half ihr, die Lethargie abzuschütteln, und sie war fest entschlossen gewesen, gleich nach seiner Abreise Jule zu besuchen. Mit neuem Mut und neuem Optimismus. Dann würde sie auch in der Lage sein, die Zukunft anzugehen und sich einen neuen Job zu suchen.

Claudias Kopfschmerzen meldeten sich zurück. Sie musste das Thema wechseln. Schnell! Bevor Sara nachhaken konnte. So sagte sie das Erste, das ihr in den Sinn kam: »Ich bin so froh, dass du meine Freundin bist. Gerade jetzt würde ich überhaupt nicht wissen, was ich ohne dich anfangen sollte.«

Sie erwartete einen flotten Spruch oder einen schnellen freundschaftlichen Blick. Nicht dieses Schweigen. Nicht dieses Stirnrunzeln.

»Was ist denn, Sara?«
»Ich wollte es dir eigentlich erst heute Abend verraten.«
»Sag es mir jetzt.«
»Aber dann verderbe ich uns vielleicht den Tag.«
»Sara!«

Die Freundin fuhr rechts ran, bremste den Wagen ab und stellte den Motor aus. Claudia mochte nicht mit ansehen, wie sie die Stirn auf das Lenkrad legte und tief Luft holte. Lieber schaute sie sich um. Ein paar Meter weiter entdeckte sie das Ortsschild von Francop. Holzschilder für den Verkauf von Äpfeln und Feldfrüchten säumten die Straße, weit dehnten sich die Obstplantagen, und in der Ferne ragte der riesige Aufbau eines Containerschiffes über den Elbdeich hinaus. Es fuhr der Nordsee entgegen. Weiter im Westen ballten sich Gewitterwolken auf und drohten, den strahlenden Sommertag mit ihrer nassen Fracht zu ertränken.

Claudia ließ das Fenster herunter und wollte tief einatmen. Stattdessen musste sie würgen. Erschrocken hielt sie sich die Hand vor den Mund. Was war bloß los mit ihr? Sie war doch nie so empfindlich gewesen. Ganz im Gegenteil. Claudia war ihr Leben lang von vielen Menschen für ihre innere Stärke bewundert worden. Was immer Sara zu sagen hatte, die Welt würde schon nicht untergehen. Mit einem Lächeln wandte sie sich wieder der Freundin zu.

Auch Sara schaute sie an, und Claudia war kurz von dem seltsamen Zucken unter ihren Augen abgelenkt. So dauerte es eine kleine Weile, bis sie begriff, was Sara sagte.

»Ich werde fortziehen.«

»Fort? Wohin denn? Hoffentlich nicht nach Mallorca oder Lappland. Du weißt, wie das ausgeht.«

Sie lachte, doch Sara lachte nicht mit.

»Ich habe noch kein festes Ziel, aber ich muss hier weg. In Hamburg erinnert mich alles an Christian. Erst dachte ich, ich könnte für eine Weile nach Edinburgh gehen. Aber Leo muss sich auf sein Informatikstudium konzentrieren. Ich glaube kaum, dass er seine Mutter für längere Zeit dahaben will. Abnabelung funktioniert anders.«

Claudia nickte. Saras neunzehnjähriger Sohn lebte seit dem vergangenen Jahr, als er Abitur gemacht hatte, in Schottland. Damals hatte ihr Sara leidgetan. Sie hatte es sich schwer vorgestellt, das einzige Kind in die Ferne gehen zu lassen. Woher hätte sie auch wissen sollen, dass es für eine Mutter so viel schlimmer kommen konnte?

»Es bringt mir auch nichts, nur aus unserer Villa auszuziehen«, fuhr Sara fort. »Christian hat sich ja schon eine Wohnung in der Innenstadt genommen, aber ich fühle mich dort trotzdem nicht wohl. Alles erinnert mich an das große Scheitern in meinem Leben.«

»Dann bleibt dir wohl keine andere Wahl«, sagte Claudia. Bittere Galle stieg in ihrer Kehle hoch, und sie schluckte hart. »Du hast mir nie genau erzählt, was zwischen dir und Christian eigentlich vorgefallen ist.«

»Nichts.«

»Wie meinst du das?«

Sara seufzte. »So, wie ich es sage. Wir hatten mal eine tolle Ehe, und im Bett, na, ich will nicht übertreiben, aber dagegen ist ›Shades of Grey‹ eine Strickanleitung. Ich übertreibe natürlich, Claudia. Guck nicht so schockiert. Es war einfach phänomenal, auch ohne Fesseln und so 'n Kram. Aber seit ein paar Jahren ist Christians Flamme sozusagen erloschen. Wenn's nur der Sex wäre – irgendwie könnte ich damit klarkommen. Aber ich bin für ihn unsichtbar geworden. Besser kann ich es nicht beschreiben.«

Claudia holte tief Luft. Da war etwas, das sie der Freundin schon lange sagen wollte. »Und du selbst?«, fragte sie vorsichtig.

»Was denn?«

»Bist du für dich selbst sichtbar geblieben?«

»Du meinst, weil ich meinen Beruf aufgegeben habe, um nur für die Familie da zu sein?«

»So in etwa.«

»Weil ich nichts mehr aus meinem Leben gemacht habe und bloß noch die reiche Anwaltsgattin war?«

»Hm.«

»Weil ich mich nicht weiterentwickelt habe, sondern einfach stehengeblieben bin?«

»Ach, Sara.«

»Verdammt! Ich muss doch auch ständig darüber nachdenken. Es war ja so einfach, Christian alle Schuld zu geben. Aber jetzt ...«

»Hast du mal an eine Therapie gedacht?«

»Ja, wenn die Elbe für die nächsten dreißig Jahre zufriert. Nein, im Ernst. Wir haben es letztes Jahr versucht.

Christian hat nur geschwiegen. Das waren keine produktiven Sitzungen.« Sie stieß ein trauriges Lachen aus. »Und ich war vollkommen gefangen in meiner Wut auf ihn. Hast du noch eine andere Idee?«

»Nein. Ich finde das alles nur so traurig. Außer euch kenne ich kein Paar, das sich so sehr liebt.«

»Wenn überhaupt, geliebt hat«, gab Sara zurück, aber ihrer Stimme fehlte die Überzeugungskraft. »Wie auch immer. Ich werde noch genaue Pläne machen, aber ich weiß, dass ich wegmuss.«

»Das verstehe ich.«

Nimm mich mit!, wollte sie schreien. Ich halte es hier auch nicht mehr aus! Und ohne dich werde ich durchdrehen! Sie schwieg. Eine erwachsene, starke Frau bettelte nicht wie ein kleines Kind. Eine erwachsene, starke Frau meisterte ihr Leben auch ohne die beste Freundin.

»Alles okay, Claudia?«

»Klar, alles bestens. Du tust das Richtige.«

Sara legte eine kleine sommersprossige Hand auf ihre. »Danke«, erwiderte sie schlicht. »Am liebsten würde ich dir vorschlagen, mitzukommen. Du hast doch letztes Jahr diese Erbschaft gemacht. Von dem berühmten Onkel aus Amerika.«

»Es war eine Tante«, erwiderte Claudia. »Und sie hat in Schweden gelebt.«

Seit ihrer Kündigung hatte sie nicht mehr an das Geld gedacht. Es war eine Summe, mit der sie für mindestens zwei Jahre auf luxuriöse Weltreise gehen oder sich eine eigene kleine Wohnung kaufen könnte. Damals, als sie die Nachricht bekam, war sie vor Freude ganz außer sich gewesen. Inzwischen bedeutete ihr die Erbschaft nichts mehr.

»Ist doch wurscht ob Tante oder Onkel, ob New York oder

Stockholm«, sagte Sara. »Mitkommen kannst du so oder so nicht. Wegen Jule. Ist mir klar. Aber wenigstens musst du dir im Moment keine finanziellen Sorgen machen.«

Claudia nickte. Daran hatte sie noch gar nicht gedacht. Das Geld gab ihr Sicherheit. Sie würde sich in aller Ruhe nach einer geeigneten neuen Stellung umsehen können. Und selbst wenn sie nichts fand, eine Möglichkeit, die sie lieber nicht näher in Betracht zog, so würde sie doch nicht so bald Hartz IV beantragen müssen.

»Lass uns weiterfahren.«
»In Ordnung.«

Sie fuhren durch Francop und Neuenfelde, immer weiter durch die wunderschöne Kulturlandschaft. Vorbei an mit Kanälen durchzogenen Obstgärten und an saftigen Wiesen, auf denen schwarzweiß gefleckte Kühe weideten. Dann wieder ging es durch Dörfer, die geprägt waren von Bauernhäusern aus rotem Backstein, deren weißes Fachwerk in der Sonne leuchtete. Claudia balancierte einen Reiseführer auf den Knien, den sie von zu Hause mitgenommen hatte, und las der Freundin über dieses Marschland im Elbe-Urstromtal vor, das von den Holländern vor mehr als neunhundert Jahren urbar gemacht worden war. Beide Freundinnen waren schon oft im Alten Land gewesen; mal, um die Apfelblüte im Mai zu bewundern, mal für eine ausgedehnte Radtour an einem warmen Herbsttag. Für seine Geschichte und seine Besonderheiten hatte sich bisher keine von ihnen interessiert.

Claudia las immer weiter, um bloß über nichts anderes reden zu müssen. Sie erzählte von Entwässerung, von den drei »Meilen«, in die das Alte Land unterteilt war, von Deichen, die mehrmals in der Geschichte nicht ausgereicht hatten, um die Gegend und ihre Bewohner vor Sturmfluten zu schützen, von fruchtbarer Erde, vom Obstanbau und von den berühmten Prunkpforten, mit denen sich wohlhabende Altländer Bauern einst die Zufahrten zu ihren Höfen verzieren ließen.

»In etwa so eine hier?«, fragte Sara und zeigte nach vorn durch die Windschutzscheibe.

Claudia bemerkte erst jetzt, dass sie erneut gehalten hatten. Direkt vor ihnen stand eine große, weiß lackierte hölzerne Pforte mit einem kleinen Dach darüber. Dahinter erhob sich ein prachtvolles Bauernhaus. Weißes Fachwerk erstreckte sich zwischen roten Backsteinen, ein Ziegeldach wies spitz in den Himmel. Das Tor besaß eine große Durchfahrt für Wagen und eine kleine Pforte für Fußgänger. Es war mit geschnitzten Löwenköpfen und Trauben verziert.

»Die Schnitzereien haben eine Bedeutung«, erklärte sie und las dann vor: »›Die Löwen sollten die Bewohner und die Ernte des Hofes schützen, und die Trauben stehen für Fruchtbarkeit.‹«

»Wirklich schön«, murmelte Sara. »Und die Durchfahrt steht offen. Das ist doch bestimmt eine Einladung, oder?«

»Untersteh dich. Das ist Hausfriedensbruch.«

»Wieso? Ich will doch gar nicht ins Haus.« Sie ließ den Motor an und fuhr im Schritttempo los. »Nur einmal da durchfahren.«

»Dann eben Landfriedensbruch. Was weiß ich. Jedenfalls ist das Privatbesitz. Möchtest du vielleicht, dass bei dir in Harvestehude jemand über die Terrasse schlendert?«

»Warum nicht? Kommt ganz auf den Besucher an. Ein netter junger Mann ist mir durchaus willkommen. Seit Christian ausgezogen ist, kann es verdammt langweilig in der Villa sein. Vielleicht ist es ja ein Naturbursche aus dem Alten Land, Typ Hugh Jackman in ›Australia‹. Und ich sehe in dem Moment aus wie Nicole Kidman.«

»Sara, halt an oder ich springe aus dem Wagen!«

»Bist du verrückt geworden? Willst du dir alle Knochen brechen? Jetzt bleib mal schön sitzen. Wir rollen nur einmal durch, und dann verschwinden wir wieder. Es wird uns schon niemand fressen.«

Claudia hatte ihre Hand um den Türgriff gelegt, aber da war Sara bereits durch die Pforte gefahren. Fünf Meter weiter hielt sie an und wandte sich zu Claudia um.

»Irgendwie enttäuschend. Ich dachte, ich würde mich wie ein reicher Landadliger in seiner eleganten Kutsche fühlen, aber ich fühle mich bloß wie eine Touristin, die durch ein Holzgatter gefahren ist.«

»Dann dreh jetzt um!«

»Moment noch.«

Ehe Claudia sie zurückhalten konnte, war Sara ausgestiegen. Manchmal fand sie die impulsive Art ihrer Freundin unerträglich. Claudia unterdrückte einen Fluch und verließ ebenfalls das Auto.

»Was hast du vor?«

»Ich dachte, ich klingele mal. Vielleicht öffnet uns ja einen schicker Landmann und erzählt uns aus erster Hand ein bisschen was über seine Heimat. Und er sieht dabei umwerfend gut aus. Dann lädt er uns zu einem Umtrunk ein und gesteht mir seine Liebe.«

»Du spinnst.«

Sara grinste und machte ein paar Schritte in Richtung Haus, das mit seiner Giebelseite zur Straße stand. Die Tür, auf die sie zuging, war besonders schön mit Ornamenten geschmückt.

»Warte mal!«, rief Claudia ihr nach, öffnete noch einmal die Beifahrertür und holte den Reiseführer heraus. Für einen Moment vergaß sie ihr Missbehagen. »Da wird dir sowieso niemand öffnen.«

Sara wandte sich noch einmal um, betätigte mit einem Knopfdruck die Zentralverriegelung an ihrem Alfa und betrachtete dann wieder die alte Holztür. »Wirklich schön. Schau dir dieses Schmuckfenster an.«

»Man nennt es ein Oberlicht.« Claudia verdrängte, dass sie sich unbefugt auf diesem Hof aufhielten. »Das vergoldete Pferd darin und die Zweige zeugen von echter Schmiedekunst. Und sieh nur, diese feinen Ornamente im Holz. Die sind ganz wunderbar.«

»Ja«, meinte Sara andächtig.

»Es ist eine Brauttür.« Claudia deutete auf eine Seite in ihrem Reiseführer. »Früher zog die Braut durch diese Tür in das Haus ein. Das hatte übrigens nicht nur romantische Gründe. Gleich dahinter befand sich eine kleine Kammer, in der alle Wertgegenstände der Familie aufbewahrt wurden. Deshalb besitzt die Tür außen auch keine Klinke.«

»Stimmt. Aber wozu war das gut?«

»Niemand konnte von draußen reingehen und etwas stehlen, aber diese Tür war im Notfall schnell von innen zu öffnen. Zum Beispiel bei Feuer. Dann konnte nämlich die eigentliche Haustür an der Seite des Gebäudes nicht mehr benutzt werden.«

Sara fuhr mit den Fingerspitzen ganz leicht über die Holzmaserung. »Und wieso?«

So langsam gefiel sich Claudia in der Rolle der Expertin. »Damals waren diese Häuser noch mit Reet gedeckt. Das geriet an den Längsseiten ins Rutschen, wenn es brannte, und versperrte so den Fluchtweg. Aber hier, unter dem Giebel, kam nichts herunter. Man konnte noch hinaus und bei der Gelegenheit auch die Wertsachen retten.«

»Ganz schön pfiffig, diese Altländer.«

»Ja, und ich schätze, das sind sie heute auch noch. Wahrscheinlich sind diese historischen Häuser mit Alarmanlagen ausgestattet.«

Saras Finger zuckten zurück. »O Gott. Ich höre da was. Aber ich habe die Tür doch kaum berührt. Warte mal, das ist keine Sirene, sondern …«

»Hundegebell!«, rief Claudia aus. »Komm! Weg hier!«

Claudia fürchtete sich nicht nur vor Pferden. Auch Hunde, die größer waren als ein Zwergpinscher, machten ihr Angst. In ihrer friesischen Familie wurde gern über sie gelacht. Claudia war das egal. Lieber galt sie als Feigling, als irgendwann von einer Bestie zerfleischt oder zertreten zu werden. Nach seinem Bellen zu urteilen, war dieser Hund sehr, sehr groß.

Die beiden Freundinnen stürmten zum Auto.

»Aufschließen!«, schrie Claudia.

»Verdammt. Klemmt mal wieder!«

Sara drückte und drückte auf den Knopf an ihrem Wagenschlüssel. Die Verriegelung wollte sich nicht lösen. Mit einem Blick über die Schulter entdeckte Claudia einen wahren Höllenhund. Größer als ein Zwergpinscher, definitiv. Auch größer als jeder normale Schäferhund. Mit aufgerissenem Maul entblößte er seine spitzen, scharfen Reißzähne und stürmte auf sie zu. Schaumflocken flogen ihm um die Ohren, sein schwarzes Fell wurde weiß gesprenkelt. Noch drei, vier lange Sprünge, und er würde sie eingeholt haben.

»Nach oben!«, rief Sara, sprang flink auf die Motorhaube und von dort auf das Dach ihres Alfas.

Claudia wusste, das würde sie nicht retten, aber sie zögerte keine Sekunde und kletterte hinterher. Die Freundinnen hockten sich hin und klammerten sich aneinander.

»Das bringt nichts!«, rief Claudia. »Das schafft der locker auch.«

Tatsächlich setzte der Riesenhund zu einem letzten weiten Sprung an – und wurde brutal zurückgerissen. Er jaulte auf. Wieder sprang er los, wieder wurde er mitten im Flug gestoppt.

»Da!«, stieß Sara aus. »Die Kette.«

Claudia zitterte am ganzen Körper, aber sie zwang sich, genau hinzusehen. Eine lange eiserne Kette verhinderte, dass der Hund zu ihnen aufs Autodach gelangen konnte. Sie klirrte und knirschte, aber sie hielt.

»Herr im Himmel! Wärst du nur ein oder zwei Meter weiter gefahren …«

»Bin ich aber nicht.« Auch Sara zitterte, doch sie fing sich schnell wieder. »Böser Hund! Pfui! Geh weg!«

Hysterisches Bellen war die Antwort.

Sie runzelte die Stirn. »Scheint ihn nicht sonderlich zu beeindrucken.«

Claudia schwieg. Sie spürte, wie ihr linkes Bein einschlief, und versuchte, es ein wenig auszustrecken. Schon wollte der Hund danach schnappen. Er verfehlte ihren Fuß nur knapp. Schaumflocken landeten auf ihrem Schuh. Mit einem spitzen Schrei zog sie das Bein wieder an.

»Keine Angst«, sagte Sara. »Da kommt er im Leben nicht ran.«

»Klar, solange die Kette hält. Das Teil sieht ziemlich verrostet aus, und der Monsterhund wiegt mindestens zwei Zentner.«

»Wir könnten hinten runterrutschen und fliehen«, schlug Sara vor.

»Niemals. Wenn die Bestie sich freimacht, sind wir hier oben sicherer. Oder auch nicht. Ich glaube aber, ich kann keinen Schritt laufen. Mir schlafen schon beide Beine ein. Wir können nur hierbleiben.«

»Dann rufen wir Hilfe herbei.«

»Siehst du weit und breit eine Menschenseele?«

»Nee, Mist. Das Dorf liegt gute zweihundert Meter hinter uns. Hast du dein Handy hier?«

»Ist im Auto, genau wie deins. Es gibt keine Rettung. Wir sind verloren.«

Sara schlug mit der flachen Hand auf das Autodach. »Mensch, Claudia! Sei doch nicht so verdammt pessimistisch!«

»Okay, dann erklär du mir mal die gute Seite an unserer Lage.«

»Na, ist doch ganz einfach. Wir sitzen hier eine kurze Weile im schönen Sonnenschein, und dann kommen zwei edle Ritter auf ihren prächtigen Pferden vorbeigeritten und erretten die schönen Prinzessinnen.«

Claudias zaghaftes Lachen wurde von einem neuen Geräusch erstickt. Donnergrollen. Der Himmel verdunkelte sich, und mit rasender Geschwindigkeit rollten die Regenwolken heran.

»Oh, oh«, murmelte Sara.

Im nächsten Moment ergoss sich ein Gewitter so heftig über ihnen, dass sie sich an den Ecken des Autodachs festkrallen mussten, um nicht weggespült zu werden. Direkt in den weit aufgerissenen Hunderachen.

»Alle Hunde sind wasserscheu!«, schrie Sara gegen den Donner und das Rauschen des Regens an. »Dieser Schäferhund-Mutant verzieht sich gleich in seine Hütte.«

Hoffnungsvoll schaute Claudia zum Riesenhund. Der

rührte sich nicht. Ließ sich nass regnen, bellte weiter und rannte in kurzen Abständen immer wieder gegen die Kette an.

»Das war wohl nichts«, sagte sie. »Und deine edlen Ritter lassen auch auf sich warten.«

Sara, deren wilde Locken jetzt dunkel und traurig von ihrem Kopf herabhingen, hatte ausnahmsweise keine Antwort parat. Die Freundinnen kuschelten sich eng aneinander. Sie froren erbärmlich. Das Wasser lief in Sturzbächen an ihnen hinunter, durchdrang ihre Kleidung und ließ sie so heftig zittern, dass sie sich nur mit Mühe noch festhalten konnten. Stundenlang warteten sie so auf Hilfe.

Zumindest kam es ihnen so vor, als dehnte sich die Zeit zu Stunden. In Wahrheit vergingen vielleicht nur zehn oder zwanzig Minuten, bis ein Mercedes älteren Baujahrs auf den Hof gerollt kam und neben ihnen hielt. Ein Mann öffnete einen Spaltbreit das Seitenfenster und starrte sie an.

»Was zum Teufel machen Sie da?«

Bevor Claudia ihre Freundin daran hindern konnte, sperrte diese schon den Mund auf. »Hallo? Geht's noch? Was ist das denn für eine dumme Frage?« Angesichts der nahenden Rettung war sie schon wieder ganz die Alte. »Wonach sieht's denn aus? Glauben Sie, wir hocken hier freiwillig? Ist das Ihr Köter? Der ist ja eine Gefahr für die Menschheit. Den sollte man erschießen!«

»Sie sind selber schuld«, kam es ungerührt zurück. »Sie beide haben unbefugt meinen Hof betreten. Und vorn an der Straße warnt ein großes Schild vor meinem Wachhund.«

Das mussten sie übersehen haben. Auch den Mercedes-Fahrer konnte Claudia nicht richtig erkennen. Sein Gesicht blieb hinter dem dichten Regen verborgen.

»Jetzt seien Sie mal nicht so pingelig!«, rief Sara. »Wir sind zwei unschuldige Touristinnen aus Hamburg, die Ihr schickes Gatter da besichtigt haben.«

»Hamburg. Soso.« Die Kälte in seinem Blick verriet Claudia, dass er nicht viel übrighatte für die Menschen jenseits der Elbe.

»Wären Sie so freundlich, Ihren Hund wegzusperren?«, bat sie mit aller Höflichkeit und Würde, die ihr im Moment zur Verfügung standen. »Danach werden wir uns förmlich bei Ihnen für unser unerlaubtes Eindringen entschuldigen.«

Zu ihrer Überraschung nickte der Mann, stieg dann aus und erhob sich zu einer Größe von locker zwei Metern. Er mochte Anfang, Mitte fünfzig sein und trug zu einem ausgebleichten Baumwollhemd Jeans, die zuletzt in den Neunzigern modern gewesen waren. Haare, Vollbart und Kleidung waren in Sekundenschnelle durchnässt.

»Rübezahl«, flüsterte Sara, und selbst Claudia musste sich zwingen, nicht zurückzuweichen. Dafür wäre auf dem Dach ohnehin kein Platz gewesen. Der Mann steckte zwei Finger in den Mund und stieß einen gellenden Pfiff aus, bei dem den Freundinnen die Ohren klingelten.

»Lulu, Platz!«

Gehorsam setzte sich der Höllenhund auf sein Hinterteil.

»Lulu?«, raunte Sara. »Bitte sag mir, dass ich mich verhört habe.«

»Und nun zu Ihnen«, sagte der Mann mit einem Grollen in der Stimme.

## 6. Kapitel

Warum bloß wollte ihr dieses Lied nicht aus dem Kopf gehen? Die Melodie verfolgte sie, lockte und quälte sie, drehte sich immer und immer wieder in ihrem Kopf herum. Elisabeth schloss die Augen und zählte im Stillen bis hundert. Dann bis tausend. Es half nichts. Das Lied war immer noch da.

Sie schaute nach vorn, ließ ihren Blick über die schönen Kränze auf dem Sarg schweifen. Weiße Lilien, blassrosa Nelken und gelbe Rosen verströmten ihren betörenden Duft. Dann schaute sie fest den Pastor an. Ein feiner Mann. Fast einen halben Kopf kleiner und mindestens zwanzig Jahre jünger als sie, vielleicht Anfang fünfzig, dafür mit einem gemütlichen Bauch und feingliedrigen Händen. Mit sparsamen Gesten unterstrich er seine Trauerrede. Ruhig erzählte er von Hans-Georg Fischers Leben, von seinem Schaffen, von seiner Menschenfreundlichkeit, von seinem Glück, mit ihr, Elisabeth, eine fünfundvierzig Jahre dauernde Ehe geführt zu haben. Man hätte meinen können, er sei ein guter Freund des Verstorbenen gewesen. Dabei waren sich die beiden Männer zu Lebzeiten nie begegnet. Aber Pastor Petersknecht hatte Elisabeth aufmerksam zugehört und in all seiner Güte die Informationen noch ein wenig ausgeschmückt.

Schön, dachte sie. Es ist eine schöne Trauerrede. Hans-Georg hätte sich gefreut. Nur die leeren Kirchenbänke hätten ihn geärgert. Dabei war es schon schwer genug gewesen, wenigstens zwei Dutzend Trauergäste zusammenzubekommen. Ehemalige Angestellte und Arbeiter der Möbelfabrik Fischer, oder, wenn diese bereits gestorben waren, wenigstens deren Kinder. Verwandte gab es kaum, außer Thomas, ihrem Sohn, und Edwine, Hans-Georgs älterer Schwester. Doch Thomas hatte es nicht pünktlich zur Beerdigung geschafft, und Edwine lebte im Altenheim. Sie war nicht mehr gut zu Fuß. Die Beerdigung würde über ihre Kräfte gehen, hatte sie Elisabeth am Telefon mitgeteilt. Mehr Familie gab es nicht. Elisabeths Mutter war schon lange tot, ebenso wie Hans-Georgs Eltern. Auch Freunde waren nicht gekommen. Hans-Georg hatte die letzten fünf Jahre seines Lebens leidend verbracht. Mit der Zeit waren alle Freunde ferngeblieben.

Elisabeth rieb sich die Schläfen. Nein, es war nicht die Schuld der anderen gewesen. Hans-Georg hatte sie nach und nach vergrault. Und sie selbst war nicht mehr in der Lage gewesen, sich mit ihren zwei besten Freundinnen zu treffen. All die Fragen, wie es ihr denn wirklich ging, hatte sie lieber unbeantwortet gelassen. Und zu sehen, wie die beiden Frauen, die sie seit ihrer Jugend kannte, ihr Leben lebten, auf Reisen gingen und glücklich waren, hatte ihr auf Dauer alle Energie geraubt.

Der Pastor senkte den Kopf zum Gebet, Elisabeth folgte seinem Beispiel. Doch kaum murmelte sie die tröstenden Worte des Vaterunsers, schlich sich diese verflixte Melodie wieder in ihr Bewusstsein. Es war zum Verzweifeln!

Ihr kam der Gedanke, sie könnte unter Schock stehen. Aber das war Unsinn. Sie war seit Jahren auf Hans-Georgs Tod vorbereitet gewesen, und als er vor drei Tagen seinen letzten Atemzug getan hatte, war sie ganz ruhig geblieben. Überhaupt hatten die Ärzte es schon als Wunder bezeichnet, dass er dem aggressiven Magenkrebs so lange standgehalten hatte.

Wie hatte es der Onkologe ausgedrückt? »Das ist allein Ihr Verdienst, Frau Fischer. Ohne Ihre Liebe und Ihre aufopfernde Pflege wäre Ihr Mann schon viel früher verstorben.«

»So«, hatte sie schlicht geantwortet. »So ist das.«

Versunken in ihre Erinnerungen, kam Elisabeth erst wieder zu sich, als Pastor Petersknecht ihr eine kleine Schaufel in die Hand drückte.

»Frau Fischer, geht es Ihnen gut?«

Sie starrte ihn an, starrte auf die dunkelgrün lackierte Schaufel. Wohin war die letzte Stunde verschwunden? Wieso hatte sie nicht mitbekommen, dass sie dem Sarg nach draußen auf den Friedhof gefolgt war? Zu der Grabstelle, die Hans-Georg schon vor Jahren für sie beide erworben hatte? Beste Lage in Hamburg-Blankenese, selbst für die letzte Ruhestätte. Wenigstens hatte er keine Kraft mehr gehabt, ein Mausoleum in Auftrag zu geben. Ihr gruselte bei dem Gedanken, sie müsste eines Tages neben ihm in einer protzigen Totengruft aus weißem Marmor ihre letzte Ruhe finden.

Elisabeth löste ihren Blick vom Pastor, bevor dieser in ihren Augen auch nur eine Andeutung ihrer Gedanken erraten konnte. Dann sah sie sich um. Wie kam es, dass von den Trauergästen nur noch eine Handvoll übriggeblieben war? Hatten die anderen an diesem schönen Augustsonntag etwas Besseres vor? Vielleicht einen Spaziergang unten am Elbstrand? Nun, sie konnte ihnen keinen Vorwurf machen.

Sie ließ ein wenig Erde auf den Sarg rieseln und schaute hinunter in die Grube. Dort lag Hans-Georg und wartete auf sie. Sie konnte regelrecht sehen, wie er seine langen knochigen Finger nach ihr ausstreckte und seine fleischlosen Lippen zu einem siegessicheren Grinsen verzog.

»Lange wird es nicht mehr dauern«, hatte er geflüstert, als er noch sprechen konnte. »Dann sind wir wieder beisammen. Du und ich für alle Ewigkeit.«

Sie hatte genickt und gelächelt, wie immer. Ihr war nicht in den Sinn gekommen, ihm zu widersprechen, ihm zu erklären, sie selbst sei gerade erst siebzig geworden und habe gewiss nicht vor, demnächst zu sterben. Nein, das war nicht ihre Art. Auch jetzt nickte und lächelte sie. Eine alte Gewohnheit legte man nicht so schnell ab. Sie merkte, wie der Pastor sie geduldig beobachtete. Nur eine steile Falte auf der Stirn verriet, dass er sich um sie sorgte.

Ihr Lächeln erlosch, sie stand ganz still.

Durchhalten, dachte sie. Das hier muss ich noch durchhalten. Dann kann ich ... singen.

Singen? Elisabeth erschrak über sich selbst. Um sich abzulenken, musterte sie die wenigen verbliebenen Trauergäste. Keinen von ihnen kannte sie näher. Einsam fühlte sie sich, schrecklich einsam, und sie wollte nur noch fort von diesem trostlosen Ort. Aber wohin? Zurück in die Vergangenheit, als sie jung gewesen war, jung und voller Lebensfreude. Jahrzehnte schrumpften zusammen. Sie lief los.

Nein. Sie stolperte und wurde vom Pastor festgehalten, bevor sie in die Grube stürzen konnte.

Ha! Jetzt schon! Hans-Georg hätte sich gefreut. Sie fixierte den Sarg. Da kannst du lange warten! So schnell kriegst du mich nicht! Wieder bewegte sich eine blutleere Hand von unten zu ihr hoch. Ein kalter Schauder lief ihr über den Rücken. Im Tod schien ihr Mann mehr Macht über sie zu besitzen als im Leben. In der Ferne erklang ein

Donnerschlag. Irgendwo weit im Westen wuchsen dunkle Wolkentürme am Himmel. Auf einmal fürchtete sie sich.

Jemand kam herangelaufen. Thomas, der sich heute Tom nannte. Ihr einziges Kind. Ihr Ein und Alles.

»Ich bin hier.«

»Danke.«

Sie hakte sich fest bei ihm ein. Thomas war so groß wie sie, aber nicht so furchtbar knochig. Auch seine Gesichtszüge waren weicher, und sein schönes, welliges Haar war voll und von einem satten Braunton. Neben ihm fühlte sich Elisabeth sicher. Ihr Sohn würde sie schon halten, wenn die Beine nachgaben.

Die Jahre kehrten zu ihr zurück. Jedes einzelne, schwer, bleiern, erdrückend.

Thomas sagte etwas von einem Verkehrsstau und von einem Flieger, der Verspätung gehabt hatte.

»Du hast es ja noch geschafft«, erwiderte sie, während nun die Totengräber langsam Erde auf den Sarg häuften.

Er strich ihr sanft über das graue Haar, das sie schon seit vielen Jahren zu einem schlichten Bob frisieren ließ. »Und ich mache es wieder gut. Ich kann eine Woche bleiben.«

»So lange?«, fragte sie staunend, beglückt. »Geht das denn?«

»Natürlich.«

Thomas arbeitete in einer Londoner Bank und befasste sich mit Dingen, von denen Elisabeth noch nie etwas gehört hatte. Aber sie war stolz auf ihn. So ein kluger Junge, so ein wunderbarer und einfühlsamer Mensch. Dass er keine Kinder haben würde, hatte sie recht früh begriffen. Als er niemals eine Freundin mit nach Hause brachte, war es ihr endgültig klargeworden. Er war nicht etwa nur besonders reserviert. Elisabeth war nicht dumm. Als junge

Frau hatte sie einen blühenden Sommer lang Blumen im Haar getragen, und sie hatte gesehen, wie anders manche Menschen waren, wie bunt die Welt sein konnte.

Eine Weile hatte sie mit sich gekämpft und dann ganz einfach ihren Sohn so weitergeliebt wie bisher. Anders Hans-Georg. Er war nie darüber hinweggekommen.

Pastor Petersknecht reichte ihr die Hand zum Abschied. Elisabeth bemerkte, dass nur noch sie und Thomas am Grab standen. Inzwischen lagen auch die Kränze auf dem frisch aufgeworfenen Hügel. Sie verabschiedete sich herzlich und zupfte dann ihren Sohn am Ärmel.

»Lass uns gehen.«

Langsam schritten sie über den Kiesweg zum Ausgang des Friedhofs. Das Donnergrollen nahm zu, der Tag verdunkelte sich.

»Du hättest Phil mitbringen können«, sagte sie. Phil Barker war seit zehn Jahren Thomas' Lebenspartner. Elisabeth hatte ihn nur zweimal getroffen, aber sie mochte den fröhlichen jüngeren Mann, der so viel Liebe und Leichtigkeit in das Leben ihres Sohnes brachte.

Er schüttelte den Kopf. »Ich hielt es für keine gute Idee. Es hätte Vater nicht gefallen.«

»Nun, er ist tot, nicht wahr?«

Thomas blieb stehen. Sein Unterkiefer klappte herunter.

Elisabeth lächelte. »Ach, tu nicht so schockiert. Lass uns lieber von hier verschwinden.«

Er fasste sich und nickte. »Möchtest du nach Hause?«

In die weiße kalte Villa, die keine fünf Minuten Fahrtzeit von hier entfernt inmitten eines Parks thronte?

»Nein, noch nicht. Wir gehen etwas essen. Los, ich lade dich ein.«

»Gibt es keinen Leichenschmaus?«

»Nein, für wen denn? Es wäre niemand gekommen. War schon schwierig genug, überhaupt zwei Kirchenbänke zu füllen.«

»Das tut mir leid.«

»Muss es nicht, mein Lieber, muss es nicht. Ich bin ganz froh. Jetzt können wir wenigstens tun und lassen, was wir möchten.«

Auf dem Parkplatz strebte sie zu ihrem Wagen.

»Die alte Kiste hast du immer noch?«, fragte Thomas mit einem Lächeln in den Mundwinkeln.

»Aber sicher. Er läuft prima, und ich fühle mich darin viel wohler als in dem dicken Mercedes.«

Liebevoll streichelte sie die Motorhaube ihres dunkelblauen Käfers von 1967. »Außerdem passt er besser zu einem Mädchen vom Fließband aus Hamburg-Hamm.«

Thomas lachte leise. »Zu einer Fabrikantengattin aus Blankenese aber nicht.«

»Wenn schon, dann Fabrikantenwitwe.«

Diesmal blinzelte er verwirrt. »Man könnte fast meinen ...«

»Was?«

»Ach, nichts.« Er hielt ihr die Fahrertür auf. »Oder soll ich fahren?«

»Nach zwanzig Jahren im Linksverkehr? O nein. Ich möchte heute nicht sterben. Nicht gerade heute.«

Thomas schwieg.

Knatternd rollten sie vom Friedhof und störten dabei ausgiebig die Totenruhe. Zielsicher fuhr Elisabeth zur Elbchaussee, lenkte den Wagen dann nach Osten in Richtung Altona und weiter über die Palmaille nach St. Pauli zum Fischmarkt. Sie kannte da eine Hafenkneipe, die von den großen Touristenströmen verschont geblieben war und wo es das beste Labskaus Hamburgs gab. Dieses Gericht, ursprünglich ein Seemannsessen aus zerstampften Kartoffeln, Rote Beeten, Zwiebeln und gepökeltem Rindfleisch, war einst Thomas' Lieblingsspeise gewesen, und sie hatte es ihm gekocht, wann immer Hans-Georg auf Geschäftsreise gewesen war. Ihr Mann hatte Labskaus zeit seines Lebens verabscheut. Es sei ein Arme-Leute-Fraß, hatte er gesagt, und als Mitglied der besseren hanseatischen Gesellschaft werde er so etwas niemals anrühren.

»Siehst du?«, sagte sie nach einer Weile zu ihrem Sohn. »Mein guter alter Scott lässt mich nicht im Stich. Das hättest du wohl nicht gedacht. Nur regnen darf es nicht. Er ist leider nicht mehr ganz dicht.« Besorgt schaute sie zum Himmel auf. Noch blieb es trocken.

»Scott«, wiederholte Thomas und lächelte. »Ich habe nie verstanden, warum du ihn so getauft hast. War das ein Geliebter von dir?«

Sie spürte, wie sie rot wurde, und hoffte, dass Thomas es nicht bemerkte. Es hatte einmal einen Sommer gegeben, in dem sie die Liebe kennenlernte. An die Namen ihrer Flirts konnte sie sich jedoch nicht mehr erinnern.

»Unsinn. Als ich den Käfer gekauft habe, gab es einen Hit von Scott McKenzie.«

Thomas lachte. »Ach, der.« Dann begann er zu singen, von San Francisco und von Blumen im Haar. Elisabeth stimmte mit ein. Da war sie wieder, die Melodie, doch nicht mehr störend, nicht mehr quälend. Sie brachte die Erinnerung an den Sommer ihres Lebens zurück, an das Glück, dieses kurze flüchtige Glück.

Ich hätte fahren sollen, dachte Elisabeth wie schon tausendmal zuvor. Nach San Francisco oder woanders hin auf der Welt. Nur fort von hier.

Sie hatte es nicht geschafft.

»Wein doch nicht, Liz.«

Liz. Nur Thomas durfte sie so nennen.

»Ist schon gut. Du Ärmster. Mit einer heulenden Mutter hast du nicht gerechnet.«

»Du weinst nicht um Vater«, sagte er schlicht.

Das stimmte. Elisabeth weinte um die verlorenen Träume ihrer Jugend.

»Du bist noch nicht alt.«

Wie immer bewies er ein besonderes Feingefühl.

Sie wischte sich über das Gesicht. »Was willst du damit sagen?«

»Na ja, ich war auch noch nie in San Francisco. Wir könnten hinfliegen.«

Sie warf ihm einen kurzen Seitenblick zu. Eine Reise zusammen mit ihrem Sohn. Es wäre wundervoll. Aber es war ausgeschlossen. Sie wusste, wie wenig Urlaub er bekam, und diese kostbare Zeit sollte er mit Phil verbringen. Schon jetzt opferte er eine ganze Woche für sie.

»Ich glaube«, sagte sie langsam, »das ist mir ein bisschen zu weit weg.«

Noch während sie sprach, setzte sich eine verrückte Idee in ihrem Kopf fest. Zu weit weg? Wieso eigentlich? Du bist keine Greisin. Niemand hält dich zurück. Mit dem Flugzeug bist du in höchstens zwölf Stunden da.

Elisabeth wurde angst und bange. Sie kannte sich plötzlich selbst nicht mehr. Wer war diese abenteuerlustige Fremde, die da in ihrem Kopf herumgeisterte? Doch nicht sie selbst, die aufopferungsvolle Pflegerin ihres todkranken Mannes? Die Frau, die keine eigenen Wünsche mehr zuließ? Die ihr Leben an die zweite Stelle gesetzt hatte? Nein, unmöglich. Oder hatte sich die mutige Elisabeth all die Jahre nur versteckt, um im richtigen Augenblick ans Licht zu treten und ihr Recht einzufordern?

Himmelherrgott!, dachte sie im Stillen.

»Alles in Ordnung, Liz? Du wirkst so abwesend.«

»Entschuldige. Ich habe nur großen Hunger.«

»Okay«, sagte er und ließ sie dann in Ruhe. Sie war ihm dankbar dafür. Und sie war froh, als sie kurz darauf Piets Kneipe erreichten und damit beschäftigt waren, inmitten einer Schar von Hafenarbeitern in ihrem einigermaßen sauberen Sonntagszwirn einen Tisch zu ergattern und ihr Essen zu bestellen. So musste sie sich auf etwas anderes konzentrieren und konnte diese verrückte Idee ganz schnell wieder vergessen. Draußen ging jetzt ein heftiges Gewitter nieder.

»Nach Hause müssen wir ein Taxi nehmen«, gestand sie ihrem Sohn. »Scott springt bei Regen nicht an, außerdem werden die Sitze nass sein.«

Thomas lächelte und lehnte sich zurück. »Kein Problem.«

Schwere Küchendünste waberten durch den niedrigen Raum und vermischten sich mit dem Rauch unzähliger Zigaretten. Dies war kein Ort, an dem neumodische Gesetze wie das Rauchverbot respektiert wurden. Das schlichte Mobiliar war dunkel und abgenutzt, von der Decke baumelten Schiffsmodelle, und an den Wänden staubten ausgestopfte Fische vor sich hin. Man trank Bier und Schnaps, schlang einfaches, nahrhaftes Essen in sich rein und beäugte die beiden Neuankömmlinge in ihren schicken schwarzen Klamotten wie zwei Besucher von einem anderen Stern.

*Der Typ sieht aus, na, ich will ja nichts sagen, aber so ganz astrein ist der nicht. Hab 'ne Nase dafür. Und die Lady hat wohl Lust auf ein Abenteuer. Morgen kann sie beim Kaffeekränzchen im Alsterpavillon* erzählen, sie habe sich unter das niedere Volk gemischt. Ha! So was haben wir gerade nötig. Fehlt nur noch, dass wir eine Touristenattraktion werden. Dann müssen wir hier weg, Jungs. Ein hart arbeitender Mann muss am Sonntag in Ruhe sein Bier trinken können, ohne angeglotzt zu werden.

Elisabeth und Thomas spürten die Feindseligkeit und hielten die Blicke gesenkt. Sie bekamen zwei riesige Teller mit Labskaus vorgesetzt, das heutzutage statt mit Pökelfleisch mit Corned Beef gekocht wird. Dazu gab es Spiegeleier, Gewürzgurken und Matjes. Lächelnd schaute Elisabeth zu, wie Thomas andächtig seine Portion betrachtete.

»Nein«, sprach er zu seinem Teller. »Du bist göttlich, aber ich werde dich nicht fotografieren und auf Facebook posten.«

Sie biss fest die Zähne zusammen. Zwecklos. Schon prustete sie los. Thomas grinste und lachte.

Um sie herum verfinsterten sich die Blicke. *Macht euch mal nicht lustig über uns. Könnte böse für euch enden.* Elisabeth beschloss, sich davon nicht beeindrucken zu lassen.

Als Thomas wieder Luft bekam, meinte er: »Wenn Vater das wüsste, würde er sich im Grab umdrehen.«

»Allmächtiger«, stieß sie aus.

Er beugte sich vor und legte eine Hand auf ihre. »Es ist schön, dich lachen zu sehen.«

»Aber am Tag der Beerdigung meines Mannes!«

»Na und? Du tust niemandem damit weh.«

»Es ist ... pietätlos.«

»Ach, hör schon auf.«

Thomas nahm seine Hand weg, winkte dem Kellner und bestellte zwei Weizenkorn.

»Auf den Schreck«, sagte er, als die kleinen Schnapsgläser mit der durchsichtigen hochprozentigen Flüssigkeit gebracht wurden. Elisabeth prostete ihm zu und trank ihr Glas ohne zu zögern aus.

»Bravo, Lady«, ließ sich vom Nebentisch ein Riese von einem Kerl vernehmen. Er klang geradezu freundlich. »So gehört sich das.«

Die Spannung in der Kneipe löste sich, hie und da wurde anerkennend genickt. Elisabeth musste schon wieder lachen. Mochte der Kerl denken, sie sei eine feine Dame, sie selbst wusste, wo sie herkam. Hamburg-Hamm, Zwei-Zimmer-Wohnung, vierter Stock in einem dunkelroten Klinkerhaus. Billige Möbel, abgerissene Kleidung, einfaches Essen. Eine wie sie wusste, wie man einen Korn trank. Thomas bestellte noch eine Runde.

»Auf das Leben!«, rief sie aus und erntete knallenden Applaus.

Ihr Sohn amüsierte sich köstlich. »Bevor wir uns jetzt einem Gelage hingeben, müssen wir essen. Sonst gibt's eine Katastrophe.«

Sie machten sich über ihre dampfenden Teller her und aßen schweigend. Erst als sie beide satt waren, tranken sie noch einen Korn, der ihnen von den Männern am Nebentisch spendiert worden war. Elisabeth stieg der ungewohnte Alkohol zu Kopf. Die trinkfesten Zeiten ihrer Jugend waren seit einer Weile vorbei. Sie war nur froh, dass sie den Schnaps jetzt auf vollen Magen kippen konnte. Labskaus war mit Sicherheit eine gute Grundlage.

»Was hast du nun vor?«, fragte Thomas. Er war auf einmal ernst geworden und musterte sie nachdenklich.

Elisabeth legte ihr Besteck beiseite und tupfte sich mit einer dünnen Papierserviette die Mundwinkel ab.

»Es gibt einiges zu tun. Ich habe diverse Behördengänge zu erledigen.«

»Schon klar, und ich bin ja auch hier, um dir dabei zu helfen. Aber danach? Was wirst du dann mit deinem Leben anfangen?«

Plötzlich war sie wieder da, die Melodie, und Elisabeth wiegte sich leicht im Takt hin und her.

»Geht es dir gut, Liz?«

Der große Kerl vom Nebentisch meldete sich zu Wort. »Ich fürchte, die Lady kriegt Schlagseite.«

»Papperlapapp«, erklärte Elisabeth. »So leicht kippe ich nicht aus den Latschen. Ich bin eine Deern aus Hamburg-Hamm.«

Es klang eher nach Hammaham. So ganz gehorchte ihr ihre Zunge nicht mehr. Die Männer lachten, nur Thomas nicht.

»Du könntest zu uns kommen.«

Elisabeth fühlte sich vorübergehend wieder nüchtern. »Das wäre schön. Ich würde euch gern für ein paar Wochen besuchen.«

»Nein, ich meine für immer. Was willst du hier noch, so ganz allein? Ich würde mich freuen und Phil natürlich auch. Der Vorschlag stammt übrigens von ihm.«

Sie schaute ihn an, voller Liebe. »Nein«, erwiderte sie dann entschieden. »Das wäre keine gute Idee.«

»Ich kann mir nicht vorstellen, wie du allein in der Villa wohnst. Denkst du etwa daran, schon in ein Altersheim zu ziehen?«

Elisabeth schüttelte heftig den Kopf. »Ganz bestimmt nicht. Ich bin weder besonders alt noch pflegebedürftig.«

»Das sehe ich auch so, obwohl Tante Edwine dir bestimmt zuraten würde.«

»O ja.«

Edwine Fischer, Hans-Georgs ältere Schwester, litt unter schwerem Rheuma und lebte in einem guten Heim mit Blick auf die Elbe, bestem Service und einem Sternekoch. Schon seit Monaten lag sie Elisabeth mit dem Vorschlag in den Ohren, ebenfalls in das Heim zu ziehen, sobald ihr lieber Bruder das Zeitliche gesegnet habe. So hätten sie beide Gesellschaft. Elisabeth graute vor dem Gedanken.

»Aber was willst du sonst tun?«

Sie antwortete, bevor sie richtig nachgedacht hatte. »Nun, ich könnte verreisen. Mir endlich mal die große weite Welt anschauen.«

Thomas brauchte einen Moment, um darüber nachzudenken. In der Zwischenzeit kam eine weitere Runde Schnaps.

Endlich sagte er: »Das klingt spannend. Wenn du willst, informiere ich mich da mal. Es gibt bestimmt schöne Reiseangebote für Senioren. Zum Beispiel Kreuzfahrten, die dich um die ganze Welt führen. Du müsstest nicht ständig das Hotel wechseln und würdest trotzdem viele Länder sehen.«

Elisabeth hob ihr Glas, prostete erst ihm, dann den Männern im Lokal zu.

»Habt ihr das gehört?«, fragte sie laut, als alle getrunken hatten. »Mein Sohn will mich auf ein schwimmendes Altersheim verfrachten.«

»Mutter!«

Oha! Der Alkohol war ihr jetzt aber doch ordentlich zu Kopf gestiegen. Und Thomas war böse mit ihr. Sonst hätte er sie nicht Mutter genannt.

»Tut mir leid«, sagte sie schnell.

»Tut mir leid!«, rief sie in die Runde.

Fingerknöchel klopften auf zerkratzte, fleckige Tischplatten. Männer grinsten und stellten fest, dass die feine

Lady und ihr Sohn gar nicht so übel waren. *Wirklich, Jungs, mit denen können wir es hier aushalten. Wer schmeißt die nächste Runde? Heute ist Sonntag, wird schon kein Kahn absaufen, bloß weil wir es mal ordentlich krachen lassen.*

»Nich' lang schnacken, Kopp in' Nacken!«, rief einer, und alle kippten ihre Gläser.

Elisabeth senkte die Stimme. »Ich weiß, du meinst es gut, und ich bin dir dankbar. Aber ich habe andere Pläne.«

*Ich?*, dachte sie sofort. *Wohl eher die fremde, abenteuerlustige Elisabeth, die von mir Besitz ergriffen hat.* Nun, wenn sie es recht bedachte, wurde ihr diese Frau langsam sympathisch. Sie musste es nur noch hinkriegen, ihre zwei Persönlichkeiten zusammenzubringen.

»Ich fahre mit Scott.«

Thomas riss die Augen auf und wackelte mit dem Kopf. Ob er ihn schütteln oder begeistert damit nicken wollte, wurde nicht ganz klar.

*Oho*, dachte Elisabeth, *er hat auch schon vier Schnäpse intus.*

»Mit dem Schrotthaufen? Damit kommst du nicht einmal durch den Elbtunnel.«

»Und ob«, gab sie zurück. »Du wirst schon sehen.«

## 7. Kapitel

Die junge Stute tänzelte nervös und schnaubte heftig. Vorsichtig erhöhte Jule den Schenkeldruck und zog die Zügel an.

»Nur die Ruhe, Dicke«, sagte sie mit tiefer Stimme. Sie ärgerte sich, dass sie mit Carina nicht in die Reithalle konnte. Aber dort trainierten heute zwei Kollegen mit ihren Pferden für das Turnier am kommenden Sonntag, und sie hatten behauptet, sie könnten nicht in Ruhe arbeiten, wenn eine dreijährige Stute zwischen ihnen herumhüpfte.

Wohl oder übel war Jule mit Carina zum Dressurviereck hinter der Halle geritten. Die Kollegen mochten bis zu einem gewissen Grad recht haben, trotzdem war sie verstimmt. Es war nichts Neues für sie, von den anderen Bereitern ausgegrenzt zu werden. Sie wusste, alle waren neidisch, weil sie eine bevorzugte Stellung innehatte. Nicht nur durfte sie Salut reiten, nein, sie würde der Gerüchteküche zufolge die Schwiegertochter des Barons werden und somit früher oder später ihrer aller Chefin. Keine gute Basis für Freundschaften am Arbeitsplatz.

Normalerweise konnte Jule damit gut umgehen, aber an manchen Tagen wünschte sie sich etwas mehr Kollegialität. Heute war ein solcher Tag.

Sie war versucht gewesen, einen der anderen Bereiter zu bitten, mit zum Reitplatz zu kommen. Sie hätte sich besser gefühlt, wenn jemand dabei gewesen wäre. Carina war heute extrem angespannt. Es lag am Wind. Der pfiff schon seit dem frühen Morgen mit gewaltiger Kraft aus Nordwest und machte Menschen wie Tiere verrückt. Bisher war dieser Frühling erstaunlich mild gewesen, aber nun spürte Jule den bevorstehenden Temperatursturz bis in die Knochen.

Carina befand sich noch in der Grundausbildung. Als ein neuerlicher Windstoß die Blätter in den Eichenkronen zum Rauschen brachte, warf sie den Kopf hoch. Jule musste die Zügel noch straffer nehmen. Die Muskeln in ihren Armen schmerzten. Es war schon später Nachmittag, und sie war hundemüde. Seit fünf Uhr früh war sie auf den Beinen, wie fast jeden Tag.

Langsam ließ sie Carina antraben. Am besten war es, sie blieb bei dieser Gangart. Ein halbe Stunde Trab mit einigen Tempoverschärfungen, damit das Pferd seine Nervosität über die Bewegung abgeben konnte. Schwierige Übungen waren heute sowieso nicht möglich.

Um ihre eigene Laune zu heben, dachte Jule an das vergangene Wochenende zurück. Erster Platz in einer S-Dressurprüfung mit Salut auf dem internationalen Reitturnier in Bremen. Ihr erster großer Sieg. Und viele würden hoffentlich noch folgen. Sie beide waren einfach perfekt gewesen, und später hatte sich eine Gruppe junger Mädchen um sie gedrängt und um Autogramme gebeten. Jule ließ sich gern bewundern, und das Leuchten in den Augen der Mädchen kannte sie noch zu gut von sich selbst. Auch für sie war dieser Beruf immer der Traumjob gewesen, und er war es bis heute. Trotz einiger verlorenen Illusionen, trotz des harten Alltags. Sie hätte ihren Fans gern erzählt, wie ihr Leben wirklich aussah. Die schöne Jule im edlen Reitdress und mit Zylinder auf dem Kopf auf einem prachtvollen Pferd war nur das Bild, das die Zuschauer sahen. Niemand jedoch kannte die Jule in alten Jeans und zerschlissenen Hemden, die früh um sechs ihre vier Schützlinge striegelte. Baron von Schilling hielt nichts von Pferdepflegern, die den Damen und Herren Reitern die schwere Arbeit abnahmen. Wer bei ihm als Bereiter oder Bereiterin arbeiten wollte, musste hart schuften. Im Gegensatz zu ihren Kollegen beklagte sich Jule nie darüber. Auch damit sammelte sie bei den anderen keine Sympathiepunkte.

Außer Salut und Carina gehörten noch zwei weitere Pferde zu ihrer Gruppe, ein fünf- und ein sechsjähriger Wallach. Beide zeigten gute Anlagen, würden es jedoch nie ganz nach oben schaffen. Da war Jule sich sehr sicher. Ihr Chef teilte inzwischen ihre Meinung und hatte bereits angekündigt, die Wallache jemand anderem zuzuteilen. Jule sollte sich ganz auf ihre Arbeit mit Salut konzentrieren können und außer mit ihm nur noch mit Carina trainieren, die über hervorragende Anlagen verfügte und alle Voraussetzungen für eine große Karriere im Dressurviereck mitbrachte.

Ja, dachte Jule jetzt. Sofern sie es irgendwann lernt, gelassener zu werden. Nun trabte sie mit ihr schon seit zwanzig Minuten mal rechts-, mal linksherum, und noch immer war die Stute aufs Höchste angespannt.

Sanft klopfte Jule ihr den braunen, schwungvoll gebogenen Hals. »Alles gut, meine Dicke. Wir machen gleich Feierabend.«

Carina schnaubte und schlug wieder den Kopf hoch. Jule, die noch vorgebeugt saß, um ihr den Hals zu klopfen, wäre um ein Haar an der Stirn getroffen worden. Jetzt war sie froh, dass keiner ihrer Kollegen mit hinausgekommen war. Es sprach sich sofort herum, wenn ein Pferd eine schlechte Angewohnheit zeigte.

Der Wind wurde noch stärker. Er trieb Jule Sandkörner in die Augen und zerrte an ihrer Bluse. Und es schien wärmer zu werden, nicht kälter. Sie schwitzte jetzt unter ihrer Sicherheitsweste und dem festen Sturzhelm. Alle Bereiter mussten Weste und Helm tragen, auch im Training. Aber längst nicht alle hielten sich daran. Jule schon. Sie fand nichts Cooles daran, auf Schutzkleidung zu verzichten. Jule hatte sich sogar von ihrem eigenen Geld die besten Sturzsteigbügel angeschafft. Sie waren an der Außenseite mit einem Gummiband versehen, das bei einem Sturz riss und somit verhinderte, dass ein Reiter in den Bügeln hängen blieb und womöglich vom durchgehenden Pferd mitgeschleift oder unter dem stürzenden Pferd begraben wurde.

»Genug für heute.« Sie parierte Carina zum Schritt durch und nahm dann beide Zügel fest in die rechte Hand, um sich mit der linken kurz über die Augen zu wischen. Diese Sandkörner brannten höllisch.

Der Knall ertönte, als sie die Zügel wieder mit beiden Händen greifen wollte. Ein kaputter Auspuff an einem Auto auf der nahen Landstraße? Ein Chinaböller, den ein paar Jungs noch Monate nach Karneval abfeuerten? Niemand fand je heraus, was passiert war.

Jule zuckte bei dem lauten Knall zusammen, aber sie brauchte keine zwei Sekunden, um ihre Schenkel fest an den Pferdeleib zu pressen und die Zügel straff zu ziehen.

Zwecklos.

Carina preschte im selben Augenblick los. Weite Galoppsprünge quer durch das Dressurviereck, direkt auf den hohen weißen Begrenzungszaun zu. Als sie begriff, dass sie die Stute nicht halten konnte, tat Jule alles, um ihr zu helfen. Sie hob sich aus dem Sattel, machte sie leicht, ließ die Zügel lang. Dann der Absprung, der Flug. Zu flach, zu kurz.

Carina prallte mit beiden Vorderbeinen gegen die obere Planke und stürzte auf den mit Kies belegten Vorplatz, der zwischen den Stallungen und dem Trainingsgelände lag. Jule flog nicht rechtzeitig aus dem Sattel. Kurz bevor das Pferd mit der rechten Vorderflanke aufschlug, begriff sie, dass sie es vorhin versäumt hatte, die Sturzsteigbügel anzuschnallen. Sie spürte keinen Schmerz, als Carina mit ihrem gesamten Gewicht ihr rechtes Bein unter sich begrub.

Nicht sofort.

Erst einen Wimpernschlag später schrie sie gellend.

Von ihrem Schrei wachte sie auf. Jule zitterte am ganzen Körper, und der Schweiß lief ihr in Strömen über den Rücken. Der Traum war so real gewesen. Fast zweifelte sie, ob sie wirklich nur geträumt hatte. Aber dann sah sie die Krücken an ihrem Bett stehen, spürte den gewohnten Schmerz in ihrem Bein und wusste wieder, der Unfall lag schon einige Monate zurück.

Carina. Das arme Tier. Jules Augen brannten, als sie an die Stute dachte. Die war zwar mit ein paar Prellungen davongekommen, taugte aber nicht mehr zum Reitpferd. Von einer Karriere im Dressursport konnte erst recht keine Rede mehr sein. Sie hatte einen Knacks weg, wie Jule es für sich selbst erklärte. Ließ sich nicht mehr aufzäumen, schlug aus und biss um sich. Nur Jule durfte sich ihr noch nähern, ganz so, als wäre dies ihre Art, um Verzeihung zu bitten. Aber Jule gab ihr ohnehin keine Schuld. Ein Unfall war ein Unfall, und damit basta.

Hätte sie die Sturzsteigbügel gehabt, hätte sie darauf bestanden, in der Halle zu trainieren, wäre jemand dabei gewesen, der dem panischen Pferd in den Weg gesprungen wäre – hätte, wäre ... Es war sinnlos, darüber nachzudenken. Was geschehen war, war geschehen und ließ sich nicht mehr ändern. Inzwischen war Jule lange nicht mehr zum Stall gefahren. Sie konnte die mitleidigen Blicke der Kollegen nicht ertragen. Die mitleidigen und die schadenfrohen.

Doch was sollte aus Carina werden? Baron von Schilling hatte angekündigt, das Pferd käme demnächst in die Wurst. Es war unverkäuflich geworden, und er sei kein Mann, der ein Vieh durchfütterte, das nichts mehr leistete. Jule hatte ihn angefleht noch zu warten. Wenigstens ein paar Wochen. Ihr werde schon etwas einfallen, und dann werde sie Carina übernehmen.

Der Baron hatte eingelenkt. »Aber nur dir zuliebe, mein Mädchen. Bis zum Herbst gebe ich dir noch Zeit. Dann kommen neue Dreijährige zur Ausbildung, und die Stute muss weg. Und übrigens, den Salut reitet jetzt die Dörthe.«

Jule war das egal. Salut würde unter jedem Reiter Erfolge feiern, und Dörthe Overbeck war eine der besten. Aber Carina! Für Carina musste sie etwas tun. Nur was? Wie sollte sie einem Pferd helfen, wenn sie nicht mal sich selbst helfen konnte? Es war so furchtbar schwierig! Das Problem ist, überlegte sie, dass wir beide einen Knacks weghaben. Nun, sie würde später darüber nachdenken.

Oder morgen.

Jule setzte sich auf. Sie musste unbedingt duschen. Der kalte Schweiß klebte ihr am Körper. Ihr Blick fiel auf den Radiowecker. Fünf Uhr am Nachmittag? Wie war das möglich? Wieso war dieser Sonntag schon fast vorbei? Sie rieb sich über die Augen und schaute erneut hin. Fünf Uhr. Kein Zweifel.

Was war am Morgen gewesen? Ach ja, der Anruf von Mama. Ob sie mitwollte zu einem Ausflug ins Alte Land.

Hallo? Sonst noch Fragen? Lässt dich die ganze Woche hier nicht blicken und willst mit mir jetzt auf fröhliche Landpartie? So wie früher? Womöglich auch noch zusammen mit Sara? Herzlichen Dank. Kein Bedarf.

Nur gut, dass ihr die Ausrede mit der schlaflosen Nacht eingefallen war. Und danach schnell das Handy aus, damit es nicht etwa auch noch Sara bei ihr versuchte. Die ließ sich nicht so leicht abwimmeln.

Jule langte nach ihren Krücken und stand vorsichtig auf.

»Verdammte Scheiße!«, schrie sie, als der Schmerz durch ihr Bein schoss. Manchmal glaubte sie, es wurde jeden Tag schlimmer damit. Sara hatte ja, verflucht noch mal, recht. Sie hätte die Physio nicht abbrechen dürfen. Nur kräftige Muskeln konnten auf Dauer ihre Qualen lindern.

»Schöner Mist«, murmelte Jule und hinkte ins Bad. Unter der heißen Dusche erwachten ihre Lebensgeister. Die schlaflose Nacht war nicht bloß eine Ausrede gewesen. Sie hatte wirklich kaum ein Auge zu getan. Es war hoch hergegangen bei dem neuen Nachbarn. Wie hieß er noch? Fernando Soundso. Italiener, nahm sie an. Gutaussehender Mann. Nicht ihr Typ, aber bestimmt ein Frauenschwarm. Sara hatte viel helles Gelächter gehört, und sie hatte sich strikt geweigert, sich einsam zu fühlen.

Mama hätte sich auf der Party bestimmt amüsiert, dachte sie böse, während sie sich in ihren Bademantel hüllte und dann schwer auf einen Hocker sinken ließ. Mama stand ja auf Latin Lover.

Mit einem Handtuch rubbelte sie die Haare trocken und stellte dann den Föhn an. Zum tausendsten Mal nahm sie sich vor, ihre lange schwarze Mähne abschneiden zu lassen. Aber ein letzter Rest von Eitelkeit hielt sie noch immer davon ab. Endlich band sie sich einen Pferdeschwanz und schlüpfte in einen sauberen Jogginganzug.

Als im Schlafzimmer ihr Handy klingelte, fluchte sie leise vor sich hin. Wer immer dran sein mochte, sie würde es nicht rechtzeitig schaffen, ranzugehen.

Erst eine Viertelstunde später hatte Jule ihren Rucksack mit dem Handy geholt und sich im Wohnzimmer in einen Sessel gleiten lassen. Nun prüfte sie die Nummer. Niemand, den sie kannte. Trotzdem rief sie zurück. Da war immer noch diese leise Hoffnung, ihr Vater würde sich einmal melden.

Ja klar, du Esel, schalt sie sich selbst. Von einer deutschen Nummer aus.

»Hallo?«, meldete sich eine Frauenstimme, die sie nicht einordnen konnte.

»Hier ist Jule Konrad. Sie haben mich angerufen. Mit wem spreche ich?«

»Gut, dass Sie sich melden. Ich bin Christine Bernstorff.«

»Wer?«

»Die Kollegin Ihrer Mutter.«

Jule erinnerte sich dunkel an eine Frau diesen Namens. Möglicherweise war sie ihr früher auch ein paarmal in der Parfümerie begegnet. Kalte Angst packte sie. Hatte Mama einen Unfall gehabt? Welchen Grund sollte diese Christine Bernstorff sonst haben, bei ihr anzurufen? Ach, so ein Blech! Wenn überhaupt, dann würde man zuerst sie, die Tochter anrufen. Es sei denn, jemand war der Meinung, sie dürfe nicht zu sehr erschreckt werden.

»Was ist passiert?«

»Oh, nichts weiter. Ich versuche nur, Ihre Mutter zu erreichen. Sie geht weder ans Telefon noch an ihr Handy. Da dachte ich, sie könnte vielleicht bei Ihnen sein. Sie hat mir irgendwann mal diese Nummer gegeben, nur für alle Fälle.«

Jules Anspannung ließ nach. Mit Mama war alles in Ordnung. »Hier ist sie nicht. Sie macht einen Ausflug ins Alte Land.«

»Ach so, verstehe. Na, ich wollte nur hören, ob sie es schon verdaut hat.«

»Wie meinen Sie das?«

Christine Bernstorff schien einen Moment zu zögern, aber dann sagte sie doch: »Nun ja, eine Kündigung kann einen nach so vielen Jahren schon aus der Bahn werfen. Ich wollte nur mal nachfragen, wie es ihr so geht.«

»Kündigung?« Jule merkte, dass sie viel zu laut sprach, und senkte die Stimme. »Wovon reden Sie?«

»Oh ... ich ... dachte natürlich, Sie wären eingeweiht.«

»Bin ich nicht.«

»Dann sollte ich vielleicht ...«

»Bitte sagen Sie mir, was los ist.«

Und so erfuhr sie, dass ihre Mutter Anfang der Woche ihren Job gekündigt hatte. Jetzt wurde ihr einiges klar. Deshalb hatte sie sich nicht blicken lassen. Sie fürchtete wohl, sie könnte nicht so tun, als sei alles bestens, und das arme kranke Kind müsse doch geschont werden. Wut stieg in ihr auf, und sie beendete schnell das Gespräch.

Als ihr Handy sofort wieder klingelte, rief sie: »Wieso hast du mir nichts gesagt?«

»Was denn?«, fragte Ilka zurück.

»Ach Scheiße, ich dachte, du wärst meine Mutter.«

»Hey, das fasse ich jetzt mal als Beleidigung auf.«

»Sorry. Was gibt es?«

»Na, du bist ja supergut drauf. Dann war meine Idee wohl bescheuert.«

Jule atmete ein paarmal tief durch. Von draußen klang fernes Donnergrollen herein. »Es tut mir leid, ich bin nur gerade total geschockt. Meine Mutter hat ihren Job geschmissen, und ich erfahre nur durch Zufall davon.«

Ilka stieß eine Art Schnauben aus. »Logisch. Du bist ja auch das arme kleine Baby, das in Watte gepackt werden muss.«

Augenblicklich fühlte Jule sich besser. Ilka verstand sie.

»Ja, und stell dir vor ...«

»Warte mal.«

Jule hörte ein seltsames Quietschen.

»Was ist das für ein Geräusch?«

»Gummireifen auf Steinplatte.«

»Wie?« Dann kapierte sie. »Du bist draußen? Irgendwo auf einem Plattenweg? Auf einem Bürgersteig? Mensch, Ilka, toll! Ich bin stolz auf dich!« Ihre Freundin, die sich vor die Tür wagte. Das war mal eine wirklich wichtige Neuigkeit.

»Aber hier bei mir donnert es. Sieh zu, dass du nicht in den Regen kommst. Ist dein Pfleger bei dir?«

»Hot boy Torben? Nee«, erwiderte Ilka. »Mit dem ist es aus. Der hat mir neulich verklickert, dass er mich echt gern hat und so. Als Kumpel. Dieser Vollpfosten. Dabei hab ich nur ein bisschen mit den Wimpern geklimpert. Egal. Wäre gut, wenn er jetzt hier wäre.«

»Wieso?«

»Weil ich mit dem linken Rad vom Rolli in so einer beschissenen Spalte zwischen zwei Platten festhänge. Wusstest du, dass es Behindertentaxis gibt?«

Jule kam nicht ganz mit.

Spalte? Taxi? Ilka war ganz allein unterwegs? Wohin, um Himmels willen?

»Oh, verflucht!«, rief Ilka. »Warum muss ausgerechnet jetzt Mister Universum auf mich zukommen? Ohne zu viele Muckis, versteht sich. Boah! Ist bestimmt Unterwäschemodel. Hilfe, ich will nach Hause. Oder in dieser Scheißspalte hier versinken.«

»Hallo«, hörte Jule eine Männerstimme, die ihr vage bekannt vorkam. »Kann ich Ihnen helfen? Stecken Sie fest?«

»Ja, Scheiße. Das sieht ja wohl'n Blinder mit 'nem Krückstock. Sorry, Jule, das ging nicht gegen dich. Ja, schöner fremder Mann, wäre nett, wenn Sie mich hier rausziehen könnten. Es regnet auch gleich, und mein Rolli könnte rosten. Wie heißen Sie? Wohnen Sie hier in der Gegend?«

Erneutes lautes Quietschen. Die Antwort des Mannes ging darin unter.

»Und jetzt?«, überlegte Ilka laut. »Wie komme ich nach oben?«

Jule hatte genug. »Du sagst mir jetzt sofort, was los ist, oder ich bring dich um! Wo zum Teufel bist du?«

»Habe ich das nicht gesagt? Ist wohl der Stress. Na, egal. Mach schon mal die Wohnungstür auf. Mister Universum schafft mich jetzt zu dir hoch. Obwohl, eigentlich eher Mister Italy.«

Das Handy fiel Jule aus der Hand, und sie starrte eine Weile blicklos vor sich hin. Ilka hier! Unten vor dem Haus! Ganz allein! Oder nein, nicht mehr allein. In den Armen ihres Nachbarn. Fernando Soundso.

»Das ist ja ein Ding«, sagte sie laut. Und dann lachte sie, lachte wie verrückt und konnte sich gar nicht wieder beruhigen. Nur mit Mühe schleppte sie sich zur Tür. Die Lachtränen liefen ihr über die Wangen, während schwere Schritte näher kamen.

»Kein Grund zu heulen«, sagte Ilka, die sich sehr eng an

Fernandos Brust schmiegte. »Alles ist gut, Jule. Ich habe Mister Italy zum Kaffee eingeladen. Ist doch okay, oder?«

Jule konnte nur sprachlos nicken. Dann machte sie ihrem Nachbarn Platz. Kurz trafen sich ihre Blicke, und Jule bemerkte ein Glitzern in seinen Augen, das alles Mögliche bedeuten konnte. Sie tippte auf schlichte Überraschung, weil er offenbar in einem Behindertenhaus gelandet war.

## 8. Kapitel

Claudia zog den Gürtel ihres gestreiften Herrenbademantels enger um sich. Sara stand neben ihr, trug ein ähnlich hässliches, nur weitaus verwascheneres Teil und biss sich auf die Innenseiten ihrer Wangen, um nicht laut loszuprusten.

Beide betrachteten sich mit großen Augen im Badezimmerspiegel.

»Ein hübsches Paar geben wir ab«, murmelte Sara.

Claudia begann, sich die Haare zu frottieren.

»Wenigstens sind wir trocken. Der Bauer hätte uns auch einfach im Regen stehenlassen können.«

»Wäre die weniger peinliche Alternative gewesen.«

»Ach ja? Wärst du gern pitschenass nach Hamburg zurückgefahren?«

»Schon gut. Ich werde ihm ewig dankbar sein. Er ist zwar unausstehlich, aber auf eine rustikale Art auch verdammt attraktiv. Das gleicht den Charakter wieder aus.«

»Du findest ihn anziehend?«, fragte Claudia überrascht.

Sara lachte. »Klar. Und irgendwie gewaltig. Schön groß und stark. Kein Typ, der von einem Nordwest-Sturm so leicht umgehauen wird. Und denk dir einfach einen guten Haarschnitt und einen sorgfältig gestutzten Bart. Na? Siehst du das kantige Kinn? Die hohe Stirn? Und den breiten Mund?«

Claudia hängte das Handtuch an einen Haken. »Was dir so alles auffällt«, murmelte sie.

»Da staunst du, was? Aber keine Sorge. Mein Typ ist er nicht. Und jetzt lass uns gehen.«

Ihre Kleidung hatten sie so gut es ging auf einem Wäscheständer ausgebreitet.

»Es gibt nur ein Problem«, fuhr Sara fort. »Ich sehe mal wieder aus wie der Pumuckl. Und dir ist Rübezahls scheußlicher Bademantel nur drei oder vier Nummern zu groß, bei mir sind es mindestens zehn.«

Wie zum Beweis stolperte sie über den Saum und wäre gefallen, wenn Claudia sie nicht gehalten hätte. Beide schraken zusammen, als eine Faust gegen die Tür donnerte.

»Wenn Sie so weit sind, gibt es Tee in der Küche!«, rief der Bauer.

Die Freundinnen sahen sich an.

»Eine nette Teeparty wird das wohl kaum«, flüsterte Sara.

»Ganz deiner Meinung. Der wird uns so richtig schön fertigmachen.«

»Und fliehen können wir nicht. An der Bestie Lulu kommt keiner vorbei, außerdem traue ich mich in diesem Aufzug nicht an die Öffentlichkeit.«

Claudia kicherte und griff nach den dicken Wollsocken, die der Bauer ihnen zusammen mit den Bademänteln gegeben hatte.

»Die Gräuel nehmen kein Ende«, murrte Sara, als sie das zweite Paar überzog. Aber im Haus war es kühl, und der Fußboden schien aus reinem Eis zu bestehen. Dann durchquerten sie eine lange dunkle Diele, in der es laut Sara so muffig roch wie letzte Woche bei Jule, und erreichten eine große Küche.

»Du lieber Gott!«, stieß Claudia aus und blieb stehen.

Sie wusste nicht, was sie erwartet hatte, aber gewiss keinen so durch und durch hässlichen Raum. Früher mochte dies eine gemütliche, weißgetünchte Bauernküche mit einem großen Kachelherd, einem Vitrinenschrank, in dem alles Geschirr seinen Platz fand, und einem alten Holztisch über schwarzweißen Bodenfliesen gewesen sein.

Irgendwann jedoch hatte der Besitzer offenbar entschieden, die Moderne Einzug halten zu lassen. Irgendwann in den siebziger Jahren. Nun waren die Kacheln orangefarben, und der Fußboden bestand aus schlichten weißen Fliesen. Die Küchenzeile war aus billigem Furnierholz, und knallbunte Schalensitze aus Plastik gruppierten sich um einen Resopaltisch.

Sara neben ihr sog scharf die Luft ein.

Der Bauer bemerkte nichts von ihrer Verwirrung. Er saß auf einem der Stühle, der unter seinem Gewicht bedenkliche Töne von sich gab, und wies ihnen zwei Plätze ihm gegenüber zu. Haare und Bart waren inzwischen getrocknet.

Während Claudia sich vorsichtig näherte, nahm sie den Mann unauffällig in Augenschein. Sein glattes Haar war sandfarben und nur an den Schläfen ergraut. Der Bart hingegen war vorwiegend grau. Die Falten um Augen und Mund zeugten von einem Leben unter freiem Himmel, trotzdem schätzte sie ihn kaum älter als sich selbst. Seine Nase war groß und gerade, der Mund, soweit er zu erkennen war, schmallippig. Am meisten jedoch faszinierten sie die Augen. Von einem so hellen Blau, dass sie wieder frösteln musste.

Sie bemerkte, dass er sie anstarrte, und senkte schnell den Blick.

»Wo ist der Höllenhund?«, erkundigte sich Sara. Sie linste erst unter den Tisch und ließ sich dann auf einen Stuhl sinken. Auch Claudia setzte sich und hielt den Bademantel am Ausschnitt zu. Einen Moment lang schien es ihr, als zeigte sich in den Mundwinkeln des Bauern ein spöttisches Lächeln.

»Lulu ist draußen«, erklärte er knapp und griff nach einer bauchigen Kanne. Er goss Tee in zwei abgestoßene Tassen und reichte erst Sara und dann Claudia den Zucker.

»Also«, begann er. »Wie sind Sie auf die Idee gekommen, unbefugt meinen Hof zu betreten?«

Claudia spürte, wie sie rot wurde, Sara hingegen löffelte sich ungeniert Zucker in den Tee und sagte: »Wir haben die Prunkpforte bewundert. Ist das ein Verbrechen? Und wie wär's, wenn wir uns wie zivilisierte Menschen erst einmal vorstellen würden? Ich bin Sara von Stelling, und das ist meine Freundin Claudia Konrad.«

»Johann van Sieck«, brummte der Bauer, während sein frostkalter Blick langsam von einer Frau zur anderen wanderte.

Claudia trank schnell von dem heißen Tee, aber sie fror trotzdem.

»Sehr erfreut«, sagte Sara. »Tja, und was unseren Besuch betrifft, das hat sich halt so ergeben. Wir sind eben kulturbeflissen. Reiner Zufall, dass wir da durchgefahren sind, ehrlich. War keine böse Absicht. Wir wollten bestimmt nichts stehlen.«

Wir?, dachte Claudia, schwieg aber.

»Sie sind durch die Pforte gefahren?«, fragte er. »Was haben Sie sonst noch angestellt?«

»Nichts, ich schwöre. Bloß die Brauttür bewundert.«

»So«, erwiderte er nur.

Plötzlich hatte Claudia genug von ihm.

»Vielen Dank für alles. Wir gehen jetzt.«

Da war es wieder, das spöttische Lächeln, diesmal täuschte sie sich nicht.

»In diesem Aufzug?«

»Ich ... denke, unsere Sachen sind inzwischen trocken.«

»Sind sie nicht«, warf Sara ein. »Außerdem finde ich es hier ganz gemütlich. Sind Sie Holländer?«

Claudia blieb nichts anderes übrig, als sich wieder hinzusetzen.

»Meine Vorfahren stammten aus Holland«, erwiderte van Sieck unwillig. Aber dann gefiel ihm das Thema doch. In seine blauen Augen trat ein Hauch von Wärme. »Sie gehörten zu den Fachleuten, die im zwölften Jahrhundert von einem Bremer Bischof den Auftrag erhielten, das moorige Marschland südlich der Elbe trockenzulegen. Es dauerte mehr als hundert Jahre, bis das gesamte Alte Land auf diese Weise nutzbar gemacht worden war.«

»Das ist ja phänomenal!«, rief Sara aus. »Sie können Ihre Familie bis ins zwölfte Jahrhundert zurückverfolgen? Ich komme nur bis zu meinem Urgroßvater.«

Van Sieck hob die massigen Schultern. »Es gibt aus jener Zeit keine Unterlagen, aber ein späterer Vorfahr von mir hat vor fünfhundert Jahren einen Jacob van Sieck erwähnt, der einst aus Holland kam.«

»Phänomenal!«, sagte Sara wieder und strahlte ihn an. »Also sind Sie ein echter Altländer.«

»So ist es. Und es gibt nicht mehr viele von uns. Unter den vielen Zugezogenen werden wir bald eine Minderheit sein.«

»Aber Sie sind einer. Wahnsinn! Was für ein Glück, dass wir genau auf Ihrem Hof gelandet sind.«

Claudia musste schmunzeln. Sara verstand sich darauf, mit schwierigen Menschen umzugehen. Diesen hier hatte sie mit ihrer Bewunderung für seine Abstammung aufgetaut. Mit etwas Glück würde er sie nicht vierteilen oder dem Hund zum Fraß vorwerfen, nur weil sie sich ein wenig umgesehen hatten.

»Ihre Frau und Ihre Kinder sind bestimmt auch stolz auf die Familie.«

Claudia sah, wie Eiseskälte in seinen Blick zurückkehrte. Die Chance, auf die eine oder andere Weise in Stücke gerissen zu werden, stieg wieder rasant an.

»Oh ... äh ... tut mir leid«, stotterte Sara, fasste sich aber schnell. »Ich bin manchmal furchtbar indiskret. Fragen Sie Claudia, die kann das bestätigen. Also, ich glaube, wir sollten dann wirklich mal aufbrechen.«

»Nein«, sagte Claudia. Sie hatte sich inzwischen in der Küche umgesehen, und ein Obstkorb auf der Anrichte fesselte ihre Aufmerksamkeit.

»Da«, sagte sie ehrfürchtig. »Da ist er.«

Die beiden anderen schauten sie gleichermaßen erstaunt an.

»Ist sie krank?«, fragte van Sieck und tippte sich gegen die Stirn.

»Nur ein ganz kleines bisschen«, gab Sara zurück. »Aber es sieht so aus, als hätte sie einen lieben alten Freund wiedergefunden. Und dazu noch einige Mitglieder seiner Familie.«

»Das sind bloß Äpfel.«

»Eben. Und einer, der so aussieht wie diese da, hat ihr letzte Woche geholfen, bei Verstand zu bleiben.«

»Scheint mir nicht so.«

»Doch, glauben Sie mir. Claudia hat nämlich ihren Job verloren, weil sie zu schrumpelig dafür ist.«

»Schrumpelig?«

»Ach, ist doch egal. Diese ganze Apfelgeschichte färbt schon auf meinen Wortschatz ab. Jedenfalls ist sie dann über den Hamburger Rathausmarkt geirrt und hat einen Apfel gefunden, den jemand dort vergessen hatte. Und als Claudia an dem geknabbert hat, ging es ihr schlagartig wieder besser.«

Claudia warf van Sieck einen schnellen Blick zu. Der hält uns jetzt alle beide für verrückt, dachte sie. Und wenn schon! Sie würde diesen Kerl mit den Eiszapfen in den Augen hoffentlich nie im Leben wiedersehen.

»Es war ein bisschen anders«, mischte sie sich ein. »Aber Sara hat recht. Dieser Apfel hat mir geholfen, über den Schock hinwegzukommen. Wie heißt er?«

»Wer?«

»Der Apfel.«

»Meines Wissens ist der nicht getauft worden«, kam es trocken zurück.

»Sie wissen, was ich meine. Was ist das für eine Sorte?«

Van Sieck sah jetzt aus wie ein Mann, der es aufgab, die Frauen jemals verstehen zu wollen.

»Winterglockenapfel«, knurrte er. Und als er sah, dass Claudia schon zur nächsten Frage ansetzen wollte, fügte er hinzu: »Ist eine alte Sorte, wird nicht mehr viel angebaut. Den Namen hat er von seiner Glockenform. Die Grundfarbe ist Grüngelb, und er schmeckt säuerlich und erfrischend. Dieser Apfel wird im Oktober gepflückt und ist normalerweise erst im Dezember genießbar. Richtig gelagert, hält er sich bis zum folgenden Sommer.«

Claudia nickte. Sie fühlte sich auf seltsame Art zufrieden. Wie jemand, der nach langer Reise endlich nach Hause zurückgekehrt ist.

»Und wo wächst er? Hier in der Nähe?«

Van Sieck sah von einer Frau zur anderen. Er schien nicht gewillt, Auskunft zu geben. Sein Blick blieb eine Weile auf Claudia liegen. Dann änderte er offensichtlich seine Meinung. »Nun, es gibt in der Gegend einen verlassenen Hof. Dort trägt ein einzelner Baum diese Früchte. Auch einige andere Bäume in der Plantage tragen fast vergessene Apfelsorten. Der Bauer war da ein bisschen eigen. Inzwischen hat er den Hof aufgegeben. Ich schätze mal, irgendein Kunde hier aus der Gegend war in Hamburg und hat den Apfel auf dem Rathausmarkt liegenlassen.«

Claudia bekam eine Ahnung davon, wie der Mann sein konnte, wenn es um seine Leidenschaft, den Apfelanbau, ging. Fachkundig, beinahe freundlich und aufgeschlossen. Einen Moment lang wünschte sie sich, diese Seite von ihm näher kennenzulernen. Kurzzeitig flammte in seinen hellen Augen der Anflug einer Gefühlsregung auf. Doch gleich darauf wurden sie wieder kalt und undurchdringlich.

Sara stieß einen Seufzer aus. »Da ist bestimmt Magie im Spiel. Dieser einzigartige Apfel, und jetzt findest du ihn hier bei diesem komischen Kauz wieder. Äh ... ich wollte sagen, bei diesem freundlichen Bauern.«

Der komische Kauz stieß einen Laut aus, der sich fast wie ein Lachen anhörte.

Claudia lächelte leicht. Dann stand sie auf, ging zu dem Obstkorb, wählte den schönsten und größten Apfel aus und biss herzhaft hinein. Mit geschlossenen Augen genoss sie das fruchtig-frische Aroma. In diesem Moment, in dieser hässlichen Küche im Haus eines feindseligen Mannes, war sie glücklich.

»Guten Appetit«, brummte van Sieck. »Vom Hausfriedensbruch wollen wir nicht mehr reden, aber so etwas nennt sich meines Wissens Mundraub.«

Sie gönnte ihm nicht einmal einen Blick.

»Mensch, Claudia!«, stieß Sara aus. »Du strahlst ja richtig. Also, wenn der Apfel so eine Wirkung hat, will ich auch einen.«

»Bedienen Sie sich. Sieht so aus, als könnte ich Sie weder davon abhalten, meinen Hof zu überfallen, noch davon, meine Vorräte aufzuessen.«

Nun standen beide Freundinnen an der Anrichte und kauten an ihrem Obst.

»Wo genau, sagten Sie, steht dieser Baum?«, fragte Claudia mit vollen Backen.

»Ich habe gar nichts gesagt.«

»Dann verraten Sie es mir jetzt.«

»Wozu? Sind Sie eine von den verrückten Großstädtern, die hierherkommen und Baumstämme umarmen, um sich eins mit der Natur zu fühlen?«

Sara brach in schallendes Gelächter aus und spuckte dabei kleine Apfelstückchen durch die Küche. Claudia blieb vollkommen ernst.

»Nein. So jemand bin ich nicht. Ich möchte den Baum kaufen.«

»Also sind Sie noch verrückter, als ich dachte. Sie können keinen einzelnen Apfelbaum kaufen.«

»Ich denke da auch eher an den gesamten Hof. Sie haben gesagt, er sei verlassen.«

»Habe ich das?«

»Claudia!«, rief Sara aus. »Du spinnst ja! Einen Apfelhof kaufen? Denk nicht mal dran.«

»Hören Sie lieber auf Ihre Freundin«, schlug van Sieck vor. »Die ist wenigstens noch einigermaßen vernünftig.«

Claudia sah ihn fest an. »Ich tue das, was ich für richtig halte, und ich bin keineswegs verrückt. Also? Wo ist dieser

Hof? Steht er zum Verkauf? Bei wem muss ich dafür vorsprechen?«

Plötzlich sprang van Sieck auf. Er schlug mit der Faust so heftig auf den Tisch, dass die Teetassen hochsprangen. »Schluss jetzt! Ich habe genug von diesen Sperenzchen. Meine Zeit ist kostbar. Verschwinden Sie!«

»Wir sind praktisch schon weg«, erklärte Sara, packte Claudia am Ärmel des Bademantels und zog sie mit sich fort, wobei sie mehrfach über den Saum stolperte.

»Los, beeil dich«, zischte sie. »Der wird sonst noch handgreiflich.«

»Ich habe keine Angst vor dem Mann«, sagte Claudia so laut, dass er sie gehört haben musste.

»Aber ich.«

Im Bad schlüpften sie mühsam in ihre feuchten Sachen.

»Und die Bestie?«, fragte Sara kleinlaut, als sie wieder in der Diele standen. »Wie kommen wir an der vorbei, ohne dass sie kleine Fleischstücke aus uns herausreißt?« Sie trat an ein Sprossenfenster und lugte hinaus. »Oha! Da hinten! Die wartet auf uns. Und die ist noch gewachsen!«

Claudia war mit ihren Gedanken bei dem geheimnisvollen Apfelbaum und ging weiter auf die Tür zu. Bevor sie die Klinke drücken konnte, wurde sie von Sara zurückgerissen.

»Nein! Bleib hier! Ich schwöre dir, der Höllenhund ist jetzt fast so groß wie ... wie ein Pferd!«

Aus der Küche trat Johann van Sieck. »Seien Sie nicht albern. Da draußen steht nur meine Lotte. Die ist lammfromm.«

»Lotte?«, fragte Sara, und ihre Stimme überschlug sich fast. »Lotte und Lulu? Wer denkt sich eigentlich solche Namen aus? Und ...«

»Hör auf«, sagte Claudia knapp. Dann wandte sie sich an Johann van Sieck. »Wären Sie so freundlich, uns zum Auto zu begleiten?«

»Ja, bitte«, fügte Sara hinzu. »Wir möchten weder von Lulu gefressen noch von Lotte totgetrampelt werden.«

»Wenn die Damen darauf bestehen«, erwiderte der Bauer mit Spott in der Stimme.

»Und dabei könnten Sie mir noch eine Wegbeschreibung zu dem verlassenen Hof geben.«

Sie bekam keine Antwort darauf, und sie hatte auch keine erwartet. Dem Mann war offenbar daran gelegen, sie von dem Apfelhof fernzuhalten. Aus welchen Gründen auch immer. Womöglich wollte er ihn selbst kaufen und wartete nur den richtigen Moment ab, um ein Angebot abzugeben. Am besten dann, wenn der Preis mangels Interessenten gesunken war. Ja, überlegte sie, so musste es ein. Er war ein Spekulant. Da konnte er nicht zulassen, dass ihm jemand den Besitz vor der Nase wegschnappte.

Kaum draußen, entdeckte Claudia das Pferd auf einer Weide. Und sie, die so viele Jahre gebraucht hatte, um ihre Angst vor den großen Tieren zu verlieren, war auf einmal fasziniert.

»Wunderschön«, sagte sie und ging langsam auf den Zaun zu. Sollte der Hund in ihre Nähe kommen, würde van Sieck ihn hoffentlich zurückhalten. Aber dieses imposante schwarze Pferd mit der langen Mähne, dem kräftigen Körperbau und dem stolz gebogenen Hals zog sie magisch an. »Eine Friesenstute.«

»Sie kennen sich aus«, murmelte van Sieck. Er trat neben sie, als sie sich jetzt an den Weidezaun lehnte. Sie wich einen halben Schritt zur Seite. Er tat, als bemerke er es nicht.

»Nur ein bisschen. Meine Tochter Jule ist ... war Berufsreiterin.«

Van Sieck fragte nicht weiter nach, und sie war ihm dankbar. Stattdessen legte er ihr ein paar Zuckerwürfel in die Hand. Lotte kam heran und pflückte den Zucker sanft aus Claudias Handfläche. Rechts neben der Weide erstreckte sich eine zweite, die jedoch verlassen war. Auf der anderen Seite begann die Apfelplantage ihres Gastgebers. Sie musste riesig sein. In Reih und Glied standen niedrige Apfelbäume wie Soldaten in altertümlicher Aufstellung zur Schlacht. Die Äste hingen voll mit Früchten, die kurz vor der Reife standen.

Sara hielt sich im Hintergrund. »Können wir jetzt los? Bittebittebitte.«

»Lulu ist im Zwinger«, sagte der Bauer über die Schulter. »Sie tut Ihnen nichts. Außerdem gehorcht sie mir aufs Wort.«

»Prima, aber dieses Riesenross da macht mir jetzt auch Angst.«

»Sie ist ganz brav«, sagte Claudia.

»Woher willst du das wissen? Ich finde, sie sieht gefährlich aus. Und ihre Hufe sind so groß wie Bratpfannen.«

Die beiden am Zaun achteten nicht weiter auf Sara. Für einen kurzen Augenblick fühlten sie sich wohl in der Gesellschaft des anderen und vergaßen, dass sie aus zwei verschiedenen Welten stammten.

»Ich habe sie günstiger bekommen«, erklärte van Sieck und wies auf die weiße Fellzeichnung an den Vorderfesseln der Stute. »Ein reinrassiger Friese muss durchgehend schwarz sein. Mir ist das egal. Aber ich weiß nicht, ob ich sie behalten kann. Im Grunde habe ich gar keine Zeit für sie.«

Er merkte, dass er ins Plaudern gekommen war, und wandte sich abrupt ab. »Wie dem auch sei. Sie können gefahrlos zu Ihrem Auto gehen. Guten Tag, die Damen.«

Sprach's und verschwand im Haus.

Claudia strich Lotte über die weichen Nüstern. »Tschüs, meine Schöne. Ich werde Jule von dir erzählen.«

Dann folgte sie Sara, die bereits den Alfa aufgeschlossen und sich auf den Fahrersitz geworfen hatte.

»Nun komm schon! Der lässt bestimmt gleich den Höllenhund von der Leine.«

»Ach was.« Claudia setzte sich in aller Ruhe auf den Beifahrersitz. Sie staunte über sich selbst, aber sie fühlte sich tatsächlich entspannt. »Der Mann ist nett.«

»Klar, ungefähr so liebreizend wie ein nordkoreanischer Diktator.«

»Er sieht aber besser aus als ein kleiner dicker Asiat.«

»Pah!«

»Lass uns fahren. Zweihundert Meter die Straße entlang und dann zurück in die andere Richtung.«

Sara stieß einen leisen Fluch aus. »Sag mir, dass du nicht vorhast, was ich glaube, dass du vorhast.«

»Ich will den alten Apfelhof finden. Er muss hier ganz in der Nähe sein, da bin ich mir sicher.«

»Ich hab's befürchtet.« Sara ließ den Wagen an und fuhr durch das Tor zur Straße zurück. »Na gut, einmal umschauen, und dann nichts wie weg.«

»Nein. Ich will ihn mir ganz genau ansehen. Es muss sein. Ich fühle es.«

»Claudia, jetzt komm mal wieder zu dir. Du kannst nicht im Ernst vorhaben, Apfelbäuerin zu werden.«

»Warum nicht?«

»Hm. Vielleicht, weil du keine Ahnung davon hast?«

»Kann ich alles lernen. Außerdem habe ich eine viel bessere Idee.«

»Nämlich?«, fragte Sara, während sie im Schritttempo nach Westen fuhr.

»Das erzähle ich dir noch. Jetzt will ich den Hof erst mal finden.«

»Prima. Dann kaufst du ein Bauernhaus, das vermutlich demnächst einstürzt, und dazu einen Haufen Apfelbäume, in denen der Wurm ist, und bekommst einen Nachbarn, der seinen Höllenhund auf dich hetzt. Und wenn dir das nicht reicht, wirst du noch von dem Streitross totgetrampelt.«

Claudia hörte nicht mehr zu. »Da!«, rief sie und zeigte aufgeregt durch die Windschutzscheibe. Sie waren keine dreißig Meter weit gefahren und hatten nur ein brachliegendes Grundstück passiert, auf dem Büsche und niedrige Tannen wuchsen.

»Da ist es. Apfelhof Friedrich Hermanns, zu verkaufen!«

»Ich kann selbst lesen«, brummte Sara, bremste den Wagen und bog in die Auffahrt. Hier gab es keine Prunkpforte. Nur einen Sandweg voller Schlaglöcher, lange Äste von ungeschnittenen Bäumen, die am Autolack kratzten, und schließlich ein altes Bauernhaus mit eingesunkenem Dach, tiefen Rissen im Mauerwerk und blinden Fenstern.

»Sehr hübsch«, bemerkte Sara trocken. »Sieht richtig einladend aus. Wir können reingehen und warten, bis uns die morschen Balken auf den Kopf fallen oder die Wände über uns zusammenbrechen. Dann sind all unsere Probleme gelöst.«

Claudia schwieg und stieg aus. Ja, das Haus war sichtlich in keinem guten Zustand, aber es war alt und solide. Bestimmt ließe es sich instand setzen. Und dort führte ein schmaler Weg herum, an ein paar Schuppen und einem

Stallgebäude vorbei. Und ja, da war er, der Apfelgarten mit vielleicht zwanzig, nein, dreißig Apfelbäumen. Sie wirkten anders als die des Nachbarhofes. Teilweise viel größer und nicht wie mit dem Lineal ausgerichtet. Einige tanzten regelrecht aus der Reihe. Der Anblick gefiel Claudia. Linker Hand erstreckte sich die leere Weide, die sie vorhin schon entdeckt hatte, dahinter lag noch eine rechteckige Sandfläche, die wie ein vernachlässigter Reitplatz aussah.

Kein großes Anwesen, aber für ihre Zwecke genau richtig. Sie stand da und sah vor ihrem inneren Auge die Bäume, fachgerecht zurückgeschnitten. Sie sah einen Kräutergarten, den sie selbst angelegt hatte, und die große Wiese, auf der eine braune Stute weidete. Und sie sah Jule, die laut nach Carina rief und dann ihrer Mutter ein glückliches Lächeln zuwarf. Sie kam auf sie zu, ganz ohne Krücken. So deutlich konnte sie all das sehen, als wäre es schon Wirklichkeit. Auf einmal fügte sich alles zusammen. Claudia wusste, was sie zu tun hatte.

## 9. Kapitel

Mehr als eine Woche verging, in der die beiden Freundinnen nichts voneinander hörten. Nun standen sie wieder gemeinsam vor dem alten Bauernhaus.

»Nein, nein, nein!«, rief Sara aus. »Das tust du nicht, Claudia. Du kaufst nicht diesen Hof, du ziehst nicht hierher, du wirst keine Apfelbäuerin! Du riskierst nicht dein Leben in dieser heruntergekommenen Bruchbude.«

Claudia schwieg, und Sara begriff, dass sie beide etwas vollkommen anderes vor sich sahen. Sie selbst erkannte die marode Bausubstanz und die endlose Arbeit, die jedem bevorstand, der verrückt genug war, um hier einziehen zu wollen. Claudia erblickte offenbar ein Paradies mit kleinen Schönheitsfehlern.

»Dir ist nicht mehr zu helfen«, sagte Sara mit einem lauten Stöhnen. Sie war davon ausgegangen, dass Claudia sich den Apfelhof aus dem Kopf geschlagen hatte. Irrtum. Früh an diesem Montagmorgen hatte Sara einen Anruf von ihr erhalten. Ob sie wieder mitkäme ins Alte Land, hatte Claudia gefragt. Sie habe einen Termin im Seniorenheim, wo sie mit Herrn Hermanns, dem Besitzer des Hofes, verhandeln wollte.

»Bist du verrückt?«, hatte Sara ausgerufen. »Schon mal was von Bauernschläue gehört? Der zieht dich über den Tisch. Ich melde mich in einer halben Stunde bei dir.« Dann hatte sie Dr. Martin Sammers angerufen, einen Kollegen von Christian und einer der wenigen gemeinsamen Freunde, die ihr geblieben waren. Als sie ihm erklärte, ihre beste Freundin sei kurz davor, sich ins Unglück zu stürzen, versprach er, mitzukommen, um das Schlimmste zu verhindern. Er könne seine anderen Termine an diesem Morgen verschieben.

Selbst mit seiner Unterstützung hatte Sara noch nicht aufgeben wollen. Irgendwie musste Claudia von der Schnapsidee abzubringen sein.

»Wir fahren zuerst zum Hof und sehen ihn uns noch mal an«, hatte sie daher entschieden. »Das Altenheim kann warten. Da hat es keiner eilig.«

Ihre Hoffnung war, Claudia würde es sich beim Anblick des maroden Bauwerks noch einmal anders überlegen. Martin war in seinem großen Volvo sitzen geblieben und studierte an seinem Laptop eine Vorlage für den Kaufvertrag. Später würde er noch die Konditionen eintragen. Auf das Bauernhaus hatte er nur einen kurzen Blick geworfen und dabei den Kopf geschüttelt. Dennoch tat er jetzt, was von ihm erwartet wurde.

»Siehst du es nicht?«, fragte Claudia mit einem seltsamen Leuchten in den Augen. »Siehst du nicht, wie wunderschön es hier werden kann, wenn wir nur ein bisschen renovieren?«

»Ein bisschen renovieren?«, wiederholte Sara ungläubig. »Sag mal, hast du Tomaten auf den Augen? Oder Äpfel?«

Sie merkte, dass sie schrie, und senkte rasch die Stimme. Nicht dass sie noch den Höllenhund von nebenan anlockte. Samt grantigem Mann und Riesenpferd.

»Claudia, komm endlich zur Vernunft. An dem Gebäude ist schätzungsweise seit fünfzig Jahren nichts mehr repariert worden. Eine Instandsetzung wird Unsummen verschlingen und kann Jahre dauern. Falls du überhaupt Handwerker findest, die diesen Auftrag annehmen.«

Ganz kurz verschwand das Leuchten aus Claudias Augen, aber dann flackerte es schon wieder auf, als ihr Blick in Richtung Apfelgarten ging. Sara musterte ihre Freundin aufmerksam. Etwas war anders an ihr, und es dauerte eine Weile, bis sie darauf kam. Claudia hatte nur einen hellrosa Lippenstift und ein wenig Mascara aufgetragen. Die Haare waren schlicht zusammengebunden, und sie trug ein Paar alte Jeans und dazu bloß ein altes T-Shirt. So sah sie sonst nur an ihren Nein-Tagen aus.

Merkwürdig, fand sie. Sehr merkwürdig. Aber sie musste auch zugeben, dass Claudia unglaublich lebendig wirkte, regelrecht optimistisch, was man von ihr selbst nicht sagen konnte. Mit ihren Reiseplänen war Sara noch keinen Schritt weitergekommen. An einem Tag war sie fest entschlossen, Hamburg und alles, was sie an Christian erinnerte, hinter sich zu lassen. Am nächsten Tag wachte sie auf und fühlte eine bleierne Müdigkeit, die jedes Handeln unmöglich machte.

Nun, immerhin hatte Claudia sie an diesem Morgen aus ihrer Lethargie gerissen. Aber um welchen Preis! Sie musste hilflos dabei zuschauen, wie ihre beste Freundin sich in ein irres Projekt verrannte.

»Bitte«, murmelte Claudia jetzt. »Bitte versteh mich doch. Es geht nicht nur um mich.«

Sara legte den Kopf schief und fuhr sich durchs Haar. Ihre wilden roten Locken hingen heute traurig und schlaff herunter. Aber endlich begriff sie. Und sie schämte sich, weil sie nicht von selbst daraufgekommen war.

»Jule«, sagte sie leise.

»Ja. Ich muss etwas tun. Ich muss sie da rausholen.«

»Okay, das verstehe ich. Aber warum unbedingt dieser Hof? Warum eine Mammutaufgabe, die kaum zu schaffen ist? Es gibt bestimmt hübsche Häuschen zu kaufen, auch hier im Alten Land. Einzugsfertig, mit allem, was man so braucht. Da habt ihr beide dann einen Platz in der Natur.«

»Es muss hier sein«, gab Claudia fest zurück. »Ich kann es nicht erklären, aber dieser Hof ist genau das Richtige.«

»Weil du dich totschuften wirst, damit du über den ganzen Mist mit Jule nicht mehr nachdenken musst?«

Claudia schwieg einen Moment. »Es ist … ein Gefühl«, sagte sie dann hilflos.

Wieder schämte sich Sara ein wenig. »Ihr braucht beide eine neue Aufgabe.«

»Ja, so ist es wohl.«

»Weiß Jule von deinen Plänen?«

»Nein. Ich will erst etwas Konkretes vorzuweisen haben.«

»Aha.« Vermutlich würde die Tochter der Mutter den Kopf abreißen, aber Sara nahm sich fest vor, sich da rauszuhalten. Außerdem: Vielleicht war dies hier wirklich eine Chance für Jule, und nur Claudia besaß genug Phantasie, es zu sehen.

»Alles ist besser als diese Gruft von Wohnung, in der sie jetzt dahinsiecht«, erklärte sie.

Claudia schenkte ihr ein dankbares Lächeln. »Bitte verrate ihr nichts, wenn du sie siehst.«

»Okay«, erwiderte Sara und spürte gleichzeitig, wie ihr ganzer Widerstand in sich zusammenfiel. Für Jule hätte sie alles getan, für Jule war sie bereit, Claudia in ihrem kühnen Unternehmen zu unterstützen.

Sie holte tief Luft. »Dann wollen wir mal schauen, ob der gute Martin den Vertrag fertig hat. Und glaub bloß nicht, du kannst das hier allein schaffen. Ohne mich bist du völlig aufgeschmissen. Ich werde also meine Reisepläne verschieben und dir zur Hand gehen. Wenigstens so lange, bis der Schuppen da bewohnbar ist.«

Claudia machte einen halben Schritt auf sie zu und nahm sie fest in die Arme.

»He! Du zerquetschst mich«, rief Sara, während sie selbst die Freundin fest drückte. Sie ahnte, sie beide ließen sich auf ein großes Abenteuer ein. So eine Umarmung würden sie noch sehr oft brauchen.

»Wie rührend!«, ertönte ganz in ihrer Nähe eine grollende Stimme.

»Rübezahl«, flüsterte Sara erschrocken.

Johann van Sieck trat hinter einer hohen Tanne auf dem Brachland zwischen den zwei Höfen hervor. Der warme Spätsommertag verwandelte sich in eine Winternacht, als sie der Blick aus seinen Eisaugen traf. Sara hätte schwören können, dass die Temperatur um zwanzig Grad sank und das Sonnenlicht sich verdunkelte.

»Haben Sie etwa gelauscht?«, fragte sie dennoch frech, während sie erleichtert feststellte, dass er ohne wilde Vierbeiner herübergekommen war.

Er überhörte ihre Frage und wandte sich an Claudia. »Sie werden diesen Hof nicht kaufen.«

»Ach nein? Und wer will mir das verbieten?«

»Ich.«

Sara fand, die beiden waren gleichwertige Gegner. Groß von Statur und mutig im Charakter.

»Säbel oder Pistolen?«, erkundigte sie sich freundlich.

Keiner achtete auf sie.

»Von Ihnen lasse ich mir nichts verbieten«, erklärte Claudia.

»Das werden wir ja noch sehen.«

»Haben Sie etwa den Hof hier bereits gekauft?«

»Das geht Sie nichts an.«

»Es ist mein Recht, es zu erfahren.«

»Nein.«

Sara stöhnte auf. Natürlich gehört dem hier noch nichts, wollte sie ihrer Freundin zurufen. Sonst müsste er sich nicht so aufregen. Aber sie hielt den Mund. Der Streit konnte noch eine ganze Weile andauern. Claudia würde siegreich daraus hervorgehen, da war Sara ganz sicher. Schließlich hatte dieser ungehobelte Klotz ihnen gar nichts zu befehlen. Aber bis dahin würde es ihr langweilig werden.

Sie lief zum Auto. »Na, Martin? Fertig mit dem Vertrag?«

»Nein«, brummte er. »Eine halbe Stunde brauche ich noch. Ich recherchiere den Wert vergleichbarer Objekte, damit deine Freundin nicht vollends übers Ohr gehauen wird.«

Sie streckte ihre Hand durch das offene Fenster und tätschelte ihm die Schulter. »Guter Junge.«

Martin war klein und kugelrund. Kein Mann, der Sara je interessieren konnte. Aber ein guter Kumpel.

Was nun? Sara entschied, dass sie Bewegung brauchte. Entschlossenen Schrittes machte sie sich auf den Weg zum Dorf.

In Gedanken noch bei Martin, schlenderte Sara ein paar Minuten später die Dorfstraße entlang. Ziemlich langweiliges Kaff, entschied sie nach einem Blick auf den kleinen Lebensmittelladen, eine einzige Kneipe und eine Kaffeebar. Aber – oha! Klein und kugelrund waren die Männer hier nicht. Sara blieb stehen und betrachtete geradezu hingerissen zwei Prachtexemplare, die an einem Hoftor standen und sich unterhielten. Beide Männer mochten um die vierzig sein. Sie waren groß und breitschultrig, hatten kantige Gesichter und helle Haare. Brüder vielleicht. Oder Cousins. Sie lachten jetzt miteinander und schlugen sich gegenseitig auf die Schultern. Sara wäre unter einem solchen Schlag vermutlich zusammengebrochen, aber die beiden zuckten nicht einmal mit der Wimper. Auf einmal gefiel ihr die Idee, ins Alte Land zu ziehen. Selbstverständlich aus rein selbstlosen Gründen. Claudia brauchte schließlich ihre Hilfe, oder nicht? Und Jule musste auch umsorgt werden. Aber hey, wenn sich dabei noch die Gelegenheit zu dem einen oder anderen Flirt ergab, war das auch nicht übel.

Einer der beiden Männer verabschiedete sich jetzt unter erneutem Schulterklopfen von dem anderen, überquerte die Straße und kam dicht an Sara vorbei. Sie sah ganz genau den breiten funkelnden Ehering an seinem Finger, aber sie roch auch seinen herben Männerduft und fing seinen Blick auf. Ihr Gesicht strahlte ganz ohne ihr Zutun, und sie fühlte geradezu, wie ihre schlaffen Locken zu neuem Leben erwachten.

»Moin«, sagte er und ging weiter.

»Moin«, hauchte sie und betrachtete seine hintere Ansicht, die auch nicht zu verachten war.

»Phänomenal«, sagte sie. Vielleicht einen Tick zu laut.

»Können wir Ihnen helfen?«, fragte da eine Frauenstimme in Saras Rücken und klang alles andere als hilfsbereit. Eher abweisend und beinahe feindselig.

»Haben Sie sich verlaufen?«, erkundigte sich eine zweite, keine Spur freundlicher.

Sara wandte sich um. Die beiden Frauen vor ihr wirkten so unterschiedlich wie sie selbst und Claudia. Die eine war groß und blond, die andere klein und zierlich, allerdings mit braunen und nicht feuerroten Haaren. Beide hatten die Arme vor der Brust verschränkt. Vielleicht waren es die Ehefrauen der beiden Prachtexemplare, vielleicht auch nur Nachbarinnen, die ein Auge auf Recht und Moral im Dorf hatten.

»Guten Tag«, sagte Sara höflich. »Ich schaue mich nur ein wenig um.«

»Hier bei uns gibt es nichts zu gucken«, erwiderte die große Blonde.

»Da bin ich anderer Meinung«, sagte Sara, bevor sie sich auf die Zunge beißen konnte.

Die Schwarzhaarige funkelte sie an. »Wie meinen Sie das?«

»Ach, ich finde das Dorf sehr schön, auch wenn es nicht auf Touristen eingestellt ist.«

»So«, murmelten beide wie aus einem Mund.

Langsam wurde Sara wütend. »Ist es vielleicht verboten, sich hier umzusehen?«

»Kommt darauf an, wo genau man hinsieht«, sagte die Blonde.

Ihre Freundin nickte. »Sie können jetzt gehen. Oder besser abfahren.«

»Sie werfen mich aus Ihrem Kuhdorf?«

Die große Blonde grinste auf Sara herab. »Das liegt nicht in unserer Macht.«

»Fein«, sagte Sara. »Dann ist ja alles gut. Ich ziehe nämlich demnächst hierher. Auf den Hermannshof.«

Sie sah noch, wie beiden Frauen die Kinnladen herunterklappten, bevor sie sich abwandte und mit durchgedrücktem Rücken davonging.

Je näher sie dem Apfelhof kam, desto nachdenklicher

wurde sie. Ja, sie hatte einen Sieg davongetragen, aber er schmeckte schal. Wenn sie wirklich hier leben wollte, war es keine gute Idee, sich von Anfang an Feinde zu schaffen. Aber, ach!, die beiden Männer waren einfach unwiderstehlich gewesen.

Sie grinste noch vor sich hin, als ihr Handy klingelte. Augenblicklich verschwand ihre gute Laune.

»Christian«, sagte sie und klang ähnlich unfreundlich wie die beiden Frauen eben.

»Hallo, Sara. Wie geht es dir?«

»Prächtig. Ich ziehe in Kürze aus der Villa aus. Wann genau, sage ich dir noch, aber ich schätze mal, ich bleibe da noch maximal einen Monat.« Es musste doch möglich sein, überlegte sie, das Bauernhaus bis dahin notdürftig bewohnbar zu machen.

Ihr Exmann blieb so lange still, dass sie schon dachte, er hätte das Gespräch unterbrochen. Als er endlich wieder sprach, klang er dumpf. »Es steht mir wohl nicht zu, dich zu fragen, wohin du ziehst.«

»So ist es«, gab sie zurück und verabschiedete sich dann mit einem knappen Gruß. Ihre gute Stimmung war verpufft. Warum rief er sie überhaupt noch an? Konnte er sie nicht einfach in Ruhe lassen? Dann müsste sie sich nicht ständig fragen, was sie alles falsch gemacht hatte. Manchmal überlegte Sara, ob ihre Ehe glücklich geblieben wäre, wenn sie sich für ein anderes Leben entschieden hätte. Wenn sie zum Beispiel spätestens nach Leos Einschulung in ihren Beruf zurückgekehrt wäre, wenn ihre Tage ausgefüllt gewesen wären.

So wie sonst auch schob sie die trüben Gedanken beiseite und näherte sich Martins Volvo. Der Anwalt hämmerte immer noch auf die Tastatur und schaute nicht auf. Also wandte sich Sara dem alten Haus zu. Von Claudia war nirgends etwas zu sehen. Kurz erschrak sie. Der ungehobelte Klotz war doch nicht etwa gewalttätig geworden? Hatte er womöglich seinen Höllenhund auf Claudia gehetzt?

Bevor sie in Panik geraten konnte, kam Claudia um die Hausecke.

»Gott sei Dank«, stieß Sara aus. »Ich dachte schon, ich hätte dich auf dem Gewissen.«

Die Freundin schaute sie verständnislos an. »Ich war nur noch mal im Apfelgarten. Und ich habe ihn gefunden!«

»Wen denn?«, fragte Sara, in Gedanken wieder bei den Prachtexemplaren.

»Den Baum mit den Winterglockenäpfeln. Es ist nur ein einziger, aber er hängt voller Früchte. Sie sind noch sehr klein. Und furchtbar sauer.«

Sara tippte sich gegen die Stirn. »Du hast unreife Äpfel gegessen? Da freut sich dein Verdauungssystem.«

»Nur ein winziges Stück probiert«, erwiderte Claudia und lächelte glücklich, geradezu verzückt. »Und ich habe die Nebengebäude besichtigt. Da passt alles hinein. Ein Stall ist sogar schon da, und nebenan kann ich meine Werkstatt einrichten.«

Sara rieb sich die Stirn. So langsam kam sie nicht mehr mit. »Werkstatt? Wofür denn?«

Bevor Claudia antworten konnte, rief Martin sie zu sich. »Wir sollten fahren. Ich habe später noch einen Termin.«

Die Fahrt zum Altenheim dauerte keine zehn Minuten. Im Aufenthaltsraum wurden sie vom Hofbesitzer Friedrich Hermanns und einem Neffen namens Paul empfangen. Der Neffe erwies sich als tüchtiger Geschäftsmann, der alte Bauer selbst verhandelte hart.

Sara war heilfroh, dass sie Martin um Hilfe gebeten hatte. Anfangs wurde ein geradezu horrender Kaufpreis gefordert, und der Apfelgarten sollte sowieso in Hermanns' Besitz bleiben.

Da sprang Claudia auf und erklärte, entweder würde sie den Hof mit dem Apfelgarten kaufen oder gar nicht. Es wurde gefeilscht und gestritten, es wurden Summen genannt und andere dagegengesetzt.

Dass es am Ende überhaupt zu einer Einigung kam, erschien Sara wie ein Wunder. Obwohl sie selbst kaum etwas gesagt hatte, war sie schweißgebadet. Auch Claudia wirkte vollkommen erschöpft, und Martin presste die Zähne zusammen, während er die ausgehandelte Kaufsumme in den Vertrag eintrug und beiden Parteien schließlich zur Unterschrift vorlegte.

Man verabschiedete sich höflich, aber kühl. Als sie schon halb zur Tür hinaus waren, hörte Sara noch genau, wie der Neffe zu seinem Onkel sagte: »Dafür macht dir Johann die Hölle heiß.«

## 10. Kapitel

»Bedaure«, sagte der Dachdeckermeister. Er war groß und kräftig und wirkte auf Claudia, als könne er ein Fertigdach mit reiner Muskelkraft auf ein Haus setzen. »Ich kann Ihnen nicht helfen. Meine Firma ist voll ausgebucht.«

Claudia knirschte mit den Zähnen. Das war jetzt der sechste Handwerker in der näheren Umgebung, der ihr eine Absage erteilte. *Das Haus vom alten Hermanns in Schuss bringen? Tut uns leid, Lady, aber wir haben keine Zeit. Wir bedauern, aber wir stehen nicht zur Verfügung.*

Scheuten die Handwerker wirklich die Mammutaufgabe, oder hatten sie andere Gründe? Nach mehr als einer Woche vergeblicher Suche war Claudia voller Zweifel. Vielleicht gehörten hier ja alle Leute einem Geheimbund an, dessen Vorsitzender Johann van Sieck war.

Nur mühsam konnte sie noch manchmal das Glücksgefühl heraufbeschwören, das sie empfunden hatte, als der Kaufvertrag unterschrieben gewesen war. Seitdem schien es, als habe alle Welt sich gegen sie verschworen. Niemand war bereit, ihr zu helfen.

Außer Sara. Sie schuftete mit Claudia gemeinsam auf dem Hof. Die beiden Frauen taten, was sie konnten. Sie schleppten die alten wurmzerfressenen Möbel aus dem Haus und warfen alles in einen Container, den sie extra bestellt hatten. Der würde später von der Müllabfuhr wieder abgeholt werden. Sie machten kreischend Jagd auf

Ungeziefer und fuhren abends vollkommen erschöpft nach Hamburg zurück. Denn bewohnbar war das Haus natürlich noch nicht. Claudia hatte vorgeschlagen, sie könnten sich einen Campingwagen mieten und die schönen Septembertage besser ausnutzen. Aber Sara war davon nicht so begeistert gewesen. Alles habe seine Grenzen, hatte sie geantwortet, und sie sei vorerst nicht bereit, auf den Luxus ihrer großen Badewanne zu verzichten. Irgendwie müsse sie ja den Dreck des Tages von ihrem Körper wieder herunterbekommen.

Ja, dachte Claudia, ohne Sara wäre ich verloren. Aber auch die Freundin hatte es bisher nicht geschafft, Fachleute für die Renovierung aufzutreiben.

»Zur Not nehmen wir eine Firma aus Hamburg«, hatte sie gestern gesagt.

»Ausgeschlossen. Denen müssten wir die Anfahrt zahlen, und das können wir uns nicht leisten.« Beide hatten sich daraufhin nur ratlos angeschaut.

Ohne ein weiteres Wort ließ Claudia nun den Dachdeckermeister stehen und ging zu ihrem Wagen zurück. Dann würde sie heute eben noch nach Stade fahren. Sie hoffte, dort eine Firma zu finden. Zwei Stunden später kehrte ihr Optimismus zurück. Sie rief Sara an.

»Wir haben die Männer!«

»Echt? Wie sehen sie denn aus?«

Claudia überhörte die dumme Frage. Sara neigte dazu, jeden einzelnen Mann, der ihr im Alten Land über den Weg lief, mit den Augen einer Verführerin zu betrachten. Na gut, jeden mit Ausnahme ihres Nachbarn. Irgendwann, so fürchtete sie, würde Saras Flirtbereitschaft noch einmal richtig Ärger geben.

»Die Firma heißt Wagner und Söhne, und sie stellen mir

Dachdecker, Zimmermänner und Maurer zur Verfügung. Und was man sonst noch so braucht.«

»Und die Kosten?«, fragte Sara jetzt ernsthaft.

»Die werden hoch sein«, gab Claudia stöhnend zurück. »Aber irgendwie schaffe ich es schon. Ich muss jetzt Schluss machen, in einer Stunde kommt der Chef zum Apfelhof und will sich alles ansehen.«

Sie beendete das Gespräch und schickte einen stillen Jubelruf hinterher. Endlich! Endlich ging es voran.

In gemächlichem Tempo verließ Claudia die Stadt. Während sie übers Land fuhr, dachte sie über die Idee nach, die ihr seit einiger Zeit im Kopf herumging. Noch hatte sie mit niemandem darüber gesprochen. Sara würde die Erste sein, die es erfuhr, und Claudia konnte nur hoffen, dass die Freundin sie nicht endgültig für unzurechnungsfähig erklärte.

Aber es war nun mal ihre geniale Idee. Sie wollte Naturkosmetik herstellen. Mit Äpfeln und mit Kräutern, die sie selbst anbauen würde. Der Gedanke war ihr schon an dem Sonntag vor zwei Wochen gekommen, als sie den Apfelhof zum ersten Mal gesehen hatte. Ihr war gleich klar gewesen, dass es ein paar Monate dauern würde, um das Haus wieder bewohnbar zu machen.

Doch was dann? Was sollte sie tun, wenn alle Renovierungsarbeiten abgeschlossen waren? Sie wusste, sie eignete sich nicht zum Müßiggang. Sie brauchte Beschäftigung, denn wenn sie nichts tat, dann grübelte sie nur über Jule nach. Da hatte Sara mit ihrer Bemerkung schon ganz recht gehabt. Claudia brauchte Ablenkung von ihren Sorgen. Und sie war vernünftig genug, um zu wissen, dass der Apfelanbau eine Kunst für sich war. Da gab es andere, die dieser Arbeit schon seit Jahrzehnten nachgingen. Johann van Sieck zum Beispiel, der sie nicht mehr grüßte, der ihr höchsten zornige Gletscherblicke zuwarf, wenn sie sich mal begegneten. Den wollte sie nicht als Konkurrenten haben.

Nein, Claudia schätzte ihre Fähigkeiten realistisch ein, und ein Leben als Vollzeit-Bäuerin gehörte vermutlich nicht dazu. Sie war heilfroh, dass Paul Hermanns, der Neffe des alten Besitzers, ihr bei der anstehenden Ernte helfen würde. Er besaß einen eigenen Apfelhof in der Nähe von Jork, und ihre Abmachung war einfach gewesen: Paul würde ihr seine polnischen Erntehelfer schicken, sobald seine eigene Plantage abgeerntet war. Die Männer hatten auch in den vergangenen Jahren auf dem Hermannshof gearbeitet. Im Gegenzug durfte er die Ernte behalten, mit Ausnahmen von einigen Kisten für Claudias eigenen Bedarf und vor allem mit Ausnahme sämtlicher Winterglockenäpfel.

»Die müssen es Ihnen ja ganz besonders angetan haben«, hatte Paul Hermanns geknurrt.

»So ist es.«

Sie war nicht bereit gewesen, mehr zu verraten, und dem Bauern war nichts anderes übriggeblieben, als in den Handel einzuschlagen. Trotzdem hatte er noch eine Weile vor sich hin geschimpft. Wenn er sich schon mit Johann van Sieck anlegen müsse, dann sollte ein ordentliches Geschäft für ihn dabei herauskommen.

»Das wird es auch so«, hatte Claudia ungerührt erwidert. Sie war kein Fachmann, aber sie hatte sich erkundigt. So eine Apfelernte brachte einen ordentlichen Batzen Geld ein.

Die Bewirtschaftung des Apfelhofes war somit für dieses Jahr geklärt, und Claudias Hilfe würde nicht gebraucht werden. Gut so. Denn sie hatte ja Besseres vor. Schließlich kannte sie sich mit Kosmetik aus, hatte sogar mehrmals in der hauseigenen Fabrik des Schwan-Konzerns mitgearbeitet, um zu erfahren, wie die Herstellung von Cremes und Tinkturen funktionierte. Schon damals war ihr der Gedanke gekommen, wie wundervoll es wäre, reine Naturkosmetik zu produzieren. Ohne diese ganze Chemie. Auf dem Schönheitsmarkt war das natürlich keine Neuheit, und Claudia strebte auch gar nicht an, das Rad noch einmal zu erfinden. Sie wusste, es gab bereits Anti-Aging-Cremes, die aus den Stammzellen einer alten Schweizer Apfelsorte hergestellt wurden, aber etwas so Anspruchsvolles wollte sie gar nicht angehen. Nur gute Produkte schaffen, ohne künstliche Inhaltsstoffe. Und sie freute sich darauf, die Äpfel von ihrem Hof auf neue Art zu verarbeiten.

So überzeugt war sie von ihrem Plan, dass sie im Geiste schon eine fertige Produktpalette vor sich sah. Eine Tages- und eine Nachtcreme, eine Augencreme und eine Körperlotion. Später konnte mehr dazukommen, aber diese vier sollten den Anfang machen. Der Winterglockenapfel würde das Logo zieren, und ihr Name, Claudia Konrad, würde beste Qualität garantieren.

Wie gut es tat, sich den Zukunftsträumen hinzugeben!

Nur eine knappe Stunde später fiel Claudia hart auf den Boden der Tatsachen zurück. Als Heinz Wagner ihr schilderte, welche Arbeiten vonnöten sein würden, verfluchte sie ganz kurz den Tag, an dem sie diesen einen Apfel auf dem Rathausmarkt gefunden hatte.

»Keine Sorge«, sagte Wagner beruhigend, als er sah, wie sie blass wurde. »Meine Söhne und ich haben schon andere hoffnungslos erscheinende Aufträge angenommen. Wir schaffen das.«

Das Wort hoffnungslos gefiel ihr überhaupt nicht. Aber bevor sie etwas erwidern konnte, erklang an der Straße lautes Motorengeheul.

Saras roter Alfa schlitterte über den Sandweg auf sie zu und kam keine zwei Meter vor ihnen zum Stehen.

»Wenn man mich vorher jedoch totfährt«, setzte der Handwerker trocken hinzu, »kann ich für nichts garantieren.«

»Bist du geflogen?«, fragte Claudia ihre Freundin.

»So ungefähr. Ich glaube, mindestens dreimal bin ich geblitzt worden. Egal. Ich muss doch auch hören, was der Fachmann hier zu sagen hat.«

Claudia bemerkte, dass sie Wagner kurz checkte. Aufgrund seines Altes von mindestens siebzig Jahren fiel er durch die Prüfung.

Gott sei Dank, dachte Claudia bei sich. Nun ließen sich beide Freundinnen noch einmal gemeinsam die nötigen Arbeiten erklären. Von morschem Fachwerk war die Rede, von rissigen Mauern und feuchten Böden. »Am meisten Sorgen macht mir das Dach«, erklärte Wagner.

Sara seufzte auf. »Fein. Ist ja auch der unwichtigste Teil des Hauses. Kann uns ja bloß auf den Kopf fallen.«

Wagner, der offenbar keinen Sinn für Ironie besaß, setzte zu neuen Erklärungen an.

Endlich hob Claudia die Hand. »Vielen Dank, aber ich fürchte, ich verstehe nicht einmal die Hälfte von dem, was Sie sagen. Ich werde Ihnen vertrauen. Sie tun schon das Richtige.«

»Und hauen uns nicht übers Ohr«, fügte Sara mit einem drohenden Unterton hinzu.

Wagner bedachte Sara mit einem zornigen Blick. »Wollen Sie mich beleidigen?«

»Ich doch nicht.«

»Dann ist ja gut.« Plötzlich lachte er. »Mir hat bisher noch nie ein Kobold Angst eingejagt.«

Auch Sara wirkte jetzt verstimmt. »Hauptsache, Sie lassen sich von unserem bösen, bösen Nachbarn nicht einschüchtern. Der will uns nämlich loswerden, und wer weiß, vielleicht wird er Ihre Arbeit sabotieren.«

Das Lachen verflüchtigte sich.

»Warum sollte der Mann so etwas tun?«

Claudia mischte sich in das Gespräch ein. »Wir wissen es nicht genau. Aber bisher hat Herr van Sieck uns deutlich klargemacht, dass wir hier unerwünscht sind.«

»Van Sieck? Johann van Sieck?«

»Ganz genau. Kennen Sie ihn?«

Statt eine Antwort zu geben, sah sich Wagner um. »Aber natürlich«, sagte er dann. »Wieso habe ich das nicht gleich bemerkt? Da drüben ist ja sein Hof. Na, ist lange her, dass ich in dieser Gegend zu tun hatte.«

Sara machte einen Schritt auf ihn zu. »Sie werden doch jetzt nicht kneifen?«

»Warum sollte ich? Der Johann hat manchmal eine ruppige Art an sich, aber er ist ein prima Kerl.«

Diese Einschätzung teilten die Freundinnen zwar nicht, aber sie schauten sich wie befreit an, bevor sie nacheinander Wagner die Hand gaben.

»Sie sind unser Mann«, erklärte Sara feierlich.

Als er weggefahren war, tupfte sich Claudia mit einem Tuch den Schweiß von der Stirn. Für Mitte September war es ein ungewöhnlich heißer Tag, und die Verhandlungen mit Wagner hatten sie zusätzlich ins Schwitzen gebracht.

»Komm«, sagte Sara. »Für heute ist mal genug. Wir laufen ins Dorf und gönnen uns ein Eis. In der Kaffeebar haben sie eine recht große Auswahl.«

Claudia nickte. Sie war tatsächlich erschöpft, und eine kleine Abkühlung würde ihr guttun.

Eine halbe Stunde später bereute sie ihre Entscheidung. Sara hatte einen der drei Tische draußen vor der Bar gewählt, verdrückte einen riesigen Eisbecher und begutachtete jedes männliche Wesen, das vorbeikam.

»Lass doch mal gut sein«, bat Claudia schließlich.

»Warum denn? Ist doch ganz harmlos.«

»Ja, noch. Aber was machst du, wenn einer dieser Männer wirklich mal was von dir will? Selbst wenn er Frau und Kinder hat?«

»Ist dann sein Problem.«

»Sara!«

Die Freundin lachte, und ihre Sommersprossen hüpften über ihr Gesicht. »Gönn mir doch ein bisschen Spaß. Guck mal, der da. Den habe ich schon mal gesehen.« Sie wartete, bis der kräftige Mann näher gekommen war, dann rief sie ihm ein fröhliches »Moin!« zu. Die große blonde Frau in seiner Begleitung schien sie gar nicht wahrzunehmen.

Oh, oh, dachte Claudia. Das gibt Ärger. Prompt schickte die Frau ihren Mann weiter, stemmte die Fäuste in die Hüften und kam zu ihrem Tisch.

»Wie kommen Sie dazu, meinen Mann zu grüßen?«

Saras Sommersprossen erbleichten vor Schreck.

»Äh ... ich ...«

»Das hätten wir auch gern gewusst«, erklangen vom Nebentisch her zwei weitere Frauenstimmen.

Claudia wandte sich um. Die zornigen Blicke bezogen sie gleich mit ein.

»War doch ganz harmlos«, murmelte Sara. »Ich bin eben freundlich.«

»Passen Sie auf«, zischte die Blonde. »Passen Sie bloß gut auf sich auf.«

»Eine Hexe brauchen wir hier nicht«, kam es vom Nebentisch.

Claudia reichte es. Während Sara die Schultern sinken ließ, sprang sie auf und funkelte die Frauen an. »Jetzt übertreiben Sie mal nicht. Frau von Stelling ist meine beste Freundin, und sie ist ein guter und hilfsbereiter Mensch.« Ihr Blick glitt zu einer der beiden Frauen am Tisch, deren Bauch eine deutliche Wölbung vorwies. Aus einer Eingebung heraus fügte sie hinzu: »Und übrigens ist sie von Beruf Hebamme. Falls eine von Ihnen mal Hilfe braucht, Sie finden sie auf dem Hermannshof.«

Die Schwangere starrte erst Claudia und dann Sara an. »Eher bekomme ich mein Kind ganz allein, bevor ich so eine wie die da um Hilfe bitte.«

»Lass uns gehen«, sagte Claudia.

Sara lief schweigend neben ihr her, und sie wirkte sehr nachdenklich.

## 11. Kapitel

Der September und auch der Oktober bescherten dem Alten Land eine reiche Apfelernte. Claudia und Sara bekamen davon allerdings kaum etwas mit. Sie schufteten von früh bis spät im Bauernhaus, halfen den Handwerkern, standen den Männern auch mal im Weg. Aber anderthalb Monate nach Beginn der Renovierungsarbeiten war das Haus zumindest einigermaßen bewohnbar. Die polnischen Erntehelfer bekamen sie morgens und abends nur kurz zu Gesicht. Muße, um ihnen bei der Arbeit zuzuschauen, fanden sie nicht, aber Paul Hermanns hielt sich an die Abmachung und lieferte einige Kisten voller Äpfel bei Claudia ab.

An diesem zweiten Sonnabend im Oktober nun konnte Claudia einen schweren Gang nicht länger vor sich herschieben. Sie fuhr zu ihrer Tochter.

Mit jeder Stufe, die sie nahm, verließ sie der Mut ein Stückchen mehr. Mit jedem Atemzug verzagte sie. Unten auf der Straße war Claudia noch voller Energie gewesen, und sie hatte sich genau zurechtgelegt, was sie sagen würde. Von einem Neuanfang wollte sie erzählen, von einem guten neuen Leben. Von frischer Luft und knackigen Äpfeln, von einem Abenteuer und von neuen Zielen. Im ersten Stock verschwand die Farbe aus ihren Worten, im zweiten klangen sie nur noch hohl. Oben angekommen, verstummten sogar ihre positiven Gedanken, und während sie wartete, bis Jule schwerfällig den Flur durchquert hatte, überlegte sie, ob sie nicht wieder verschwinden sollte.

So oft es ging, war sie seit August hier gewesen, jedes Mal hatte sie kaum etwas erzählt von ihrem großen neuen Traum. Ein Blick auf Jule, und all ihre Energie verpuffte. Wenige Worte mit ihrer Tochter, und in ihrem Innern breitete sich Leere aus.

Der Schlüssel wurde im Schloss gedreht, die Tür öffnete sich einen Spaltbreit.

Claudia erschrak. Seit wann schloss sich Jule mitten am Tag ein? Oder ging sie nur noch so selten nach draußen, dass es sich nicht lohnte, morgens aufzuschließen?

Ihr Herz schlug hart in der Brust, und zum ersten Mal gestand Claudia sich ein, dass sie Angst hatte.

Angst vor ihrer eigenen Tochter. Vor dem Menschen, der Jule geworden war, vor dieser jungen Frau, die grau war und fremd. Bei jedem Besuch ein wenig mehr.

»Hallo«, murmelte Jule.

»Es ist ein wunderschöner Tag«, platzte Claudia heraus. »Wir machen eine Landpartie.«

»Kein Interesse. Es ist mitten im Oktober und saukalt.«

»Das stimmt doch gar nicht. Es ist ein goldener Herbsttag. Die Sonne scheint, und die frische Luft wird dir guttun.«

Gott, wie sie es hasste, sich so kleinzumachen! Sie hörte selbst, wie sie bettelte.

»Kein Bedarf.«

»Lässt du mich nicht wenigstens herein?«

Halb erwartete sie, Jule würde ihr die Tür vor der Nase zuknallen, aber dann trat sie doch zur Seite und humpelte voran ins Wohnzimmer. Claudias Herz raste noch immer. Während sie ihrer Tochter folgte, dachte sie daran, wie schön ihr Leben einst gewesen war. Schwierig ja. Eine alleinerziehende, berufstätige Frau musste stets mehrere Bälle gleichzeitig in der Luft halten. Aber eben auch glücklich. Mit diesem Wirbelwind von Tochter, der schneller heranwuchs als jedes andere Kind und so voller Tatkraft war. Manchmal traurig, oft eigensinnig, selten brav und gehorsam, aber immer bereit, den nächsten Tag neu anzupacken. Wohin war diese Jule verschwunden? Vielleicht gab es sie noch irgendwo, nur verborgen unter Schmerz und Trostlosigkeit. Claudia hatte gehofft, diesen Menschen wiederzufinden, wenn sie nur etwas entdeckte, das auch ihre Tochter begeistern konnte. Ein neues Heim, ein neues Leben.

Aber nun fühlte sie, wie die Zweifel sie niederdrückten, und sie ließ sich schwer aufs Sofa fallen.

Jule setzte sich langsam in ihren Sessel und starrte zu Boden.

Erging es eigentlich allen Müttern, allen Eltern, so wie ihr?, fragte sich Claudia. Zogen sie ihre Kinder in bester Absicht groß und mussten dann erleben, wie sich die geliebte Tochter, der wunderbare Sohn in eine fremde Person verwandelte? Nein, sicher nicht. Sie atmete tief durch und zwang ihr Herz, ruhiger zu schlagen.

»Bitte, komm mit. Ich möchte dir den Glockenhof zeigen.«

Jule stieß ein Schnauben aus. »Glockenhof? Hat die Bruchbude neuerdings einen Namen? Das ist ja wenigstens etwas.«

Nicht bereit, sich provozieren zu lassen, blieb Claudia ganz ruhig. »Ich habe ihn nach dem Winterglockenapfel benannt, und ich finde es schön.«

»Fein«, kam es tonlos zurück.

»Natürlich sind die Handwerker noch drin. Das Dach muss fertig gedeckt werden, und einige Fachwerkbalken werden ersetzt. Und, ach, der Strom ist ein echtes Problem. Aber der Glaser war schon da und hat die kaputten Fensterscheiben ausgewechselt. Das Haus sieht ganz anständig aus. Wir haben wirklich Tag und Nacht gearbeitet.«

»Offensichtlich«, sagte Jule ohne den Blick zu heben. »Du trägst Jeans und Schlabberpulli und hast dir die Fingernägel kurz geschnitten. Wahrscheinlich hast du sogar Blasen an den Händen. Und du bist so gut wie ungeschminkt. So habe ich dich in meinem ganzen Leben noch nicht gesehen.«

Es klang nicht nach einem Kompliment, und Claudia tat, als hätte sie nicht zugehört. Sie war ja selbst verwundert über ihre Verwandlung. Noch im Sommer hatte sie geglaubt, für eine Frau sei es essentiell, gut angezogen und perfekt gepflegt zu sein. Jetzt schien es ihr, als habe sie seit vielen Jahren nur eine Maske getragen, und nun, da sie ihr Haar in einem schlichten Pferdeschwanz zusammenband und höchstens etwas Lippenstift und Mascara benutzte, nun trat die wahre Claudia Konrad zutage.

Es war verwirrend, und sie zog es vor, nicht darüber nachzudenken. Denn sonst könnte sie auf den irritierenden Gedanken kommen, dass sie sich selbst fremd geworden war.

»Die Wasserleitung ist in Ordnung, und in den Bädern funktioniert alles. Auch die Heizung wird hoffentlich bald in Gang kommen, und es wird richtig schön und gemütlich.« Sie merkte, wie hektisch sie redete, aber sie konnte nichts dagegen tun.

»Was vermutlich bedeutet, dass es im Haus zehn Grad unter null sind.«

Claudia hob die Schultern. »Unsinn. Drinnen ist es zwar kühler als draußen, aber wir haben einen Kachelofen. Und die Einrichtung ist schon fast komplett. Sara hat ihre Villa geplündert. Sie ist mir wirklich eine große Hilfe.«

»Sara. Klasse. Da hast du ja eine Verbündete. Mich brauchst du nicht.«

Doch!, wollte Claudia rufen. Ich brauche dich! So sehr! Du fehlst mir. Stattdessen schwieg sie. Jule hasste Gefühlsausbrüche.

»Und du glaubst allen Ernstes, du kannst da draußen ein neues Leben anfangen. Indem du ... was? Anti-Falten-Apfelmus anrührst? Das ist lächerlich.«

Claudia schluckte schwer. So wie Jule es sagte, klang es tatsächlich lächerlich.

Claudia wollte schon aufspringen und einfach die Wohnung verlassen, aber sie zwang sich, sitzen zu bleiben. Sie hatte nur einen einzigen Trumpf auf der Hand, und den spielte sie jetzt aus.

»Der Stall ist fertig.«

Jule starrte weiterhin nur zu Boden.

»Es sind zwei schöne große Boxen.«

»Ja, und? Was geht mich das an?« Immerhin, sie schaute auf. »Du kannst dir ja ein paar Kühe anschaffen.«

»Ich dachte eher an ein Pferd. Oder zwei.«

Da war etwas in Jules Blick. Ein kaum wahrnehmbares Aufblitzen. Schon verschwand es wieder, aber Claudia hatte es genau gesehen. Sie holte tief Luft.

»Ich habe gestern mit Baron von Schilling telefoniert.«

»Du hast WAS? Wie kommst du dazu, mit meinem früheren Chef zu reden? Wer hat dir das erlaubt?«

Nur ganz leicht zuckte Claudia zurück, während die Angst erneut in ihr hochkroch.

Nein, sie würde nicht nachgeben. Dies hier war ihre Tochter. Kein Grund, sich zu fürchten.

Deine Tochter, flüsterte es in ihr, gibt es schon lange nicht mehr. Bloß diesen grauen Menschen, der dich hasst.

Nein, nein, nein!

»Baron von Schilling und ich sind befreundet, wie du vielleicht noch weißt.«

»Bullshit!«

»Jule, bitte. Er war sehr freundlich, hat mir aber zu verstehen gegeben, dass nächste Woche der Abdecker kommt.«

»Verdammte Scheiße!«

Ein grauer, hasserfüllter, fluchender Mensch. Plötzlich reichte es Claudia. Sie sprang auf. Allein die Bewegung tat schon gut.

»Weißt du was?« Sie schrie beinahe. »Von mir aus kannst du hier vor die Hunde gehen, das ist allein deine Entscheidung. Aber ich bringe Carina zum Glockenhof. Wenigstens das Pferd werde ich retten.«

Da, da war es wieder, dieses Aufblitzen.

Dann jedoch die harten Worte, die nicht dazu passten, die verletzen sollten. »Wenigstens das Pferd. Bravo, Mama. Das ist doch schon mal was. Mich hast du ja längst aufgegeben.«

»Bullshit!«, schrie nun auch Claudia. Ja, ihr tat Fluchen ebenfalls gut. »Ich bin deine Mutter. Ich liebe dich!«

»Sicher?«, kam es leise zurück. »Bist du dir da wirklich ganz sicher? Du liebst mich? Auch jetzt noch?«

»Natürlich.« Sie verdrängte den leisen Zweifel in ihrem Herzen. »Ich höre nicht auf, dich zu lieben, bloß weil du jetzt ein grauer Mensch bist.«

Sie biss sich auf die Lippen. Zu spät.

»Ein was?«

Claudia schwieg.

»Ein grauer Mensch«, wiederholte Jule leise. »Alle Achtung. Gut getroffen.«

»Bitte, Jule. So war das nicht gemeint.«

»Doch. Aber es ist okay, Mama. Nur bitte, mach mir nicht vor, du hättest diesen Hof für mich gekauft. Ich habe vielleicht ein krankes Bein, aber du bist krank im Kopf.«

Getroffen sank Claudia zurück aufs Sofa. Sie wollte etwas erwidern, etwas Kluges, etwas, das Jule in ihre Schranken verweisen würde, aber ihr fiel nichts ein, also schwieg sie.

»Entschuldige«, sagte Jule leise. »Das war nicht nett.«

Claudia nickte bloß stumm. Nun war sie diejenige, die zu Boden schaute.

»Mama.«

Sie sah nicht auf.

»Lass uns fahren.«

Claudias Blick schnellte hoch. »Warum? Willst du dich nur mal davon überzeugen, dass ich verrückt bin?«

Jule schüttelte den Kopf. »Aber ich könnte mir ja ansehen, wohin mein Erbe verschwindet.«

»Was?«

»Das war ein Witz, Mama.«

»Ein Witz.«

»Ja, und du könntest jetzt lachen.«

Sie zwang sich zu einem Lächeln. Es musste Jule ungeheure Anstrengung gekostet haben, sich zu entschuldigen.

»Na ja, besser als nichts. Also los.«

Sie meinte es wirklich ernst! Am liebsten hätte Claudia jetzt einen Rückzieher gemacht. Sie wusste, alles hing von diesem ersten Besuch ab, und sie fürchtete sich auf einmal vor Jules Urteil. Nur fiel ihr so schnell keine Ausrede ein.

»Gut. Ich habe direkt vor dem Haus geparkt.«

»Immerhin etwas«, murmelte Jule, griff nach ihrem Rucksack und stützte sich dann schwer auf ihre Krücken. Claudia ließ sie vorangehen, hielt sich zurück. Bloß nicht drängen, dachte sie, bloß nicht zu viel Hilfe anbieten, sonst wäre sie noch beleidigt. Lieber Gott! Warum war es so schwer, mit Jule umzugehen?

Im Treppenhaus trafen sie auf einen jungen Mann, den Claudia nicht kannte. Markantes Gesicht, südländischer Typ. Ihre Gedanken flogen zu Gianluca. Wann hatte sie zuletzt von ihm gehört? Vor einer Woche? Zwei? Eine kurze Textnachricht über die Arbeit, die ihn auffraß und ihn daran hinderte, sie zu besuchen? Keine Einladung, nach Mailand zu kommen. Zu ihrer Überraschung war sie kaum noch enttäuscht. Vermutlich war sie zu beschäftigt, um viel an ihn zu denken.

»Fernando Barcani«, murmelte Jule. »Mein Nachbar.«

Jule sah an ihm vorbei, er schien sich unwohl zu fühlen. Seltsam, dachte Claudia.

»Angenehm«, sagte sie. »Ich bin Claudia Konrad. Jules Mutter.«

Sie schüttelten einander die Hand, dann wandte er sich an Jule. »Wie geht es Ihrer Freundin?«

»Gut, danke. Tschüs.«

Schon hinkte sie weiter, Stufe für Stufe nach unten. Barcani sah ihr mit einem Schulterzucken nach. Claudia eilte Jule hinterher. Sie beschloss, den Vorfall nicht zu erwähnen. Sollte Jule ihr etwas erzählen wollen, so würde sie zuhören. Sie war noch nie die Art Mutter gewesen, die sich in das Privatleben ihrer Tochter einmischt.

Abgesehen vom Motorengeräusch herrschte auf der Fahrt nach Süden bleierne Stille. Jule brütete vor sich hin, Claudia konzentrierte sich aufs Fahren. Erst als sie schon das Alte Land erreicht hatten, sah Jule mit offenen Augen aus dem Fenster, nahm den herbstlichen Sonnenschein, das bunte Laub, den klaren Himmel und das saftig grüne Gras in sich auf. Weit und flach erstreckte sich die fruchtbare Kulturlandschaft vor ihnen. Nur die Elbdeiche boten dem Blick Halt und bildeten einen Horizont. Ein Storchenschwarm zog über sie hinweg. Majestätisch segelten die schwarzweißen Vögel durch die Luft.

»Es ist schön«, murmelte sie.

Claudia warf ihr einen verblüfften Seitenblick zu. Dann begriff sie. Jule war seit ihrem Unfall nicht mehr auf dem Land gewesen. Die wenigen Ausflüge in den Stadtpark zählten nicht.

»Pass auf!«, rief ihre Tochter.

Claudia bremste, und im nächsten Moment steckten sie inmitten einer Schafherde fest. Graubraune wollige Leiber drängten sich rechts und links am Auto vorbei, Mutterschafe blökten, Jungtiere antworteten, ein strenger Geruch strömte durch die geöffneten Fenster ins Wageninnere. Zwei Hütehunde umkreisten die Herde und trieben sie vorwärts, ein Schäfer folgte gelassen und lüftete kurz seinen speckigen Hut.

»Schafe haben Vorfahrt«, erklärte Claudia. »Die Tiere sind wertvoller als jeder Rasenmäher. Sie halten nämlich nicht nur das Gras auf den Deichen kurz, sondern verfestigen auch mit ihren kleinen Klauen den Boden und treten kleine Löcher zu. Für die Deichpflege sind sie unersetzlich.«

»Du klingst schon wie ein Ureinwohner.«

Claudia grinste. »Altländer heißt das.«

»Sag ich doch.«

Eine halbe Stunde später erreichten sie den Glockenhof. Mühsam kletterte Jule aus dem Wagen. Es war ihr anzusehen, wie sehr der Ausflug sie bereits erschöpft hatte. Besorgt sah Claudia, dass ihre Armmuskeln zitterten, als sie sich jetzt auf die Krücken stellte. Auf der Stirn standen Schweißtropfen, die Haut unter den Augen hatte einen dunklen Ton angenommen, und der Mund bildete einen schmalen Strich.

»Wenn es dir zu viel wird ...«

»Es ist wirklich eine Bruchbude!« Jule starrte auf das Bauernhaus, das im Augenblick tatsächlich schlimmer aussah als an dem Tag, an dem Claudia es zum ersten Mal erblickt hatte. Efeuranken waren entfernt, hohe Büsche zurückgeschnitten worden, und nun zeigten sich die fleckigen Außenwände in all ihrer Hässlichkeit. Das Dach wirkte nicht nur eingesunken, sondern sah mit den neuen Ziegeln aus wie ein schräger Flickenteppich. Noch stand ein Gerüst am Haus. Es vermittelte den Eindruck, das ganze Gebäude könne in sich zusammenfallen, wenn es abgebaut wurde. Die Eingangstür war abgeschliffen worden und erinnerte an die Haut eines Hundertjährigen, der sein Leben im Freien verbracht hatte.

»My home is my castle passt hier aber nicht«, fügte Jule hinzu. »So muss es nach dem Krieg ausgesehen haben.«

»Ich bin froh, dass die Arbeiten überhaupt in Gang gekommen sind.«

»Abreißen und was Neues bauen wäre einfacher gewesen«, erwiderte Jule.

»Ganz genau«, ertönte hinter ihnen eine Stimme, die Claudias Temperatur um ein paar weitere Grad sinken ließ. »Nur leider ist da der Denkmalschutz vor.«

Johann van Sieck kam näher und richtete den Blick auf

Claudia. »Bestellen Sie Ihren Leuten, dass ich ihnen das Fell langziehe, wenn sie noch einmal Schutt auf meinem Grundstück abladen.«

»Sind Sie der komische Kauz, von dem ich gehört habe?«, erkundigte sich Jule. »Van Sieck?«

»Und wer bist du?«

»Wer hat Ihnen erlaubt, mich zu duzen?«

Bevor van Sieck antworten konnte, kam Lulu um die Ecke geschossen. Claudia stieß einen Schrei aus, Jule blieb ganz ruhig stehen. Johann spitzte die Lippen zu einem scharfen Pfiff, aber noch bevor er einen Ton von sich geben konnte, hatte der Hund Jule erreicht.

»O Gott!«, rief Claudia, und dann sah sie, was geschah, und konnte es nicht glauben. Lulu blieb ganz ruhig stehen und schnüffelte erst an Jules Krücken, dann an ihren Hosenbeinen. Jule streckte ruhig die Hand aus, die ebenfalls ausgiebig beschnüffelt wurde. Dann setzte sich der Hund und ließ sich kraulen. Mit dem massigen Kopf reichte er ihr fast bis an die Hüften. Jule musste sich schwer auf eine Krücke stützen, aber es schien ihr nichts auszumachen. Sie wirkte für einen Augenblick wie ein Mensch, der mit sich und der Welt im Reinen war.

»Donnerwetter!«, stieß van Sieck aus. »Meine Lulu wird zum Schoßhündchen.«

Seine Frostaugen ruhten auf Jule.

»Das ist meine Tochter«, sagte Claudia schnell.

»Die Reiterin? Sieht so aus, als wäre sie kürzlich vom Pferd gefallen.«

Claudia erstarrte, Jule zuckte zusammen.

»Was hast du dem über mich erzählt?«

»Gar nichts. Nur dass du Berufsreiterin bist.«

Van Sieck zeigte auf ihre Krücken. »War jetzt nur so ein

Tipp von mir. Aber es geht mich nichts an. Wenn du wieder in Ordnung bist, kannst du ja mal meine Lotte reiten. Die hat zu wenig Bewegung.«

»Ich werde nie wieder in Ordnung kommen!«, schrie Jule so laut, dass Lulu mit eingeklemmtem Schwanz hinter ihrem Herrchen Schutz suchte. »Ich bin ein Krüppel!«

»Tja«, erwiderte van Sieck ungerührt. »Dann wirst du es auf dem Land nicht leicht haben.«

»Ist mir doch scheißegal! Ich ziehe sowieso nicht hier ein.«

»Gut«, kam es ungerührt zurück. »Für Feiglinge ist hier kein Platz.«

»Sie!«, stieß Jule aus und machte einen schnellen Schritt auf ihn zu. Sie stolperte über die linke Krücke und geriet ins Wanken. Claudia stand nicht nah genug bei ihr, aber van Sieck konnte sie leicht auffangen.

Tat er bloß nicht. Sah seelenruhig zu, wie Jule der Länge lang hinschlug, mitten in einen hohen Laubhaufen.

»Das nenne ich eine weiche Landung«, brummte er, bevor er sich umwandte und mit Lulu an seiner Seite davonging.

»Ich werde Sie verklagen!«, rief Claudia ihm nach, während sie Jule zu Hilfe eilte. »Wegen unterlassener Hilfeleistung!«

Sie hörte nur noch sein Lachen.

»Hast du dir weh getan, mein Schatz? Komm, ich helfe dir auf. Ach, Jule, bitte wein doch nicht. Es tut mir so leid. Der Kerl ist wirklich schrecklich.«

Sie zog ihre Tochter am Arm, verlor das Gleichgewicht und landete neben ihr im Laub. Erst jetzt sah sie, dass Jule nicht weinte. Sie lachte, lachte Tränen.

»Der Typ ist herrlich«, erklärte sie glucksend. »Lässt

mich einfach hinfallen. Mich! Einen Krüppel! Das muss ich Ilka erzählen. Holst du mir mal mein Handy aus dem Auto? Die wird sich ausschütten. Nächstes Mal bringe ich sie mit her. Mal sehen, ob er sie mit ihrem Rolli den Deich runter in die Elbe fahren lässt.«

Claudia war viel zu verblüfft, um etwas zu erwidern. Jule, die lachte. Jule, die sich amüsierte, weil sie hingefallen war. Jule, die sich von ihrem Nachbarn beleidigen ließ und grinsend darüber hinwegging. Es ist ein Wunder, dachte sie. Es ist der Glockenhof. Liebevoll zupfte sie ihrer Tochter ein paar Blätter aus den Haaren und half ihr in eine bequemere Position. Dann holte sie Jules Rucksack.

»Möchtest du dich auf die Bank vor dem Haus setzen?«
»Lass nur. Ich finde es ganz gemütlich hier.«
»Dann ruh dich ein wenig aus. Ich will mal nach der Heizungsanlage sehen.«

Sie ging ein paar Schritte, schaute sich noch einmal um. Es stimmt nicht, dachte sie. Jetzt nicht mehr. Sie ist kein grauer Mensch.

## 12. Kapitel

Claudia starrte das orangefarbene Ungetüm von Ölheizung an, und sie hätte schwören können, es starrte zurück. Riesig, alt und vor allem außer Betrieb. Ein Fluch aus Jules neuem Wortschatz wäre jetzt angebracht gewesen. Lieber nicht. Womöglich spuckte ihr das Ding noch eine Ladung Altöl ins Gesicht.

Verflixt! Sie kannte sich mit Jojoba- und Aloe-Vera-Öl aus, aber nicht mit so etwas. Ein Fachmann musste her. Noch einer.

Ein tiefer Seufzer stieg aus ihrer Kehle auf. Wenn das so weiterging, würde ihr Erbe aus Schweden verbraucht sein, bevor sie auch nur eine Nacht in ihrem neuen Heim geschlafen hatte. Von der offenen Kellertür fiel ein Schatten auf sie herunter.

»Was stehst du hier unten rum und stöhnst die Heizung an?«, erkundigte sich Sara. »Komm lieber hoch und hilf mir. Ich habe ein Sofa mitgebracht. Habe ich auf unserem Speicher gefunden. Echtes Biedermeier. Ich könnte es natürlich restaurieren lassen und verkaufen, aber ich finde, es passt prima in die gute Stube.«

»Die Heizung funktioniert nicht«, gab Claudia zurück.

»Ist ja keine Neuigkeit. Das Ding werden wir demontieren und Stück für Stück rausschaffen. Dann bauen wir eine Solaranlage. Aber schön eines nach dem anderen. Es ist ja noch nicht kalt.«

Claudia unterdrückte einen weiteren Seufzer. So wie Sara es sagte, klang es vernünftig.

Und teuer.

Vorsichtig stieg sie die ausgetretenen Treppenstufen nach oben und umarmte ihre Freundin.

»Wolltest du dich heute nicht mal erholen?«

»War auch mein Plan. Aber dann habe ich das Sofa gefunden. Und weil ich den Lieferwagen noch bis morgen gemietet habe, dachte ich mir, das nutze ich aus. Lass mich los, du stinkst nach Öl.«

Claudia trat einen halben Schritt zurück.

»Sorry.«

»Schon gut. Sag mal, leide ich unter Halluzinationen, oder liegt da draußen Jule kichernd in einem Laubhaufen?«

»Es ist ein Wunder«, gab Claudia zurück.

»Definitiv. Was ist passiert? Leo hockt vor ihr und versteht die Welt nicht mehr. Seit Monaten kriegt er von mir nur Horrorgeschichten von der armen Jule zu hören. Das ist wirklich heftig.«

»Leo? Du hast deinen Sohn mitgebracht?«

»Ja, er will mal schauen, ob seine Mutter auf ihre alten Tage durchgedreht ist.«

»Und sein Studium?«

Sara runzelte die Stirn. »Er hat sich eine Auszeit genommen. Informatik sei vielleicht doch nicht das Richtige für ihn, meint er. Manchmal braucht es eben einen oder zwei Anläufe, bis man seinen Weg findet. Aber vorhin sagte er, so kann er sich wenigstens um seine Eltern kümmern. Als ob wir alt und gebrechlich wären. Pah!«

Claudia wandte sich ab, damit die Freundin nicht den Neid in ihren Augen erkennen konnte. Sara war Mutter eines gesunden Sohnes, dem die Welt offen stand. Sie selbst war Mutter einer kranken Tochter, die nichts mehr vom Leben erwartete. Es war so ungerecht.

Sie schluckte schwer. Rasch an etwas anderes denken. Es war dumm, wegen eines Schicksalsschlages auf Sara eifersüchtig zu sein. Gerade jetzt tat die Freundin doch alles für sie. Claudia war ihr unendlich dankbar und hätte sie am liebsten gleich noch einmal umarmt. Stattdessen wischte sie ihre fleckigen Hände so gut es ging an einem Küchentuch ab, das neuerdings ständig aus ihrer hinteren Hosentasche ragte.

Dann schlängelte sie sich durch die lange Diele, die mit einer alten Truhe, zwei Garderobenständern und einigen Regalen vollgestellt war. Es war erstaunlich, was Saras Villa so alles hergab, und Claudia wartete nur auf den richtigen Moment, um der Freundin schonend beizubringen, dass sie die Hälfte des Mobiliars wieder rauswerfen müssten, wenn sie sich im Haus noch bewegen wollten.

An der Tür zur Stube musste sie den Kopf einziehen. Früher waren die Menschen eindeutig kleiner gewesen. Ihre Wohnräume auch. Für ein Sofa war da theoretisch kein Platz. Immerhin standen hier schon zwei große Ohrensessel, die offenbar noch von Saras Großeltern stammten. Dazu ein wuchtiger niedriger Eichentisch, ein hohes Bücherbord und einige übereinandergestapelte Stühle, zu denen allerdings kein Esstisch mehr hereinpassen würde. Das Bauernhaus war zwar insgesamt groß, aber die einzelnen Räume eben nicht.

Aus ihrer eigenen Wohnung hatte Claudia bisher nur ein paar Kleinigkeiten mitgebracht. Ihre moderne Einrichtung würde nicht in dieses Gebäude aus dem achtzehnten Jahrhundert passen. Das war ihr gleich klar gewesen. Außerdem wollte sie ihr altes Leben hinter sich lassen und ganz neu anfangen. Möbel waren nur Dinge, die sich ersetzen ließen. Ja, dachte sie jetzt, mit Saras zunehmend seltsameren Schätzen. Sie unterdrückte ein Grinsen, trat nach draußen und schaute sich das neueste Mitbringsel ihrer Freundin an.

»Es ist riesig.«

»Na ja«, meinte Sara und stellte sich neben sie. »Hier vor deinem Haus wirkt es tatsächlich ein bisschen größer als auf unserem Speicher. Aber schau nur, wie schön es ist. Echtes Kirschbaumholz, und der gelbe Stoff ist Chintz. Ein Schmuckstück.«

»Aus dem das Rosshaar quillt und ein ekliger Geruch aufsteigt.«

Sara lachte. »Sei doch nicht so negativ. Es muss ein bisschen aufgemöbelt werden, und mit einem Schuss Politur wird's auch prima duften. Stell dir vor, wie elegant du darauf sitzen und deine Besucher empfangen wirst.«

Claudia gab sich alle Mühe, aber sie sah trotzdem ein halb verrottetes Sofa, das nur hochkant in die Stube passen würde.

»Zum Beispiel den schicken Kerl aus dem Baumarkt.«

»Sara!«

Sie hatte gehofft, die Freundin hätte den Mann längst abgehakt. Vergangene Woche in Buxtehude war er so freundlich gewesen, ihnen bei der Auswahl eines Akkuschraubers zu helfen. Ein gutgekleideter Herr in den Vierzigern, der selbst auf der Suche nach Wandfarbe für ein Kinderzimmer war.

»Du bist wirklich unmöglich.« Claudia hob drohend den Zeigefinger.

»Was denn? Meinetwegen empfange *ich* ihn, wenn du nicht willst. Der sah doch bombastisch gut aus. Und so etwas wohnt auf dem Dorf im Alten Land. Dagegen ist Hamburg die reinste Männerwüste.«

»Sara«, mahnte Claudia wieder.

»Ja, meine liebe Moralapostel-Freundin? Ist es neuerdings verboten, mit einem schönen Mann zu flirten? Ich bin frisch geschieden, schon vergessen?«

»Er aber nicht. Und er hat Farbe für das Zimmer seiner Tochter ausgesucht.«

Sara schnippte mit den Fingern. »Na und? Ich will keine Familie zerstören. Nur ein bisschen Spaß haben.«

»Mir reicht es aber schon, von den Altländern ausgelacht zu werden. Ich möchte nicht, dass demnächst ein paar wütende Ehefrauen auf uns losgehen. Denk an den Vorfall in der Kaffeebar. Du bist hier nicht gerade beliebt.«

»Pessimismus ist die Wurzel aller Langeweile.«

»Wer hat das denn gesagt?«

»Ich. Und nun zu meinem Erbstück hier: Ist es nicht wundervoll?« Es war offensichtlich, dass ihr das Thema nicht mehr behagte.

»Es gibt da ein Problem«, sagte Claudia und war regelrecht froh über ihren Einfall.

»Nämlich?«

»Das Sofa passt durch keine Tür und schon gar nicht durch die kleinen Fenster. Wir müssten das Dach anheben, um es ins Haus zu bekommen. Tut mir leid, Sara. Ich weiß, du meinst es gut.«

»Oh, Mist!«

»Wie hast du es überhaupt von eurem Speicher runtergekriegt?«

»Das war einfach. Einer meiner Vorfahren hat da oben mal ein riesiges Fenster einbauen lassen. Vielleicht war er ein Künstler. Jedenfalls haben Leo und ein paar Freunde so eine Art Seilwinde angebracht. Damit ging's ganz einfach. Und abladen war eben auch kein Problem, weil es auf zwei Rollbrettern steht.«

»Aber nun kommen wir nicht weiter.«

»Nein. Und dabei versuche ich doch nur, uns in der Wildnis ein stilvolles Heim zu schaffen.«

Claudia grinste und schwieg.

»Tja, ich schätze, ich kann mich noch so anstrengen. Das alles endet hier sowieso in einer Katastrophe«, fügte Sara hinzu.

»Hm«, machte Claudia nur. Ihr Blick war zu Jule und dem jungen Mann gewandert, der immer noch fassungslos vor ihr kniete. Leo von Stelling kam ganz nach seinem Vater. Er war groß, nordisch blond und von ruhigem Gemüt.

»Man könnte meinen, er sei gar nicht mein Sohn«, hatte Sara einmal halb im Scherz gesagt. »Eher deiner.«

Aber Claudia entdeckte auch die Mutter in ihm. Seine hellen Augen konnten schelmisch blinzeln, und seine innere Ruhe wurde manchmal von einem überraschenden Temperamentsausbruch weggefegt.

Er ist erwachsen geworden, dachte Claudia jetzt. Ein gutaussehender, erwachsener junger Mann von bald zwanzig Jahren. Sie erinnerte sich daran, dass er als Kind ihrer Tochter wie ein Hündchen nachgelaufen war. Und auch, als aus ihm schon ein schlaksiger Teenager geworden war, hingen seine Augen stets voller Bewunderung an Jule. Doch die beiden waren nie mehr als die Kinder von zwei besten Freundinnen gewesen. Fünf Jahre Altersunterschied hatten es offensichtlich unmöglich gemacht, eine echte Freundschaft zu entwickeln. Jule war lange Jahre ein Stern an Leos Himmel gewesen, schön und strahlend, jedoch unerreichbar.

Sara unterbrach Claudias Gedanken. »He, ihr zwei. Wenn ihr fertig seid, euch anzustarren, könnt ihr mal helfen.«

Leo sprang hoch, Jules Blick verfinsterte sich.

»Was soll ich deiner Meinung nach tun? Mal eben dieses scheußliche gelbe Ding durch die Gegend tragen?«

Ihre gute Laune war verflogen, jetzt war sie wieder die verbitterte Jule.

»Nicht nötig. Aber du kannst dir zusammen mit deiner Mutter den Stall anschauen. Wir haben hart da drin geschuftet.«

»Und jetzt soll ich euch dafür zum Ritter schlagen?«

»Ach was, Burgfräulein reicht völlig.«

Claudia schwieg. Sie sah, wie Leo sich bemühte, Jule aufzuhelfen, und hätte am liebsten eingegriffen. Nicht an den Hüften fassen!, wollte sie rufen. Lieber unter den Achseln. Und die Krücken musst du ihr richtig herum geben.

»Lass nur«, murmelte Sara, die ihre Gedanken erriet. »Er macht das schon.«

Claudia presste fest die Lippen zusammen. Bloß nicht die überfürsorgliche Mutter geben. Jule hasste es, wenn sie so war. Zu ihrer Überraschung kam Leo mit der Aufgabe prima zurecht. Er winkelte einfach einen Arm an, an dem Jule sich hochzog, und hielt mit der anderen Hand die Krücken schon bereit.

Claudias Herz zog sich schmerzhaft zusammen. Offenbar konnten alle Menschen besser mit ihrer Tochter umgehen als sie selbst. Und Leo behielt sogar die Ruhe, als Jule jetzt heftig losschimpfte.

»Spiel hier bloß nicht den braven Samariter! Ich komme allein klar! Verschwinde einfach wieder und lass mich in Ruhe!«

»Reg dich ab.«

»Ich rege mich so viel auf, wie ich will!«

»Du nervst aber.«

»Pah! Die einzige Nervensäge hier bist du!«

»Was habe ich dir eigentlich getan?«

»Mich angeglotzt wie ein Alien vielleicht?«

»Na und? Du siehst ja auch echt krass aus.«

»Arschloch!«, schrie Jule.

»Hinkebein!«, gab Leo zurück.

»Wahre Liebe«, murmelte Sara.

Claudia atmete tief durch. »Van Sieck hat sie vorhin einen Feigling genannt. Und als sie wütend auf ihn zugegangen und gestolpert ist, hat er sie einfach in den Laubhaufen fallen lassen.«

»Oha«, meinte Sara. »Bei Rübezahl überrascht mich gar nichts, aber meinem Sohn hätte ich mehr Taktgefühl zugetraut.«

»Wer weiß«, sagte Claudia. »Vielleicht tut es ihr mal ganz gut, nicht bloß mit Samthandschuhen angefasst zu werden.«

»Ja, aber Feigling und Hinkebein? Bisschen heftig, nicht?«

»Schau sie dir an. Sie wirkt ... so lebendig.«

»Geh doch zurück in dein Scheiß-Schottland!«, rief Jule gerade. »Und lass dich hier bloß nie wieder blicken.«

»Gute Idee.« Er wandte sich ab. »Mama, wollen wir heimfahren?«

Erst jetzt, als sie ihm direkt ins Gesicht sah, bemerkte Claudia, wie sehr er sich beherrschen musste. Sein Gesicht war rot, die Augen blitzten wütend.

»Ich gehe mal mit Jule in den Stall«, sagte sie schnell.

Sara nickte. »Und du, Leo, hilfst mir, zu überlegen, was wir mit dem Sofa machen sollen.«

Scheinbar gleichgültig zuckte er mit den Schultern.

Ohne Jules Zustimmung abzuwarten, ging Claudia voran und hörte erleichtert, wie ihr schwere unregelmäßige Schritte folgten. Sie umrundete das Haus und steuerte auf das Nebengebäude zu. Es war fast so groß wie das Haus selbst, verfügte jedoch über keinerlei historische Bausubstanz. Ein schlichter länglicher Bau, weiß verputzt und mit einem Flachdach versehen.

Claudia hatte ein wenig übertrieben, was ihre Arbeitsleistung betraf. Als sie vor ein paar Stunden Jule überredet hatte, mit ins Alte Land zu kommen, war es wichtig gewesen, alles in den schönsten Farben zu schildern. Es hatte wohl so geklungen, als hätte sie eigenhändig den Stall gebaut. Tatsächlich waren die Boxen nur geweißt worden. Sie lächelte. Ein bisschen angeben durfte ruhig sein, wenn es den Zweck erfüllte.

Ein abgetrennter Raum mit einem separaten Eingang stand noch leer. Hier wollte Claudia eines Tages ihre kleine Kosmetikwerkstatt einrichten. Sobald die Renovierung des Hauses abgeschlossen war. Immer in der Hoffnung, dass ihr dies auch gelingen möge. Derzeit herrschte das Gefühl vor, dass sich nach jedem erledigten Arbeitsschritt zwei neue auftaten.

»Komm«, sagte sie und öffnete für Jule die Stalltür. »Wir müssen natürlich noch Stroh einstreuen und die Tränken reparieren. Aber ich denke, es ist ganz in Ordnung, nicht wahr? Die Boxentüren sind stabil, und der obere Teil kann aufgeklappt werden, damit die Pferde auch rausschauen können. Die Weide ist sehr schön und groß. Na, was sagst du?«

Sie schämte sich, weil sie so sehr auf ein Lob hoffte, während Jule eisern schwieg.

Erst nach einer langen Zeit sagte sie: »Wenn ich hierherkomme, dann will ich nicht diesem Vollpfosten über den Weg laufen.«

»Wem? Leo?«

»Wem sonst?«

Claudia lächelte ihre Tochter an. »Nun, es scheint Probleme mit seinem Studium in Schottland zu geben. Aber ich denke, er wird bald dorthin zurückkehren.«

»Ist mir alles egal. Es interessiert mich nicht, was er macht oder wo er hinzieht. Ich will nur nicht, dass er sich auf dem Hof einnistet, wenn ich hier lebe.«

»Schon klar«, erwiderte Claudia vage. Erst jetzt begriff sie, was Jule gesagt hatte. Sie dachte ernsthaft darüber nach, mit ihr ins Alte Land zu ziehen. Vielleicht nur, um die junge Stute Carina zu retten, und möglicherweise würde sie schnell aufgeben und sich wieder in ihrer Wohnung in Hamburg verkriechen. Aber in diesem Moment schien sie entschlossen, den Schritt zu wagen. Und das war mehr, als Claudia sich noch am Morgen erträumt hatte, als sie vor Jules Wohnungstür gestanden und ihr das Herz bis zum Hals geschlagen hatte.

Leo, so fand sie, sollte ihr geringstes Problem sein.

Draußen erklang ein Wiehern, und Jules Kopf fuhr herum.

»Es gibt hier Pferde?«

»Nur eine Friesenstute namens Lotte. Sie sieht ziemlich vernachlässigt aus.«

»Von der van Sieck meinte, ich solle sie reiten.«

Claudia suchte nach einer tröstenden Erwiderung, aber da war Jule schon an der Stalltür und schaute zur Weide des Nachbarn, die direkt an die des Glockenhofes grenzte. Im Apfelgarten gleich daneben waren die Bäume inzwischen fast kahl. Jule humpelte zum Zaun. Lotte kam heran und streckte den massigen Kopf vor.

»Na, du bist ja eine Schöne. Brauchst aber dringend Pflege. Guck dir bloß deine Hufe an. Wenn du so weitermachst, dann lahmst du bald. Genau wie ich. Ja, ja, ist ja gut.« Sie lachte, als Lotte laut durch die Nüstern schnaubte. »Ich verstehe schon. Für deinen bescheuerten Besitzer kannst du nichts. Um dich werde ich mich wohl auch kümmern müssen.«

Claudia stand ein paar Schritte entfernt und erlebte mit großen Augen, wie Jule und Lotte Freundschaft schlossen.

Ein Wunder, dachte sie wie schon vorhin. So einfach kann es sein. Das Land, der Hof, die Tiere. Ein neues Leben. Es ist nur eine Frage der Zeit, und alles wird gut.

Ein Piepton ihres Handys holte sie aus ihren Träumen.

»Claudia«, schrieb Gianluca. »Wir haben uns lange nicht mehr gesehen. Ich glaube, wir sollten einander freigeben.«

Er machte Schluss mit ihr. Per SMS. Wie geschmacklos.

Sie runzelte die Stirn, schaute auf und sah, wie sich die hohe Gestalt ihres Nachbarn über die Weide näherte. Warum musste sie jetzt ausgerechnet Johann van Sieck erblicken?

»Ich mache einen kleinen Spaziergang«, sagte sie schnell zu Jule. »Da kommt Lottes Besitzer. Wenn er dich ärgert, ruf mich an, ja?«

Ihre Tochter nickte nur, ganz versunken in ihr stummes Zwiegespräch mit dem Pferd.

Claudia schaute sie noch einen Augenblick lang nachdenklich an, dann wandte sie sich ab und ging mitten durch den Apfelgarten davon. Am Ende des Grundstücks führte ein schmaler Pfad an weiteren Obstplantagen und Feldern vorbei bis zum Elbdeich. Erst als Claudia oben auf der Deichkrone stand und ein riesiges, blendend weißes Passagierschiff auf seinem Weg zum Hamburger Hafen beobachtete, merkte sie, wie fest ihre Hand sich um das Handy verkrampft hatte.

So fest, dass es eine Weile dauerte, bis sie es schaffte, jeden Finger einzeln davon zu lösen.

Einige Möwen flogen kreischend über sie hinweg, zwei kleine Segler machten sich einen Spaß daraus, dicht vor dem Schiff zu kreuzen, und der wolkenfreie Himmel schickte sein hohes Spiegelbild in den breiten Strom.

Ruhige, tiefe Entspannung erfasste sie. Langsam gab sie ihre Antwort ein. Sie hatte ein neues Leben begonnen, und es war an der Zeit, Altes hinter sich zu lassen. In diesem Augenblick auf dem Elbdeich begriff Claudia, dass sie für Gianluca nichts mehr empfand. Es war vorbei.

## 13. Kapitel

Aus den Augenwinkeln sah Jule, wie sich der Bauer näherte, aber sie tat, als bemerke sie ihn nicht. Sie zwang sich, Leo aus ihrem Kopf zu scheuchen. Leo, der ihr treu ergeben war, seit sie denken konnte. Der strahlte, wenn sie ihn überhaupt einmal wahrnahm, und der letztes Jahr plötzlich nach Schottland zog. Sie erinnerte sich daran, wie sie kurz wütend gewesen war, als Sara ihr die Neuigkeit erzählt hatte.

»Abgereist? Einfach so? Ohne sich von mir zu verabschieden?«

»Er dachte wohl, du würdest sowieso keine Zeit für ihn haben«, hatte Sara erwidert.

Das war zwar richtig, aber Jule war trotzdem eine ganze Weile verstimmt gewesen. Niemand aus ihrem Gefolge aus Reitschülerinnen und pubertierenden Jungs durfte einfach so verschwinden. Und Leo war ein besonderer Fan gewesen. Immer bereit, ihr zu helfen, und glücklich, wenn sie ihm ein schmales Lächeln schenkte.

Nach ein paar Wochen hatte sie ihn vergessen, und wenn Sara im Laufe des Jahres von ihm sprach, hörte sie nicht hin.

Und nun war er vorhin aus diesem Transporter gestiegen. Verdammt attraktiv. Größer, blonder und mit breiteren Schultern, als sie ihn in Erinnerung hatte. Und dann hatte er sie angeglotzt wie ... ja, wie ein Alien.

Keine Spur von Bewunderung mehr im Blick, nur Fassungslosigkeit, weil sie vor sich hin kicherte, und Mitleid, weil sie so beschissen aussah.

Jule rieb sich heftig die Schläfen. Es war ein verdammt anstrengender Tag heute, und sie war von all den neuen Eindrücken durcheinander.

Sie legte die Wange an Lottes schwarzen Kopf und atmete tief ihren Pferdeduft ein. Der Kontakt zur Stute beruhigte sie. Sie hatte gar nicht gewusst, wie sehr ihr die Tiere fehlten. Allein in ihrer Wohnung, war sie davon ausgegangen, dass es zu schmerzlich sein würde, sich ihnen wieder zu nähern. Jeder Blick, jede Berührung würde sie nur an das erinnern, was sie verloren hatte: ihre ganze Welt.

Aber es war anders. Ganz anders. Auf gewisse Weise – tröstend.

Und nun war ihre Mutter gekommen, ausgerechnet ihre Mutter, die sich seit dem Unfall in Feigheit übte, und hatte ihr eine Alternative angeboten. Einen Ort, an dem sie Carina unterbringen konnte und an dem die große gutmütige Friesenstute ihre Pflege brauchte. Einen Ort, an dem Jule nicht in jeder verdammten Sekunde an ihre Karriere erinnert wurde, an dem sie trotzdem wieder draußen war, unter freiem Himmel. Und sie würde eine Aufgabe haben, etwas, wofür es sich lohnte zu kämpfen.

Sie löste sich von Lotte und blickte nach unten auf ihr Bein. In diesem Moment fasste sie einen Entschluss. Sie würde wieder zur Physiotherapie gehen. Wie hieß hier die nächstgrößere Stadt? Buxtehude? Gleich nachher wollte sie eine Praxis googeln und sich anmelden. Wenn sie zwei Pferde zu versorgen hatte, dann musste sie beweglicher sein. Sie erhoffte sich keine Wunder, aber doch eine Verbesserung ihres derzeitigen Zustandes. Und die Schmerzen, die eine neue Behandlung mit sich bringen würde, wollte sie ertragen. Nun wusste sie, wofür. Und ja, mal sehen, ob sie nicht einen Schuster fand, der ihr bequeme Reitstiefel mit unterschiedlich hohen Absätzen machen konnte.

Der Bauer stand plötzlich neben ihr. Riesig groß mit finsterem Gesicht. Johann van Sieck. Ihre Mutter und Sara hatten beide von ihm erzählt, und beide mochten ihn offensichtlich nicht. Sie nannten ihn einen unangenehmen Zeitgenossen und einen ungehobelten Klotz.

Merkwürdig. Er hatte sie vorhin beleidigt und sie hinfallen lassen. Trotzdem war da etwas an ihm, was sie neugierig machte.

»Die reinste Tierflüsterin«, knurrte er. Lulu hatte er nicht dabei. Claudia und Sara fürchteten sich vor dem riesigen Höllenhund. Die beiden hatten vor ziemlich vielem Angst, fand Jule. Mama schien sich sogar vor dem Apfelbauern zu fürchten. Jule jedoch verspürte etwas anderes; etwas, wofür sie im Augenblick noch keine Worte fand. In seinen Augen entdeckte sie eine Freundlichkeit, die er nur schlecht unterdrücken konnte.

»Wer mit Tieren umgehen kann«, setzte er hinzu, »hat bei mir einen Stein im Brett.« Seine Stimme klang nicht mehr wie ein Knurren. »Bist ganz okay, Deern.«

Jule staunte. Wie hatte er es geschafft, sich von einem ungehobelten Klotz so schnell in einen netten Kerl zu verwandeln? Seine imposante Gestalt war ganz nah. Wenn sie sich nur ein kleines Stück zur Seite neigte, konnte sie sich bei ihm anlehnen.

Verwirrt deutete sie auf Lotte. »Schönes Tier, guter Körperbau und hoch angesetzter, kräftiger Hals. Aber die weißen Fesseln machen sie für die Zucht unbrauchbar.«

Unsinnigerweise hoffte sie, er würde sie für ihre Sachkenntnis loben, doch er nickte nur knapp.

»Der alte Hermanns hat sie mir billig überlassen, als er den Hof aufgegeben hat. Aber es war ein Fehler, sie zu nehmen. Ich habe keine Zeit für sie.«

»Das sieht man. Sie muss dringend zum Schmied, und ihr Fell ist ganz verfilzt. Mähne und Schweif müssen wahrscheinlich abgeschnitten werden. Da kommt kein Stahlkamm mehr durch. Außerdem braucht sie Bewegung. Sie müsste wenigstens regelmäßig longiert werden. Sie ist nämlich zu dick.«

»Ist ein fruchtbarer Boden«, entgegnete er. »War oft genug überschwemmt.«

Etwas in seiner Stimme ließ sie aufhorchen, und für einen Moment schien es, als verdunkelte sich der Himmel und als strömten Wassermassen ins Land.

Jule schüttelte kurz den Kopf, um wieder klar zu denken. »Ein wenig Gesellschaft würde ihr auch guttun.«

Johann van Sieck stieß ein kurzes raues Lachen aus.

»Jetzt sag nicht, Lotte hätte dir geflüstert, sie will eine Freundin haben.«

Ihr fiel wieder auf, dass er sie einfach duzte, aber diesmal nahm sie es hin. Anderes war jetzt wichtiger.

»Pferde sind Herdentiere. Sie brauchen ihresgleichen um sich herum. Wenn Sie wollen, nehme ich Lotte in Pflege. Sind Sie bereit, dafür zu zahlen?«

Nachdenklich strich er sich durch den Bart.

»Ich habe eine bessere Idee. Ich schenke dir die Stute. Ist ein Problem weniger.«

Sein Blick wanderte über den Glockenhof, als lägen dort seine wahren Sorgen.

»Oder ich weiß noch was Besseres. Die Stute im Austausch gegen den Apfelgarten.«

»Sie spinnen ja!«, rief Jule aus. »Darauf lässt sich meine

Mutter im Leben nicht ein. Außerdem will ich Lotte nicht geschenkt haben. Ich muss Geld verdienen, damit ich für mein eigenes Pferd die Futterkosten bezahlen kann. Womit dann auch das Problem mit der Gesellschaft für Sie gelöst wäre.«

Van Sieck sah sie aus Augen an, die kalt wie ein Wintermorgen wirkten. Aber das täuschte, fand Jule. Weit hinten in seinem Blick lag noch etwas anderes, Wärmeres.

»Verstehe. Da werde ich meiner geschätzten Nachbarin wohl ein besseres Angebot machen müssen.«

Jule nickte. »Ist Ihre Sache. Und wenn Sie Lotte nicht in meine Obhut geben wollen, dann nehme ich ein anderes Pferd auf. Ich kenne genug Leute in Hamburg, die froh darüber wären.«

Sie improvisierte, um ihn zu überzeugen. Sie kannte niemanden, der seinen Vierbeiner zum Glockenhof schicken würde.

»In Ordnung«, gab van Sieck zurück und nannte eine ziemlich geringe Summe.

»Das ist wenig«, erwiderte sie. »Dann muss Lotte sich eben zusätzlich Geld verdienen.«

»Und wie?«, fragte er misstrauisch zurück. »Etwa als Zirkuspferd?«

»Nein, ich werde Reitunterricht geben.« Auch dieser Gedanke kam ihr erst in der Sekunde, als sie ihn aussprach.

»Ich weiß nicht, ob sie sich dafür eignet«, meinte der Bauer. »Mach das lieber mit deinem eigenen Pferd.«

»Mit Carina ist es unmöglich«, gestand Jule. »Sie hat ... einen Knacks weg.«

»So wie ihre Besitzerin.«

Jule überging die Bemerkung mit einem Achselzucken.

»Es hat einen Unfall gegeben, und seitdem ist sie sehr schreckhaft.«

»Wie ihre Besitzerin«, wiederholte er.

Mit aller Macht unterdrückte sie ein Schluchzen. Erneut schien es, als verdunkelte sich der Himmel. Ein Bild schob sich vor ihre Augen, und sie redete, bevor sie nachdachte: »Tun Sie mal bloß nicht so verdammt allwissend. Wer sind Sie denn? Der Herrscher über ein Land, das regelmäßig absäuft?«

Schlagartig ging eine Verwandlung mit ihm vor. In seine Augen trat ein gehetzter Ausdruck, die breiten Schultern spannten sich an, seine schaufelgroßen Hände krallten sich um den Weidezaun.

»Ich ... Entschuldigung«, stammelte Jule.

»Halt den Mund!«

Sie schwieg.

Lotte scheute und trabte davon.

Als van Sieck wieder sprach, traf sie jedes seiner Worte wie eine Ohrfeige. »Du bist nichts weiter als ein verwöhntes Püppchen, das mal vom Pferd gefallen ist und sich seitdem in seinem Unglück suhlt.«

»Hören Sie sofort auf!«, schrie sie. »Sie wissen gar nichts von mir!«

»Dann erklär es mir.« Er hatte sich wieder in der Gewalt, seine Muskeln lockerten sich.

»Es ... es war ein schwerer Unfall. Carina ist mit ihrem ganzen Gewicht auf mein rechtes Bein gefallen.« Sie brach ab. Noch nie hatte sie es geschafft, mit jemandem darüber zu reden. Die wenigen Menschen, die noch um sie herum waren, wussten ohnehin Bescheid. Andere Leute lernte sie gar nicht kennen.

Seine linke Hand legte sich auf ihre Schulter, sein Blick

war plötzlich weich. Aber sie fand kein Mitleid darin, und das half ihr.

»Komplizierter Trümmerbruch. Der Knochen ist jetzt drei Zentimeter kürzer. Ich werde nie wieder so laufen können wie früher.«

»Aber du könntest besser laufen als jetzt.«

Sie nickte.

»Dann musst du darum kämpfen.«

Wieder nickte sie. Es war seltsam, sich diesem fremden älteren Mann anzuvertrauen, aber es fühlte sich richtig an.

»Ich werde nie wieder reiten können«, murmelte sie.

»Pech.«

Sie sah zu ihm hoch. »Von Mitgefühl halten Sie wohl nicht viel, was?«

»Hilft keinem. Hat mir auch nicht geholfen.«

Sie wagte nicht nachzufragen.

Er fuhr sich durch den Bart, als wundere er sich über sich selbst, dann nahm er die Hand von ihrer Schulter und schob den Ärmel seines grobgestrickten Wollpullovers hoch. Eine lange gezackte weiße Linie erstreckte sich vom Handgelenk bis hoch zur Schulter.

»Oh«, sagte Jule. »Das muss eine schlimme Verletzung gewesen sein.«

Van Sieck zog den Ärmel wieder herunter. »War es.«

»Wie ist das passiert?«

»Ist lange her«, meinte er vage.

Einen Moment wartete sie ab, dann akzeptierte sie, dass er keine Einzelheiten erzählen wollte.

»Hat zwei Jahre gedauert, bis ich den Arm wieder vernünftig gebrauchen konnte.«

»Aber sie haben nicht aufgegeben.«

»So ist es.«

Jule verstand, was er ihr sagen wollte, und sie handelte instinktiv. Sie lehnte sich an ihn, ganz kurz nur, aber lange genug, um Kraft zu schöpfen. Es war, als flösse ein wenig von seiner Stärke auf sie über. So mochte sich ein Kind fühlen, in den schützenden Armen des Vaters. Schon löste sie sich wieder von ihm und wandte sich schnell ab. Ein wenig beschämt und sehr verwirrt.

»Ich muss mal nach den anderen sehen«, sagte sie über die Schulter zurück.

Ein heftiger Schmerz fuhr durch ihr verletztes Bein, als sie es belastete. Die ganze Zeit am Zaun hatte sie ihr Gewicht auf das linke Bein gelegt. Hart biss sie sich auf die Lippen. Johann van Sieck sollte keinen noch so leisen Klagelaut von ihr hören.

Sie nahm nicht mehr wahr, dass er ihr lange und grübelnd nachsah.

»Dummes Ding«, murmelte er in seinen Bart. Als er merkte, dass seine Augen feucht waren, schickte er einen Fluch hinterher.

Jule bog langsam um die Hausecke. Der Transporter war verschwunden. Von Sara und Leo fand sich keine Spur. Aber das potthässliche Sofa stand noch da. Erschöpft steuerte sie darauf zu. Das lange Stehen im Stall und am Weidezaun hatte ihr die letzten Kraftreserven geraubt. Sie schaffte es noch, mit einer Krücke ihren Rucksack aus dem Laubhaufen zu fischen, dann ließ sie sich in die weiche, übelriechende Polsterung sinken. Gerade als sie die Augen schließen wollte, klingelte ihr Handy.

»Hey!«, rief Ilka. »Was war das denn vorhin? Erst kicherst du mich voll, und dann legst du einfach auf. Hast du Lachgas genommen oder so? Ich versuche schon seit fast einer Stunde, dich anzurufen.«

»Sorry«, erwiderte Jule matt. »Hier war einiges los.«

»Hier? Wo hier? In der versifften Wohnung, wo du bald nur noch Besuch von klitzekleinen Tierchen kriegst, wenn ich mich nicht erbarme und wenigstens mal bei dir vorbeikomme?«

Aller Müdigkeit zum Trotz musste Jule grinsen.

»Du bist ja gar nicht mehr da gewesen.«

»Ist bloß eine Frage der Zeit«, erwiderte Ilka, einen Hauch weniger forsch. »Weißt du, ich habe neulich eine Doku über ein Experiment in England gesehen. Da lernen die Leute mit einem Roboter wieder laufen. Also, das Gerät tragen sie wie einen Rucksack auf dem Rücken, und dann haben sie Schienen und Gelenke außen um die Beine herum. Die eine, die schon viel geübt hat, konnte echt prima gehen. Das ganze Gerät sieht bloß noch ziemlich unförmig aus, aber ...«

»Fernando hat nach dir gefragt«, sagte Jule mitten in den Redefluss hinein.

»Geil. Mister Italy wird sich wundern, wenn ich ihm surrend entgegengestakst komme. Meine neuen Moves werden ihn betören.«

»Ich glaube nicht, dass ihm das so wichtig ist.«

»Was? Wieso? Hast du etwa mit ihm über mich geredet?« Die Panik in Ilkas Stimme war nicht zu überhören.

»Nein, ich habe ihn ja nur zwei- oder dreimal kurz getroffen. Aber jedes Mal erkundigt er sich nach dir.«

»Und das stört dich? Bist du etwa neidisch?«

»Nein«, erwiderte Jule. »Oder doch, ich war es vielleicht. Ein kleines bisschen. Aber das ist jetzt vorbei. Ehrlich.«

»Wieso? Hast du außer Lachgas noch was anderes genommen? Eine Happypille? Will ich auch haben.«

Jule lachte. »Ach, Quatsch. Ich habe bloß Wichtigeres im Kopf.«

»Hä? Was könnte wichtiger sein als Mister Italy?«

»Der Glockenhof, zum Beispiel.«

»Ich fasse es nicht. Deine Mutter hat dich ins Alte Land verschleppt.«

»Hm.«

»Und?«

Jule holte Luft und schilderte ihrer Freundin, was in diesen wenigen Stunden geschehen war. »Ich werde Carina herbringen lassen«, schloss sie. »Vielleicht schon morgen.«

»Lass die Zossen beiseite und erzähl mir noch mal von diesem Leo. Wie sieht er aus? Ist er in dich verliebt?«

»Leo?«, fragte Jule verwundert. Sie gab ihrer Freundin eine kurze Beschreibung und fügte hinzu: »Ich bin froh, wenn ich ihn nicht wiedersehen muss. Er hat mich Hinkebein genannt.«

Ilka brüllte los vor Lachen. Dann war sie eine Weile still. Jule hörte nur das leise Klappern von Computertasten.

»Ich ziehe nach Schottland!«, rief Ilka dann aus. »Hammer! Diese Studenten sind tolle Typen. Einer wie der andere. Da, jetzt habe ich Leo von Stelling gefunden. Boah! Göttlich! Das ist der Bringer! Gegen den ist Mister Italy der Zwillingsbruder von King Kong. Ich schaue ihn mir gleich mal auf Facebook an ... Meine Fresse, der wird ja immer besser.«

»Lass mal gut sein, Ilka. Leo ist nicht mein Typ. Ich kenne ihn schon seit seiner Geburt. Er ist fast fünf Jahre jünger als ich.«

»Na und? Ist doch ein tolles Alter für einen Kerl. Also, wenn du ihn nicht willst, nehme ich ihn.«

»Können wir jetzt von etwas anderem reden?«

»Ja, klar. Ach nee. Keine Zeit mehr. Ich schicke ihm mal 'ne Nachricht.«

»Untersteh dich!«

»Spielverderberin. Na gut, dann will ich sehen, ob ich mich da in Edinburgh für ein Fernstudium einschreiben kann.«

»Ilka, du bist ein hoffnungsloser Fall.«

»Deswegen liebst du mich auch so innig.«

Jule grinste und drückte das Gespräch weg. Dann legte sie ihren Kopf an die Sofalehne und schloss die Augen. Einen Moment später war sie eingeschlafen.

Als Claudia von ihrem Spaziergang zurückkehrte, fand sie ihre Tochter lang ausgestreckt auf dem Sofa vor dem Haus vor. Sie schlief fest, und auf ihrem Gesicht lag ein Ausdruck, den Claudia seit langem nicht mehr gesehen hatte. Sie schaute genauer hin, bis sie verstand. Jule wirkte friedlich. Sie lief ins Haus, holte eine dicke Wolldecke und breitete sie über ihrer Tochter aus.

## 14. Kapitel

»Auf Nimmerwiedersehen, du kaltes Haus«, sagte Elisabeth und ließ ihren Blick ein letztes Mal über die hohe weiße Fassade gleiten. Alle Rollläden waren zugezogen, die Heizung war aus, und im Vorgarten stand ein großes Schild: »Zu verkaufen«.

Vierzig Jahre lang hatte Elisabeth hier gewohnt, aber sie verspürte keinerlei Bedauern darüber, dass diese Zeit nun vorbei war. Nur unendliche Erleichterung.

Ein frischer Herbstwind zerrte an ihrer Jacke. Der November brachte deutlich niedrigere Temperaturen ins Land. Höchste Zeit, sich an einen wärmeren Ort aufzumachen. Wohin genau sie fahren wollte, wusste Elisabeth noch nicht. Nur dass sie wegwollte, das war ihr endlich klargeworden. Weg von den Erinnerungen an Hans-Georgs Krankheit, weg von diesem Leben, das nicht mehr ihres gewesen war. Weg auch von ihrer Schwägerin Edwine Fischer, die sie täglich anrief und ihr von der Seniorenresidenz vorschwärmte. Erst vor zwei Tagen war sie mit einer großen Neuigkeit gekommen.

»Eine Zwei-Zimmer-Wohnung, Elisabeth. Direkt neben meiner. Mit Balkon zur Elbe raus. Das ist wie ein Sechser im Lotto. Die alte Frau Wiedebrecht ist gestern Nacht gestorben. Ich habe schon für dich den Antrag vorbereitet. Die Warteliste ist lang, aber ich kann meine Beziehungen spielen lassen.«

Elisabeth hatte einen eisigen Schauder gespürt. In die

Wohnung einer eben erst verstorbenen Frau ziehen und so lange dort bleiben, bis sie selbst den letzten Atemzug tat. Sollte so ihre Zukunft aussehen? Grauenvoll, einfach grauenvoll. Und – verlockend, beruhigend. Keine wilden Träume mehr, keine Zweifel, kein schlechtes Gewissen dem toten Mann gegenüber, weil sie nun ihre Tage ohne ihn genießen würde. Nur ein ruhiges, farbloses Nichts.

Dies war der Moment, in dem Elisabeth begriff, dass sie handeln musste. Einmal noch das Leben kennenlernen, bunt, prall, voller Musik. Einmal neue Menschen treffen, fremde Länder sehen, Erfahrungen sammeln. Gute oder schlechte. Ganz gleich. Wenn sie jetzt den Mut nicht fand, so würde sie ihn für immer verlieren. Ihre Schwägerin musste begreifen, dass Elisabeth nicht vorhatte, ihre Gesellschafterin zu werden, nachdem sie jahrelang die Pflegerin ihres Bruders gewesen war. Sie hatte etwas Besseres verdient.

»Ich melde mich bei dir«, hatte sie nur gesagt und dann das Telefon ausgestöpselt. Ein Mobiltelefon besaß sie nicht, sie war also unerreichbar.

Thomas war mit Phil derzeit auf den Malediven. Sie würde sich bei ihm melden, sobald sie die erste Station ihrer Reise erreicht hatte. Natürlich ging er davon aus, sie werde in Hamburg bleiben. In den vergangenen Monaten hatte sie ihre Pläne mit keinem Wort mehr erwähnt.

Tatsächlich war sie selbst schrecklich unsicher gewesen. Mal räumte sie in der Villa unzählige Schubladen aus und ließ Möbel abholen, mal saß sie tagelang nur in ihrem Lieblingssessel und starrte blicklos auf den Fernseher. Dann wieder wählte sie Kleidung für ihr großes Abenteuer aus und brachte den Rest zur Wohlfahrt. Doch schon am selben Abend lief sie unruhig durchs Haus, holte Nippes wieder hervor und zog ins Gästezimmer, weil sie dort besser schlief.

»Du bist dünn geworden«, sagte Edwine, als Elisabeth sie besuchte. »Dünn und noch knochiger als sonst. Und ganz grau im Gesicht.«

Kein Wunder, dachte Elisabeth. Bei dem ganzen Hü und Hott habe ich keinen Appetit, und an der frischen Luft bin ich auch nie.

»Wenn du zu mir ziehst, hast du jeden Tag Haute Cuisine auf dem Teller.«

Elisabeth schüttelte sich innerlich. Sie liebte deutsche Hausmannskost, aber das wurde von ihrer Schwägerin nicht akzeptiert.

»Oder hast du etwa andere Pläne?« Edwine war alt, aber nicht dumm.

»Ich? Nein, wie kommst du darauf?« Sie ahnte, ein falsches Wort, und ihre Schwägerin würde es irgendwie schaffen, ihre Träume zu zerstören.

»Ach, nur so.« Ihr Blick jedoch blieb scharf. Elisabeth verabschiedete sich, sobald es die Höflichkeit zuließ.

Nach Edwines letztem Anruf war es plötzlich vorbei mit ihrer Unentschlossenheit. Noch am selben Tag fuhr Elisabeth zum Makler und gab die Villa zum Verkauf frei. Dann packte sie zwei Koffer. Mehr würde sie nicht brauchen. Und wenn doch – sie konnte sich kaufen, was nötig werden sollte.

Auch ein modernes, gut funktionierendes Auto, meldete sich eine vernünftige Stimme in ihrem Innern.

Doch in dem Punkt war Elisabeth lieber unvernünftig. All die Jahrzehnte hatte Scott sie daran erinnert, dass es noch ein anderes Schicksal für sie geben konnte. Einmal schon hätte sie sich fast hinter sein Steuer gesetzt und wäre losgefahren. Thomas war damals längst erwachsen, Hans-Georg ließ sich kaum zu Hause blicken. Für ihn gab es nur die Fabrik, womöglich auch andere Frauen. Was wusste sie schon über sein Leben. Wenig. Sie hatte es nicht getan, war feige gewesen, hatte sich gefürchtet, vor der fremden großen Welt da draußen. Jahre später wollte sie einen weiteren Versuch wagen. Aber kurz darauf erkrankte ihr Mann, und für Elisabeth war es selbstverständlich, bei ihm zu bleiben. So war ihr Leben dahingegangen.

Genug. Alles würde sich ändern. Ab jetzt. Heute war der erste Sonnabend im November, der Tag, an dem ihre spannende Zukunft begann.

Elisabeth wandte sich um und stieg in ihren Käfer. Unter ihrer Jacke trug sie einen cremefarbenen Hosenanzug von Jil Sander. Dazu eine weiße Seidenbluse. Kaum die passende Kleidung für ein Abenteuer, aber der feine Stoff fühlte sich an wie eine Rüstung, die sie vor aller Unbill beschützen konnte.

Scott röchelte und spuckte, bevor er zu ihrer großen Erleichterung ansprang. Langsam ließ sie ihn die lange gewundene Ausfahrt zur Straße rollen und bog kurz darauf in die Elbchaussee ein. Ob sie noch mal zum Friedhof fahren sollte? Adieu sagen?

Nein! Sie war erst gestern dort gewesen und hatte Vorsorge für die Grabpflege getroffen. Wenn sie jetzt dorthin ging, würde sie vielleicht den Mut verlieren. Hans-Georg hatte so eine Art an sich, ihr noch aus dem Grab die Energie zu rauben. Elisabeth holte tief Luft und fuhr in Richtung Elbtunnel.

»Auf nach Süden!«, rief sie laut und legte die alte Kassette von Scott McKenzie ein. Dann begann sie zu singen. Erst leise, doch schon bald aus vollem Hals. Sie kurbelte mitten im Elbtunnel ein Fenster herunter, was ihr belustigte Blicke anderer Autofahrer einbrachte. Es war ihr egal. Sie wollte den Wind in den Haaren fühlen.

Nun gut, vielleicht später, wenn es nicht so nach Abgasen stank. Elisabeth kurbelte das Fenster wieder hoch.

Als sie den Tunnel hinter sich gelassen hatte und fahles Mittagslicht ins Auto drang, war die Kassette zu Ende. Während Elisabeth am Recorder herumfummelte und den Blick dabei fest auf die Autobahn gerichtet ließ, bemerkte sie das Geräusch. Es klang wie ein leises Klopfen oder Hämmern, das von sehr weit her kam. Sie dachte sich nichts weiter, passierte die Abfahrt Waltershof und drückte wieder den Startknopf. Es dauerte eine Weile, bis sie das Hämmern erneut hörte. Über die Musik hinweg.

Es wurde lauter.

Ein furchtbarer Schreck fuhr ihr in die Glieder. War das etwa ihr guter alter Scott, der solche Geräusche machte? Da! Jetzt gesellte sich ein Scheppern dazu. Es hörte sich an, als schleifte sie etwas hinter sich her.

Allmächtiger! Was sollte sie nur tun?

Erst einmal von der Autobahn runter. Moorburg war die nächste Abfahrt, und dann weiter, ganz langsam, bis sie eine Werkstatt fand. Irgendwo würde schon etwas offen sein, oder?

Francop, Neuenfelde, und nirgends eine Autowerkstatt zu sehen. Nur viele schöne Häuser und Menschen, die böse schauten, als der scheppernde alte dunkelblaue Käfer ihre Ruhe störte.

Eine Nebenstraße, ein Dorf, ein Hof mit einem wundervollen Holztor, ein ...

Schlagartig erstarb das Geräusch. Der Motor auch. Scott blieb einfach stehen. Zum Glück war Elisabeth nur noch

Schritttempo gefahren. Nicht auszudenken, was bei einer höheren Geschwindigkeit passiert wäre. So drückte sich der Sicherheitsgurt nur ganz leicht in ihre Schulter und ihren Bauch. Sie löste ihn und stieg aus. Dort, einige Meter hinter ihr, lag ein verrostetes Teil. Der Auspuff? Gut möglich. Elisabeth kannte sich da nicht so aus.

»Eine tolle Weltenbummlerin bin ich«, murmelte sie. »Kaum habe ich Hamburg hinter mir gelassen, bin ich auch schon gestrandet.«

Sie sah sich um. Wenigstens war dies ein besonders schönes Fleckchen Erde. Das Alte Land. Es war Jahre her, seit sie zum letzten Mal auf dieser Seite der Elbe gewesen war. Hans-Georg hatte nichts übriggehabt für Ausflüge in die Natur. Warum bin ich nie allein hergefahren?, fragte sie sich jetzt verwundert. Fast schien es ihr, als löse sie sich schon ein wenig von der alten Elisabeth, von dieser braven Ehefrau, die jede noch so kleinste Freiheit gefürchtet hatte. In diesem Augenblick fiel es ihr schwer, diese ängstliche Frau zu verstehen.

Der Himmel hier war weiter und höher als in Hamburg, die Luft roch frisch und klar. Es gab keinen Großstadtlärm und keinen Smog. In der Nähe wieherten Pferde, ein Hund bellte.

Elisabeth holte ihre Handtasche aus dem Wagen. Ohne Mobiltelefon und ganz auf sich allein gestellt, musste sie irgendwo um Hilfe bitten. Vielleicht in dem imposanten Bauernhaus, zu dem das schöne Tor gehörte? Aber das Gebell schien von dort zu kommen, und sie fürchtete sich ein wenig vor Hunden. Zumindest vor den großen.

Zweifelnd drehte sie sich einmal um die eigene Achse. Erst jetzt entdeckte sie die schmale Zufahrt zwanzig Meter weiter. Vielleicht gab es da noch ein Haus? Und vielleicht wohnten dort Leute, die keine Hunde hielten? Einen Versuch war es wert. Sorgfältig schloss Elisabeth ihren Wagen ab und marschierte los.

Sie bog in die Zufahrt ein, lief ein, zwei Minuten einen Sandweg entlang und machte dann eine Entdeckung, die ihr einen erschrockenen Laut entlockte. Elisabeth blieb stehen. Auch dieses Bauernhaus war groß, aber alles andere als imposant. Es wirkte einfach nur alt und ziemlich baufällig, obwohl es deutliche Zeichen für eine Renovierung gab. Ein schickes Tor besaß es auch nicht, dafür stand ein traumhaft schönes Biedermeiersofa vor der Giebelseite des Hauses. Zwei Meter entfernt hatte sich eine zierliche Frau mit feuerrotem Haar breitbeinig aufgebaut und hackte Holz. Trotz der Kälte schwitzte sie, und sie stieß deftige Flüche aus.

»Sie wollen doch hoffentlich nicht dieses wundervolle Möbelstück zerlegen!«, rief Elisabeth.

Die Frau wandte ihr den Blick zu, während sie die Axt hoch über dem Kopf hielt. Elisabeth bemerkte ein leichtes Zucken in ihrem Gesicht. Es lag direkt unter den Augen. Die Frau ließ das scharfe Werkzeug auf den Hackklotz sinken, dehnte den Rücken und antwortete: »Endlich mal jemand, der mein Sofa zu schätzen weiß. Nein, keine Sorge. Wir brauchen zwar Feuerholz, aber so verzweifelt sind wir nicht. Willkommen auf dem Glockenhof.«

»Guten Tag«, erwiderte Elisabeth höflich und stellte sich vor. Die Frau machte drei, vier Schritte auf sie zu und reichte ihr eine verschwitzte Hand mit rissigen Fingernägeln, die sie nur kurz an der Jeans abgewischt hatte.

»Hallo. Ich bin Sara von Stelling.«

Elisabeth griff beherzt zu und erwiderte den kräftigen Händedruck.

»Freut mich sehr. Darf ich bei Ihnen telefonieren? Mein Auto ist stehen geblieben, und ich fürchte, es hat auch ein Stück von sich verloren.«

»Na klar. Moment, ich hole nur kurz mein Handy. Machen Sie einen Ausflug, oder wollen Sie noch weiterfahren?«

Elisabeth fragte sich kurz, was diese Frau ihre Pläne angingen, aber sie wirkte so freundlich, dass sie erwiderte: »Ich bin auf dem Weg nach Süden.«

»Oh, wunderbar. Das war ich auch. Mehr oder weniger. Bin hier gestrandet.«

»Verstehe.« Sie verstand gar nichts.

»Bitte, setzen Sie sich dort auf die Bank.« Sara von Stelling wies auf eine Holzbank an der Längsseite des Hauses. »Ich laufe nur schnell in die Küche. Da hab ich mein Handy zuletzt gesehen.«

Elisabeth fand, die Holzbank sah ausgesprochen unbequem aus. Doch setzen musste sie sich. Ihre Beine fühlten sich weich an, in ihrem Kopf drehte sich alles. Vermutlich nur ein kleiner Schock nach ihrem Beinahe-Unfall, aber besser, sie blieb nicht stehen. Sie steuerte das wunderschöne Sofa an und ließ sich vorsichtig auf das Polster sinken.

»Eine Schande«, murmelte sie. »So ein schönes Stück. Es sollte in einem Salon stehen. Aufgepolstert, poliert und ohne einen Kratzer.«

Sara von Stelling kam wieder aus dem Haus gelaufen, bremste jedoch scharf ab, als sie sah, wo Elisabeth sich niedergelassen hatte.

»O nein! Hoffentlich haben Sie Rührei nicht zerdrückt.«

»Rührei?« Elisabeth sprang so schnell auf, wie es ihre weichen Beine erlaubten. Dann versuchte sie, hinten an ihrer cremefarbenen Hose hinunterzusehen.

»Kein Sorge, Rührei ist ein Huhn. Es versteckt sich gern in der Polsterung. Sollte aber ein Wunder geschehen sein, und es hat dort ein Ei gelegt, kann es wirklich Rührei geben.«

»Wie bitte?«, fragte Elisabeth schwach.

»Kommen Sie, setzen Sie sich. Sie sind ja ganz blass.«

Hart landete Elisabeth auf der Holzbank. Sie beobachtete, wie ein braunes Huhn aus dem Sofa schlüpfte. Es war mager und sah aus wie halb gerupft.

»Darf ich vorstellen? Das ist Rührei. Wir haben auch noch Solei, Spiegelei und Omelett, aber die sind wahrscheinlich im Pferdestall.«

Unpassenderweise knurrte Elisabeths Magen. Sie hatte an diesem Morgen vor lauter Aufregung nicht frühstücken können.

»Sie haben Ihren Hühnern Eiernamen gegeben.«

»Ja«, kam es grinsend zurück. »Ich wollte Jule ein bisschen ärgern. Sie schleppt hier gern Tiere an, die Hilfe brauchen. Das kann echt zu viel werden. Diese armen Hennen haben irgendwelche Leute aus einer Legebatterie befreit. Bloß haben sie inzwischen so viele Tiere aufgenommen, dass sie die meisten Hühner abgeben müssen. Jule hat davon gehört und sie hierher auf den Glockenhof bringen lassen. Tja, wahrscheinlich sind sie inzwischen zu alt zum Eierlegen. Oder das neue Leben hat sie zu sehr geschockt.«

Elisabeth verstand nur so viel: Ganz richtig im Oberstübchen konnten die Leute auf diesem Hof nicht sein.

Sie streckte die Hand aus. »Darf ich bitte telefonieren?«

»Sicher.« Ein schwarzes, flaches Gerät landete in ihrer Hand.

»O ja. Wo muss ich drücken?«

»Lassen Sie mal. Ich rufe für Sie an. Wie ist die Nummer?«

»Nun, das weiß ich nicht. Ich brauche eine Autowerkstatt, die meinen Scott in Ordnung bringt.«

»Scott? Ist jetzt aber nicht Ihr Mann, oder?«

»Nein, mein Auto.«

»Tja, schon eine verrückte Welt, was? Die einen geben ihren Hennen Eiernamen, die anderen taufen ihre Autos nach einem Mann.«

Elisabeth lief rot an. Sie fühlte sich ertappt.

»Es tut mir leid«, murmelte sie.

»Kein Thema. Also, eine Werkstatt kenne ich hier auch nicht. Kfz-Mechaniker sind wahrscheinlich die einzigen Handwerker, die wir noch nicht gebraucht haben. Aber ich werde mal einen guten Freund anrufen und ihn um Rat fragen.«

Sie wischte flott über das Display, sprach wenige Worte und schaute Elisabeth triumphierend an. »Sven kommt vorbei. Eigentlich ist er Apfelbauer, aber er kennt sich mit Maschinen aller Art prima aus. Seine Trecker repariert er immer selbst. Kann nur ein, zwei Stündchen dauern.«

»Aha«, sagte Elisabeth matt.

»Möchten Sie ein Glas Wasser?«

»Das wäre wundervoll.«

Es musste ein besonderes Wasser sein, denn als sie das Glas ausgetrunken hatte, fühlte sie sich sehr viel frischer. Ach, und war es nicht schön, hier in der Mittagssonne zu sitzen, geschützt vom kalten Wind und mit dem Duft von Äpfeln in der Nase? Alles war besser, als ihre Tage zusammen mit Edwine zu verbringen. Eine höhere Macht hatte offenbar beschlossen, dass ihr Abenteuer schon beginnen sollte, kaum dass sie die Elbe hinter sich gelassen hatte. Nun gut, dachte Elisabeth bei sich. Sie würde das Beste daraus machen.

Zuerst musste sie ihre Neugier befriedigen.

»Bitte, warum steht so ein wertvolles Möbelstück unter freiem Himmel?«

»Das ist eine traurige Geschichte. Mein schönes Sofa passt nicht ins Haus. Ich hätte es ja zurück nach Hamburg bringen können, aber ich finde, es gehört hierher. Da, sehen Sie die große Plane? Damit decke ich es ab, wenn es regnet.«

»Wird aber auf Dauer nicht viel nützen«, gab Elisabeth zurück.

»Ich weiß, ich weiß. Derzeit kämpfe ich um einen Platz in den Nebengebäuden. Aber da wird es auch immer voller. Mit Pferden und Rührmaschinen, Riesenschüsseln und allerlei anderen Gerätschaften.«

Elisabeth zog es vor, im Augenblick nicht genauer nachzufragen. In den vergangenen zweieinhalb Monaten hatte sie nur selten mit jemandem geredet, und wenn, dann ging es um Themen, in denen sie sich auskannte. Das hier wurde ihr jetzt doch zu viel.

Von der Straße her war Motorengeräusch zu hören, kurz darauf kam ein Pick-up älteren Baujahrs über den Sandweg auf den Hof gerollt.

»Das ist Claudia Konrad«, erklärte Sara und wies auf die blonde Fahrerin. »Meine beste Freundin. Sie hat den Glockenhof gekauft, und der Wagen ist auch neu. Sehr praktisch fürs Landleben. Sie will Kosmetik aus Äpfeln herstellen. Fragen Sie mich nicht, wie. Ich habe keine Ahnung. Aber von irgendwas wird sie leben müssen. Und die junge Frau auf dem Beifahrersitz ist ihre Tochter Jule. Ist nicht so gut beieinander, die Deern, aber das wird schon.«

Elisabeth konnte mit diesen Informationen wenig anfangen. Sie verließ sich lieber auf ihr eigenes Urteil. Die Autofahrerin war eine große nordische Frau, Ende vierzig, vielleicht, oder Anfang fünfzig. Sie wirkte wie jemand, der noch vor kurzem einen gewissen Stil gepflegt hatte. Selbst ihre alten Jeans und den verfilzten Norwegerpulli trug sie mit unauffälliger Eleganz. Ihr Blick war offen, das Lächeln, mit dem sie Sara von Stelling begrüßte, kam aus dem Herzen. Feine Linien um Mund und Augen machten ihr Gesicht nicht älter, sondern lebendiger. Elisabeth mochte sie auf Anhieb.

Ganz anders die Tochter. Langgliedrig und hübsch wie eine indianische Schönheitskönigin, aber mit einer dunklen Seele, die durch ihr schmales Lächeln schien. Sie stieg auch nicht sofort aus, sondern langte hinter sich, brachte dann umständlich zwei Krücken in Position und stützte sich schwer darauf.

»Mama«, sagte sie. »Hol Alfons raus.«

»Alfons?«, erkundigte sich Sara von Stelling. »Wer ist das denn?«

»Du wirst staunen«, erwiderte die junge Frau mit den Krücken. Jule, hieß sie, erinnerte sich Elisabeth. Weder sie noch ihre Mutter hatten die Besucherin bisher entdeckt.

Claudia Konrad ging um den Pick-up herum, öffnete die Ladeklappe und hob einen Käfig herunter. Sie setzte ihn auf dem Boden ab und öffnete ihn. Herausstolziert kam ein Hahn mit prächtigem Gefieder und würdevoll erhobenem Haupt.

»Mädels!«, rief Jule. »Kommt alle her! Es gibt Sex!«

Elisabeth schlug sich die Hand vor den Mund, um nicht laut herauszulachen. Dafür lagen sich die beiden anderen Frauen brüllend in den Armen, während Jule jetzt kleine Lockrufe von sich gab. Tatsächlich kamen drei Hennen um die Hausecke gestakst, die allesamt ähnlich zerrupft aussahen wie das Huhn aus dem Sofa. Rührei.

Sie vereinigten sich mit ihrer Schicksalsgefährtin und näherten sich in absoluter Stille dem Gockel. Elisabeth musste an dreizehnjährige Mädchen denken, denen zum ersten Mal die Schönheit des männlichen Geschlechts bewusst wurde.

Na gut, dreizehnjährige Mädchen ohne kahle Stellen am Kopf und seltsame Narben am Körper.

Schlagartig ging ein lautes Gegacker los. Die Hennen scharten sich um den Hahn und zeigten sich von ihrer besten Seite, sofern sie eine besaßen. Alfons wirkte nicht sonderlich beeindruckt und stolzierte davon in Richtung Stall. Sein zerfledderter Harem folgte ihm.

»Mission erfüllt!«, rief Jule. »Vielleicht wird es doch noch Eier geben.«

»Optimistin«, gab Sara von Stelling zurück. »Übrigens, wir haben eine Besucherin. Elisabeth Fischer ist hier gestrandet. Sie hat eine Autopanne.«

»Ach«, meinte Jule gedehnt und wandte sich Elisabeth zu. »Dann ist das Ihr Rosthaufen vorn auf der Straße? Wir waren fast im Graben gelandet, als wir versucht haben, daran vorbeizukommen.«

Augenblicklich war ihr die junge Frau unsympathisch. Mochte sie es schwer haben mit einem offensichtlich kranken Bein. Aber deshalb musste sie nicht so unhöflich sein. Im nächsten Moment schämte sie sich für ihre Gedanken. Was wusste sie schon von diesen Menschen? Nichts.

»Es tut mir außerordentlich leid. Wenn mir jemand helfen mag, dann können wir Scott vielleicht an den Straßenrand schieben, bis Hilfe kommt.«

»Hilfe?«, mischte sich Claudia Konrad ein. »Haben Sie jemanden angerufen?«

»Frau von Stelling war so freundlich. Wir erwarten einen gewissen Herrn Sven.«

Der offene Blick verdüsterte sich. Elisabeth rieb sich verwirrt die Schläfen. Es sah so aus, als könne sie an diesem Tag gar nichts richtig machen.

»Sara«, sagte Claudia Konrad mit kaum unterdrücktem Zorn in der Stimme. »Wie konntest du ausgerechnet den Mann anrufen! Du bringst uns noch in Teufels Küche.«

»Ach was«, kam es entspannt zurück. »Sven ist nett und hilfsbereit.«

»Er ist nett, hilfsbereit und verheiratet.«

Elisabeth fühlte sich auf unbestimmte Art schuldig an dem Streit. Ihr Magen knurrte schon wieder, was an des Teufels Küche liegen musste, und so sagte sie das Erste, was ihr einfiel: »Um mich zu revanchieren, könnte ich für alle ein Mittagessen zubereiten.«

Schlagartig wurde es still.

»Sie können kochen?«, fragte Sara von Stelling.

»Ein Wunder«, sagten Mutter und Tochter Konrad im Chor.

Leicht verwirrt schaute Elisabeth von einer zur anderen. Drei Frauen und keine verstand etwas von Essenszubereitung? Unglaublich.

»Sie nicht?«, hakte sie nach.

»Nein«, gestand Claudia Konrad. »Ich war früher voll berufstätig und meine Tochter auch.«

»Ich hatte eine Köchin«, fügte Sara von Stelling hinzu.

»Und hier? Was haben Sie denn bis jetzt gemacht?«, fragte sie in die Runde.

»Fertiggerichte in die Mikrowelle geschoben«, sagte Jule Konrad. »Mit einem Lieferservice klappt es auf dem Land nicht so gut.«

»Oder Brot und Käse«, fügte ihre Mutter hinzu.

Sara von Stelling blickte nachdenklich auf ihr Handy. »Vielleicht sollte ich Sven absagen. Eine gute Köchin lassen wir nicht wieder abfahren.«

Elisabeth lächelte. »Warten Sie doch erst mal ab, ob Ihnen mein Essen schmeckt. Und ich warne Sie. Mit raffiniertem französischen Krimskrams habe ich nichts am Hut. Ich liebe es deutsch und deftig.«

Alle drei Frauen blickten sie mit tiefer Anbetung in den Augen an.

»Sie schickt der Himmel«, murmelte Claudia Konrad.

»Wenn Sie mir zeigen, wo die Küche ist?«

»Herzlich gern«, erklärte Claudia.

»Ich muss noch zum Pferdestall«, sagte Jule und humpelte davon.

»Hat sie heute einen schlechten Tag?«, fragte Sara die Mutter. »Wieso wieder zwei Krücken?«

Claudia Konrad hob die Schultern. »Ich bringe Frau Fischer in die Küche, und dann schieben wir beide den alten Käfer an den Straßenrand.«

Eine Antwort war das nicht, befand Elisabeth, aber die war offenbar auch nicht erwartet worden. Nachdenklich folgte sie ihr durch eine dunkle, kalte Diele. Sie nahm sich vor, so bald wie möglich wieder von hier zu verschwinden. Zwischen diesen drei Frauen gab es einige ungelöste Probleme, und sie fühlte sich jetzt schon überfordert. Blieb zu hoffen, dass dieser Sven ihren Scott schnell wieder flottbekam.

»Unsere Heizung funktioniert leider nicht, aber in der Stube steht ein Kachelofen, und in der Küche ist es auch schön warm.«

Elisabeth fragte lieber nicht nach den restlichen Räumen. Im nächsten Moment blieb sie ruckartig stehen. Staunend betrachtete sie eine traumhaft schöne Bauernküche.

»Die schwarzweißen Fliesen sind noch original«, sagte Claudia Konrad stolz. »Wir mussten sie nur gründlich säubern und an einigen Stelle ausbessern. Den Rest haben wir selbst zusammengesucht. Auf Trödelmärkten in der Umgebung und in einem Antiquitätenladen in Hamburg. Saras Speicher war auch eine wahre Fundgrube.«

Elisabeth nickte beeindruckt und schaute sich genauer um. Dominiert wurde die geräumige Küche von einer Sitzecke mit einem riesigen Eichenholztisch davor. Die Eckbank war aus demselben Holz, die Stühle wirkten zwar bunt zusammengewürfelt, passten aber mit ihren hohen geschnitzten Rückenlehnen und den einfachen Sitzkissen zum nostalgischen Stil. Ein großer Vitrinenschrank erinnerte Elisabeth an die Küche ihrer eigenen Großmutter, die viereckige Spüle war aus Keramik und verfügte über verschnörkelte Armaturen. An einer Kupferstange über dem riesigen weißgekachelten Herd hingen rußgeschwärzte Töpfe und Pfannen am Haken.

»Ach, du lieber Gott!«, stieß Elisabeth aus. »Sie kochen noch mit Kohle?«

»Mit Holz, um genau zu sein«, gab Claudia Konrad zurück. »Aber, ehrlich gesagt, bisher haben wir den Herd nur mal zum Heizen benutzt. Sehen Sie die Tür gleich daneben? Die führt zur Speisekammer. Da drinnen ist eine Mikrowelle versteckt. Und ein Kühlschrank. Wir wollten mit den modernen Geräten das Gesamtbild der Bauernküche nicht zerstören. Leider funktionieren die Geräte oft nicht. Wir haben hier noch kleine Probleme mit der Stromversorgung.«

Elisabeth fühlte sich nur unwesentlich beruhigt.

»Nun, ich werde sehen, was ich tun kann. Ich hoffe nur, ich jage mit dem Ungetüm nicht das ganze Haus in die Luft.«

»Das hoffe ich auch«, kam es zurück. »Der Glockenhof ist unsere neue Heimat. Sara hat das noch nicht ganz verstanden. Sie hat sich wegen ihrer Flirts schon einige Frauen im Dorf zu Feindinnen gemacht. Und Jule muss erst lernen, in sich selbst zu Hause zu sein. Aber wir alle drei wären verloren ohne diesen Ort.«

Elisabeth dachte lange über eine kluge Erwiderung nach. Dann sagte sie: »Vielleicht zeigen Sie mir erst mal, wo ich die Kartoffeln finde.«

# 15. Kapitel

Mit vereinten Kräften schoben Sara und Claudia den VW-Käfer an den Straßenrand. Dann hob Sara den Auspuff auf und legte ihn neben das rechte Vorderrad.

»Mit der Schrottkiste will die Frau nach Süden fahren«, meinte sie kopfschüttelnd. »Womöglich auf Weltreise gehen. Die spinnt ja.«

»Auch nicht mehr als wir«, gab Claudia zurück. »Möchte nicht wissen, was sie über uns denkt.«

Sara hob die Schultern. »So, jetzt sind wir unter uns. Was ist mit Jule los? Sie ist seit über einer Woche mit nur einer Krücke zurechtgekommen.«

»Ich weiß. Aber es war heute wirklich ein langer Tag für sie.«

»Es ist gerade erst Mittag.«

»Wir müssen ihr Zeit geben.«

Sara legte ihrer Freundin eine Hand auf den Arm. »Von mir aus alle Zeit der Welt. Aber sie stresst sich selbst. Dreimal in der Woche Physio, dazu die neuen Stiefel.«

»Die hat sie schon?«

»Sind letzte Woche geliefert worden. Seitdem übt sie damit nachts im Stall.«

Sie bemerkte, wie Claudia blass wurde.

»Du wusstest nichts davon?«

»Nein, mit mir redet sie nicht über diese Dinge.«

»Mit mir auch nicht. Ich habe sie nur gestern zufällig dabei beobachtet, als ich aus Buxtehude nach Hause kam.«

Sie schlug sich die Hand vor den Mund. Zu spät. Claudia zog ihr Gesicht in ärgerliche Falten.

»Reg dich ab. Es war nur ein Drink mit ein paar Freunden.«

»Mit ein paar Männern, nehme ich an.«

»Ja, und?«

»Sven und Olaf?«

Olaf Behrens war der Familienvater, den Sara im Baumarkt kennengelernt hatte, Sven Lange der verheiratete Apfelbauer, mit dessen blonder Frau Sara schon einmal aneinandergeraten war.

»Nee, die Jungs heißen anders.«

»Und sind sie rein zufällig Singles?«

Unwillkürlich senkte Sara den Blick. »Diese Rasse ist hier leider rar gesät.«

»So kann es nicht weitergehen! Vorhin habe ich Jutta Behrens beim Hühnerzüchter getroffen, und sie hat mir geraten, den rothaarigen Teufel von meinem Hof zu vertreiben, bevor sie und die anderen Ehefrauen geeignete Maßnahmen ergreifen.«

Sara stapfte mit dem Fuß auf, was ihr selbst ein wenig albern vorkam. »Geeignete Maßnahmen? Ha! Wollen die mich vielleicht auf dem Scheiterhaufen verbrennen?«

»Ganz ehrlich? Diesen Landfrauen ist alles zuzutrauen.«

»Ach, hör schon auf. Du willst mir bloß Angst einjagen.«

»Nein, Sara. Was du da tust, ist ungesund.«

»Mensch, ich flirte doch bloß ein wenig.«

»Nein, du baggerst jeden Mann an, der dir über den Weg läuft. Bloß, um nicht an Christian denken zu müssen.«

»Oh, du bist jetzt auch Psychologin. Na, tut mir leid, aber ich habe keine Lust auf eine Therapiesitzung.«

Sara kochte vor Wut, und sie wandte sich schnell ab, bevor sie noch etwas Unüberlegtes tun konnte. Zum Beispiel ihrer besten Freundin eins mit dem verrosteten Auspuff überbraten. Schnell lief sie über den Sandweg zum Hof zurück und in Richtung Stall.

Normalerweise platzte sie fast vor Stolz, wenn sie über das Anwesen ging. Natürlich lebten sie immer noch auf einer Baustelle, und das Haus wirkte nach wie vor wie ein Flickwerk. Aber Fortschritte waren zu sehen, und sie, Sara, hatte einen großen Anteil daran gehabt. Erst gestern hatte sie die Eingangstür höchstpersönlich mit weißer Farbe gestrichen, und die Fensterläden würde sie sich in der kommenden Woche vornehmen. Für die Inneneinrichtung hatte sie mehr oder weniger allein gesorgt, während Claudia ihren Kräutergarten umgegraben und gedüngt hatte. Die Freundin war fest entschlossen, nach der Frostperiode Schnittlauch, Salbei, Rosmarin und einiges Grünzeug mehr zu ziehen, und dazu musste die Erde vorbereitet werden. Welche Kräuter sie dann in ihre Cremes rühren werde, müsse sie später entscheiden, hatte sie erklärt. Sie befände sich ja noch in der Experimentierphase.

Sara hatte es vorgezogen, darauf nicht zu antworten. Für sie war diese ganze Kosmetikgeschichte eine Schnapsidee, aber sie würde sich hüten, das laut auszusprechen. Stattdessen hatte sie Spinnweben entfernt, Böden geschrubbt und uralte Blümchentapeten von den Wänden gerissen. Sogar zum Holzhacken war sie sich nicht zu schade.

All das tat sie, obwohl ihr hier nichts gehörte. Als Claudia den Hof gekauft hatte, war Sara im Traum nicht auf den Gedanken gekommen, sie wolle selbst ein Stück vom

Glockenhof besitzen. Obwohl sie Claudia fest ihre Hilfe zugesagt hatte, fühlte sie sich immer noch wie auf dem Sprung, wartete nur auf den richtigen Moment, um weiterzuziehen. Tja, dieser Moment kam bloß nie. Ständig gab es ein Problem, immer musste eine Arbeit erledigt werden. Die Arbeit einer unbezahlten Kraft, die lediglich mietfrei in einem Eiszimmer schlief. So lagen für Sara die Dinge inzwischen anders. Sie schuftete sich halb zu Tode und hätte es verdient, Miteigentümerin zu werden. Stattdessen bekam sie zum Dank für ihren Einsatz jetzt Vorwürfe zu hören. Wurde von Claudia abgekanzelt wie ein Teenager.

»Das muss ich mir nicht bieten lassen!«, erklärte sie laut dem Küchenfenster, das genau in diesem Moment aufgerissen wurde. Eine schwarze Rauchwolke entschwand nach draußen.

»Haben Sie mit mir gesprochen?«, erkundigte sich Elisabeth Fischer. Sie hustete hinter vorgehaltener Hand, und sie wirkte nicht mehr ganz so adrett wie vorhin. Ihr graues, kurzgeschnittenes Haar klebte ihr am verschwitzten Kopf, und auf ihrer weißen Bluse prangten zwei große schwarze Flecken. Sara beschloss, sie nicht darauf hinzuweisen.

»Nein, das war ein Selbstgespräch. Haben Sie Probleme mit dem Herd?«

»Es geht schon«, kam es hustend zurück. »Nachdem ich die Lüftungsklappe gefunden habe, funktioniert er jetzt bestimmt tadellos.«

»Prima«, sagte Sara und lief weiter.

Sie hatte vorgehabt, Jule zu suchen, aber nun änderte sie ihre Meinung. Im Augenblick war sie nicht in der Verfassung für ein schwieriges Gespräch mit ihrer Patentochter. Nach dem Unfall hatte Jule offenbar die Fähigkeit verloren, sich an ein vernünftiges Mittelmaß zu halten. Entweder tat sie gar nichts und verkam in ihrer Wohnung, oder sie schaltete auf extremen Aktivitätsmodus um und überanstrengte sich.

Später, nahm Sara sich vor. Erst mal selbst zur Ruhe kommen. Sie betrat den Apfelgarten und lockerte ihre angespannten Schultern mit sanften, rollenden Bewegungen. Sie hoffte, auch das Zucken unter ihren Augen würde nachlassen. Zwar bemerkte sie selbst nichts davon, aber Claudia und Jule machten sie oft darauf aufmerksam. Und hatte vorhin nicht auch Elisabeth Fischer auf die Stelle gestarrt?

Relax, Sara, befahl sie sich selbst. Das geht schon wieder weg. Immerhin fühlte sie sich inzwischen körperlich fitter als im Sommer. Der so lange aufgeschobene Besuch in einem Sportstudio war dank der harten Arbeit überflüssig geworden

Die unregelmäßigen Reihen der abgeernteten Bäume wirkten ein wenig trostlos, nur hie und da hingen noch ein paar Früchte an den Ästen. Sara konnte sich gut vorstellen, wie es hier im Mai aussehen musste, wenn die Apfelblüten aufbrachen und einen rosa-weißen Teppich über das Land legten, dem nur die vielen Butterblumen einen gelben Akzent entgegensetzten. Die Sonne schien dann warm vom Himmel, und Amseln, Spatzen und Finken begrüßten jubilierend den Frühling. Beinahe konnte sie den süßen Duft einatmen. Neben dem alten Baum, der dann auch wieder Claudias über alles geliebte Winterglockenäpfel tragen würde, blieb sie stehen.

»Hey, du. Hast du eigentlich eine Ahnung, was du angerichtet hast?«

Er stand nur stumm vor ihr. Vielleicht träumte er von summenden Bienen, die im Frühjahr seine Blüten bestäuben würden, von bunten Schmetterlingen und vorwitzigen Staren, die in seinen Aushöhlungen nisteten.

»Wegen dir habe ich meine Reiseträume aufgegeben und hänge jetzt in diesem Kaff fest.«

Die langen kahlen Äste wirkten nicht sonderlich schuldbewusst.

Jule hatte ihr erzählt, auch einige der anderen Bäume trügen alte, kaum noch gefragte Apfelsorten. Wie den Vierländer Blutapfel, einen echten Lokalmatadoren. Oder den Altländer Pfannkuchenapfel und den Finkenwerder Herbstprinzen. Allein die Namen fand Sara wunderschön, und sie war schon gespannt auf die Früchte.

Der alte Hermanns hatte sich laut Jule nicht um Modetrends geschert. Die Verbraucher wollten am liebsten knallrote, immer süße und knackige Äpfel? Jonagold, Gala, Golden Delicious? War ihm doch egal. Für ihn sahen diese Äpfel nicht nur aus wie Lackschuhe, sie schmeckten auch so. Hochstämmige Bäume, wie sie auch im Garten des Glockenhofes standen, waren heutzutage die Ausnahme. Die Ernte dauerte dreimal so lange wie bei niedrigstämmigen Spindelbäumen. Unwirtschaftlich waren auch die großen Abstände zwischen den Bäumen; verschenkter Platz, der kein Geld brachte. Ein Luxus, den der alte Obstbauer jedoch nicht hatte missen wollen – zwischen den Baumkronen sollte noch der Himmel durchscheinen. Gift kam ihm auch nicht an seine Apfelbäume, dafür durfte es Fallobst geben. Für die Vögel und auch mal für den Fuchs, den Dachs, den Feldhasen und das Reh. Aus demselben Grund wurden im Herbst auch nicht alle Äpfel gepflückt. Einige durften noch lange am Baum hängen.

Es ging das Gerücht, so hatte Jule erzählt, die alten unrentablen Apfelbäume sollten zu Kleinholz gemacht werden, als der alte Hermanns den Hof aufgab. Claudia hatte dies verhindert, indem sie den Glockenhof kaufte. Jeder gewinnorientierte Apfelbauer hätte vermutlich zur Kettensäge gegriffen. Claudia jedoch dachte gar nicht daran, irgendetwas an dem Apfelgarten zu ändern. Es hieß, darüber seien einige Altländer alles andere als erbaut. Ein anderes Gerücht sagte, diese alten Bäume seien pures Gold wert, aber das war noch weniger glaubhaft, fand Sara.

Ihr Wissen hatte Jule von den Erntehelfern. Sie hatte anfangs noch Zeit gehabt, den Männern bei der schwierigen Arbeit zuzuschauen. Auch Johann van Sieck hatte ihr offenbar einige Fakten über Äpfel vermittelt. Zu Saras und besonders Claudias Überraschung schienen sich diese zwei so unterschiedlichen Menschen prächtig zu verstehen. Mehr als einmal war Sara hinzugekommen, als sich die beiden über den Weidezaun hinweg unterhalten hatten. Worüber sie sprachen, abgesehen von Äpfeln? Sara hätte es zu gern gewusst, aber jedes Mal, wenn sie sich näherte, waren entweder die Früchte oder höchstens noch die Friesenstute das Thema. Sie hätte schwören können, dass es in Wahrheit um ganz andere Dinge ging, aber sie fragte nicht nach. Die Gespräche schienen Jule gutzutun, und Sara gab sich damit zufrieden. Bei sich nannte sie Johann van Sieck auch nicht mehr Rübezahl. Schon gar nicht ungehobelter Klotz. Eher: verdammt gutaussehender Apfelbauer mit geheimnisvoller Aura. Leider auch: verdammt gutaussehender Apfelbauer, der mich wie Luft behandelt. Na, zum Glück war er nicht ihr Typ, aber ein ganz klein wenig fühlte sie sich in ihrer Ehre als Frau gekränkt.

Etwas kratzte an ihrer Hand, und sie bemerkte erstaunt, dass sie den knorrigen moosigen Baumstamm streichelte. Rasch trat sie einen Schritt zurück. Hoffentlich hatte sie niemand gesehen. Vor allem nicht der verdammt gutaussehende Apfelbauer. Der hielt sie dann doch noch für eine durchgeknallte Städterin, die Bäume umarmen wollte.

Sara lachte leise. Und was Christian wohl sagen würde, wenn er sie so sehen könnte? Schmutzig statt gepflegt und wie vorhin mit einer Axt in den Händen statt mit dem Programmheft für die Hamburger Oper?

Ihr Lachen verpuffte. Christian würde höchstens kurz die Brauen hochziehen und gar nichts sagen. Er würde sich, kaum aus der Kanzlei zurück, in sein Arbeitszimmer verziehen. Er würde am nächsten Morgen früh wegfahren und leicht verstimmt sein, wenn sie ein wenig von seiner Zeit einforderte. Ach ja, und wenn er sich dann mal ihr widmete, dann für eine gemeinsame Lesestunde oder einen Opernbesuch.

Irgendwann einmal war ihre Ehe glücklich und aufregend gewesen. Sie hatten sehr jung zueinandergefunden und waren es nie müde geworden, beisammen zu sein. Ihr Sohn hatte das Glück perfekt gemacht. »Irgendwann einmal« war sehr lange her. Natürlich konnte sie ihrem Mann nicht die alleinige Schuld am Scheitern ihrer Ehe geben. Hätte sie sich ein eigenes Leben aufgebaut – wer wusste es schon, vielleicht wäre alles anders gekommen. Aber hatte Christian sich gewehrt, als sie ihn um die Scheidung bat? War er aufgewacht? Hatte er um sie gekämpft? Nichts von alledem. Vielleicht war da ein Hauch von Traurigkeit über sein Gesicht geflogen, ganz kurz nur, aber dann hatte er sich einfach in sein Schicksal ergeben und eingewilligt.

Sara schluchzte laut auf.

»Siehst du, was du angerichtet hast? Jetzt heule ich schon.«

»Dafür kann ich aber nichts«, antwortete der Apfelbaum.

Was?

Sara riss die Augen auf und drehte sich um. Da war niemand.

»Zum Teufel!«, stieß sie aus. »Ich führe wirklich Selbstgespräche. Das wird übel enden.«

Sie lief durch den Garten zurück in Richtung Stall, aber sie hörte noch genau, wie der Baum ihr antwortete: »Auf dem Scheiterhaufen.«

»Hey, immer mit der Ruhe«, sagte Jule, als Sara in die Stallgasse gestürmt kam. »Du schreckst die armen Hühner auf.«

Sara bremste ab und atmete ein paarmal tief durch.

»Ich glaube, der alte Apfelbaum da draußen hat mit mir geredet.«

»Ach ja? Was hat er denn gesagt? Du sollst die Altländer Männer nicht länger bezirzen?«

»Jetzt fang du nicht auch noch an. Mir reichen schon Claudias Moralpredigten.«

Sara trat an Lottes Box und strich leicht über den massigen schwarzen Kopf der Stute. Ihre Angst vor dem sanftmütigen Riesenpferd hatte sie längst verloren. Und zwischen ihr und den Bratpfannenhufen befand sich eine stabile Tür aus Hartholz. Die braune Stute Carina stand wie üblich an der hinteren Wand ihrer Box und ließ niemanden außer Jule an sich heran. Auch hatte das junge Pferd nicht, wie erwartet, mit der ruhigen Lotte Freundschaft geschlossen. Mit der Zeit, so hatte Jule erklärt, werde das aber hoffentlich noch kommen. Der Gedanke brachte Sara auf ihr eigentliches Thema, doch bevor sie etwas sagen konnte, kam Gockel Alfons aus der kleinen Sattelkammer geschossen. Hinter ihm her die zerrupfte Hennenschar.

Sara grinste. »Der arme Kerl. Dem wird's jetzt schon zu viel.«

»Ja«, gab Jule ebenfalls grinsend zurück. »Vorhin schien er noch ganz glücklich. Ich dachte schon, der braucht nur ein paar Rosen im Schnabel, dann ist er der perfekte ›Bachelor‹. Aber vielleicht ist er doch eher einer von diesen Kerlen, die sich leicht überfordert fühlen. Soll's ja reichlich geben. Die laufen dann vor ihren Verehrerinnen weg.«

Sara warf ihr einen scharfen Blick zu. »Falls du wieder auf mein Privatleben anspielst, dann halt lieber die Klappe.«

»Ach wo, wie kommst du denn darauf? Ist ja nicht meine Sache, was du tust. Pass nur bitte auf, dass du nicht irgendwann von den Landfrauen mit den Forken aufgespießt wirst.«

Verbrennen und aufspießen. Das war verdammt brutal, fand Sara. Verwirrt schaute sie zu Alfons, der sich jetzt mit einem beherzten Satz auf die Futterkiste rettete. Die misshandelten Legehennen besaßen keine Muskeln für eine solch sportliche Einlage. Sie hockten sich auf den Boden, legten die Köpfchen schief und sahen flehentlich zu ihm hoch.

Ob der Hahn ihr erklären konnte, wie sie mit der Männerwelt umzugehen hatte?

Eher nicht.

Ob sie sich in eine Therapie begeben sollte, weil sie mit Bäumen sprach und den Rat eines Gockels suchte? Ach, und vorhin mit dem Küchenfenster?

Ja, dringend! Nur nicht bei Claudia. Es sollte schon ein Fachmann sein.

»Sorry, Sara«, sagte Jule, trat zu ihr und legte ihr einen Arm um die Schultern. Dazu ließ sie eine Krücke fallen und schüttelte den Kopf, als Sara sie aufheben wollte. »Nein, lass bloß liegen. Ich muss wieder mit einer zurechtkommen. Das geht ja gar nicht, dass ich plötzlich wieder zwei brauche.«

»Du darfst es aber auch nicht übertreiben. Am Ende überlastest du noch den Knochen.«

»Ja, ich weiß. Sagt Johann auch.«

»Johann? Ihr seid per du?«

Jule lächelte leicht. »Er hat mich von Anfang an geduzt, jetzt mache ich es einfach auch.«

Als sie Saras gerunzelte Stirn bemerkte, fügte sie rasch hinzu: »Scheiße, nein! Es ist nicht so, wie du denkst. Wir sind befreundet, das ist alles. Ein bisschen wie …« Sie zögerte und fügte dann ganz leise hinzu: »Wie Vater und Tochter.«

»Oh. Das ist …« Ihr fiel kein passender Ausdruck ein, so drückte sie nur Jules Arm. Sie hatte sich nie etwas vormachen lassen. Jule war immer auf der Suche nach einem Vater gewesen. Als Kind hatte sie einmal einen wildfremden Mann im Park angesprochen und gefragt, ob er ihr Papa werden möchte. Claudia war darüber in Tränen ausgebrochen. Sara wusste, die ältere Freundin sehnte sich nach einem neuen Mann, der auch einen guten Stiefvater für Jule abgeben würde, aber es klappte nie. Und dieser geschniegelte Italiener war definitiv der am wenigsten geeignete Kandidat gewesen, außerdem gute zwanzig Jahre zu spät dran. Nun also hatte Jule ein wenig von dem gefunden, was ihr so fehlte. Auf dem Glockenhof.

»Wenn das so weitergeht«, murmelte Sara fast lautlos, »glaube ich noch an magische Kräfte, die hier auf uns alle wirken.«

»Was?«, fragte Jule. Sie hatte nichts gehört, weil das Gegacker wieder anschwoll. Alfons hatte bloß seinen Kopf geneigt, schon rasteten die Hühner aus.

»Ach nichts. Wie ist er denn so, der Bauer?«

»Warte mal.« Jule lehnte sich auf Saras Schulter, hob die Krücke und scheuchte Alfons von der Futterkiste. Dann setzten sich beide Frauen auf den Holzdeckel. Dem Hahn blieb nur die Flucht nach draußen.

»Johann ist ganz okay. Er kann gut zuhören«, sagte sie dann. »Genau wie du.«

Sara warf ihr ein dankbares Lächeln zu. Es gab Momente, da spürte sie, wie ihre alte Freundschaft zurückkehrte. Momente wie diesen. Noch ein Verdienst des Glockenhofes.

»Und er stellt keine dummen Fragen. Lässt mich einfach in Ruhe. Aber er ist auch knallhart. Wenn ich mal vor Schmerzen das Gesicht verziehe, sagt er, ich solle mich nicht so anstellen. Und er hält mich sowieso für ein verwöhntes Püppchen, das beim ersten Gegenwind im Leben die Segel streicht.«

»Hat er das zu dir gesagt?«, erkundigte sich Sara schockiert.

»Ja. Ich mag ihn trotzdem. Er ist wenigstens ehrlich. Und er hat ein Geheimnis. Irgendein schreckliches Erlebnis. Muss lange her sein. Er hat mal so Andeutungen gemacht.«

Sara fragte sich, was das wohl sein mochte. Ihr fiel ein, wie erbost Johann van Sieck bei ihrer ersten Begegnung reagiert hatte, als sie ihn auf seine Familie ansprach. Vermutlich eine böse Scheidung, dachte sie jetzt.

»Na, ist ja nicht so wichtig. Aber sag mal, hast du eine Ahnung, warum er so scharf auf den Apfelgarten war?«

»Nee, kann ich mir auch nicht erklären. Arm ist der Johann nämlich nicht. Seine Plantage ist eine der größten in der Gegend. Jeden Herbst beschäftigt er Dutzende von Erntehelfern aus Polen und Rumänien. Mindestens fünfmal mehr als die paar, die bei uns waren. Er hat mir erklärt, dass das Fachleute sind, die eine perfekte Pflücktechnik draufhaben. Und ich habe ihnen ja auch selbst bei der Arbeit zugeschaut. Es ist nämlich gar nicht so einfach, einen Apfel zu pflücken, wusstest du das?«

Sara schüttelte den Kopf. »Ich dachte, Apfel in die Hand nehmen, abreißen, und das wär's.«

»Eben nicht. Der Apfel muss am Stielansatz mit dem Finger gedrückt und dann so gedreht werden, dass er unversehrt in der Hand liegt. Einen Apfel ohne Stiel abreißen kann jeder, aber dann verfault er im Tresor.«

Sara staunte. »Im Tresor?«

»Genau, so heißen die Kühlhäuser, und Johann besitzt sogar ein eigenes. Das Obst aus unserem Garten kommt dagegen in einen genossenschaftlichen Tresor. Da sind die Äpfel jetzt schlafen gelegt worden, damit sie auch im Frühjahr noch frisch und knackig sind. Alle Türen und Fenster werden geschlossen, und dann ›atmen‹ die Äpfel und entziehen dem Raum den letzten Sauerstoff. Ein Mensch würde da drinnen sofort sterben. Bevor da einer reinkann, muss erst mal vierundzwanzig Stunden gelüftet werden.«

»Was du alles weißt«, staunte Sara. »Du bist ja die reinste Apfelexpertin.«

»Pomologin heißt das.«

»Sag ich doch.«

Sie lächelten einander an. Dann sagte Sara: »Johann van Sieck ist also der King unter den Apfelbauern. Er besitzt mehr als genug eigenes Land. Jetzt finde ich es noch rätselhafter, dass er unbedingt diesen Apfelgarten will.«

»Ich habe zwar keine gesehen, aber vielleicht wachsen ja an einem der Bäume goldene Äpfel?«, mutmaßte Jule.

»Das wäre dann mal ein richtig fettes Wunder.« Sara grinste.

Von draußen hörten sie Claudia rufen: »Sara, Jule, wo seid ihr? Essen ist fertig.«

»Das ist die beste Nachricht des Tages«, befand Sara und half Jule von der Futterkiste. Gemeinsam gingen die drei Frauen zum Haus.

»Ich habe mir etwas überlegt«, begann Claudia zögernd. Sara konnte ihr ansehen, dass ihr der Streit leidtat. Nun wollte sie es offensichtlich wiedergutmachen. »Du arbeitest hier so hart, vielleicht härter als Jule und ich zusammen. Und wenn du gern bleiben möchtest ...«

Sie geriet ins Stocken, und Sara hob die Hand. »Willst du das denn überhaupt?«

»Ich schon«, sagte Jule.

»Ich auch«, erwiderte Claudia.

»Trotz meines skandalösen Lebenswandels?«

Mutter und Tochter tauschten einen schnellen Blick.

»Du hast ja selbst gesagt, du flirtest nur ein bisschen«, meinte Claudia vorsichtig.

Sara unterdrückte ein Lachen. »Wenigstens so lange, bis ich einen passenden Liebhaber gefunden habe.«

Claudia und Jule wirkten besorgt, und Sara lachte laut heraus. »He, keine Panik! Ich werde mich nicht mit einem verheirateten Mann einlassen, klar? Ist nicht mein Stil. Der Kerl, der mich erobern will, muss schon frei sein. Ich bin nicht gern die zweite Wahl.«

»Gott sei Dank«, stieß Claudia aus.

»Keine Forken«, murmelte Jule.

Und kein Scheiterhaufen, fügte Sara in Gedanken hinzu. Dann schaute sie die ältere Freundin an. »Was wolltest du eigentlich sagen?«

»Na ja, ich finde, dir sollte ein Teil des Glockenhofes gehören.«

So langsam bekam Sara es mit der Angst zu tun. Magische Kräfte, ohne Zweifel. Inklusive Gedankenlesen.

»Und wie genau stellst du dir das vor? Wie hoch soll mein Anteil sein, und was wird es kosten?«

»Die Einzelheiten können wir noch klären. Aber du sollst wissen, dass du hierher gehörst. Und denk bloß nicht, du kriegst was geschenkt. Ich bin froh, wenn ich meine Finanzen ein wenig sanieren kann.«

»Danke«, sagte Sara schlicht. Im nächsten Moment fiel sie ihrer Freundin in die Arme. Claudia hielt sie ganz fest.

»Oh, schluchz!«, rief Jule. »Dann müssen ja nur noch die Damen des Dorfes beruhigt werden. Aber jetzt ist mal gut. Ich habe Hunger.«

Sara und Claudia lösten sich lachend voneinander. Dann betraten die Frauen nacheinander das Haus, und als sie die Küche erreichten, erlebten sie eine Überraschung.

»Magie«, flüsterte Sara.

»Ich glaube, mich tritt ein Pferd«, sagte Jule.

Claudia staunte und schwieg.

## 16. Kapitel

Auf dem großen Ecktisch lag eine hellblaue Tischdecke aus Leinen, die von geschickten Frauenhänden vor Jahrzehnten mit feinen Blumenmustern bestickt worden war. An vier Sitzplätzen befanden sich Teller, Besteck und zueinander passende Gläser. Ein großer Glaskrug war mit Wasser gefüllt, ein zweiter mit Apfelsaft. Auf einem langen Schneidebrett aus Holz reihten sich saure Gurken, aufgeschnittene Wurst, Käsewürfel und dicke Scheiben von dunklem Bauernbrot aneinander. Kerzen steckten in alten Weinflaschen. Auf der Fensterbank stand ein Tontopf mit einem großen Trockenblumenstrauß darin, der Kachelherd gab leise knackende Geräusche von sich, und mollige Wärme drang in jede Ecke. Über allem lag der Duft von Bratkartoffeln mit Zwiebeln und Bauchspeck.

Claudia begriff, was sie bisher versäumt hatten. Sie waren zu Trödelmärkten gefahren, sie hatten Saras Speicher geplündert und die Küche stilvoll wie zu Großmutters Zeiten eingerichtet. Aber sie hatten aus ihr keinen heimeligen Ort gemacht. Dies war nun Elisabeth Fischer innerhalb von einer guten Stunde gelungen.

Endlich fand sie ihre Sprache wieder. »Wundervoll.«

Sara rutschte bereits auf die Eckbank, Jule ließ sich schwerfällig auf einem Stuhl nieder.

»Ich hoffe, ich habe mir nicht zu viel angemaßt«, sagte Elisabeth zu Claudia.

»Nein, auf keinen Fall. Hier drinnen war es noch nie so gemütlich wie jetzt.«

»Und der Tisch ist vollgestellt«, warf Jule ein. »Bisher sah er immer so aus, als könne man auf ihm Schlittschuh laufen.«

»Die Tischdecke kommt mir dunkel bekannt vor«, warf Sara ein. »Schätze mal, meine Großtante Eleonore hat sie bestickt. Die war in unserer Familie berühmt für ihre Handarbeiten.«

»Ich habe sie ganz unten im Vitrinenschrank gefunden«, gestand Elisabeth. »Wenn Sie möchten, nehme ich sie wieder ab, damit keine Flecken draufkommen.«

Sara machte ein empörtes Gesicht. »Die bleibt schön da liegen. Eleonore würde sich freuen, dass ihre Stickerei so geschätzt wird. Wenn nicht, ist das ihr Problem.«

»Hunger«, stöhnte Jule, schnappte sich eine Scheibe Mettwurst und verschlang sie mit einem Bissen.

»Manieren hast du«, tadelte Claudia und setzte sich auf die Bank, über Eck zu Sara. Der Platz neben Jule blieb für Elisabeth frei. Die restlichen Stühle stapelten sich neben der Keramikspüle.

»So viele leere Plätze wirken traurig«, erklärte Elisabeth, als sie Claudias Blick bemerkte.

»Das stimmt.«

Keine der Frauen konnte sich vorstellen, dass sämtliche Stühle plus die Sitzbank schon bald kaum ausreichen würden, um alle Gäste am Tisch unterzubringen. Doch an diesem Tag bekamen Claudia, Sara und Jule eine Ahnung davon, wie es sein könnte, ihr neues Leben. Kein aufgewärmtes Fertigessen, das im Stehen hinuntergeschlungen wurde. Stattdessen herzhafte Hausmannskost, eine gemütliche Runde, Gelächter, Gespräche und kein schlechtes Gewissen, weil die Zeit verflog und so viel Arbeit wartete.

»Die Trockenblumen«, sagte Sara und wies mit der Gabel auf den Strauß von Rosen, Nelken und Astern. »Wo haben Sie die denn her?«

Elisabeth tupfte sich die Mundwinkel ab, bevor sie antwortete. »Die habe ich ganz hinten in der Speisekammer gefunden. Ich musste sie lange abstauben, aber jetzt wirken sie doch ganz hübsch, nicht wahr?«

»Was gibt's zum Abendessen?«, fragte Jule dazwischen.

Claudia bemerkte Elisabeths irritierten Blick. Ihre Tochter machte es den Leuten nicht leicht, sie zu mögen. Auf Außenstehende wirkte sie leicht hochnäsig und herrisch. Allerdings landete Elisabeth mit ihrer Antwort jetzt einen Volltreffer, und Claudia konnte geradezu sehen, wie das Eis zwischen den beiden schmolz.

»Ich dachte an Apfelpfannkuchen.«

»Apfelpfannkuchen«, wiederholte Jule hingerissen. Ganz kurz beugte sie sich zur Seite, bis ihre Schulter Elisabeth berührte. »Apfelpfannkuchen klingt himmlisch.«

Claudia lächelte in sich hinein. Schon war Elisabeth erobert und schenkte Jule ein liebevolles Lächeln. »Eier habe ich genügend gefunden. Mehl, Milch und Zucker sind auch da. Aber mir fehlen die Äpfel dafür.«

»Wir haben zwei Kisten im Keller«, gab Jule zurück. »Nein, Mama, keine Sorge«, fügte sie hinzu, als sie Claudias Blick bemerkte. »Deine Winterglockenäpfel rühren wir nicht an. Es ist auch eine Kiste mit Pfannkuchenäpfeln da. Die passen perfekt, oder?«

Alle nickten.

»Und habt ihr was dagegen, wenn ich noch jemanden einlade?«

Alle schüttelten den Kopf und keiner fragte nach, wer das sein sollte. Was ein Fehler war, wie sich am Abend noch herausstellen sollte.

»Ich mache Ihnen ein Gästezimmer zurecht«, sagte Sara zu Elisabeth. »Ihr Auto wird wohl so schnell nicht wieder flott.«

»Das ist sehr freundlich, danke schön. Tatsächlich hat Herr Lange gesagt, mein Scott müsse Montagfrüh erst mal in eine VW-Werkstatt in Buxtehude. Der Auspuff sei abgefallen, und die Unterbodenkleidung habe sich gelockert.«

»Sven? Der war schon hier? Wann denn?«

Claudia runzelte die Stirn, aber Sara schien es nicht zu bemerken.

»Oh, als ich gerade die Bratkartoffeln in die Pfanne tat. Die wären mir fast verbrannt.«

»Unterbodenkleidung?«, hakte Jule nach. »Sie meinen wohl Unterbodenverkleidung.«

»Ach, ich verstehe nicht viel davon. Aber so wie der Mann sich ausgedrückt hat, kann das dauern. Was meinen Sie, soll ich nicht doch besser mit dem Zug zurück nach Hamburg fahren?«

»Abgelehnt!«, rief Jule. »Hier kann sonst keine Apfelpfannkuchen machen.«

»Das würde ich schon noch hinkriegen«, warf Claudia ein, »aber ich hatte vor, heute Nachmittag einen alten Bauernschrank abzuschleifen. Der steht schon im Garten und wartet auf mich.«

Sie bemerkte den bewundernden Blick der alten Dame. Eine Tischlerarbeit hatte sie ihr offenbar nicht zugetraut. Tja, das ging Claudia ganz genauso. Aber mit jedem Tag, mit jeder neuen Aufgabe lernte sie dazu und war stolz darauf, was sie schon alles konnte. Der Schrank würde bestimmt nicht perfekt werden, aber darauf kam es auch nicht an. Sie liebte ihre Arbeit. Außerdem brauchte niemand zu wissen, dass diese Beschäftigung auch eine Art Flucht für sie war. Sie hätte nämlich längst mit den Experimenten für ihre biologischen Cremes beginnen können. Werkzeuge und Behälter standen bereit, Kräuter hatte sie gekauft, die Äpfel schlummerten im Keller, weitere Kisten standen im Kühlhaus, das auch Paul Hermanns nutzte. Nur zögerte Claudia noch. Sie hatte Angst, ihr ehrgeiziges Vorhaben könnte misslingen, und dann würde ihr ganzes schönes Kartenhaus der Zukunft in sich zusammenfallen.

»Ach bitte«, sagte Sara. »Bitte bleiben Sie, Frau Fischer.«

Elisabeth zögerte nicht länger. »Nun, dann nehme ich Ihre Gastfreundschaft gern an. Zumindest bis morgen.«

Die vier Frauen sahen einander an, und jede bemerkte die Erleichterung im Gesicht der anderen, doch keine verlor darüber ein Wort.

Manche junge Apfelbäume brauchten viel Wasser und gute Erde, um groß und stark zu werden, manche Freundschaften brauchten Zeit und Stille, um zu wachsen.

Claudias Gedanken gingen in diese Richtung, und vielleicht auch die der anderen. Auf jedem Gesicht zeigte sich ein kleines Lächeln.

Endlich war es Jule, die den Moment beendete.

»Mann, Leute, ist ja crazy, dieses Angeglotze. Ich geh wieder in den Stall.«

Sara verkündete, sie müsse sich um das Gästezimmer kümmern, und das Feuerholz sei auch noch nicht fertig gehackt. Claudia blieb noch einen Moment allein mit Elisabeth in der Küche.

»Ist Ihnen etwas aufgefallen?«, fragte sie ihren Gast.

»Durchaus. Dieses Gesichtszucken bei Ihrer Freundin hat nachgelassen.«

Claudia staunte. »Oh, das meinte ich nicht. Aber das ist ja ganz wunderbar. Eigentlich wollte ich fragen, ob Sie bemerkt haben, dass Jule Sie in ihr Herz geschlossen hat. Es passiert nicht allzu häufig.«

»So, hat sie das?«

»Ich kenne sie. Seit ihrem Unfall ist sie sehr menschenscheu.«

Elisabeth bat um eine Erklärung, und Claudia schilderte ihr in kurzen Worten, was geschehen war.

»Wie furchtbar«, sagte Elisabeth, als sie geendet hatte. »Aber der Aufenthalt hier auf dem Hof scheint ihr zu bekommen.«

»O ja, sie ist erst drei Wochen hier, aber hat sich schon sehr verändert.«

»Wird sie jemals ohne Krücken gehen können?«

Claudia nickte heftig. »Ganz bestimmt. Irgendwann.«

»Gut. Und reiten?«

»Das hoffen wir alle, sofern sie es selbst will.«

»Ich fürchte, ich verstehe nicht ganz.«

Claudia holte tief Luft. »Sie müssen wissen, Jule war immer sehr ehrgeizig. Und sie hätte eines Tages zu den besten Dressurreitern Deutschlands gehören können. Ich fürchte, sie wird sich auf kein Pferd mehr setzen wollen, selbst wenn das Bein noch kräftiger geworden ist. Sie könnte es nicht ertragen, nicht mehr perfekt zu sein.«

»Armes Kind«, murmelte Elisabeth. »Nun, ich denke, ich werde jetzt den Tisch abdecken.«

Einen Augenblick lang schaute Claudia die ältere Frau irritiert an. Dann verstand sie. Es gab nichts weiter zu sagen.

Nur die Zeit würde zeigen, wie es mit Jule weiterging. Mit Jule und uns allen, überlegte sie.

»Und ich werde mich wieder meinem Bauernschrank widmen.«

Die Sonne ging bereits unter, als Claudia und Sara gemeinsam Elisabeths Koffer ins Gästezimmer brachten. Es war der vierte Schlafraum, den Sara hergerichtet hatte. »Sehr hübsch«, sagte Claudia. Das Bett war frisch bezogen, eine hohe Kommode stand neben dem Fenster, und sogar ein bequemer Sessel mit einem Fußhocker davor hatte darin Platz gefunden.

»Ich habe ihr das dickste Federbett gegeben, das ich finden konnte«, sagte Sara. »Ältere Frauen frieren doch so leicht.«

Sie lächelten sich an. Es wurde höchste Zeit, sich um das Heizproblem zu kümmern. Aus der Küche drang der Duft von geschmorten Äpfeln durchs Haus, und nach und nach wurden Claudia, Sara und Jule davon angelockt. Diesmal stand auf dem Tisch auch eine Flasche Apfelkorn.

»Wo kommt der denn her?«, erkundigte sich Claudia.

»Den hat Jule vorhin gebracht«, erklärte Elisabeth.

Auf Jules Gesicht zeigte sich flüchtig so etwas wie Schuldbewusstsein. »War ein Geschenk.«

»Aha.« Claudia sah ihre Tochter scharf an. »Und von wem, bitte?«

»Sieht man doch«, warf Sara ein. »Auf dem Etikett steht Apfelhof van Sieck. Der ist selbstgemacht und bestimmt superlecker.«

Elisabeth hob die Brauen. »Ist das hier in der Nähe?«

»Gleich nebenan«, knurrte Claudia. »Und es ist kein netter Nachbar.«

Jule streute zwei Löffel Zucker auf ihren heißen Pfannkuchen. »Finde ich doch.«

»So, seit wann denn?«

»Johann ist okay.«

»Johann? Du bist mit dem Mann per du?«, fragte Claudia irritiert.

Sara griff nach der Flasche und goss allen ein Schnapsglas voll ein. »Apropos duzen. Ich finde, wir sollten mit Frau Fischer Brüderschaft trinken. Das heißt …«, sie warf Elisabeth einen unsicheren Blick zu. »Wenn Sie damit einverstanden sind.«

»Es ist mir eine Freude«, gab diese mit einem großen Lächeln zurück. »Ich bin nicht halb so altmodisch, wie ich aussehe. Und auch nicht so vornehm.«

So vergingen ein paar Minuten mit dem Heben von Gläsern und freundschaftlichen Wangenküsschen.

Sara goss gleich noch einmal nach. »Bei der Gelegenheit können wir auch darauf anstoßen, dass ich Mitbesitzerin des Glockenhofes werde. Gleich nächste Woche wollen wir es beim Notar festmachen.«

Claudia kippte ihr Glas auf ex. Über Saras Beteiligung war sie froh, und die Summe, die sie ihr angeboten hatte, schaffte wieder ein angenehmes Polster auf ihrem geplünderten Konto. Aber im Moment war sie alles andere als glücklich. Jule hatte sich mit Johann angefreundet.

Nicht zu fassen! Ausgerechnet mit dem Mann, der sie hasste, der nur mit ihr sprach, um sie aufzufordern, ihm den Apfelgarten zu überlassen.

Ihre Überlegungen wurden von Elisabeth unterbrochen. »Darf ich fragen, wer der Herr ist, dessen köstlichen Korn wir trinken? Er scheint mir mehr als ein einfacher Nachbar zu sein.«

Jule antwortete mit vollen Backen: »Johann ist einer der größten Apfelbauern der Gegend. Ich kümmere mich um seine Friesenstute und ...«

Weiter kam sie nicht. Alle vier Frauen zuckten zusammen, als sie das laute Klopfen an der Haustür hörten. Die Türklingel gehörte zu den Dingen, die noch nicht funktionierten.

»Ich gehe schon«, sagte Sara und rutschte von der Bank.

Wahrscheinlich, so dachte Claudia, hoffte sie auf einen zweiten Besuch von Sven. Als Sara zurückkehrte, machte sie ein höchst erstauntes Gesicht. Hinter ihr füllte Johann van Sieck den Türrahmen aus. Seine Augen blickten kalt wie immer, aber Claudia entdeckte auch einen Hauch von Unsicherheit in seiner Miene. Dann ging er auf Elisabeth zu, die am Herd einen weiteren Pfannkuchen wendete, deutete eine kleine Verbeugung an und stellte sich vor.

»Bitte entschuldigen Sie den Überfall«, sagte er. »Aber Jule hat gesagt, es gibt Apfelpfannkuchen. Da konnte ich nicht widerstehen. Die habe ich nicht mehr gegessen, seit ich vier Jahre alt war.«

»Nun, dann hätten Sie beizeiten mit Ihrer Mutter schimpfen sollen«, gab Elisabeth zurück, deutete aber mit der freien Hand auf die Stühle in der Ecke. »Bitte, nehmen Sie einen Stuhl und setzen Sie sich. Ich habe noch genug Teig da.«

Claudia bemerkte den Schatten, der über van Siecks Gesicht flog. Sie hatte ihn mit scharfen Worten daran erinnern wollen, dass sie hier die Hausherrin war und er sich gefälligst an sie zu wenden habe. Aber etwas hielt sie davon ab. Für einen kurzen Moment entdeckte sie in seinem Gesicht eine seltsame Verletzlichkeit. Elisabeth schien es ebenfalls gesehen zu haben, und sie reagierte prompt.

»Ach, die Stühle sind ja ganz dreckig. Die kann ich Ihnen nicht zumuten. Rutschen Sie doch bitte da mit auf die Eckbank.« Sie schubste Johann auf den Platz neben Claudia.

Was sollte das werden? Wieso musste der Mann jetzt so dicht neben ihr sitzen, dass sie seinen erdigen Geruch einatmete und den Stoff seines rauen Hemdes an ihrem Arm spürte?

Elisabeth holte Teller und Besteck, Johann goss allen einen weiteren Apfelkorn ein.

»Auf gute Nachbarschaft!«, rief er aus und hob sein Glas.

Das ist ein Trick, dachte Claudia. Er will mich betrunken machen, und dann lässt er mich einen Vertrag unterschreiben, mit dem ich ihm den Apfelgarten schenke.

Andererseits – van Sieck beachtete sie kaum. Er plauderte mit Sara, Jule und Elisabeth, aber nicht mit ihr. Er aß fünf Pfannkuchen und rutsche ein Stückchen von ihr ab. Er ging kurz in die Diele und holte eine weitere Flasche Hochprozentigen, die er offensichtlich vorhin dort deponiert hatte – und schaute sie mit keinem Blick an.

Der Alkohol stieg Claudia zu Kopf, und als Elisabeth vorschlug, nun müssten sie doch gewiss auch mit dem netten Herrn van Sieck Brüderschaft trinken, da wehrte sie sich nicht, hielt ihm die Wange hin und zuckte zusammen, als er seinen Mund auf ihre Lippen legte. Es war ein harter, männlicher Kuss, kein Tasten, kein zärtliches Berühren. Ein Kuss wie ein Wintersturm.

Etwas geschah mit Claudia. Sie fand keine Worte dafür. Nicht sofort. Johann hatte sich schon längst wieder abgewandt, als sie noch immer dem Gefühl nachspürte, das sein Kuss in ihr ausgelöst hatte. Sie erinnerte sich an das Feuer, das sie überfallen hatte, wenn Gianluca sie küsste. Die Erregung, das Brennen in ihrem Innern. Dies hier war anders gewesen. Ihr war nicht heiß geworden, nicht einmal warm. Sie hatte vielmehr eine innere Kälte gespürt, ganz ähnlich jener, die sie überkam, wenn seine Februaraugen sie fixierten. Zugleich war da eine gewisse Ruhe gewesen, eine Art – Heimkehr. Sie rieb sich die Schläfen, schaute Johann von der Seite an und bemerkte das winzige Lächeln in seinen Mundwinkeln. Purer Spott, entschied sie.

Die Unterhaltung ging weiter, und Claudia zwang sich zuzuhören.

»Also, die Heizung«, sagte Sara zu Johann. »Meinst du, du kannst sie hinkriegen?«

»Ich werd's versuchen. Bei mir steht die gleiche Anlage. Mit etwas Glück bringe ich sie zum Laufen.«

»Das wäre wunderbar«, sagte Elisabeth. »Offen gestanden habe ich ein wenig Angst vor einer Nacht in einem kalten Zimmer.«

»Ich hole Ihnen nachher einen kleinen tragbaren Kohleofen«, bot Johann an. »Mir scheint, der Strom kommt und geht hier, wie er möchte.«

»Wir brauchen Ihre Hilfe nicht«, nuschelte Claudia. Sie merkte auf einmal, dass sie zu viel getrunken hatte.

»Brauchen wir doch«, protestierte Jule. »Ein Mann im Haus ersetzt den ... den ...«

»Handwerker?«, bot Sara an.

»Heißen Ziegelstein?«, schlug Elisabeth vor. »Für die kalten Füße.«

»Hä?«, machte Jule.

Claudia gluckste. Nüchtern waren die auch nicht mehr. Nur Johann saß unbeweglich neben ihr. Wann war er eigentlich wieder an sie herangerutscht? So dicht, dass ihr Oberschenkel an seinen harten Muskeln lag? Bevor sie erneut zur Flasche greifen konnte, stand schon wieder Besuch in der Küchentür.

»Sven!«, rief Sara erfreut.

»Du musst mitkommen«, sagte der große blonde Mann. »Sofort.«

»Das ist unanständig«, murmelte Claudia.

»Sei still«, wies Johann sie zurecht und sprang auf. »Was ist los, Sven?«

»Unsere Nachbarin, die Lea.«

»Ist es so weit?« Anscheinend war Johann bestens informiert.

Claudia schüttelte den Kopf, um wieder klarer denken zu können. Ihr wurde nur schwindelig davon. Sara hingegen wirkte auf einmal vollkommen nüchtern. Sie stand schon auf den Beinen und schwankte kein bisschen.

»Lea Kaltenberg? Die Hochschwangere? Ich habe ihr gestern geraten, ins Krankenhaus zu fahren, sie sah nicht gut aus. Aber sie hat mir nur gesagt, ich solle mich um meinen eigenen Kram kümmern.«

Auch Claudia war jetzt fast wieder nüchtern. Sie fragte sich, ob das die Frau war, mit der sie im September vor der Kaffeebar aneinandergeraten waren. Gut möglich. Die hatte damals erklärt, sie werde ihr Kind eher allein kriegen, als dass sie die Hexe um Hilfe bat. Es musste schlecht um sie stehen, wenn sie ihre Meinung geändert hatte.

Sven nickte. »Das Baby kommt. Ihr Mann Gerd hat Dienst, er ist Lotse auf der Elbe. Meine Frau ist jetzt bei ihr, und sie meint, da ist schon was zu sehen. Fürs Krankenhaus ist es zu spät, und ihre Frauenärztin können wir nicht erreichen. Meine Frau hat gesagt, es bleibt uns nichts anderes übrig, als dich zu rufen.«

Claudia fühlte sich in ihrer Einschätzung bestätigt.

»Ich komme«, erklärte Sara mit fester Stimme. »Ich hole nur schnell meinen Notfallkoffer aus dem Zimmer.«

Claudia staunte. Sie hatte nicht gewusst, dass Sara nach all den Jahren, in denen sie nur Hausfrau und Mutter gewesen war, noch immer jederzeit als Hebamme einsatzbereit war. Zwar hatte sie selbst mehr als einmal im Dorf vom Beruf ihrer Freundin erzählt, weil sie hoffte, Sara würde sich auf Dauer noch enger an die Gegend binden, wenn sie hier eine echte Aufgabe fand. Trotzdem war sie überrascht.

»Wenn das Köpfchen schon zu sehen ist«, fügte Sara hinzu, »dürfen wir keine Minute verlieren.«

Svens Antwort ließ alle am Tisch zusammenzucken. »Kathrin sagt, es ist nicht das Köpfchen.«

# 17. Kapitel

Während der Fahrt konzentrierte sich Sara ganz auf die vor ihr liegende Aufgabe und kämpfte gegen die leise Furcht in ihrem Innern an. Sie fürchtete sich davor, von den Frauen angefeindet zu werden, und sie fürchtete, nach all den Jahren nicht mehr gut genug zu sein, um Lea Kaltenberg helfen zu können. Sie ging im Geiste alles durch, was sie über Steißgeburten wusste, und betete, Svens Frau habe den Popo des Neugeborenen gesehen und nicht etwa ein Füßchen. Dann wäre ein Kaiserschnitt unumgänglich, und es war fraglich, ob sie es ins Krankenhaus schaffen würden. Kurz sah sie Sven von der Seite an. Er hatte die Zähne zusammengebissen, und Schweißtropfen standen auf seiner Stirn. Sie stellte sich Christian in derselben Situation vor und wusste, er wäre die Ruhe selbst. Verwirrt schüttelte sie den Kopf. Dies war kein geeigneter Moment, um Vergleiche zwischen ihrem Ex und anderen Männern anzustellen.

Zehn Minuten später erreichten sie das kleine rote Backsteinhaus der Kaltenbergs. Es war hellerleuchtet, und aus dem Schornstein stieg Rauch in den dunklen Himmel. Nachbarn hatten sich im Vorgarten versammelt, andere waren durch die offenstehende Haustür bis in die Diele vorgedrungen. Die Blicke, mit denen sie Sara empfingen, waren teils unfreundlich, teils offen feindselig. Nur wenige der Leute wirkten neutral. Das hast du dir selbst zuzuschreiben, sagte Sara sich im Stillen. Da musst du jetzt durch.

Sie straffte die Schultern, schnappte sich ihren Notfallkoffer und stieg aus. Dann stolzierte sie hocherhobenen Hauptes den schmalen Kiesweg entlang und bahnte sich ihren Weg bis ins Haus. Niemand ging mit Forken auf sie los, niemand entzündete ein Streichholz.

Immerhin.

Mit etwas Glück kam sie hier lebend wieder raus. Sara bat Sven, alle fortzuschicken, dann stieg sie eine schmale Treppe in den ersten Stock hinauf. Im Schlafzimmer fand sie außer der Gebärenden nur Kathrin Lange vor. Sie wirkte unendlich froh, als sie Sara sah, dennoch war ihr Blick finster. Die Patientin selbst schien nicht mehr in der Lage zu sein, ihre Abneigung zu zeigen.

Sara schob alle privaten Gedanken beiseite und untersuchte Lea Kaltenberg.

»Es ist der Popo«, sagte sie und seufzte leise auf. Mit dem Stethoskop stellte sie fest, dass die Herztöne des Kindes stark und gleichmäßig waren. Nun blieb nur noch zu hoffen, dass es keine Komplikationen mit der Nabelschnur gab.

»Mädchen oder Junge?«, fragte sie mit einem Lächeln, das hoffentlich entspannt wirkte.

»Ein Mädchen«, kam es stöhnend zurück.

»Prächtig«, sagte sie. »Wir gehen vorsichtig vor«, wies sie Lea dann an. »Nur ganz langsam pressen, bitte.«

Die junge Frau stieß Flüche aus, die selbst Jule schockiert hätten, aber sie gehorchte.

»Sie machen das wunderbar, es ist schon fast der ganze Popo draußen. Jetzt bitte ganz ruhig, nur hecheln, nicht pressen.«

Lea tat wie geheißen. Doch plötzlich kam die Geburt zum Stillstand. Keine Wehe, gar nichts.

Sara fixierte den hochgewölbten Bauch, als könne sie ihn durch reine Gedankenkraft zwingen, eine neue Presswehe zu erzeugen. Im Krankenhaus hätte man jetzt über den Tropf ein wehenförderndes Medikament verabreicht. Hier konnte sie nur beten. Oder fluchen.

»Verdammt noch mal, nun komm schon!«, rief Sara aus.

Da! Eine heftige Kontraktion.

»Phänomenal!«

Kathrin Lange, die Leas Hand hielt und sie mit dem anderen Arm stützte, starrte Sara an. »Wie haben Sie das gemacht?«

Sara hatte keine Zeit für eine Antwort. Jetzt waren die fest am Körper klebenden Beinchen zu sehen, dann die Brust mit den gekreuzten Ärmchen, der Hals, das Köpfchen. Zu ihrer unendlichen Erleichterung war die Nabelschnur nirgends abgeklemmt worden. Das Baby war während der Geburt ausreichend mit Sauerstoff versorgt gewesen.

»Ist alles dran?«, fragte Lea Kaltenberg erschöpft. »Wie sieht sie aus?«

»Wie ein Rollmops«, erwiderte Kathrin Lange. »Ein Rollmops mit blauen Füßen und lauter stacheligen Härchen am Kopf.«

»Unsinn«, protestierte Sara, wischte dem Baby die Käseschmiere vom Gesicht und wickelte es in ein warmes Tuch. »Die Kleine ist noch zusammengerollt, das ist bei einer Steißgeburt ganz normal.« Sie legte das Neugeborene der Mutter auf die Brust. »In ein, zwei Stunden wird sie sich entspannt haben. Die Füßchen sind im Geburtskanal ein wenig gequetscht worden, aber machen Sie sich bitte keine Sorgen. Die Verfärbung verschwindet in wenigen Tagen. Und die Haare stehen nur ein kleines bisschen ab.«

Schwere Schritte polterten die Treppe hoch, ein Koloss

von einem Mann stand in der Tür, war mit einem Satz am Bett. Gerd Kaltenberg brachte den Geruch nach Fluss und Novembernacht mit. »Hab mich rübersetzen lassen«, stieß er aus. »Dachte, ich schaffe es noch.«

Die Eheleute tauschten einen langen Blick. Alle Liebe dieser Welt war darin zu lesen. Aus unerfindlichen Gründen traten Sara die Tränen in die Augen.

»Sie dürfen die Nabelschnur durchtrennen«, sagte sie forscher, als ihr zumute war. »Sofern Sie sich vorher gründlich die Hände waschen.«

Im nächsten Augenblick ging erneut die Tür zum Schlafzimmer auf, und eine Frau mittleren Alters kam herein. »Dr. Hausmann«, stellte sie sich vor. »Ich bin die Gynäkologin.«

Sara, die gerade den Abgang der Nachgeburt kontrollierte, nickte nur, dann informierte sie die Ärztin über den Geburtsverlauf.

»Prima«, erwiderte Dr. Hausmann. »Das haben Sie ganz prima gemacht.« Sie untersuchte gründlich Mutter und Kind, dann wandte sie sich wieder an Sara. »Ich höre, Sie wohnen auf dem Hermannshof?«

»Der heißt jetzt Glockenhof«, korrigierte Sara sie automatisch.

»Wie auch immer. Möchten Sie nicht als freiberufliche Hebamme arbeiten? Seit die alte Veronika in Pension gegangen ist, fehlt hier eine gute Kraft.«

»Ich bin seit vielen Jahren aus dem Beruf raus«, wehrte Sara ab. »Außerdem mögen die Leute mich nicht besonders.«

»Nun, ich denke, das wird sich nach heute Nacht ändern. Und den Job hier haben Sie gut erledigt. Sie könnten ein paar Wochen lang eine erfahrene Kollegin begleiten, um wieder reinzukommen und die Besonderheiten der häuslichen Betreuung zu erlernen.«

Sara nickte nur, dann verließ sie den Raum. Sie wurde hier nicht mehr gebraucht.

Als sie die Tür hinter sich schloss, hörte sie noch Gerd Kaltenberg sagen: »Liebes, ich weiß nicht, ob Micaela ein passender Name ist. Ich fürchte, Igelchen passt doch besser.«

Leises Lachen begleitete sie die Treppe hinunter. Im Vorgarten standen immer noch die Nachbarn herum. Die gute Nachricht hatte sich bereits herumgesprochen, und Sara konnte spüren, wie die Mauer aus Feinseligkeit bröckelte. Erstaunt stellte sie fest, dass sie froh darüber war. Auf einmal war es ihr wichtig, von den Menschen gemocht zu werden. Wichtiger als jeder Flirt.

Sven brachte sie nach Hause. Er schwieg, und sie war froh darüber. Die Worte der Ärztin spukten ihr im Kopf herum. Sollte sie es wirklich tun? Wieder als Hebamme arbeiten? Sie spürte dem Gefühl nach, das sie vorhin empfunden hatte. Ja, das war es. Sie war gebraucht worden. Viel mehr als in den letzten Jahren ihrer Ehe und mehr auch als zuletzt in ihrer Freundschaft mit Claudia und Jule. Und Sara wusste, je mehr sich Mutter und Tochter wieder annäherten, desto unwichtiger würde ihre eigene Rolle werden. Stattdessen wieder in ihrem Beruf zu arbeiten, Mütter zu unterstützen, Kindern auf die Welt zu helfen – das würde etwas ganz anderes sein. Es würde ihr Leben füllen. Natürlich stünde sie hier im Alten Land vor anderen Herausforderungen als während ihrer Jahre in der Hamburger Geburtsklinik. Sie würde sich unzählige Nächte um die Ohren schlagen und bei jedem Wetter rausfahren müssen. Sie hätte bei Hausgeburten nicht annähernd die Bedingungen, die sie noch kannte, und sie trüge viel mehr Verantwortung als früher.

Es würde hart werden – es würde himmlisch werden. Sofern es ihr gelang, die Frauen der Gegend mit ihrem Einsatz und auch mit ihrem veränderten Lebenswandel von sich zu überzeugen.

Okay, schwor sie sich. Künftig keine Schäkereien mehr mit verheirateten Männern. Stattdessen in meinem Beruf auf den neuesten Stand kommen und sämtliche bürokratischen Hürden nehmen. Das musste doch zu schaffen sein. Sara stieß einen zufriedenen Laut aus. Der Glockenhof sollte ihre neue Heimat sein, und wenn sie nun eine echte Aufgabe haben würde, dann brauchte sie nichts anderes.

Christian wäre stolz auf sie. Sie hielt inne. Christian? Wieso kam ihr immer noch sofort ihr Exmann in den Sinn?

»Wir sind da«, sagte Sven und hielt vor dem Bauernhaus. »Montag komme ich mit dem Mechaniker, und wir schleppen die Rostlaube der alten Dame ab. Gute Nacht, Sara.«

Kein Lächeln, keine Bitte um einen Kuss. Er schaffte Distanz zwischen ihnen.

Sie war froh darüber. Die vergangenen paar Stunden hatten alles verändert. Müde stieg Sara aus und trottete auf die Eingangstür zu.

Sie hatte den Eindruck, dass irgendetwas im Hof fehlte, aber sie kam nicht darauf, was es war. Der würzige Duft nach frisch aufgebrühtem Kaffee lockte sie in die Küche.

»Ich dachte, du könntest einen Schluck gebrauchen«, sagte Elisabeth. Das Du ging ihr leicht über die Lippen, und Sara kam der Gedanke, dass sie vor Jahren einmal wenig Wert auf steife Umgangsformen gelegt haben könnte.

»Waren Sie ... äh ... warst du mal ein Hippie?«, fragte sie ohne nachzudenken und rutschte auf die Eckbank.

Elisabeth goss ihr Kaffee ein und stellte Milch und Zucker dazu, bevor sie antwortete: »Wie kommst du denn darauf?«

»Ich weiß nicht. Es geht so etwas Besonderes von dir aus. Du wirkst so ... frei.«

Auf Elisabeths Gesicht erschien ein Strahlen. »Das ist das Schönste, was mir seit langem jemand gesagt hat. Und ja, ich hatte einmal eine gute Zeit, aber dann habe ich geheiratet. Genug von mir. Ist alles gutgegangen?«

Sara erzählte ihr von der Geburt und trank dabei in kleinen Schlucken von ihrem Kaffee.

»Wunderbar«, sagte Elisabeth, als sie geendet hatte. »Du bist eine hervorragende Hebamme.«

Sara winkte ab. »Wo sind denn die anderen?«

»Jule hat sich hingelegt. Sie war vollkommen erschöpft. Ich habe ihr versprochen, sie zu wecken, wenn du wieder da bist, aber das werde ich nicht tun. Das Kind braucht Ruhe.«

»Und Claudia?«

»Die war so nervös, dass ich sie in ihre Werkstatt geschickt habe. Wenn sie schon nicht schlafen könne, habe ich gesagt, dann könne sie genauso gut eine Creme herstellen. Am besten eine, die mich zwanzig Jahre jünger macht.«

Sara staunte. Bisher hatte sie den Eindruck gehabt, Claudia scheue sich vor dem Experiment. Offensichtlich brauchte es eine resolute Frau wie Elisabeth, um sie auf Trab zu bringen.

»Und Johann«, fuhr Elisabeth fort, »hat mir einen kleinen Kohleofen herübergetragen. Dann ist er noch mal fort und mit einem jungen Mann wiedergekommen. Gemeinsam haben sie das Biedermeiersofa zu seinem Hof geschafft.

Wir waren beide der Meinung, es ist eine Schande, wie es hier draußen verrottet. Ich soll dir ausrichten, er biete dem Sofa Asyl, bis sich eine andere Lösung findet. In sein Haus passt es durch eine große Hintertür hinein.«

»Oh«, murmelte Sara. »Hoffentlich war Rührei nicht mehr drin.« Was Klügeres fiel ihr gerade nicht ein.

»Keine Sorge, ich habe nachgesehen. Die Hennen sind alle im Stall bei dem neuen Hahn. Und das dreibeinige Schaf ist auch dort.«

»Wer, bitte? Elisabeth, hast du mir den Rest Apfelkorn in den Kaffee gekippt?«

Die ältere Frau lachte, nahm sich selbst eine Tasse und setzte sich ihr gegenüber.

»Nein, gewiss nicht. Das Schaf hat Johann zusammen mit dem Kohleofen abgeliefert. Er sagte, ein befreundeter Schäfer habe es ihm gebracht. Es ist vermutlich von einem Fuchs gebissen worden, und die Wunde hat sich entzündet. Am Ende musste der Tierarzt das ganze Bein abnehmen, und jetzt kann das Schaf nicht mehr mit der Herde Schritt halten. Und da Johann außer seinem Hund keine Tiere mehr hält, meinte er, Jule werde sich bestimmt darum kümmern. Ich bin mitgegangen, als er es in den Stall gebracht hat. Und weißt du, was ich interessant fand?«

»Nein«, murmelte Sara matt.

»Ohne lange zu überlegen hat Johann das Schaf zu diesem ängstlichen Pferd in die Box gesperrt. ›Entweder Carina tritt es tot, oder sie schließen Freundschaft‹, hat er dazu gesagt. ›Die brauchen beide einen Gefährten, und meine Lotte will von der nervösen Stute nichts wissen.‹ Ich fand das ziemlich rabiat, aber ich kenne mich mit Tieren nicht aus.«

»Himmel!«, stieß Sara aus. »Das ist typisch Johann.« Dann fiel ihr etwas anderes ein: »Und wer war der junge Mann, der Johann beim Transport des Sofas geholfen hat? Ein Nachbar?«

»Nein, er wollte eigentlich zu euch. Aber es hat ihn wohl verwirrt, dass er nur mich antraf. Und kalt fand er es auch. Deshalb hat er Johanns Einladung angenommen, bei ihm zu übernachten.«

»Und wie heißt er?«

»Oh, tut mir leid. Entweder hat er sich nicht vorgestellt, oder ich habe den Namen in all der Aufregung vergessen. Aber er kommt bestimmt gleich morgen früh hierher.«

Sara musste sich damit zufriedengeben. Eine Weile grübelte sie über die Identität des Besuchers nach. Leo vielleicht? Nein, ausgeschlossen. Er hatte ihr deutlich zu verstehen gegeben, dass er keine zweite Begegnung mit Jule wünschte.

Ein junger Mann. Aus Sicht einer älteren Frau konnte das auf jeden Mann zwischen zwanzig und fünfzig Jahren zutreffen. Na, vielleicht musste das Rätsel jetzt nicht mehr gelöst werden. Bis zum Morgen waren es ja nur noch ein paar Stunden. Unbewusst rieb sie sich den Bauch.

»Hast du Hunger?«, fragte Elisabeth prompt.

»Ja, tatsächlich. Das kenne ich noch von früher. Eine Geburt löst bei mir immer Appetit aus.«

Elisabeth stand auf und ging in die Speisekammer. Dann kehrte sie mit Brot, Butter, Wurst und einem kleinen Laib Schafskäse zurück.

»Den hat der Schäfer gestiftet«, erklärte sie.

Sara langte zu, und auch Elisabeth machte sich ein Brot. Eine Weile aßen sie schweigend, bis die Ältere fragte: »Du bist geschieden?«

»Ja«, erwiderte Sara überrascht. »Sieht man mir das etwa an der Nasenspitze an?«

Elisabeth lächelte. »Aber nein. Ich hörte vorhin nur, wie Claudia zu Jule etwas über deinen Exmann sagte. Als du zu der Geburt geholt worden bist. Ich glaube, es war etwas in die Richtung, er würde stolz sein, wenn er davon erführe.«

»Es würde ihn nicht kümmern«, gab Sara zurück.

Elisabeth schwieg. Mehr brauchte es nicht. Die Ruhe einer nächtlichen Küche und die Bereitschaft einer Frau, zuzuhören. Leise erzählte Sara die Geschichte ihrer Ehe. Sie sprach von der Arbeitswut ihres Mannes, von der Langeweile ihres Daseins, seit Leo aus dem Haus war, von der Leere, die durch nichts mehr auszufüllen war. Und sie gestand, dass sie sich selbst auch immer häufiger die Schuld am Scheitern gab, weil sie nichts aus ihrem Leben gemacht hatte. Sie weinte, trank mehr Kaffee, beschrieb Christian, wie er einmal gewesen war, schilderte ihr großes Glück, weinte wieder. Einzig das Thema Sex ließ sie aus. Dafür war Elisabeth vielleicht nicht die richtige Ansprechpartnerin.

Endlich hielt sie inne. Sie war erschöpft und erleichtert zugleich.

Aufmerksam schaute sie Elisabeth an. Sie war gespannt, welche Worte des Trostes die Ältere finden mochte. Aber was Elisabeth dann tatsächlich sagte, schockierte sie.

»Das Schicksal hat es gut mit dir gemeint.«

»Was? Wie kannst du das behaupten? Ich bin todunglücklich. Mein Leben ist ein Scherbenhaufen.«

»Papperlapapp. Du bist jung und gesund. Du hast genug Geld, einen schönen Beruf, gute Freunde und eine Menge Verehrer. Du glaubst, deine Ehe ist zu Ende, und weil es heutzutage groß in Mode ist, bei der ersten Schwierigkeit alles aufzugeben, hast du dich scheiden lassen. Aber wenn du mich fragst, dann habt ihr euch nur aus den Augen verloren. Du bist frei, dein Mann ist frei. Ihr könnt wieder zusammenkommen. Aber das ist euch wahrscheinlich zu anstrengend.«

Sara klappte den Mund auf und wieder zu.

Bevor ihr eine Erwiderung einfiel, fuhr Elisabeth fort: »Ich will dir eine andere Geschichte erzählen. Von einem Mädchen, das in ärmlichen Verhältnissen aufwuchs. Die Mutter war eine Kriegerwitwe und brachte die kleine Familie als Putzfrau durch. Das Mädchen musste nach der Hauptschule in einer Möbelfabrik arbeiten. Die Mutter war inzwischen krank geworden, Geld für eine Ausbildung gab es nicht. Als die Mutter an Krebs starb, blieb das Mädchen allein. Aber trotz seiner Trauer erlebte es einen langen glücklichen Sommer. Es sang Lieder und trug Blumen im Haar. Es träumte von San Francisco, und es entdeckte, wie leicht und frei die Liebe sein kann.

Doch der Sommer ging zur Neige, und im Herbst trafen die Rechnungen der Ärzte ein, die die Mutter behandelt hatten. Und es kamen Blumen von einem Verehrer, den das Mädchen nicht sonderlich mochte. Es war der Juniorchef der Möbelfabrik. Das Mädchen traf seine Wahl. Es blieb fünfundvierzig Jahre an der Seite seines Mannes. Auch als er krank und pflegebedürftig war. Es blieb, bis er tot und begraben war, und noch ein wenig länger. Bis es den Mut fand, loszufahren.«

Wieder liefen Sara Tränen über die Wangen, doch diesmal waren es keine Tränen des Selbstmitleides.

Traurigkeit huschte durch die Küche, erfüllte jeden Winkel, nistete sich in den Augen der jüngeren und der älteren Frau ein.

Mit einem Ruck stand Elisabeth auf. »Es ist spät. Gute Nacht.«

Verwirrt blieb Sara sitzen. Erst nach einer langen Weile erhob sie sich und ging schlafen.

Sie träumte von einem Schaf, das ein dreibeiniges Lämmchen zur Welt brachte, mit dem Popo zuerst.

# 18. Kapitel

Die Welt war still. Dunkelheit lag über dem Land, der frühe kalte Morgen versteckte sich noch hinter der eisigen Nacht. Selbst der neue Hahn Alfons schien zu schlafen, vermutlich erschöpft von den Nachstellungen seines Harems.

Claudia stand am Fenster ihrer Werkstatt und streckte sich. Ihr tat jeder einzelne Muskel im Leib weh. Kein Wunder, dachte sie, wenn man in meinem Alter im Sitzen schläft. Dabei hatte sie nicht vorgehabt, zu schlafen. Elisabeth hatte ihr gestern Abend genau den Anstoß gegeben, der ihr noch fehlte. Hatte sie energisch aus der Küche geschoben und ihr geraten, sie solle sich mal an die Herstellung ihrer ersten Creme machen, denn schlafen könne sie nach der ganzen Aufregung bestimmt nicht.

Nun, darin hatte sie sich geirrt. Claudia war zwar noch voller Eifer an die Vorbereitung gegangen, hatte Schüsseln aus Edelstahl und gläserne Tiegel hervorgeholt, Rührlöffel und Spatel auf einem sauberen Küchentuch platziert und einen Topf mit Wasser auf den Spirituskocher gestellt. Aber dann hatte sie sich nur ganz kurz auf einen hohen Stuhl vor dem Arbeitstisch gesetzt, um die einzelnen Produktionsschritte zu planen. Dabei musste ihr Kopf wie von selbst nach vorn gesackt sein, denn als sie vor zwei Minuten aufgewacht war, lag er weich gebettet auf ihren gekreuzten Armen.

Claudia bildete sich ein, sie sei vom Blöken eines Schafes geweckt worden. Was natürlich Schwachsinn war. Auf dem Glockenhof gab es keine Schafe. Wahrscheinlich war sie von der Kälte aufgewacht. Die Werkstatt grenzte zwar an den Stall, und durch die dünne Bretterwand drang ein wenig Wärme bis zu ihr, trotzdem war Claudia völlig durchgefroren. Rasch entschied sie, ins Haus zu laufen. Sie brauchte dringend eine große Kanne Kaffee. Eine heiße Dusche auch, sofern der Boiler funktionierte. Anschließend wollte sie sich hier einschließen und nicht wieder hinausgehen, bevor sie nicht mindestens eine erste Creme hergestellt hatte.

Ein Blick auf ihre Armbanduhr verriet ihr, dass es erst sechs Uhr morgens war. Mit etwas Glück war außer ihr noch niemand auf den Beinen. Zwar brannte sie darauf, alles über Saras Einsatz als Hebamme zu erfahren, aber sie wusste auch, sie würde gleich ihre volle Konzentration brauchen. Alles andere musste warten. Was auch für die Gedankenflut über Johann van Sieck galt, die irgendwo in ihrem Unterbewusstsein nur darauf lauerte, an die Oberfläche gespült zu werden. Den Mann musste sie komplett aus ihrem Kopf verbannen. Sonst verwandelte sie ihre Kosmetikwerkstatt womöglich in eine Hexenküche, und sie braute einen Sud zusammen, der dem Kerl die Haut vom Körper schälte.

Oder so ähnlich.

Claudia schüttelte sich. »Ich werde nie wieder einen Tropfen Alkohol anrühren!«, sagte sie laut. »Und vor allem keinen selbstgebrannten Apfelkorn.«

Ein Schaf blökte zustimmend.

O Gott! Dusche! Kaffee!

Vierzig Minuten später war Claudia zurück in ihrer Werkstatt. In der einen Hand trug sie eine volle Thermoskanne, in der anderen eine Packung Butterkekse. Während sie frühstückte, las sie aufmerksam in ihrem Notizbuch. Zwar hatte sie in den vergangenen Wochen noch kein Experiment gewagt, aber sie hatte ausgiebig recherchiert und alle Informationen sorgfältig aufgeschrieben. Zudem war sie mit offenen Augen durchs Alte Land gefahren und hatte in Stade sowohl einen Naturkostladen als auch eine Apotheke gefunden, wo sie ihre speziellen Zutaten kaufen konnte.

Als Erstes stellte sie nun den Spirituskocher an. Das Wasser im Topf musste fast kochen. Dann schälte und entkernte sie zwei Äpfel. Selbstverständlich nahm sie Winterglockenäpfel. Die mussten ihr einfach Glück bringen! Sie schnitt sie in Scheiben und drehte sie per Hand mehrfach durch eine Passiermühle mit feinem Sieb. Ein Mixer wäre jetzt hilfreich gewesen, aber in der Werkstatt gab es keinen Stromanschluss. Nun, sie würde sich darum kümmern müssen. Claudia seufzte. Ein weiterer Punkt auf der langen To-do-Liste. Aber auf Dauer brauchte sie elektrische Geräte und gutes Licht. Petroleumlampen waren keine Lösung.

Als sie die Äpfel püriert hatte, war das Wasser im Topf heiß. Claudia goss Jojoba-Öl in eine hohe feuerfeste Glasschüssel und stellte sie ins Wasserbad. Dann rührte sie festes Bienenwachs für die bessere Konsistenz und als Emulgator einen Brocken Lanolin in das Öl. Dieses natürliche Wachs der Schafe war wichtig für den nächsten Arbeitsschritt. Denn nur mit seiner Hilfe würden sich die fetten mit den wässrigen Substanzen zu einer Emulsion verbinden.

Nun nahm sie den Topf vom Kocher und rührte vorsichtig erst die pürierten Äpfel und dann ein duftendes Apfelblütenwasser in die Ölmischung. Dazu gab sie noch einige Spritzer Zitronenessenz. Anschließend kam der Topf zurück auf den Kocher, und Claudia ließ die Flüssigkeit noch einmal heiß werden. Schließlich zog sie zwei Ofenhandschuhe über, nahm die Glasschüssel aus dem Topf und goss die Mixtur über ein Sieb in eine zweite Schüssel.

Geschafft! Claudia ließ sich auf den Stuhl sinken und schaute auf ihr Werk. Ihre allererste selbst angerührte Hautcreme. Sie musste nur noch ein wenig in der Glasschüssel abkühlen, dann konnte sie in zwei Tiegel umgefüllt und im Haus in den Kühlschrank gestellt werden. Erst in zwei, drei Stunden würde sie dann bereit zur ersten Benutzung sein.

Und morgen probiere ich andere Zutaten aus, nahm sich Claudia vor. Mandelöl, vielleicht, und Kakaobutter. Dann auch Kokosfett und Rosenwasser. Es gab vielfältige Möglichkeiten, und sie würde eine Menge davon testen. So lange, bis sie eine Creme hatte, die ihren Ansprüchen genügte.

Claudia lächelte. Jetzt zweifelte sie nicht mehr. Der Anfang war gemacht. Kurz schaute sie aus dem Fenster. Ein fahler Novembermorgen stahl sich über das spitze Giebeldach des alten Bauernhauses, und Eiskristalle glitzerten unter ersten schwachen Sonnenstrahlen am feuchten Mauerwerk.

Sie trank den Rest Kaffee, aß noch zwei Kekse und spürte, wie neue Energie durch ihren Körper strömte. Der letzte Arbeitsschritt war schnell geschafft, und sie löschte sorgfältig die Petroleumlampen, bevor sie die Werkstatt verließ. Das Schaf schickte ihr noch einen Gruß hinterher.

»Welches verflixte Schaf?«, murmelte sie verwirrt.

»Du meinst mein neues Pflegetier«, antwortete Jule von

der Stalltür her. Sie wirkte frisch und ausgeruht. Der Tag hatte noch keine Schmerzspuren in ihre Züge gegraben. Sie stützte sich auf nur eine Krücke, trug ihre neuen Reitstiefel und hielt sich sehr aufrecht. Wer ihre Geschichte nicht kannte, hätte in diesem Augenblick denken können, sie habe sich bloß den Knöchel verstaucht.

Claudias Herz zog sich zusammen. Schnell an etwas anderes denken. An Schafe, zum Beispiel.

»Ein Schaf als Pflegetier«, murmelte sie. »Das hat uns noch gefehlt. Wirklich? Bei den Hühnern und den Pferden?«

»Sage ich doch.«

»Und wie kommt es dahin?«

»Tür auf, Schaf rein, Tür zu.«

Claudia brauchte einen Moment, um zu erkennen, dass ihre Tochter einen Witz gemacht hatte.

Jule brach in schallendes Gelächter aus. »Mama, jetzt guckst du genau wie das Schaf.«

»Herzlichen Dank. Hat es auch schon einen Namen?«

Jule gluckste noch ein bisschen, dann setzte sie endlich zu einer Erklärung an. »Nee, nur eine Nummer. Endet auf null null. Johann hat es gestern Abend noch gebracht. Er kann sich nicht darum kümmern.«

Claudia verstand gar nichts mehr. Schafe gehörten in ihre Herde und dann ab auf den Elbdeich, wo sie vom Frühjahr bis zum Spätherbst als geländegängige Rasenmäher unterwegs waren. Einmal im Jahr durften sie dann ihre Lämmer zur Welt bringen. Auf dem Glockenhof hatten sie jedenfalls nichts zu suchen.

»Wie kommt unser Nachbar dazu, ein Tier bei uns abzuladen?«, fragte sie scharf.

»Keine Ahnung. Ich habe ja schon geschlafen. Elisabeth

hat mir beim Frühstück davon erzählt. Übrigens hat Johann das Sofa weggebracht. Weiß ich auch von Elisabeth. Er meinte, er stellt es bei sich unter, bis sich eine andere Lösung findet.«

Claudia knirschte mit den Zähnen. »Ein Schaf gegen ein echtes Biedermeiersofa. Toller Tausch. Und demnächst holt er dann auch noch unseren Winterapfelgarten zu sich rüber.«

»Ja klar«, meinte Jule. »Die Bäume ziehen ihre Wurzeln aus unserem Boden, hüpfen auf sein Land und graben sich dort wieder ein.«

»Das ist nicht lustig. Johann van Sieck hat es auf den Garten abgesehen, vielleicht sogar auf den ganzen Glockenhof. Wenn wir nicht aufpassen, sitzen wir bald auf der Straße.«

Auf einmal wurde Jule blass. »Das glaube ich nicht, Mama. Wahrscheinlich bist du einfach nur sauer auf ihn. Keine Ahnung, warum. Mag ja sein, dass er die Apfelbäume will, aber er würde mich … er würde uns niemals vertreiben. Warum auch? Er mag uns. Außerdem hast du einen gültigen Kaufvertrag. Er ist kein Feudalherr, und du bist nicht seine Leibeigene.«

Etwas an dem Wort Leibeigene ließ Claudia die Röte ins Gesicht schießen. Sie spürte es an der Hitze auf ihren Wangen. Ihre Phantasie zeigte ihr prompt Bilder von einem Herrn und seiner Dienerin, die ihm zu Willen sein musste, von Kleidung, die zerfetzt wurde, von heißen Küssen …

Sie riss sich zusammen und zwang sich, Johann aus ihren Gedanken zu verbannen.

»Komm und schau dir das Schaf an, Mama.«

»Vielleicht später. Ich muss dringend diese Cremes in den Kühlschrank stellen.«

Jule blickte auf die Tiegel in ihren Händen. »Du hast es wirklich getan.«

»Ja«, erwiderte Claudia. Sie wunderte sich über Jules Interesse, und sie freute sich darüber.

»War es schwierig?«

»Nein, die einzelnen Arbeitsschritte sind keine große Kunst. Aber ich kann noch nicht sagen, ob sie gut geworden ist. Wahrscheinlich muss ich noch viel an der Zusammensetzung der Zutaten experimentieren.«

»Ach, das schaffst du schon.«

Verwirrt drehte Claudia die Tiegel in den Händen. Etwas kam ihr merkwürdig vor, und es dauerte eine Weile, bis sie begriff, was es war. Dies war das erste Gespräch seit vielen Monaten, das sich nicht ausschließlich um Jules Unfall drehte. Sie schenkte ihrer Tochter ein breites Lächeln.

»Also gut, ich komm kurz mit in den Stall. Die Tiegel lasse ich so lange hier draußen. Es ist ja kalt genug, da wird sich die Creme nicht gleich wieder in ihre einzelnen Bestandteile auflösen.«

Jule drehte sich um und ging voraus. Vor Carinas Box blieb sie stehen.

Verwundert warf Claudia einen Blick hinein. Dort stand die Stute und leckte dem Schaf ausgiebig die dicke Wolle.

»Das ist wahre Liebe«, schwärmte Jule. »Keine Ahnung, wie Johann darauf gekommen ist. Aber er hat zu Elisabeth gesagt, das nervöse Pferd braucht endlich eine Freundin. Hat geklappt. Carina wirkt schon viel entspannter.«

»Sag mal, kann ich nicht richtig gucken, oder hat das Schaf wirklich nur drei Beine?«

»Eine Blutvergiftung. Es ist wahrscheinlich von einem Fuchs gebissen worden. Das Bein musste ihm amputiert werden.«

Claudia streifte ihre Tochter mit einem nachdenklichen Blick.

»Guck nicht so, Mama. Ich stelle keinerlei Verbindung zu mir selbst her. Es ist einfach nur ein verletztes Tier. Aber jetzt geht es ihm gut, siehst du?«

»Ja, schon. Hör mal, mit den Hühnern und dem Schaf ist es genug, ja? Wir sind keine Auffangstation für verunglückte oder misshandelte Tiere.«

»Ist klar, Mama.« Sie sah ihrer Mutter dabei nicht in die Augen, und Claudia ahnte, dass ihre Tochter den Glockenhof schon bald in eine Arche Noah verwandeln würde.

Und warum eigentlich nicht? Wenn es ihr nur gut dabei ging, wenn sie nur nie wieder ein grauer Mensch war. Sie legte ihr kurz einen Arm um die Schultern und drückte ihr einen Kuss auf die Wange. Zu ihrer Überraschung ließ Jule es geschehen.

Glücklich trat Claudia aus dem Stall, sammelte die Cremetiegel ein und machte sich auf den Weg zum Haus. Sie sah noch, wie ein junger Mann über die Weiden lief und auf den Glockenhof zuhielt.

Leo? Leo von Stelling? Was machte der denn hier? Und wieso kam er vom Nachbarhof rüber?

Er war noch ein Stück entfernt, und so beeilte sie sich, ins Haus zu kommen, um Sara Bescheid zu geben.

\*

Jule mühte sich gerade mit einem Heuballen ab, als sie hörte, wie jemand den Stall betrat. Wahrscheinlich Johann, der nach dem Neuzugang sehen wollte.

»Bis ich einen Namen finde, nenne ich sie einfach Schaf

oder Nullnull«, sagte sie über die Schulter und schnitt mit einem scharfen Teppichmesser das Band durch. Der Ballen fiel auseinander, jetzt musste sie das Heu nur noch in die Boxen schaffen.

»Wen?«, fragte eine junge Männerstimme zurück.

Sie wirbelte herum, hätte um ein Haar das Gleichgewicht verloren, konnte sich im letzten Moment an der Futterkiste festhalten. Ihre Krücke lag unerreichbar zwei Meter entfernt. Wenn Jule allein war, versuchte sie, ganz ohne Hilfsmittel auszukommen. Am frühen Morgen klappte es schon ganz gut, aber wenn der fortschreitende Tag die beißenden Schmerzen mitbrachte, wurde es zunehmend schwierig.

»Du!«, stieß sie aus.

»Ja, ich«, gab Leo zurück. Er lehnte sich lässig gegen die Stalltür und musterte sie aufmerksam. »Die Landluft bekommt dir. Du siehst viel besser aus.«

»Was geht dich das an?«, zischte Jule. »Was willst du überhaupt hier?«

»Ich besuche meine Mutter. Das wird ja wohl erlaubt sein«, kam es ruhig zurück.

Der Zorn nahm ihr fast den Atem. Dieser Junge sollte sich von ihr fernhalten! Warum kapierte er das nicht?

Junge? Wirklich? Er hatte den Blick auf die Pferdeboxen gerichtet und gab ihr so die Möglichkeit, ihn zu betrachten. Nein, korrigierte sie sich im Stillen. Leo war kein Junge mehr. Bei seinem ersten Besuch waren ihr bereits die Veränderungen an ihm aufgefallen. Jetzt sah sie es noch viel deutlicher. Er war ein Mann geworden. Ein großer, blonder Mann mit kantigem Gesicht und kräftigem Körper. Dazu die selbstbewusste Haltung, die entspannte Art.

Verwundert spürte Jule einem Gefühl nach, das sich

über ihre Wut legte. Plötzlich wünschte sie sich, zu ihm zu gehen und sich an ihn zu schmiegen. Rasch wandte sie sich ab.

»Ich muss weitermachen«, sagte sie über die Schulter. »Sara ist im Haus. Wieso bist du überhaupt zuerst in den Stall gekommen?«

Etwa um mich zu sehen?, fügte sie in Gedanken hinzu und erklärte sich selbst, dass sie darüber besonders wütend sein müsste. Denn Leo war als Partner natürlich indiskutabel. Erstens war er fünf Jahre jünger als sie, zweitens hatte er immer nur in ihrem Schatten gestanden, und drittens war eine Liebesbeziehung das Letzte, was Jule derzeit gebrauchen konnte.

Hm. Alles Bullshit, würde Ilka dazu sagen.

Während Leo sich mit seiner Antwort Zeit ließ, stieß Jule in Gedanken noch ein halbes Dutzend übler Flüche aus. Dann fragte sie sich entsetzt, ob sie bei ihrer ersten Begegnung vor zwei Wochen auch schon verbotene Gefühle für ihn empfunden hatte. War sie deshalb so heftig mit ihm aneinandergeraten? Wollte sie schon in seinen Armen liegen, als er ihr auf die Füße geholfen hatte? War längst alles entschieden in ihrem Herzen? Die Vorstellung erschreckte sie zutiefst.

»Ich wollte eigentlich gestern Nachmittag kommen«, erklärte Leo jetzt. Er fuhr sich durch den dichten blonden Haarschopf und schien zu überlegen, ob er Jule ins Vertrauen ziehen sollte. Endlich sprach er weiter. »Wollte halt mal sehen, wie es hier so läuft. Und ich dachte, ihr könnt ein paar zusätzliche Hände gebrauchen. Aber dann hat mich mein Vater aufgehalten.«

»Wieso?«, fragte Jule und vergaß für einen Moment ihr Gefühlschaos. Sie setzte sich auf die Futterkiste, lud Leo aber nicht ein, neben ihr Platz zu nehmen. Zu viel Nähe wäre jetzt gar nicht gut gewesen.

»Dem geht es schlecht. Seit Mama ganz hier draußen wohnt, ist er zu mir in die Villa gezogen. Scheint ihm aber nicht zu bekommen. Beim Mittagessen hat er fast eine ganze Flasche Wein getrunken, und dann brauchte er jemanden zum Reden.«

»Ist ja ein Ding«, sagte Jule überrascht. Sara hatte Christian von Stelling nur noch als gefühlskalten Mann bezeichnet. Das hier klang anders.

»Er ist nicht mehr derselbe, seit Mama fort ist. Bisher habe ich ihm noch nicht einmal erzählen können, dass ich daran denke, Jura zu studieren. Entweder in Hamburg oder in Berlin.«

Leo brach ab und ließ die Schultern hängen. »Unter anderen Umständen hätte Papa sich darüber gefreut, dass ich in seine Fußstapfen treten will. Aber so …«

»Rede mit ihm«, sagte Jule fest. »Es wird ihn glücklich machen.«

Und hoffentlich gehst du nach Berlin und bist dann wieder weit genug weg, damit ich nicht an dich denken muss, fügte sie in Gedanken hinzu.

»Ja, ich weiß. Aber Papa ist derzeit wirklich schlecht drauf. Und als er mitgekriegt hat, dass ich ins Alte Land wollte, bestand er darauf, mitzufahren.«

»Das hätte noch gefehlt! Sara geht es endlich so viel besser. Ein Besuch von ihrem Ex würde sie bestimmt wieder runterziehen.«

»Du sagst es. Mir blieb nichts anderes übrig, als zu warten, bis er ein paar Kognaks hinterhergekippt hatte und am frühen Abend endlich eingeschlafen war. So bin ich erst sehr spät angekommen und eurem Nachbarn in die Arme gelaufen. Der hat mich gleich zum Transport unseres alten Sofas abgestellt. Anschließend musste ich ihm helfen, ein dreibeiniges Schaf rüberzubringen. Als Lohn bekam ich ein Bett in einem geheizten Zimmer.«

Er ging zu Carinas Box und stieß leise Lockrufe aus.

»Da ist es ja. Scheint sich gut eingelebt zu haben. Und es heißt jetzt Nullnull?«

»Hm«, machte Jule. Sie sah, wie Carina den Hals streckte. Wenn Leo nicht aufpasste, wurde er noch gebissen.

»Ah, ich verstehe. Die letzten beiden Zahlen auf der Ohrmarke. Nicht sehr originell, aber treffend.« Er lächelte sie an. »Du hast schon als Kind jedes kranke Tier angeschleppt. Deine Mutter ist deshalb ein paarmal ziemlich ausgerastet. Ich kann mich an einen Vogel mit gebrochenem Flügel, ein lahmes Eichhörnchen und einen plattgefahrenen Igel erinnern.«

Jule musterte ihn verblüfft. Das wusste er noch? Und wann hatte sie aufgehört, sich um hilflose Tiere zu kümmern? Als sie immer erfolgreicher wurde und nur noch die Pferde wichtig waren? Es schien ihr plötzlich, als habe sie während ihrer Karriere nicht nur vieles gewonnen, sondern auch einiges verloren.

»Braves Mädchen.«

Es dauerte einen Moment, bis Jule merkte, dass er nicht sie meinte. Carina hatte sich genähert und ließ sich die Stirn kraulen.

»Sie ist ... eigentlich sehr schreckhaft.«

Leo grinste. »Schätze mal, das Schaf wirkt beruhigend auf sie.«

»Oder du.«

Er ging nicht darauf ein, sondern fragte: »Das ist die Stute, mit der du verunglückt bist?«

Sie schwieg.

»Möchtest du nicht darüber reden?«

»Nein.«

Sein Blick ruhte schwer auf ihr. »Früher warst du anders. Nicht so verschlossen. Und nicht so verbittert.«

»Da bin ich ja auch nicht rumgelaufen wie Dr. House«, schoss sie zurück.

Er hob die Hände. »So sorry. Ich steige mal aus dem Fettnäpfchen und mach mich auf die Suche nach Mama.«

»Tschüs«, murmelte sie. Dann stand sie auf, griff sich einen Arm voll Heu und brachte es zu Carina und dem Schaf. Auch Lotte bekam ihre Portion. Für die Hennen und den Hahn Alfons gab es Maiskörner. Die Arbeit half Jule, sich zu beruhigen.

»Auf Dauer könnt ihr hier nicht bleiben«, erklärte sie den gefiederten Gästen. »Ihr braucht einen vernünftigen Hühnerstall.«

Dann schaute sie zur Tür. Sie wünschte, Leo wäre nie aufgetaucht, sie wünschte, er kehrte zurück. Blöderweise kam ihr jetzt kein einziger deftiger Fluch über die Lippen. Wahrscheinlich war ihr Herz schon aufgeweicht, und sie benahm sich bald wie die liebeskranke Heldin in einem Kitschfilm.

Eine grauenhafte Vorstellung.

# 19. Kapitel

Als sie hörte, dass Leo herauskommen würde, schlich Sara schnell zur Seite und versteckte sich dann an der Rückwand des Stalls. Sie musste erst einmal über die Neuigkeit nachdenken, bevor sie ihrem Sohn begegnete. Es war nicht ihre Absicht gewesen, zu lauschen, aber dann hatte sie aus einigen Metern Entfernung Leos Stimme erkannt. Leo, der von Christian sprach. Ihr Mann litt unter der Trennung? Wirklich?

Exmann, korrigierte sie sich schnell im Stillen.

Christian trank Alkohol? Seit wann das denn? Wann hatte er je mehr als ein Glas Wein zum Essen zu sich genommen? Der überkorrekte Anwalt Christian von Stelling verlor niemals die Contenance.

Gedankenvoll drehte Sara eine rote Locke auf. Nach der gestrigen Nacht standen ihre Haare in alle Richtungen vom Kopf ab. Als hätte sie in eine Steckdose gefasst.

Sie musste sich dringend nach einem guten Friseur in der Gegend erkundigen. Und gleich auch nach einer Kosmetikerin. Durch die viele Arbeit im Freien hatte sich die Zahl ihrer Sommersprossen schätzungsweise verhundertfacht. Und die Nägel brauchten auch mal eine vernünftige Pflege. Wie stand es eigentlich um ihre Klamotten? Sie musste sich abgewöhnen, nur noch in Jeans, Pulli und wattierten Jacken rumzulaufen. Wenn mal Besuch kam ...

Oh, verdammt! Besuch? Wer wohl? Christian?

Sara zerrte an der Locke, bis der Schmerz auf ihrer Kopfhaut sie wieder zur Vernunft brachte.

Nein, sie wollte sich nicht mit ihrem Exmann versöhnen. Elisabeth hatte gut reden. Von wegen, sie wären doch beide frei und müssten es nur noch einmal miteinander versuchen. Elisabeth war in all diesen Jahren nicht dabei gewesen, wenn Sara bis spät in die Nacht auf Christian gewartet hatte, der kaum ein Wort für sie fand, wenn er heimkam, und nur müde zu Bett ging.

Ach, und wahrscheinlich hatte sie sich eben nur verhört. Christian litt nicht ihretwegen. Vielleicht hatte er einen wichtigen Fall verloren und sich deshalb betrunken. Ja, so musste es sein. War zwar auch nicht seine Art, aber es gab immer ein erstes Mal.

Sara straffte die Schultern und machte sich auf den Weg zum Wohnhaus. Sie war stolz auf sich selbst. Und nun wollte sie mit Leo sprechen. Er sollte ihr mal ganz genau von seinen neuen Studienplänen erzählen. Irgendwie würde sie das Thema schon unauffällig zur Sprache bringen. Und bei der Gelegenheit musste er ihr schwören, dass er niemals zum Workaholic mutieren würde. Ach, nein. Sara lächelte vor sich hin. Leo liebte das Leben viel zu sehr, um sich nur hinter seinen Büchern zu vergraben.

Sie traf Leo bei Elisabeth in der Küche an, was sie nicht weiter überraschte. Dieser Raum war innerhalb eines Tages zum lebendigen Mittelpunkt des Hofes geworden.

»Das nenne ich eine schöne Überraschung!«, rief sie aus und hoffte, ihre Stimme klang aufrichtig.

Leo stopfte sich gerade ein halbes Honigbrötchen in den Mund. Er kaute, schluckte und grinste dann seine Mutter an.

»Guten Morgen. Elisabeth hat mir das Leben gerettet.

Bei Johann drüben gab es nur trockenes Brot zum Frühstück.« Er trank einen Schluck Kaffee und fuhr fort: »Ich darf sie duzen, auch ohne Apfelkorn-Sause. Und ich weiß schon alles über dich.«

Sara erschrak. Ihr Sohn hatte jetzt aber nicht ihre Gedanken gelesen, oder? So weit konnte die Magie des Glockenhofes nicht gehen. Obwohl – hatte sie nicht erst gestern dasselbe gedacht, als Claudia ihr so unvermittelt die Beteiligung am Besitz anbot? Leos nächste Worte beruhigten sie.

»Du hast ein Baby zur Welt gebracht. Mit dem Popo zuerst.«

»Stimmt«, gab sie zurück. »War gar nicht so schlimm.«

»Trotzdem. Ich bin stolz auf dich, Mama.«

Sie setzte sich zu ihm und strich ihm durchs helle Haar, während sie überlegte, wie sie das Gespräch auf Christian lenken konnte.

»Ich sehe mal nach, ob noch mehr Butter da ist«, sagte Elisabeth und wandte sich zur Speisekammer. Sara hörte, wie der dorthin verbannte Kühlschrank geöffnet wurde.

»Wo ist eigentlich Claudia? Ich habe sie heute Morgen noch gar nicht gesehen.«

»Sie hat sich noch einmal hingelegt«, erwiderte Elisabeth. »Gestern Nacht hat sie nämlich ihre erste Creme hergestellt. Oh, hier stehen zwei Tiegel. Sieht so aus, als wäre sie erfolgreich gewesen.« Einen Moment herrschte Stille, dann kehrte Elisabeth mit einem Butterpäckchen in der Hand zurück. Ihr Gesicht glänzte, und auf der Nase entdeckte Sara einen hellen Fleck.

»Du hast die Creme gleich ausprobiert?«

»Natürlich. Schließlich habe ich Claudia dazu gedrängt.«

Saras Stirn legte sich in besorgte Falten. »Vielleicht hättest du erst nur einen Klecks auf den Arm schmieren sollen. Nur zur Sicherheit. Wir wissen ja nicht, was da so alles drin ist. Vielleicht bist du gegen was allergisch.«

»Ach, Unsinn«, gab Elisabeth zurück. Dann stellte sie die Butter auf den Tisch und ging zur Küchentür. »Ich lasse euch zwei jetzt mal allein. Ein Spaziergang wird mir guttun, und dabei kann die Creme so richtig schön einziehen. Wenn ich wiederkomme, bin ich um mindestens zehn Jahre verjüngt.«

»Oder sie hat dicke Pusteln im Gesicht«, orakelte Leo, als sie die Küche verlassen hatte. »Wer weiß, was Claudia da alles reingerührt hat.«

Sara verpasste ihm einen Klaps. »Ein bisschen mehr Vertrauen in deine Patentante, bitte.«

Sie nahm sich von dem Kaffee, bestrich ein halbes Brötchen mit Butter und Honig und biss hinein. Zwar hatte sie schon gefrühstückt, aber sie brauchte etwas, um ihre Hände zu beschäftigen. Und Hunger hatte sie eigentlich immer, seit sie auf dem Land lebte und jeden Tag körperlich arbeitete. Noch gab sie auch die Hoffnung nicht auf, sich ein paar Kurven zuzulegen. Bislang war sie aber so zierlich wie eh und je geblieben, wenn sich auch ihre Fitness deutlich verbessert hatte und sie sich kräftiger fühlte. Claudia hatte darüber schon die eine oder andere Bemerkung gemacht. Sie behauptete nämlich, selbst drei Kilo zugenommen zu haben. Sara fand, der Freundin stehe etwas mehr Gewicht sehr gut, aber sie würde sich hüten, eine Bemerkung darüber zu machen.

Leo unterbrach ihre Gedanken. »Du siehst klasse aus.«

»Ja, klar. Ungepflegt, Haare zu Berge, Fingernägel im Eimer.«

»Das meine ich nicht. Du wirkst so ... zufrieden.«

Sie schaute ihn an. »Ich fühle mich wohl hier auf dem Hof, und ich muss nicht mehr so viel an Christian denken.«

Letzteres war zwar eine Lüge, aber das brauchte Leo ja nicht zu wissen.

»Wie geht es denn zu Hause?«, hakte sie nach, froh, so einfach auf das Thema gekommen zu sein.

»Hast du nicht eben gesagt, du denkst nicht mehr so viel an Papa?«

»Ja, aber jetzt bist du hier, da kann ich mich doch mal nach allem erkundigen.«

Leo nickte. Dann schüttelte er den Kopf. Sah ein bisschen nach einer Yoga-Übung aus, fand Sara. »Spion spielen ist nicht so mein Ding.«

»Blödsinn. Wer verlangt das denn von dir? Hat dich Christian etwa darum gebeten, bei mir mal den James Bond zu geben?«

Erneut schüttelte Leo den Kopf, und wider alle Vernunft machte sich Enttäuschung in ihr breit.

»Aber er wollte gestern unbedingt mitkommen.«

»So?« Aus der Enttäuschung wurde unsinnige Freude, dann Panik. Auf keinen Fall durfte Christian sie in diesem Zustand antreffen. Erst nach einem ausgiebigen Besuch beim Friseur und im Kosmetiksalon. Innerlich tippte sich Sara gegen die Stirn. Vermutlich war ihr nicht mehr zu helfen.

»Wahrscheinlich, weil er so viel getrunken hatte«, fuhr ihr Sohn fort. »Papa ist gestern total melancholisch geworden. Das war schon ziemlich heftig. Ich glaube, ich habe ihn noch nie so erlebt.«

Alles klar, rief sich Sara selbst zur Ordnung. Dein Exmann war nur besoffen. Deshalb hat er ganz kurz Sehnsucht nach dir verspürt. Sie legte das Brötchen zurück auf den Teller. Ihr Magen fühlte sich jetzt an wie verknotet.

»Und du?«, fragte sie. »Was machst du so?«

Leo zögerte kurz, doch dann erzählte er ihr von seinen neuen Plänen. »Am liebsten würde ich in Berlin studieren.«

»Das klingt toll«, sagte Sara, als er geendet hatte.

Ihr Sohn sah sie lange an. »Okay. Aber ich bewerbe mich da nur um einen Studienplatz, wenn du mir versprichst, dass du dich um Papa kümmerst.«

»Dein Vater ist kein ungeborenes Baby, das verkehrt herum im Mutterbauch festhängt.«

»Mama, bitte. Er ist unglücklich.«

Der Knoten in ihrem Magen löste sich. »Aber bestimmt nicht wegen mir.«

»Doch. Er liebt dich. Ich weiß das.«

»Aha, und woher?«

»Ich weiß, wie sich ein unglücklich verliebter Mann fühlt.«

Sara legte ihm eine Hand auf den Arm. »Hast du ein Mädchen in Schottland?«

»Nein, dort nicht.« Sein Gesicht verschloss sich, und sie drang nicht weiter in ihn. Leo war erwachsen. Wenn er sich ihr anvertrauen wollte, dann würde es das tun. Außerdem gab es schon genug, worüber sie nachdenken musste.

»Dein Magen knurrt«, meinte Leo nach einer Weile.

Sie grinste. Das war ein gutes Zeichen.

Mutter und Sohn schafften es, noch ein halbes Dutzend Brötchen zu verputzen. Sara beschloss, zumindest an diesem Vormittag nicht zu arbeiten. Schließlich war Sonntag. Sie sah Leo so selten und wollte jede Minute in seiner Gesellschaft genießen. Außerdem war es in der Küche wunderbar warm und gemütlich. Und ruhig.

Bis Elisabeth von ihrem Spaziergang zurückkehrte. Sie redete mit jemandem, den Sara nicht sehen konnte, gleichzeitig setzte irgendwo im Haus ein lautes Hämmern ein.

»Ist bei uns ein Handwerker zugange?«, fragte sie verblüfft. »Die kommen doch erst morgen wieder.«

»Vielleicht hat Claudia auch einen Selbstversuch gestartet und muss sich ihr Erzeugnis jetzt mit Hammer und Meißel vom Gesicht klopfen«, unkte Leo.

Elisabeth stand noch im Türrahmen. Um den Hals hatte sie einen dicken Schal geschlungen, der ihr halbes Gesicht verdeckte. Die andere Hälfte lag unter einer Strickmütze verborgen. So kalt ist es doch gar nicht, wunderte sich Sara.

»Das ist Johann im Heizungskeller«, erklärte Elisabeth. »Er hat gestern versprochen, sich um die Anlage zu kümmern. Und du, junger Mann, liegst völlig falsch. Hammer und Meißel sind nicht nötig. Lieber klares Wasser und dann etwas zur Beruhigung der Haut.«

»Wenn Sie möchten, hole ich etwas Melkfett von meiner Mutter«, erklang hinter ihr eine jugendliche Stimme. Sara drehte sich um und entdeckte ein kräftiges Mädchen mit hellem Haar und Pausbacken. Es trug Schlabberlook und machte einen unsicheren Eindruck, blieb aber tapfer neben Elisabeth stehen. »Das hilft gegen alles. Papa schmiert sich das immer auf seine rauen Hände. Ich brauche nur fünf Minuten. Unser Hof liegt ja gleich neben dem von Johann.«

»Da wäre ich dir sehr dankbar, liebe Kerstin.«

»Sagen Sie einfach Kiki. Das tun alle.«

»Wie du möchtest. Bis gleich also. Und dann koche ich Kohlrouladen.«

»Hammergeil«, hörte Sara noch, bevor auch schon die Haustür ins Schloss fiel.

Kiki?, wollte sie fragen. Wo hast du denn das Mädchen aufgegabelt? Aber genau in diesem Moment zog sich Elisabeth den Schal vom Gesicht. Sara stieß einen Schrei aus, Leo neben ihr schnappte hörbar nach Luft. Vom Haaransatz bis hinunter zum Hals leuchtete Elisabeths Gesicht knallrot auf.

»O mein Gott«, stieß Sara aus. »Wie entsetzlich. Tut das weh?«

»Es brennt nur ein wenig«, erwiderte Elisabeth tapfer. »Vielleicht hätte ich mit der Creme nicht an die kalte Luft gehen sollen.« So schnell war sie nicht bereit, Claudias Fähigkeiten anzuzweifeln. »Ich fürchte nur, ich werde ein, zwei Tage länger hierbleiben müssen. So kann ich ja schlecht auf die Straße.«

»Du könntest als Ampel gehen«, schlug Leo vor. »Es fehlen nur die Gelb- und die Grünphase.«

Dafür fing er sich eine Kopfnuss von Sara ein. Dann sprang sie auf, führte Elisabeth zu einem Stuhl und drückte sie sanft nieder.

»Lehn dich zurück«, befahl sie. An der Spüle ließ sie kaltes Wasser über ein sauberes Geschirrtuch laufen, wrang es nur wenig aus, faltete es zusammen und wischte sanft die Creme ab. Ein weiteres nasses Tuch legte sie dann auf Elisabeths Gesicht.

Augenblicklich erklang ein wohliges Seufzen. »Das tut gut.«

»Jetzt ist sie kariert«, erklärte Leo. »Und Luft kriegt sie auch nicht so gut. Soll ich zwei Löcher auf Höhe der Nase reinschneiden?«

»Du sollst gar nichts«, wies Sara ihn scharf zurecht. »Am besten verschwindest du mal für ein Weilchen aus der Küche.«

»Okay. Ich gehe Claudia wecken und erzähle ihr, dass eine arme Frau für ihr Leben entstellt ist.«

»Raus!«

Unter dem Tuch stöhnte Elisabeth laut auf.

»Hör nicht auf ihn«, sagte Sara. »Das ist nur eine Hautirritation. Ich habe oft genug Babypopos von derselben Farbe gesehen. Wenn das Melkfett nicht hilft, besorge ich dir Zinksalbe. Ich werde gleich mal googeln, welche Apotheke in Buxtehude heute offen ist.«

»Danke«, kam es leise zurück. »Es ist mir wirklich höchst unangenehm. Ich möchte niemandem Ärger machen.«

»Das ist doch nicht deine Schuld. Claudia hätte die Tiegel mit Aufklebern versehen sollen, auf denen steht, dass die Cremes noch nicht benutzt werden dürfen.«

»Ja«, meinte Elisabeth. »Diese Bilder mit einem Totenkopf und zwei gekreuzten Knochen?«

Sara lachte. »Wer noch Spaß machen kann, dem geht's nicht so schlecht.«

Sie hielt ein weiteres Geschirrtuch unter den kalten Wasserstrahl und tauschte es gegen das vorige aus. An Elisabeths Gesichtsfarbe hatte sich nichts Wesentliches verändert. Aber ihre Züge wirkten ein wenig entspannter.

»Wenn mein Hans-Georg mich so sehen könnte, würde er sich vor Freude die knochigen Hände reiben«, erklärte sie. »Der kann es gar nicht abwarten, dass ich ihm ins Grab folge.«

Sara fand, jetzt wurde sie auf einmal merkwürdig. Höchste Zeit, dass jemand kam.

»Kiki ist ein einsames Kind«, sagte Elisabeth nach einem Moment der Stille und klang zum Glück wieder ganz normal.

»Ach ja?«

»Hm. Fünfzehn Jahre alt und keine Freunde.«

»Sehr ungewöhnlich.«

Das fremde Mädchen interessierte Sara nicht sonderlich, aber wenn es Elisabeth von weiteren Bemerkungen über ihren verstorbenen Mann abhielt, sollte es ihr recht sein.

»Ja, sie hat so gar kein Selbstbewusstsein, weil sie ein bisschen zu dick ist. Ich finde, wir sollten uns um sie kümmern.«

Klar, dachte Sara. Wir haben ja auch sonst nichts an den Hacken. Sofort schämte sie sich. Elisabeth war ein ganz besonderer Mensch, und das spürte offenbar auch ein Mädchen wie diese Kiki.

»Wo hast du sie denn getroffen?«

»Am Weidezaun. Sie hat mich gefragt, ob ich wüsste, wo Johanns Stute ist. Anscheinend hatte sie sich mit Lotte angefreundet. Na, und dann kam eins zum anderen, und ich habe sie zum Mittagessen eingeladen. Ihre Eltern arbeiten beide in Stade und führen den kleinen Hof nur in ihrer Freizeit. Und selbst heute, an einem Sonntag, sind sie nicht da. Sie verkaufen ihre Produkte auf einem Markt in Hamburg. Ich finde, das Kind sollte nicht so viel allein sein. Und es braucht vernünftige Mahlzeiten.«

»Ja«, sagte Sara schlicht. Ihr kam ein Gedanke, der sie schmunzeln ließ. Jule sammelte Tiere, die ihre Hilfe brauchten, Elisabeth war auf dem besten Weg, bedürftige Menschen zu sammeln.

Zehn Minuten später füllte sich die Küche erneut. Kiki kehrte mit einem Topf voller Melkfett zurück, gleichzeitig erschien Johann.

»Vorerst läuft sie wieder«, erklärte er. »Sicherheitshalber

werde ich morgen noch ein paar Ersatzteile besorgen und einbauen.«

»Wunderbar, ganz wunderbar«, sagte Elisabeth unter ihrem Tuch. »Ich weiß gar nicht, wie ich dir danken soll.«

Er runzelte die Stirn bei ihrem verhüllten Anblick, sagte aber nichts dazu.

»Die eine oder andere Einladung zum Essen würde schon genügen.«

»Heute gibt es Kohlrouladen«, erklärte Kiki.

»Was machst du denn hier?«

»Ich habe die Lotte gesucht, Herr van Sieck. Und jetzt darf ich mitessen.«

»Aha.« Er schien eine Bemerkung über ihre füllige Figur machen zu wollen, ließ es aber bleiben und begnügte sich mit einem strengen Blick, den nur Sara bemerkte.

Ihr war schon aufgefallen, dass Kiki einiges an Übergewicht mit sich herumschleppte. Schätzungsweise gute zehn Kilo. Nun, das ging sie nichts an. Sie nahm Elisabeth das Tuch ab.

Johann stieß einen Pfiff aus. »Sieht verdammt übel aus.«

»Wie wär's mit etwas Taktgefühl?«, fragte Sara.

Er schien sie gar nicht zu hören. »Das dauert dann wohl noch mit den Kohlrouladen«, stellte er fest, setzte sich an den Tisch und schnappte sich das letzte Brötchen.

Während Sara nun das Melkfett großzügig auf Elisabeths Stirn, Wangen, Nase und Kinn verteilte, trafen nacheinander auch Claudia, Leo und Jule in der Bauernküche ein.

»O Gott, die Zitronenessenz!«, rief Claudia aus, als sie vom Selbstversuch der alten Dame erfuhr und ihr ins Gesicht sah, das nun unter einer dichten Fettschicht nur noch rosafarben war. »Ich glaube, davon habe ich zu viel reingetan.«

»Definitiv«, erklärte Leo.

»Gemeingefährlich«, murmelte Johann.

Jule wollte wissen, was passiert war, und wurde von Kiki aufgeklärt.

»Wer bist du denn?«

»Kiki Carstens. Ich wohne zwei Höfe weiter und wollte bloß Lotte besuchen.«

»Okay«, entgegnete Jule.

Sara bemerkte, wie sie einem Blickkontakt mit Leo auswich. Offenbar war sie ihrem Sohn immer noch böse. Oder? Fast schien es, als ... Nein, ausgeschlossen. Bevor Sara weiter darüber nachdenken konnte, packte Jule das Mädchen Kiki am Arm. »Du willst die Lotte sehen? Na, dann komm mal mit. Vielleicht lass ich dich sogar auf ihr reiten.«

Kikis Gesicht strahlte vor Begeisterung. »Echt? Hammergeil. Aber die Kohlrouladen?«

»Die laufen schon nicht weg. Und du siehst auch nicht besonders verhungert aus.«

Kiki wurde fast so rot wie vorhin Elisabeth, aber dann folgte sie Jule ohne zu murren nach draußen. Johann lachte, Sara wunderte sich. Diese rabiate Art musste sich Jule von ihm abgeschaut haben.

»Der Deern schadet das nicht«, sagte Johann prompt. »Die Eltern haben ständig ein schlechtes Gewissen, weil sie den ganzen Tag außer Haus sind. Kiki haben sie schon von klein auf mit Süßigkeiten getröstet. Jemand wie Jule tut ihr mal ganz gut.«

Sara sah zu Claudia und erwartete, die Freundin werde ihn scharf zurechtweisen. Sie selbst fand zwar, so unrecht habe Johann nicht, aber Claudia verpasste nie eine Gelegenheit, sich mit ihm anzulegen. Seltsam. Sie schwieg nur und schaute ihn nachdenklich an. In ihren Augen lag ein Ausdruck, den Sara ganz ähnlich gerade eben bei Jule entdeckt hatte. Zärtlichkeit? Begehren?

Hä? Sara kniff sich selbst kräftig in die Wangen. Entweder war sie nachträglich noch einmal angetrunken, oder auf dem Glockenhof brach an diesem Wochenende das Fieber der Liebe aus.

Claudia wurde jetzt allerdings ein wenig blass um die Nase, vielleicht, weil Johann ihren Blick nicht erwiderte und stattdessen Leo anbot, ihm seine Apfelplantage zu zeigen.

»Ich ... ich bin in der Werkstatt, falls mich jemand sucht«, sagte sie schnell und verschwand.

»Ja!«, rief Elisabeth ihr nach. »Üb schön fleißig. Ich probier's auch wieder aus. Vielleicht auf dem Oberarm.«

Eine Antwort gab Claudia nicht mehr.

Auch Johann und Leo verließen die Küche.

Elisabeth stieß ein Seufzen aus. »Ziemlich viel Trubel heute.«

Sara nickte. »Soll ich dir beim Kochen helfen?«

»Gern. In der Speisekammer liegt ein großer Weißkohl. Die Blätter müssen vorsichtig entfernt und blanchiert werden. Ich kümmere mich um die Füllung.«

»Geht es denn mit deinem Gesicht?«

»Sicher. Ich merke kaum noch etwas. Das Fett muss ich aber abtupfen, sonst tropft es ins Essen.«

Sara half ihr dabei, dann arbeiteten die beiden Frauen still nebeneinander, bis Elisabeth plötzlich sagte: »Der Johann ist auch einsam.«

»Kein Wunder. Ein Typ wie der findet nicht so leicht Freunde.«

»Seine Frau hat ihn verlassen«, erwiderte Elisabeth leise. »Vor drei Jahren. Und sie hat seine beiden Töchter mitgenommen, damals fünfzehn und siebzehn Jahre alt.«

»Oh«, stieß Sara aus. »Das ist heftig. Und er hat's dir erzählt?«

»Hm. Als ich ihm vorhin einen Kaffee in den Heizungskeller gebracht habe.«

Sara wunderte es nicht. Elisabeth war ein Mensch, dem man sich leicht anvertraute, das hatte sie ja selbst schon erfahren.

»Hat er dir auch verraten, warum sie gegangen ist?«

»Nein, aber ich glaube, sie ist eine ziemlich fröhliche Person. Und das Leben an der Seite eines schwermütigen Mannes ist nicht leicht.«

»Schwermütig? Johann? Ich finde ihn eher verschlossen und feindselig.« Sie dachte an den gestrigen Abend und fügte hinzu: »Meistens jedenfalls.«

»Das kommt bei diesem Typ Mann auf dasselbe raus«, erklärte Elisabeth.

Sara begriff, dass sie selbst keine sonderlich gute Menschenkenntnis besaß.

»Ich glaube«, fuhr Elisabeth fort, »Johann hat einmal etwas sehr Schlimmes erlebt, und das verfolgt ihn bis heute.«

Sara erinnerte sich daran, dass Jule erst vor kurzem etwas Ähnliches gesagt hatte.

»Verdammt!«, rief sie.

»Was ist denn los?«

»Claudia ist auf dem besten Weg, sich in Johann zu verlieben. Das darf nicht sein. Sie soll nicht schon wieder traurig werden.«

»Ach, Kindchen«, sagte Elisabeth mit Düsternis in der Stimme. »Wenn wir unsere Freunde vor Herzensleid bewahren könnten, dann wäre die Welt ein glücklicherer Ort.«

Sara fiel auf, dass Elisabeth keinerlei Überraschung zeigte. Also hatte sie schon längst bemerkt, dass sich da etwas anbahnte zwischen Claudia und Johann. Ihr entging einfach nichts.

Schon lag Sara die Frage auf der Zunge, was sie von Jule und Leo hielt, aber dann schwieg sie lieber. Sie musste erst mal selbst die vielen neuen Eindrücke in ihrem Kopf sortieren.

## 20. Kapitel

Vier Wochen später sah es auf dem Glockenhof endlich nicht mehr aus wie auf einer Baustelle. Das Gerüst war verschwunden, die Backsteine strahlten in frischem Rot, das Fachwerk war ausgebessert und weiß gestrichen worden. Einzig das Dach wirkte nach wie vor wie ein Flickwerk, und leicht eingesunken war es auch noch. Maurer, Zimmermänner und Dachdecker hatten Claudia übereinstimmend mitgeteilt, da könne man nichts machen. Außer abreißen und ein neues Dach auf das Haus setzen.

Sie hatte Heinz Wagner und seine Männer schwören lassen, der Dachstuhl sei stabil und es bestünde keinerlei Gefahr für die Bewohner. Optisch sei er zwar keine Zierde, hatten sie festgestellt, ungefähr wie ein alter Ackergaul mit Senkrücken, aber von der Statik her gäbe es kein Problem.

Der Vergleich hatte sie irritiert, aber schließlich war sie sich mit Sara einig gewesen: Das Dach blieb, wie es war. Die Alternative wäre knapp vier Wochen vor Weihnachten unerträglich gewesen. Alle Bewohner hätten auf unbestimmte Zeit wieder ausziehen müssen. Von den zusätzlichen Kosten gar nicht zu reden.

Claudia stand an diesem späten Nachmittag am letzten Sonnabend im November draußen und ließ ihren Blick über das alte Bauernhaus gleiten. Sie fror trotz Daunenjacke, Schal und Mütze. Das Wetter hatte umgeschlagen, die Sonne lugte nur noch selten hinter grauen Wolkenbergen hervor. Ganz so, als habe sie sich lange genug angestrengt, während der Renovierungsarbeiten für trockene Tage zu sorgen. Inzwischen war es dunkel geworden. Claudia zog den Schal enger ums Gesicht. Sie liebte ihr Leben auf dem Hof, und sie genoss die Gesellschaft der anderen. Nur manchmal ging sie hinaus, um für sich zu sein. Nicht in die Werkstatt, dort war sie nur auf ihre Arbeit konzentriert, sondern hierher zu dem kleinen Stück Brachland zwischen ihrem und Johanns Hof. Dann sog sie den harzigen Duft der Tannen ein, betrachtete das Haus und war glücklich. Natürlich gab es noch immer schrecklich viel zu tun. Die Türen im Obergeschoss mussten abgeschliffen und neu lackiert werden, an zwei Wänden hatten sie Spuren von Schimmel entdeckt, und die Heizungsanlage benahm sich wie eine launische Diva. Johann tat, was er konnte, aber es gab nach wie vor Tage, an denen Claudia, Sara, Jule und Elisabeth in einem Tiefkühlschrank aufwachten.

Der Gedanke an Elisabeth ließ Claudia lächeln. Wie glücklich es sie machte, dass ihre neue Freundin noch immer da war! Manchmal sprach sie zwar von ihrer Weltreise, die sie demnächst nun wirklich antreten wollte, aber am nächsten Morgen stand sie doch wieder in der Küche und heizte mit einem trockenen Buchenscheit den Herd an. Ohne sie gäbe es keine regelmäßigen selbstgekochten Mahlzeiten, ohne sie wäre der Glockenhof nie so schnell ein echtes Heim geworden. Elisabeth war ihr Fels in der Brandung. Sie hörte zu, gab kluge Ratschläge, schlichtete Streit, sorgte schnell für Frieden. Sie kümmerte sich einfach um jeden, der sie brauchte.

Von Zeit zu Zeit unternahm Elisabeth auch Ausflüge und schwärmte bei ihrer Rückkehr dann vom alten Borsteler Hafen, wo ein historischer Segler, die schöne »Annemarie«, vor Anker lag. Oder sie erzählte begeistert vom Gräfenhof in Jork mit seiner besonderen zweigeschossigen Fachwerkbauweise. Der sei noch schöner als Johanns Hof, behauptete sie. Ach, und die St.-Martini-et-Nicolai-Kirche von Steinkirchen mit ihrer wundervollen Orgel – die musste man einfach gesehen haben.

Claudia, Sara und Jule nickten immer brav und versprachen, bei nächster Gelegenheit mal mitzufahren. Nur blieb nie auch nur eine Stunde für einen Ausflug übrig. Claudia verbrachte die Vormittage in ihrer Werkstatt, wo sie an immer neuen Zusammenstellungen für ihre Cremes tüftelte, nachmittags schuftete sie im Haus, tapezierte ein Zimmer oder schrubbte die Kacheln im oberen Bad, bis sie wieder glänzten. Sara übernahm weiterhin Arbeiten im Hof, aber sie war auch viel unterwegs, begleitete eine erfahrene Hebamme in Stade auf ihren Runden und betreute bereits selbständig drei hochschwangere Frauen in der Nachbarschaft. Außerdem kümmerte sie sich um Lea Kaltenberg und ihr Neugeborenes.

»Ist ein fruchtbares Fleckchen Erde hier«, hatte sie erst gestern erzählt. »Und die Leute schauen nicht so viel fern. Da haben sie Zeit für anderes.«

Die Feindseligkeiten der einheimischen Frauen hatten sich inzwischen vollständig gelegt, was natürlich in erster Linie daran lag, dass Sara keinen Mann mehr länger als nötig anschaute. Claudia war trotzdem überrascht gewesen, als sie mitbekam, dass Sara schon voll beschäftigt war. Die Freundin hatte ihr erklärt, ihre ältere Kollegin schaffe die Arbeit allein nicht annähernd, und so müsse sie eben schnell in ihren früheren Job hineinwachsen. In Hamburg hätte sie sich ein halbes Jahr oder mehr Zeit gelassen, um sich wieder zurechtzufinden. Hier auf dem Land war das undenkbar. Wenigstens, so hatte Sara mit einem Seufzen hinzugefügt, könne sie die erfahrene Hebamme jederzeit anrufen und um Hilfe bitten, wenn sie nicht weiterwusste. Das gebe ihr Sicherheit.

Nicht immer wurde sie für ihre Arbeit angemessen bezahlt, aber zwei Kleinbauern hatten ihr schon im Gegenzug für die Betreuung ihrer Frauen ihre Arbeitskraft angeboten. Ein ausgezeichnetes Arrangement, fand auch Claudia. Denn einer der beiden werdenden Väter hatte ihnen gestern die Bodendielen in der guten Stube abgeschliffen und frisch lackiert. Jetzt stank es zwar im ganzen Haus nach Lösungsmittel, aber ein weiterer wichtiger Punkt auf ihrer To-do-Liste war abgehakt.

Jule hatte ebenso wenig Zeit für Autofahrten in die Umgebung. Sie gab nicht nur Kiki, sondern noch zwei weiteren Mädchen aus dem Dorf Reitunterricht. Die Friesenstute Lotte war wie erwartet ein braves Pferd, das sich nie aus der Ruhe bringen ließ. Selbst wenn mal eins der Mädchen beim Traben den Halt verlor und an ihrer Seite hinunterrutschte, brach sie nicht in Panik aus. Claudia war an diesem Morgen Zeugin geworden, wie Lotte einfach stehen blieb, bis Jule herankam und dem Mädchen wieder in den Sattel half. Dabei hatte Jule herzlich gelacht, und dies, so fand Claudia, war das schönste Geräusch, das sie kannte.

Ja, so waren sie alle von früh bis spät beschäftigt, und im Stillen dankte wohl jede von ihnen dem lieben Gott oder dem glücklichen Schicksal dafür, dass Elisabeth nicht weiter weg fuhr. Claudia fand es rührend, wie Elisabeth sich auch um die Nachbarstochter kümmerte. Kiki sah inzwischen in ihr eine zweite Oma und Mama in einer Person. War sie nicht in der Schule oder im Stall, so hielt sie sich in der Küche auf, deckte den Tisch, schnitt Gemüse klein oder saß einfach nur ruhig auf der Eckbank und erzählte ihren Kummer. Dem Mädchen tat die Aufmerksamkeit gut. Und trotz des guten Essens wirkte es ein wenig dünner.

Ein Windstoß zerrte an ihrer Mütze, und Claudia erschauerte. Die Temperatur schien weiter zu sinken. Vielleicht gab es Schnee, oder eher Regen, kalt und unangenehm wie ein Blick aus Johanns Augen. Sara hatte ihr von seiner gescheiterten Ehe erzählt. Tja, hatte sie gedacht. Pech, Johann. Aber dann war ihr durch den Kopf gegangen, wie schlimm es für sie selbst gewesen wäre, wenn man ihr vor Jahren ihre Tochter weggenommen hätte, und sie hatte mit ihm gefühlt. Sie war ein paar Tage lang sogar besonders freundlich gewesen, bis ihr guter Wille an seiner feindseligen Haltung wieder abgeprallt war. Und dieser Mann hatte sie geküsst! Der Kuss war zu einer vagen Erinnerung geworden, fast wie ein Traum, der niemals real gewesen war. Nur manchmal, an der Schwelle zum Schlaf, glaubte sie noch immer, seinen Mund auf ihren Lippen zu spüren.

Claudia beeilte sich, wieder ins Haus zu kommen. Zu viele Gedanken über Johann taten ihr nicht gut. Lieber in der warmen Küche sitzen, vielleicht an der Zusammensetzung für eine neue Creme tüfteln und einen heißen Tee trinken. Während sie in der Diele Jacke, Schal und Mütze ablegte, musste sie grinsen. Seit dem Versehen mit der Zitronenessenz hatte niemand mehr versucht, sich etwas von ihren Erzeugnissen auf die Haut zu schmieren. Also probierte Claudia die Cremes an sich selbst aus. Bisher zum Glück ohne nennenswerte Rötungen.

Sie trat in die Küche, stellte sich an den Herd und rieb die kalten Hände aneinander.

»Scheußliches Wetter«, sagte Elisabeth. »Möchtest du einen Tee, Claudia? Oder lieber einen Grog?«

»Tee, vielen Dank«, gab sie zurück.

»Wie geht es Johann?«, erkundigte sich Elisabeth.

Plötzlich erschöpft, ließ Claudia sich auf die Eckbank fallen. »Woher soll ich das wissen?«

»Nun, er ist dein Nachbar. Du könntest dich ein wenig um ihn kümmern.«

»Warum sollte ich? Er mag mich nicht, und er ist ein Mistkerl.«

»Ist er nicht. Er hat ein gutes Herz.«

»Woher willst du das wissen?«

»So etwas spüre ich.« Elisabeth stellte einen Becher mit Tee und Kandiszucker auf den Tisch. »Johann ist nicht schlecht. Er ist ein verlorener Mensch.«

Claudia schwieg resigniert. Gegen Elisabeth kam sie einfach nicht an. Theoretisch war sie ja nur ein Gast auf dem Glockenhof, praktisch jedoch hatte sie das Sagen. Jetzt setzte sie sich mit einem zweiten Becher zu ihr.

Eine Weile schwiegen die beiden Frauen. Claudia trank von ihrem Tee. Sie fühlte eine wohlige Wärme in sich aufsteigen und war ganz zufrieden damit, sich wenigstens für ein paar Minuten über nichts und niemanden Gedanken machen zu müssen.

Schon gar nicht über Johann van Sieck.

Dann merkte sie, dass Elisabeth sie aufmerksam beobachtete.

»Was ist denn?«

»Nun, ich sollte dir vielleicht etwas zeigen, aber ich weiß nicht, ob das eine gute Idee ist.«

»Wenn es eine neue Rechnung ist, dann verbrenn sie lieber im Herd. Wir sind derzeit nicht besonders flüssig.«

Tatsächlich stand es schlecht um ihre Finanzen. Saras Beitrag hatte gereicht, um die meisten Handwerker auszuzahlen. Aber in der vergangenen Woche hatten sie fünf Tage lang einen Elektriker beschäftigt. Endlich gab es wieder zuverlässig Strom, doch Claudia fürchtete sich vor der Rechnung. Zudem überstiegen die laufenden Kosten für den Hof die Summe, die sie ursprünglich dafür veranschlagt hatte.

Es war zum Verrücktwerden! Und nebenan lauerte Johann nur darauf, dass sie endlich pleite war und keine andere Wahl mehr hatte, als ihm den Winterapfelgarten zu verkaufen.

»Es ist keine Rechnung«, sagte Elisabeth.

»Immerhin.«

»Wenn du dir Sorgen um Geld machst, Claudia: Ich könnte dir helfen.«

Eine Rentnerin, die mit einem schrottreifen Käfer unterwegs war, wollte ihr finanziell unter die Arme greifen?

»So weit kommt es noch, dass ich dir deine paar Ersparnisse wegnehme«, entgegnete sie.

Elisabeth hob die Brauen. »Du glaubst, ich sei arm?«

»Bist du es nicht?«

Auf einmal kamen ihr Zweifel. Wenn sie es recht bedachte, besaß ihre neue Freundin erstaunlich feine Kleidung für eine mittellose ältere Frau. Zwar hatte sie sich inzwischen mit praktischen Jeans und Pullis eingedeckt, wie sie alle Bewohner des Glockenhofes trugen, aber Claudia erinnerte sich noch gut an den Hosenanzug von Jil Sander, den sie am Tag ihrer Ankunft getragen hatte. Und manchmal warf sie sich abends in Schale. Ihre Sachen mochten nicht der neuesten Mode entsprechen, waren jedoch durchweg von bester Qualität. Aber Elisabeth war eben eine Frau, die selten von sich selbst erzählte. Sie stand nicht gern im Mittelpunkt. Zwar hatte sie wohl Sara ihre Geschichte erzählt, aber die Freundin schwieg sich darüber aus. Und sonst? Ja, dass sie Witwe war, das wusste Claudia. Und dass sie lange Jahre ihren Mann gepflegt hatte. Aber kaum mehr. So war Claudia auf einiges gefasst.

»Sag nicht, du bist reich.«

Ein feines Lächeln umspielte Elisabeths Lippen. »Reich wäre übertrieben. Mein Mann hat sich vor einigen Jahren an der Börse verspekuliert. Außerdem erwirtschaftet seine Möbelfabrik keinen Gewinn mehr und wird Konkurs anmelden müssen. Seit der Chef fehlte, ging es bergab. Jetzt ist wohl nichts mehr zu machen. Aber ich komme gut zurecht, schließlich habe ich auch nach meiner Heirat noch viele Jahre in seinem Sekretariat gearbeitet. Ich habe also meine eigene Rente und könnte durchaus etwas erübrigen.«

Claudia musste die Neuigkeit erst mal verdauen.

»So oder so«, erklärte sie dann mit fester Stimme. »Von dir nehme ich kein Geld. Du tust schon so viel für uns. Und wer weiß, vielleicht willst du eines Tages doch noch verreisen.«

»Ja, wer weiß«, murmelte Elisabeth versonnen.

Claudia erschrak. Bitte nicht, flehte sie im Stillen. Bitte bleib. Und meinetwegen kannst du auch noch mehr Kikis und andere Menschen, die dich brauchen, einsammeln.

Ihre nächsten Worte sprach Elisabeth langsam und mit Bedacht aus. »Wie gesagt, ich sollte dir etwas zeigen. Aber es ist ...« Sie stockte, fuhr dann endlich fort: »Möglicherweise unangenehm.«

»Gib schon her. So leicht haut mich nichts um.«

Die Ältere zögerte noch; schließlich stand sie auf, ging

zum Vitrinenschrank und fischte eine Lokalzeitung aus einer Schublade. Sie setzte sich wieder, blätterte zu einer bestimmten Seite und legte sie neben die Teetassen auf den Tisch.

»Sara hat das gefunden.« Elisabeth zeigte auf eine Anzeige, die ein Viertel der Seite einnahm. »Sie meinte, jemand müsse es dir geben, aber sie selbst traue sich nicht.«

»Seit wann hat Sara Angst vor mir?«

Claudia zog die Zeitung zu sich heran und las den Text. Dann schaute sie auf. »Ein Hamburger Geschäftsmann will einen Apfelgarten mit alten Sorten kaufen?«

»Hm«, machte Elisabeth. »Scheint ein Liebhaber zu sein. Oder er will einen besonderen Apfelwein herstellen. Wir wissen es nicht genau.«

»Aber wieso wollte Sara mir das nicht selbst zeigen? Ich ... o nein!« Sie schlug mit der Faust auf den Tisch. »Das ist es! Das steckt dahinter! Johann van Sieck, dieser Mistkerl! Wahrscheinlich hat er dem Mann unseren Apfelgarten versprochen! Sollte wohl ein gutes Geschäft werden. Und nun, da sich die Sache hinzieht, versucht dieser Hamburger selbst sein Glück.«

»Bist du sehr wütend?«, fragte Elisabeth.

»Ja.« Sie zwang sich, ruhig zu sprechen.

»Urteile nicht zu hart.«

»Leicht gesagt.«

Elisabeth stand auf, ging in die Speisekammer und kam mit einer Flasche Rum zurück. »Ein kleiner Schluck in den Tee kann nicht schaden.«

Claudia trank gehorsam. Sie dachte, sie wolle schreien, aber es kam kein Ton aus ihrem Mund. Sie glaubte, sie müsse Johann van Sieck hassen, aber sie spürte etwas ganz anderes. Sie dachte an Johann an einem trüben Herbsttag im Apfelgarten. Die beißende Kälte, der scharfe Wind, der schlechtgelaunte Mann, der sie einfach stehen ließ, als sie ihm zum x-ten Mal erklärte, sie werde nicht an ihn verkaufen.

Und nun? Sie fühlte sich verraten.

## 21. Kapitel

»Was ist passiert?«, fragte Jule. Claudia und Elisabeth zuckten zusammen. Keine hatte gehört, wie sie hereingekommen war. Immer öfter verzichtete Jule jetzt ganz auf ihre Krücke, und ihr Schritt war leichter geworden. Dicht an ihrer Seite stand ein schwarzweißer Hund mit seltsam matten Augen.

»Sitz, Django!« Folgsam ließ er sich auf seine Hinterläufe sinken.

»Wer ist das?«, erkundigte sich Claudia ahnungsvoll.

»Ein Hütehund. Genauer gesagt ein Border Collie. Hab ich von dem Schäfer, der auch das Schaf gebracht hat.«

»Lass mich raten. Weil er blind ist?«

»Ganz genau. Wahrscheinlich grauer Star. Hat der Schäfer nicht behandeln lassen, weil der süße Kerl hier sowieso ein Methusalem ist und für die Arbeit nicht mehr viel taugt.«

Elisabeth kicherte. »Nach einem gefährlichen Django sieht er ja nicht unbedingt aus. Vor dem habe nicht mal ich Angst.«

Wie zum Beweis holte sie ein Stück Wurst aus der Speisekammer und hielt es dem Hund auf der flachen Hand unter die Nase. Er nahm es vorsichtig.

Jule schenkte ihr ein dankbares Lächeln. »Außer mir kann sich niemand um ihn kümmern. Du hast doch nichts dagegen, Mama?«

»Wie könnte ich«, erwiderte Claudia seufzend.

Django spürte, dass er willkommen war, und rieb seinen Kopf an Jules Bein. Es war das rechte, das verletzte Bein, aber sie zuckte kaum zusammen.

Von mir aus noch weitere hundert Tiere, dachte Claudia, wenn ich dafür erleben darf, dass meine Tochter so unglaubliche Fortschritte macht.

Elisabeth brachte zwei Kartoffelsäcke und legte sie in die Ecke neben dem Vitrinenschrank. Sie nahm Django am Halsband und führte ihn zu seinem Lager. »Hier, mein Lieber. Da tritt dich niemand, und du hast es schön warm. Morgen durchsuche ich die Schränke im Haus nach einer alten Wolldecke für dich. Aber im Augenblick müssen die Säcke reichen.«

In der nächsten Sekunde hatte sich der Hund eingerollt und schlief.

»Danke«, sagte Jule. »Und jetzt zu euch. Was war denn hier eben los?« Sie warf einen Blick auf die Zeitung. »Interessant. Du meinst, deshalb will Johann unbedingt den Apfelgarten?«

»Das ist doch wohl klar.«

»Na, ich finde nicht, dass du ihm das vorwerfen kannst. Geschäft ist eben Geschäft. Und er war zuerst da.«

Claudia musste hart schlucken. Geschäft, klar. Aber das Gefühl, verraten worden zu sein, wollte nicht weichen.

Elisabeth griff über den Tisch nach ihrer Hand und drückte sie fest. Sie versteht mich, dachte Claudia. Sie spürt, was wirklich in mir vorgeht. Wahrscheinlich hat sie schon lange vor mir begriffen, dass diesem Bauern meine Liebe gehört.

Jule hakte das Thema ab. »Die Sache ist ja sowieso gelaufen. Gibt es noch Tee, Elisabeth? Ich bin voll durchgefroren. Wir müssen unbedingt eine Reithalle bauen. Wenn es noch kälter wird, frieren meine Schülerinnen am Sattel fest.«

Elisabeth lachte laut auf, und Claudia zeigte ein kleines Lächeln.

»Geht doch«, meinte Jule. »Johann wird einfach unser guter Nachbar sein.«

Claudia wechselte einen schnellen Blick mit Elisabeth. Sag ihr nichts, bat sie im Stillen. Es ist ja doch – vollkommen hoffnungslos.

Elisabeth antwortete ihr stumm: Versprochen. Dann schienen ihre Augen noch mehr sagen zu wollen, aber Claudia sah schnell weg.

»Eine Reithalle ist vorerst nicht drin«, erklärte sie ihrer Tochter. »Wir haben noch zu viele offene Rechnungen, und die laufenden Kosten sind extrem hoch.«

»Schon klar, dann warte ich eben bis nächsten Winter. Bis dahin gibt es auch schon mehr Reitschüler. Und ich habe noch andere Pläne.«

»Aha. Und welche?« Es machte Claudia glücklich, mit Jule über die Zukunft zu sprechen.

»Ich denke da an eine Reittherapie für Kinder mit Handicap. Aber dazu muss ich mich noch ausbilden lassen. Immer langsam mit den jungen Pferden, wie Johann sagt.«

Johann war jetzt kein gutes Thema mehr, fand Claudia, aber bevor sie rasch über etwas anderes reden konnte, fragte Jule: »Was gibt's zu futtern?«

»Altländer Hochzeitssuppe«, erwiderte Elisabeth. »Rindfleisch und Gemüse köcheln schon.«

»Göttlich«, erwiderte Jule. »Ich weiß nur nicht, ob ich davon satt werde.«

Sara kam herein. Sie trug schwer an einem duftenden Paket. »Da kann ich aushelfen. Hier. Eine ganze geräucherte Speckseite. Als Dank für ein bisschen Bauchbefühlen und Abhorchen.«

Claudia lächelte ihr zu. Die Freundin untertrieb maßlos. Sie war eine kompetente Hebamme, und ihr anfänglicher Ruf als flirtende Hexe war schon fast in Vergessenheit geraten. Stattdessen wurde sie in weitem Umkreis von den werdenden Müttern hoch geschätzt.

»Astrein!«, rief Jule aus. »Das sollte reichen.«

»Der kommt mir aber nicht in die Suppe«, entgegnete Elisabeth. »Das verfälscht den typischen Geschmack. Er kann separat mit dunklem Brot gereicht werden.«

Claudia wünschte sich plötzlich, sie hätte keine anderen Sorgen als die Zusammensetzung einer Suppe.

»Hände waschen und hinsetzen«, fügte Elisabeth hinzu.

Niemand störte sich an ihrem Ton. Der friedliche Moment wurde von einem kleinen Tumult an der Haustür unterbrochen.

»Das ist ja wie im Taubenschlag heute«, sagte Elisabeth. Sie stand am Herd, rührte die Suppe um und überlegte wohl, wie viel Wasser sie dazugießen musste, wenn sie Gäste hatten. Vielleicht dachte sie auch daran, eine der zerfledderten Hennen als Suppenhuhn in einen zweiten Topf zu werfen, aber das kam natürlich nicht infrage. Jule liebte alle ihre Tiere, als wären es ihre Kinder.

»Die Scheiß-Tür ist zu eng!«, rief eine junge Frauenstimme. »Da passe ich nicht durch.«

Claudia sah, wie ihre Tochter erstarrte. Dann schrie sie »Ilka!« und stürzte aus der Küche.

»Ist das nicht ihre Freundin aus der Rehaklinik?«, fragte Sara, während ein Schwall kalter Luft in die Küche strömte.

Claudia nickte. »Das nenne ich eine Überraschung.«

Im nächsten Moment kehrte Jule zurück, die Augen kugelrund vor Staunen. Nach ihr schlüpfte Kiki herein. Und dann erschien Ilka im Arm eines Mannes, der Claudia vage bekannt vorkam und der die junge Frau wie einen kostbaren Schatz trug.

War das nicht …? Genau, dachte sie, Jules neuer Nachbar. Fernando … Sie kam nicht auf den Nachnamen.

»Der schöne Italiener«, sagte Jule grinsend.

Er brachte Ilka jetzt zu einem Stuhl mit zwei Armlehnen und ließ sie behutsam hinunter. Dann schnappte er sich ein paar Sitzkissen und stopfte sie ihr in den Rücken, an die Hüften und an die dünnen Oberschenkel. Eine Hand blieb dabei fest auf ihrer Schulter liegen.

»Das passt schon«, sagte sie unwirsch. »Kannst mich jetzt loslassen.« Aber dabei strahlte sie über das ganze Gesicht. Fernando setzte sich dicht neben sie, bereit, sie zu stützen, falls es nötig wurde.

»Wie … wie kommst du hierher?«, fragte Jule.

»Ich habe die beiden mitgebracht«, erklärte von der Tür her Leo. »Ilka hat mich mal über Facebook kontaktiert. Sie schrieb, wir hätten eine gemeinsame Freundin.«

Claudia bemerkte, dass ihre Tochter über und über rot wurde. Ein Gedanke kam ihr, den sie aber gleich wieder beiseitewischte. Jule und Leo? Das war vollkommen absurd.

»Ich hatte Sehnsucht nach dir, Süße«, erklärte Ilka.

»Und ich habe gefragt, ob ich mitfahren darf«, setzte Fernando hinzu. »Wir schreiben uns manchmal über WhatsApp.«

»Was immer das ist«, warf Elisabeth ein. »Früher gab es so was nicht. Da musste ein Mädchen manchmal wochenlang auf einen Brief von ihrem Liebsten warten.«

»Die Zeiten ändern sich«, erwiderte Fernando höflich, ohne Ilka aus den Augen zu lassen.

»Glotz mich nicht so an. Ich kippe schon nicht vom Stuhl.«

»Soll ich nicht doch lieber den Rolli zusammenklappen und reinholen?«

»Nee, alles gut.«

»Und mich haben sie auch mitgebracht«, erklang von der Tür her eine weitere Stimme. »Ich hoffe, ich bin willkommen.«

Diesmal war es Sara, die dunkelrot anlief, während Elisabeth blass wurde. »So viel Suppe habe ich nicht«, murmelte sie.

Kiki stand auf und gesellte sich zu ihr an den Herd. Die beiden flüsterten miteinander, aber das bemerkte nur Claudia. Alle anderen starrten Christian von Stelling an.

»Hallo, Sara«, sagte er ruhig. »Du siehst blendend aus.«

»Danke«, erwiderte sie zögernd. Es schien, als wollte sie noch mehr sagen, aber dann schloss sie den Mund und schaute ihren Exmann nur an. Ihr Blick wurde besorgt.

Auch Claudia bemerkte seine eingefallenen Wangen und die tiefen Augenränder.

Jule reagierte als Erste. »Leo, hol mal die Stühle da aus der Ecke. Wenn wir uns schön eng zusammenquetschen, müsste es reichen. So, und nun alle Platz nehmen, sonst sind wir Elisabeth im Weg.«

»Ist das ein blinder Blindenhund?«, erkundigte sich Ilka und deutete auf Django, der längst wieder wach war und die Ohren aufgestellt hatte. »Leo hat erzählt, du hast hier auch ein dreibeiniges Schaf und deine Stute mit dem Burn-out. Da passe ich ja prima her. 'ne Behinderte zwischen behinderten Tieren. Du bist davon ausgenommen, Jule, siehst ja fast wieder normal aus. Aber sonst? Die reinste Krüppel-Party.«

Alle schwiegen betroffen, nur Kiki kicherte. Dann lachte Ilka, und zögernd stimmten die anderen mit ein. Man würde sich wohl daran gewöhnen müssen, dass diese junge Frau immer sagte, was sie dachte.

»Wir kochen eine zweite Suppe mit Würstchen und Kartoffeln«, erklärte Elisabeth. »Kiki hilft mir. Es wird schon reichen.«

Am Tisch nickten alle, dann wurde laut und fröhlich durcheinandergeredet. Man stellte sich einander vor, man lobte die gemütliche Küche, man sog den würzigen Suppenduft ein. Nur Jule und Sara waren sehr still und betrachteten verstohlen die beiden Männer, Vater und Sohn, die da so unverhofft hereingeschneit waren. Claudia holte Brot aus der Speisekammer und schnitt den Bauchspeck in kleine Stückchen. Ganz schön voll geworden hier, dachte sie. Nur einer fehlt.

*

Johann van Sieck stand draußen im Hof und betrachtete durch die erleuchteten Fenster das fröhliche Treiben in der Küche. Volles Haus, dachte er bei sich. Die Hälfte der Leute kannte er nicht.

Er war in der Hoffnung herübergekommen, Elisabeth allein anzutreffen. Von allen Bewohnern des Glockenhofes schien sie ihm die vernünftigste Frau zu sein. Eine, die zuhören konnte und die ein sachliches Argument verstand. In einer Hand hielt er eine Flasche Apfelkorn, in der anderen einen Korb mit besten Äpfeln. Halb hatte er gedacht, sie würde ihm noch einmal ihre köstlichen Pfannkuchen zubereiten. Aber nun erkannte er seinen Irrtum. Elisabeth war jemand, der immer Menschen um sich versammelte. Alle suchten ihre Nähe, alle fühlten sich wohl in ihrer Gesellschaft.

Ein Blitz durchzuckte die dunkle Wolkenwand über ihm, der Donner folgte in kurzem Abstand. Johann knirschte mit den Zähnen.

Wie er dieses Wetter hasste!

Er sah Elisabeth am Herd stehen, neben ihr die kleine Kiki, die sich hier offenbar mehr zu Hause fühlte als bei ihren Eltern. Und wenn noch mehr und mehr Menschen hier Zuflucht finden wollten? Johann war in Sorge. Auf eine unerklärliche Weise fühlte er sich verantwortlich für die Frauen auf dem Hof. Besonders für Jule. Die Deern war ihm ans Herz gewachsen. Und sie war alles andere als ein verwöhntes Püppchen, wie er anfangs gedacht hatte. O nein, sie war eine Kämpferin, und mittlerweile bewunderte er sie. Johann dachte an seine Töchter, Merle und Marita. Zwanzig und achtzehn Jahre waren sie nun alt, und er sah sie viel zu selten. Merle studierte in Göttingen, Marita war Abiturientin in Hamburg. Wenn er sie besuchte, dann waren sie freundlich, fragten auch mal nach dem Hof, aber sie führten ihr eigenes Leben, und der Vater war jemand, der keinen echten Anteil an ihrem Alltag mehr hatte. Sie freuten sich über seine Geldgeschenke, aber sie schienen auch erleichtert zu sein, wenn er wieder fuhr.

Ja, dachte er jetzt, während ein weiterer Blitz kurz den Himmel erhellte. Jule steht mir näher als meine eigenen Töchter. Er hatte Vatergefühle für sie entwickelt, und sie schien glücklich darüber zu sein.

Sein Blick wanderte weiter, bis er Claudia entdeckte. Er

bildete sich kurz ein, sie wirke verloren inmitten der fröhlichen Truppe, aber dann lachte sie über irgendetwas, und es war, als verschmelze sie mit den anderen.

Claudia. Sie hatte sich verändert, seit er sie zum ersten Mal gesehen hatte. Damals war sie eine nervöse Großstädterin gewesen, für seinen Geschmack viel zu eingebildet, und mit einer Figur, die auf harte Hungerkuren schließen ließ. Inzwischen kam sie ihm frischer vor, natürlicher, und die paar Kilo mehr gefielen ihm verdammt gut. Wenn das mit ihr so weiterging, galt sie bald als echte Altländerin. Johann zwang sich, wegzuschauen. Warum musste sie ihm nur das Leben so schwermachen? Wieso verkaufte sie ihm nicht den Apfelgarten, den sie doch kaum nutzen würde? Was hinderte sie? Hasste sie ihn so sehr? Er hatte eine feste Zusage von einem Hamburger Liebhaber, der das Grundstück samt der alten Bäume erwerben wollte. Zu einem schwindelerregend hohen Preis. Der Mann betrieb ein Restaurant und eine Schnapsbrennerei. Er war geradezu verrückt nach alten Apfelsorten und tüftelte schon an exklusiven Rezepten.

Johann hatte keineswegs vor, Claudia übers Ohr zu hauen. Nun ja, korrigierte er sich im Stillen. Jedenfalls nicht übermäßig. Sie würde mehr für das Land bekommen, als jeder andere Apfelbauer in der Gegend zu zahlen bereit wäre.

Mit seinem Gewinn wollte Johann zwei Sparbücher für seine Töchter anlegen. Natürlich nährte er die Hoffnung, Merle und Marita würden sich ihm daraufhin wieder annähern, auch wenn Elisabeth ihm vermutlich erklären würde, mit Geld löse man keine Probleme. Dennoch. Ein Versuch war es wert, fand er.

Noch vor gut zwei Monaten war er seinem Ziel ganz nah

gewesen. Der alte Friedrich Hermanns hatte ihm versprochen, an ihn zu verkaufen.

»Weil du es bist, mein Junge, und weil deine Eltern feine Leute waren. Verdammtes Unglück, dass sie so enden mussten.«

Johann hatte genickt und den alten harten Schmerz aus seinem Herzen verbannt. Es musste nur noch ein Vertrag aufgesetzt werden. Und wie es unter Bauern so üblich war, wurde noch fleißig gefeilscht. Dann jedoch kam diese Hamburger Kosmetikerin daher und schnappte Johann das Geschäft seines Lebens vor der Nase weg. Weil sie sich in einen verdammten Apfel verliebt hatte!

Schon heute früh hatte Johann die Anzeige im Lokalblatt gelesen. Sein Hamburger Kunde verlor offenbar die Geduld. Nun wollte er offensichtlich ohne ihn an alte Apfelsorten kommen.

Johann mochte es sich noch nicht eingestehen, aber er hatte fast so etwas wie Erleichterung verspürt. Vielleicht konnte er endlich den Streit mit Claudia begraben, und das Geld für seine Töchter würde er auch anders zusammenbekommen. Es würden halt nicht so hohe Summen werden, und es konnte auch länger dauern. Er würde das schon schaffen, so wie er bisher alles geschafft hatte. Abgesehen von einem glücklichen Leben, flüsterte eine Stimme in seinem Innern.

Den nächsten Blitz sah er nicht, und der laute Donner ließ ihn zusammenfahren. Höchste Zeit, ins Haus zu gehen. Aber nicht dorthin, zu den fröhlichen Menschen. Dort war kein Platz für ihn. Schon wollte er sich abwenden, da glaubte er, Claudia schaue ihn durch das Fenster direkt an. Er dachte an den Kuss, den er ihr gegeben hatte, und spürte wieder die Süße ihrer Lippen. In jenem Augenblick hatte er sich leicht gefühlt, frei von schweren Erinnerungen; und das, was in ihm vor vielen Jahren zerbrochen war, war für wenige Sekunden ein Ganzes geworden.

Der Kuss war ein Fehler gewesen. Er war kein Mann, der sich von seinen Gefühlen leiten ließ. Aber Claudia Konrad – verflucht! Diese Frau brachte ihn zur Weißglut. Er wünschte, er wäre ihr nie begegnet. Friedrich Hermanns hatte ihm irgendwann mal erzählt, sein Vater Jochen van Sieck habe klare Prinzipien gehabt. Davon hätte sich jeder andere im Alten Land eine Scheibe abschneiden können. Zum Beispiel habe er niemals Geschäftliches mit Privatem vermischt. Ja, dachte Johann jetzt. Mein Vater hätte mir so manchen Rat geben können. Das Schicksal hatte anders entschieden. Es hatte das Wasser geschickt.

Der Himmel krachte, um ihn herum wurde es dunkel. Eisiger Regen klatschte ihm ins Gesicht. Er musste hier weg.

Sofort.

Johann zwang sich, ruhig zu gehen, aber als er das Brachland halb überquert hatte, rannte er los, ließ Äpfel und Schnaps fallen, biss sich die Lippen blutig, um nicht laut zu schreien, rannte in sein Haus, schlug die Tür hinter sich zu, fiel auf das gelbe Sofa, das seit einem Monat in seiner großen Diele stand. Er legte den Kopf auf die Knie und hielt sich die Ohren zu.

## 22. Kapitel

So fand ihn Claudia.

Sie hatte gedacht, sie täusche sich. In den zwei Sekunden, in denen ein Blitz die Welt aufleuchten ließ, hatte sie geglaubt, Johann vor dem Haus zu sehen. Aber nein, unmöglich. Dann jedoch war er davongestürmt, mit weit ausholenden Schritten, und hatte plötzlich angefangen zu rennen. Etwas in ihr drängte sie dazu, ihm nachzugehen. Es war keine vernünftige Überlegung. Nur ein Gefühl.

Sie schob ihren Suppenteller weg, zwängte sich aus der Eckbank und erklärte, sie wolle einen Moment an die frische Luft.

»Spinnst du?«, fragte Jule. »Es gießt wie aus Kübeln.«

»Besitzt das Haus eigentlich einen Blitzableiter?«, erkundigte sich Christian, der ein wenig blass um die Nase war.

Sara berührte ihn kurz am Arm. »Keine Sorge. Dafür haben die netten Dachdecker gesorgt.«

Claudia sah noch, wie Christian seine Hand auf Saras legte, dabei aber eine Grimasse zog. Vielleicht gefiel ihm der Ausdruck »nette Dachdecker« nicht.

Dann war sie aus der Küche. Der Regen traf sie mit voller Wucht, und als sie bei Johanns Hof ankam, war sie klatschnass. Scheint mein Schicksal zu sein, überlegte sie und schüttelte sich wie ein Hund. Im nächsten Augenblick schaute sie sich erschrocken um. Wo war Lulu? Schoss die

Bestie schon auf sie zu, und sie hörte es bloß nicht, weil der Regen so laut prasselte? Mochte ihre Tochter mit Lulu Freundschaft geschlossen haben, sie, Claudia, fürchtete sich noch immer vor dem Tier. Nirgends eine Spur. Vorsichtig ging sie zum Eingang an der Längsseite des Gebäudes. Es war abgeschlossen. Was nun? Sollte sie es an der Hintertür versuchen? Jule hatte sie ihr beschrieben. Zweiflügelig und fast so groß wie ein Tor an der hinteren Giebelseite. Vor vielen Jahren waren in Notfällen durch diese Tür die Pferde in Sicherheit gebracht worden.

»So ist auch Saras Sofa ins Haus gekommen«, hatte Jule ihr erklärt. »Es steht jetzt in der Diele.«

Claudia zögerte. Was, wenn sie sich vertan hatte? Wenn das da draußen gar nicht Johann gewesen war? Dann würde sie ihm nur einen neuen Grund liefern, sie zu hassen. Vor allem, wenn sie uneingeladen sein Haus betrat. Aber noch während sie so dachte, schüttelte sie schon den Kopf. Es war Johann gewesen. Seine hohe Gestalt war auch bei schlechtem Licht unverkennbar. Außerdem hatte sie ihn mit dem Herzen gesehen, nicht nur mit den Augen. Sie täuschte sich nicht.

Ein Laut ließ sie aufschrecken. Es klang wie ein Winseln. Angestrengt durchsuchte Claudia die regenschwere Dunkelheit. Da! Neben dem alten Bollerwagen, keine drei Schritte von ihr entfernt. Da stand Lulu und fixierte sie mit ihren dunklen Augen. Und sie lag nicht an der Kette.

Hektisch sah Claudia sich nach einer Waffe um. Da war nichts. Keine Axt, kein Stock. Ihre Angst verwandelte sich in Wut. Wie konnte Johann es wagen, diesen gefährlichen Hund frei herumlaufen zu lassen? Sie würde ihn anzeigen, und wenn es das Letzte war, was sie in diesem Leben tat.

Okay, falls sie noch Gelegenheit dazu haben sollte.

»Na komm schon«, fauchte sie den Hund an. »Bringen wir es hinter uns.«

O Gott! Wie blöd konnte man eigentlich sein? Musste sie das Tier auch noch reizen? Ein unkontrolliertes Zittern erfasste sie. Zu ihrer Verblüffung griff Lulu nicht an. Sie winselte lauter, trottete dann an der Außenmauer entlang zur Rückseite des Hauses und sah sich nach ihr um, ob sie ihr auch folgte.

»Das ist ja wie bei ›Lassie‹«, murmelte Claudia, tat aber, was der Hund von ihr erwartete. Als sie um die Hausecke bog, entdeckte sie die offene Hintertür. Sie trat ein. Gleich neben der Tür waren in einer Ecke einige alte Decken aufgeschichtet. Ein trockenes Plätzchen für den Hund, dachte Claudia. Das erklärte auch die fehlende Kette. Bei so schlechtem Wetter ließ Johann seinen Hund ins Haus. Lulu schüttelte sich und wälzte sich dann ausgiebig auf den Decken. Meinen Teil der Arbeit habe ich erledigt, signalisierte sie damit. Nun bist du dran. Kümmere dich um meinen Menschen.

Claudia sah sich weiter um. Dort auf dem Sofa saß Johann in gekrümmter Haltung. Sein Kopf lag auf den Knien, seine großen Hände waren zu Fäusten geballt. Unschlüssig stand sie da und schaute ihn an. Offenbar hatte er sie nicht bemerkt. Es schien sogar, als sei er ganz woanders, an einem fernen, schrecklichen Ort.

Langsam ging sie zu ihm, setzte sich dicht an seine Seite. Er blieb verkrampft. Aber jetzt konnte sie hören, dass er vor sich hin murmelte. Anfangs schienen seine Worte keinen Sinn zu ergeben, aber je mehr sie verstand, desto tiefer erschrak sie. Es war die Geschichte eines Mannes, der als kleiner Junge alles verloren hatte. Seine Heimat und seine Familie. Und Claudia zog die richtigen Schlüsse: Es war in der Nacht zum 17. Februar 1962 geschehen, in jener furchtbaren Nacht, als die Nordseeküste von der großen Sturmflut heimgesucht wurde. Ein über Stunden gleichbleibend starker Orkan aus Nordwest hatte eine hohe Flutwelle in den Trichter der Elbe geschoben. Die Deiche brachen an vielen Stellen, Zehntausende Menschen wurden obdachlos, Tausende kämpften im eisigen Wasser um ihr Leben. Am schlimmsten traf es Hamburg mit 315 Toten.

Diese Fakten kannte Claudia, und sie erinnerte sich gut an die Filme und Fotos aus jener Zeit. Menschen in Schlafanzügen, die sich an spitzen Dächern festkrallten oder an Bäumen hingen; Helfer mit vor Erschöpfung eingefallenen Gesichtern, seit Stunden im Einsatz, um die von der Flut Eingeschlossenen zu retten – mit allem, was zur Verfügung stand. In Schlauchbooten, Ruderbooten oder an manchen Stellen zu Fuß durchs Wasser, wo es nur hüfthoch war. Hubschrauber der Bundeswehr ließen Hilfspakete zu den Menschen hinunter, zogen andere an Seilwinden in Sicherheit. Und dann, Tage später, die Menschenmassen auf dem Hamburger Rathausmarkt, die der Toten gedachten. Ein Sechstel der Stadt hatte damals unter Wasser gestanden, ganze Viertel, deren Wiederaufbau nach dem Krieg kaum abgeschlossen gewesen waren, wurden vollkommen zerstört. Wer aus Hamburg stammte, kannte die Bilder und die Zahlen der großen Katastrophe.

Aber nun hörte Claudia die Geschichte eines Augenzeugen, der in jener schicksalhaften Nacht vier Jahre alt gewesen war.

Die Blitze, der Donner, der starke Regen. »Ich war vier Jahre alt, und ich fuhr mit einem Schrei aus dem Schlaf hoch«, erzählte Johann stockend. Doch dann wurde seine Stimme flüssiger. »Mein Bruder Julius war damals neun und hat mich ausgelacht, aber unsere Mutter kam ins Zimmer, um mich zu beruhigen.«

Claudia fragte sich, ob sie seine Hand in ihre nehmen sollte. Sie ließ es sein.

Später in der Nacht gerieten dann auch die Eltern van Sieck in Panik, und der große Bruder lachte nicht mehr. »Wir Jungs mussten uns in aller Eile dick anziehen, Mutter und Vater halfen uns dabei. Und dann wurden wir auf den Speicher gebracht.«

Er schüttelte sich, als könnte er damit die schrecklichen Bilder in seinem Kopf loswerden, dann sprach er weiter: »Ich erinnere mich genau, dass ich das nicht verstanden habe. Wieso mussten wir nach oben? Wieso liefen wir nicht runter und dann durch die Haustür ins Freie? Aber dann schaute ich über die Schulter meines Vaters nach unten und stellte fest, dass es die Treppe nicht mehr gab. Da war nur noch Wasser. Und etwas schwamm darauf. Vielleicht ein Bilderbuch, vielleicht ein Kissen, und es kam schnell näher.«

Claudia versuchte, sich in die Ängste eines kleinen Jungens einzufühlen, es gelang ihr nicht. Aber sie griff jetzt nach seiner Hand und hielt sie fest. Er schien es kaum zu bemerken.

»Dann waren wir auf dem Speicher. Unser Vater hantierte an einer Luke, bekam sie auf und erklärte uns, wir müssten aufs Dach hinaus. Dort oben wären wir sicher. Draußen war es eiskalt. Der Regen hämmerte auf uns ein. Wir saßen eng aneinandergeschmiegt auf dem Dachfirst, im Rücken den steinernen Kamin, um uns herum eine dunkle, eisige Welt. Ich weiß noch, dass mein Vater mich mit all seiner Kraft festhielt und dass ich auf einmal gar nicht mehr so viel Angst hatte. Ich steckte sogar meinen

Kopf in seine Armbeuge und wollte wieder einschlafen. Dann wollte ich am nächsten Morgen meinem Bruder erzählen, dass ich einen ganz verrückten Traum gehabt hatte.«

Seine Finger krallten sich um Claudias Hand. Sie unterdrückte einen Schmerzenslaut. Ein Blick in sein graues Gesicht sagte ihr, dass das Schlimmste erst noch kommen musste.

»Irgendwann erreichte uns ein Ruderboot, und die Leute riefen nach uns. Ich blickte nach unten und sah nur noch Wasser. Selbst unser Birnbaum war verschwunden. Der Bootsführer erklärte, sie seien voll besetzt, aber sie würden wiederkommen. Da hat unsere Mutter angefangen zu schreien, sie sollten wenigstens die Jungen retten. All dies überstieg damals mein Begriffsvermögen. Erst Jahre später, als mein Bruder mir von jener Nacht berichtete, konnte ich meine eigenen wirren Erlebnisse durch seine Erinnerungen ergänzen.«

Wieder stockte er, und Claudia ahnte, dass er noch niemals über diese Nacht gesprochen hatte. Ihr Herz flog ihm zu.

»Die Leute im Boot haben sich geweigert, uns aufzunehmen, aber bevor sie wieder zu den Rudern greifen konnten, hat mein Vater gehandelt. Er hat mich auf das schräge Dach gelegt und dann losgelassen. Ich weiß noch, dass ich ins Rutschen geriet, dass ich vor Angst schrie, aber dann blieb ich hängen. Vermutlich war die Regenrinne gebrochen. Mein linker Arm hat sich in den scharfen Zacken verfangen. Aber dann riss etwas, und ich landete im Boot. Da war ich schon ohnmächtig. Ich kenne den Rest der Geschichte nur von Julius. Auch er erreichte das Boot, zum Glück ohne Verletzung. Ich bin dann Tage später in einem Krankensaal wieder aufgewacht. Zwei Wochen darauf kamen Julius und ich in ein Waisenheim.«

Claudias Hals war trocken, und ihre Stimme klang wie ein Krächzen, als sie fragte: »Deine Eltern sind gestorben?«

Johann nickte müde. »Sie haben es nicht geschafft. Der Bootsführer hat sogar sein Versprechen wahrmachen können und ist noch einmal zurückgekehrt. Doch es war zu spät. Auf dem Dach unseres Hauses saß niemand mehr. Ich glaube, sie haben so lange durchgehalten, wie sie konnten. Sie haben sich nicht leichtfertig aufgegeben. Aber irgendwann sind sie in dieser langen Sturmnacht mit ihren Kräften am Ende gewesen. Und dann hat wahrscheinlich eine einzige stärkere Windbö gereicht, um sie vom Dachfirst zu fegen. Ihre Leichen sind nie gefunden worden.«

Im Laufe seiner Erzählung war seine Stimme lauter geworden, und nun schloss er mit den klaren Worten: »Mein Vater hat mir und meinem Bruder das Leben gerettet. Er muss gewusst haben, dass dieses Boot unsere einzige Chance war.«

Claudia schwieg. Sie rang um Fassung. Auf einmal verstand sie so viel von diesem Mann. Jetzt konnte sie sich erklären, warum er oft so schweigsam war und andere Menschen auf Abstand hielt. Er war nicht einfach nur ein ungehobelter Klotz. Er war ein Mensch, der als Kind durch die Hölle gegangen war und der es vermutlich nur durch große Kraftanstrengung überhaupt schaffte, ein normales Leben zu führen. Jule ist so viel klüger als ich, dachte Claudia. Sie hat von Anfang an hinter die schroffe Fassade geblickt.

Nach einer Weile löste sie bedächtig seine verkrampften Finger von ihren Händen. Als ihr die Kälte in die Knochen kroch, stand sie auf und versuchte, ihn hochzuziehen. Erst reagierte er nicht, aber schließlich kam er auf die Füße. Sie brachte ihn durch die Diele ins Bad. Langsam zog sie ihn aus. Jacke, Hemd, Hose, Schuhe, Socken, Boxershorts.

Nackt stand er vor ihr. Ein Mann. Groß, stark, ohne ein Gramm Fett am Leib. Etwas regte sich in ihrem Innern. Sie entdeckte die weiße gezackte Linie auf seinem linken Arm, und ein Schauer erfasste sie. Rasch nahm sie einen Bademantel vom Haken und hüllte ihn darin ein. Dann brachte sie ihn in die Stube, drückte ihn in einen zerschlissenen Ohrensessel und legte eine Decke über ihn. Ein Sofa gab es hier nicht. Zurück im Bad, zog sie sich selbst aus und schlüpfte in den zweiten Bademantel. Dann lief sie in seine hässliche Küche, kochte Tee, fand eine Flasche Rum und kippte in beide Becher einen ordentlichen Schuss davon.

»Danke«, sagte er rau, als sie ihm seinen Becher reichte. Bevor sie wusste, wie ihr geschah, zog er sie auf seinen Schoß. Ihr Bademantel klappte auf, ein, zwei Minuten lang blieben sie einfach so sitzen und nippten an ihrem Tee. Dann nahm er die Becher und stellte sie auf den Boden. Seine großen rauen Hände begannen, ihre Haut zu erkunden. Claudia seufzte auf. Sie hatte nicht ahnen können, wie zärtlich er sie berühren würde.

»Wir sollten das nicht tun«, murmelte sie hilflos. »Du magst mich nicht einmal.«

»Und du redest Unsinn.« Dann verschloss er ihre Lippen mit einem langen Kuss.

Hatte Claudia einmal gedacht, in Johanns Armen könnte sie kein Feuer empfinden? Wie dumm sie gewesen war! Es schien ihr, als bestünde ihr ganzer Körper aus Flammen. Sie schrie leise auf und beobachtete fasziniert, wie seine sonst so kalten Augen aufloderten.

Er liebte sie schnell, beinahe hastig, aber in seinem Tun

lag das Versprechen, dass sie bald noch alle Zeit der Welt für ihre Zärtlichkeiten haben würden.

Claudia glaubte, die Sinne müssten ihr schwinden, und gleichzeitig nahm sie alles ganz klar und scharf wahr. Noch nie hatte sie einen solchen Moment mit einem Mann erlebt, und als es vorbei war, fühlte sie sich auf seltsame Art einsam und verlassen.

Johann schob sie sanft von sich herunter, und sie setzte sich verwirrt in den zweiten Sessel.

Da war wieder Distanz zwischen ihnen, nicht nur räumlich. Er sah sie nicht an, verschloss sein Gesicht vor ihrem Blick.

Als er sprach, schien er die letzten paar Minuten aus seinem Bewusstsein gestrichen zu haben: »Passiert mir manchmal bei solchem Wetter, dass ich mich an damals erinnere. Und dann kehrt die Angst zurück. Pech, dass du mich so finden musstest.«

Sie fragte sich, wie das gemeint war, flüchtete sich in Sachlichkeit. »Seit der großen Sturmflut sind die Deiche entlang der Elbe und der Nebenflüsse erhöht worden. Außerdem verhindern neue Schleusen, Sperrtore und Schöpfwerke ein Überfluten, und sie sind auch ganz anders konstruiert als damals. Eine solche Katastrophe kann sich nicht wiederholen. Jedenfalls nicht nach menschlichem Ermessen.«

»Gut informiert, wie eine echte Altländerin.«

War das ein Kompliment oder eine Beleidigung? Claudia verkrampfte sich. »Ich habe recherchiert, bevor ich den Glockenhof gekauft habe.«

Johann sah sie an. Eine Spur von Wärme ging wieder von ihm aus. »Wie auch immer. Ist 'ne alte Geschichte. Tut mir leid. Hätte ich dir ersparen sollen.«

»Es hat mir nichts ausgemacht. Dafür sind Freunde da.«

»Freunde«, murmelte er tonlos. Das Eis kehrte in seine Augen zurück, seine Miene versteinerte sich. »Freunde.«

Nicht einmal das war sie für ihn? Ihr Herz zerbrach. Wie Glas.

»Dann eben gute Nachbarn.«

Johann verfiel in dumpfes Schweigen. Endlich fand Claudia die Kraft, aufzustehen. Nur fort von hier. Fort von diesem Mann, der in einem Moment so verletzlich, so zärtlich war und im nächsten schon wieder so voller Abwehr.

Sie suchte seinen Blick, fand ihn nicht. Sie ging zur Tür, er hielt sie nicht zurück.

Im Bad schlüpfte sie in ihre nassen Sachen. Heiße Tränen liefen über ihr Gesicht. Sie rannte hinaus in den Regen.

*

»Mama kommt zurück«, sagte Jule in der Küche. »Sie ist gerade am Fenster vorbeigelaufen. Mach mal Platz, Leo, dann passt sie wieder mit auf die Bank.«

Doch Claudia kam nicht herein. In der Küche war es einen Moment still. Alle hörten die schnellen Schritte auf der Treppe nach oben. Verwunderte Blicke wurden getauscht, dann nahm man die Gespräche wieder auf. Nur Elisabeth blieb stumm und schaute Jule an. Mach dir keine Sorgen, schien sie zu sagen. Deine Mutter braucht nur Ruhe.

Und Leo, Leo nahm unter dem Tisch ihre Hand und drückte sie. Jule ließ es zu.

*

Johann blieb die ganze Nacht in seinem Sessel sitzen. Er roch Claudias Duft und wünschte, wünschte sich brennend, sie hätte diesen einen Satz nicht gesagt. Dafür sind Freunde da. Mehr also bedeutete er ihr nicht. Hätte er wissen müssen. Und dabei hatte er geglaubt, sie fühlte wie er selbst. Er war sich sicher gewesen, dass in ihren Augen alle Liebe dieser Welt gelegen hatte.

Was für ein Dummkopf er doch war!

Als der Morgen graute, ging er unter die Dusche. Abwechselnd ließ er heißes und kaltes Wasser über seinen Körper laufen, bis seine Haut hellrot war, bis nichts mehr übrig war von Claudia. Er saß in seiner Küche und stierte vor sich hin, als Elisabeth eintrat. Sie kochte Kaffee, legte Brötchen auf den Tisch.

»Drüben schlafen sie noch alle«, erklärte sie und setzte sich zu ihm. Sie ließ ihn schweigen, schmierte ihm ein Brötchen mit Butter und Schinken, schob ihm den Teller hin. Als er gegessen hatte, erzählte er ihr von der vergangenen Nacht. Es war seltsam. Jahrzehntelang hatte er mit niemandem über die Sturmflut gesprochen, jetzt drängten die Worte schon wieder aus ihm heraus. Elisabeth hörte zu, ihr Gesicht verzog sich vor Mitgefühl und Schmerz. »Und dein Bruder?«, fragte sie schließlich. »Was ist aus ihm geworden?«

»Julius ist schon vor dreißig Jahren nach Neuseeland ausgewandert. Er hatte schon immer weggewollt, und Neuseeland war ihm gerade weit genug.«

»Du bist nicht davongelaufen«, sagte sie leise.

Er hob die Brauen. So hatte er das noch nie gesehen, aber es stimmte. Julius war davongelaufen. Er nicht.

»Ich habe den Hof wiederaufgebaut.«

»Dein Vater wäre stolz auf dich.«

Noch nie hatte ihm jemand einen solchen Trost dargeboten. Er musste schlucken. »War 'ne harte Zeit.«

»Aber du hast es geschafft.«

»Meine Ehe ist darüber in die Brüche gegangen.«

Elisabeth wog nachdenklich den Kopf hin und her. »Hast du deine Frau sehr geliebt?«

»Ich denke schon, zumindest in der ersten Zeit. Mir ist viel zu spät klargeworden, dass wir überhaupt nicht zueinander passten. Karin war ein Stadtmädchen. Sie wollte ihren Spaß haben, abends ausgehen, Feste feiern. Sie fand mich langweilig und verbohrt. Irgendwann gestand sie mir, sie habe sich von meinem Besitz blenden lassen. Damals hatte sie mich wohl schon verlassen wollen. Aber da waren die Kinder, und sie hatte lange Zeit Skrupel. Heute ist es mir ein Rätsel, warum ich sie überhaupt geheiratet habe.«

»Du wolltest eine Familie«, erklärte Elisabeth schlicht. »Du hattest keine mehr.«

»Ja, das war es wohl. Ich hatte es irgendwann satt, allein zu sein.«

Sie fragte nach seinen Töchtern, und er gab Auskunft, so gut er konnte. Er gestand ihr auch, warum er so dringend den Winterapfelgarten kaufen wollte, und Elisabeth reagierte wie erwartet.

»Über ein Sparbuch würden sich die Mädchen bestimmt freuen, aber es wird euch einander nicht näherbringen.«

»Was soll ich denn sonst tun?«

»Ach«, meinte sie leichthin. »Dir fällt schon etwas ein.«

Er verstand. »Ich müsste sie öfter besuchen und Zeit mit ihnen verbringen.«

»Das wäre ein Anfang. Ich kenne mich zwar in der Landwirtschaft nicht so aus, aber ich glaube, im Winter gibt es auf einem Bauernhof wenig zu tun, sofern keine Tiere im Stall stehen. Richtig?«

Johann kniff misstrauisch die Augen zusammen. »Du willst, dass ich wegfahre? Willst du mich etwa aus dem Weg haben?«

Wie viel ahnte diese kluge Frau von dem, was zwischen ihm und Claudia vorgefallen war?

»Unsinn. Ich denke nur, deine Töchter wären überrascht. Vielleicht freuen sie sich sogar.«

»Du bist eine schreckliche Intrigantin, Elisabeth«, sagte Johann, aber dann nickte er. »Eine Luftveränderung ist keine schlechte Idee.«

»Wenn du willst, schaue ich bei dir in der Zeit nach dem Rechten. Nur vor dem Hund habe ich Angst.«

»Lulu nehme ich mit«, entschied er. Dann kam ihm noch ein Gedanke. »Glaubst du, Claudia wird mir irgendwann den Apfelgarten verkaufen?«

»Nein«, erklärte Elisabeth fest. »Das wird sie niemals tun. Sie ist mindestens so stur wie du.«

Johann stieß einen langen Seufzer aus. »Pech.«

## 23. Kapitel

Das graue, kalte Winterwetter hielt Norddeutschland weiterhin fest im Griff. Zwar war der Sturm vorübergezogen, doch auch am vierten Advent ließ sich die Sonne nicht blicken. Sara wandte sich vom Schlafzimmerfenster ab und seufzte tief. Im Haus musste niemand mehr frieren, aber kaum setzte man einen Fuß vor die Tür, kroch einem die Kälte unter die Kleidung.

Ich hätte weiter weg fahren sollen, überlegte Sara, während sie zwei Pullis übereinanderzog. Irgendwohin, wo es warm ist, und wo ich mich nicht über Christian ärgern muss.

Sie stockte. Verdammt! Warum war bloß alles so kompliziert? Sie hatte klare Signale ausgesandt, oder etwa nicht? Vor drei Wochen, als er plötzlich mit Leo aufgetaucht war, da hatte er sich problemlos in die zusammengewürfelte Gemeinschaft in der Küche eingefügt, und er hatte ihr Lächeln erwidert. Auch ihre tiefen Blicke. Hatte er nicht sogar einmal seine Hand auf ihre gelegt? Doch, sie wusste es noch ganz genau. Und es war ein gutes Gefühl gewesen. Ganz still für sich hatte sie begriffen, dass sie noch immer viel für ihn empfand.

Okay, ein Gespräch war nicht möglich gewesen. Zu viele Leute um sie herum. Auch am nächsten Tag hatte es keine Gelegenheit dafür gegeben. Warum eigentlich nicht? Wo war er gewesen?

Sara band sich die roten Locken zusammen und grübelte. Ach ja, er war ganz allein zu einem Spaziergang aufgebrochen. Den halben Tag war er weg gewesen, und als er zurückkehrte, hatte Sara ihn verpasst, weil sie eine werdende Mutter ins Krankenhaus begleiten musste. Tja, und dann waren Christian und Leo zurück nach Hamburg gefahren.

Jeden Morgen kontrollierte Sara seitdem ihr Smartphone, überzeugt davon, dass es nun an Christian war, den nächsten Schritt zu tun. Sie würde es ihm nicht leichtmachen, ganz gewiss nicht, aber eine neue Chance sollte er bekommen.

Es kam bloß keine Nachricht von ihm. Nichts. Nada.

Und gestern Abend hatte sie lange gewartet. Sie war überzeugt gewesen, Christian und Leo würden an diesem Samstag zu Besuch kommen. Ein passender Abend, wenn die Arbeit der Woche getan war. Irrtum! Weder Exmann noch Sohn hatten sich auf dem Glockenhof blicken lassen.

Als es jetzt an ihrer Zimmertür klopfte, keimte kurz Hoffnung in Sara auf. Aber es war bloß Jule.

»Guten Morgen. Ich wollte dich fragen, ob du nachher etwas Zeit hast.«

»Klar. Wenn kein Baby vor der Zeit auf die Welt kommen will, habe ich heute nichts vor. Was steht denn an?«

Jule trat ein, und wie immer am Morgen wirkte sie leichtfüßig. Erst gegen Abend sah man ihr die schwere Verletzung noch an. Sie ließ sich auf Saras ungemachtes Bett sinken und lächelte. »Ich möchte Carina longieren. Es geht schon ganz gut, aber mir ist es lieber, wenn jemand dabei ist.«

»Ausgerechnet ich? Du weißt, ich hab's nicht so mit Pferden.«

Das Lächeln wurde zu einem Grinsen. »Kiki verbringt den Tag mit ihren Eltern. Die haben wohl begriffen, dass sie wenigstens am Sonntag mal Zeit für sie haben sollten. Von den anderen Reitschülerinnen kommt auch niemand. Elisabeth sagt, sie muss kochen. Claudia hat sich in ihrer Hexenküche eingeschlossen, und Johann habe ich schon seit einer Weile nicht gesehen. Also bleibst nur du übrig. Brauchst nicht gleich das große Zittern kriegen. Es ist ein gigantisches Tier mit Fell, aber du sollst bloß bis zum Reitplatz hinterhergehen und dann am Zaun stehen und ein bisschen mit aufpassen.«

»Kleinigkeit«, erwiderte Sara tapfer. »Wenn ich zwanzig Meter Abstand halten darf.«

Jule nickte. »Apropos Zittern. Weißt du eigentlich, dass dieses Zucken unter deinen Augen verschwunden ist? Na ja, fast. Jetzt fängst du gerade wieder an.«

»Jule!«

»Sorry, kleiner Witz.«

»Claudia und Elisabeth haben mir das auch schon gesagt. Aber ich habe sowieso nie was davon gemerkt. Jedenfalls bin ich froh, dass es weg ist. Die Neugeborenen könnten sich erschrecken, wenn sie als Erstes auf dieser Welt so komische Grimassen sehen.« Sie zögerte kurz, dann fragte sie scheinbar leichthin: »Kommt heute kein Besuch?«

Jule wurde ernst und schaute sie aufmerksam an. »Du meinst Christian und Leo?«

»Hm.«

»Doch, aber erst zum Mittagessen.«

»Du bist ja gut informiert.«

»Es gibt Rinderbraten mit Rotkohl, Salzkartoffeln und Soße.«

»Als ob das jetzt wichtig wäre!«

Jule lachte laut heraus, und Sara spürte, wie ihr die Hitze ins Gesicht stieg.

»Du und Leo, ihr scheint ja ziemlich eng zu sein«, sagte sie, um von sich selbst und Christian abzulenken.

Das Lachen verklang. »Er ist okay. Ich mag ihn. Stört es dich?«

Sara setzte sich zu Jule aufs Bett und legte ihr einen Arm um die Schultern. »Quatsch. Ich find's toll.«

»Schon komisch. Ich habe ihn immer bloß für einen kleinen Jungen gehalten, der mir nachgelaufen ist. Und jetzt ist er plötzlich so …«

»Erwachsen?«, half Sara aus.

»Ja.«

»Außerdem schön, klug und charmant?«

»Übertreib's nicht.«

»Weltgewandt und liebenswert?«

»Das langt!«

»Hey, er ist schließlich mein Sohn. Und es ist doch völlig egal, ob jemand jünger oder älter ist. Hauptsache, es passt.«

»Hm.« Jules Schultern unter ihrem Arm sackten ein winziges Stück hinab. »Ich glaube, er hat mich auch gern, aber er kann mir furchtbar auf den Geist gehen. Ständig nervt er mich mit dem Reiten.«

Sara hob die Brauen. »Leo drängt dich, wieder aufs Pferd zu steigen?«

»Ja, er gibt überhaupt keine Ruhe. Er behauptet, ich müsse es wenigstens versuchen.«

So ganz unrecht hat er da nicht, dachte Sara.

»Ich kann es nicht«, murmelte Jule. »Selbst wenn mein Bein noch kräftiger wird, ich werde niemals wieder gut reiten können. Ich habe teilweise kein Gefühl im Unterschenkel.«

Sara wusste schon davon. Claudia hatte es ihr unter dem Siegel der Verschwiegenheit erzählt. Offenbar waren einige Nervenbahnen verletzt worden.

»Das tut mir leid«, sagte sie hilflos. »Vielleicht ...«

»Nein!«, erwiderte Jule heftig. »Das wird nicht wieder. Und Leo versteht einfach nicht, dass ich ohne die vollständige Kontrolle über meine Muskeln nie mehr den Level von früher erreichen kann.«

Einen Moment herrschte Schweigen zwischen den beiden Frauen. Beide spürten, dass ihr Verhältnis noch angespannt war, aber mit etwas Glück würden sie im Laufe dieses Winters wieder die Freundinnen werden, die sie vor Jules Unfall gewesen waren. Und vielleicht sogar Schwiegermutter und Schwiegertochter, fügte Sara im Stillen hinzu. Dann rief sie sich selbst zur Ordnung. Die jungen Leute waren offenbar gerade erst dabei, sich ineinander zu verlieben. Eine Hochzeit, so es denn eine geben sollte, lag in weiter Ferne. Trotzdem. Patentochter, Freundin und Schwiegertochter in einem – das wäre mal was.

Jule befreite sich von Saras Arm und stand auf. »Lass uns davon aufhören. Irgendwie werde ich schon damit fertig, dass ich nicht mehr reiten kann. Jetzt muss ich in den Stall. Bis später.«

Schon war sie wieder draußen. Eine Weile blieb Sara nachdenklich auf der Bettkante sitzen. Sie verstand nichts von dem Sport, aber Jule wusste sicherlich, wovon sie sprach. Ob sie mal mit Leo reden sollte? Nein, entschied sie schnell, lieber nicht einmischen. Das mussten die beiden schon unter sich ausmachen.

Ihre Gedanken flogen zu Christian. Er kam also mit Leo zum Mittagessen. Und er ging offensichtlich davon aus, dass er eingeladen war.

Mistkerl! Sie sah an sich hinunter. Nein, sie würde sich nicht zurechtmachen. Sollte er sie eben in alten Klamotten antreffen. War ihr doch wurscht!

Derart kriegerisch gestimmt betrat sie kurz darauf die Küche. Aber hier war alles friedlich. Elisabeth saß am Tisch und schälte Kartoffeln. Neben dem Topf verströmte ein großer Adventskranz seinen würzigen Tannenduft. Claudia und Sara hatten ihn ursprünglich in der Stube aufgestellt, aber da sich dort nie jemand aufhielt, war er in die Küche gewandert. In der Ecke neben dem Vitrinenschrank lag der blinde Django. Sein Lager bestand inzwischen aus einer dicken Steppdecke, und er schien sich wohl zu fühlen. Alle waren freundlich zu ihm, er wurde gut versorgt. Einen schöneren Lebensabend konnte sich der alte Hund nicht wünschen.

»Guten Morgen«, sagte Elisabeth. »Auf dem Herd steht Kaffee für dich.«

»Danke.« Sie machte sich einen Toast, nahm sich Kaffee und setzte sich zu ihr.

»Ich habe gehört, dein Mann kommt nachher zu Besuch?«

»Mein Exmann«, korrigierte Sara.

Elisabeth lächelte nur und schälte weiter Kartoffeln. Erst nach einer Weile meinte sie, beinahe beiläufig: »Wenn er wieder einen Spaziergang macht, solltest du ihm vielleicht mal nachgehen.«

»Du meinst, ich soll mitgehen?«

»Nein, ich meine es so, wie ich es gesagt habe.«

»Aber warum? Was hat er beim letzten Mal angestellt?«

Etwas musste geschehen sein, und Elisabeth war stets bestens über die Vorgänge auf dem Hof und im Dorf informiert. Meldete Christian sich deshalb nicht mehr bei ihr? Weil er sich irgendwie danebenbenommen hatte? Sara konnte sich mit aller Phantasie nicht vorstellen, was das gewesen sein sollte.

Statt eine Antwort zu geben, stand Elisabeth auf, ging zur Spüle und ließ Wasser auf die Kartoffeln laufen. »Ich bekomme so einiges zu hören, Sara, und ich finde, du solltest deinen Mann im Auge behalten.«

Exmann, wollte sie wieder sagen, ließ es aber.

»Kannst du mir nicht erzählen, was los ist?«

Elisabeth hob nur kurz die Schultern und wandte ihr weiterhin den Rücken zu. »Er ist ein gutaussehender und sehr freundlicher Mann.«

Was keine Antwort auf ihre Frage war.

»Und ich habe ihn gewarnt.«

Sie erschrak. Etwa vor einer Versöhnung mit seiner Exfrau? Ach nein, Elisabeth schien ja eher darauf hinzuarbeiten, dass Sara und Christian sich wiederfanden.

»Wann denn? Und wovor?«

»Nach seinem Spaziergang neulich. Meiner Meinung nach ist er völlig überarbeitet. Er braucht dringend eine Pause.«

Und dann sitzt er in unserer Küche und schält Kartoffeln. Sara fand die Vorstellung schön.

»Und ich habe ihm geraten, er solle sich lieber zurückhalten.«

»Wobei?«

»Du musst es schon allein herausfinden, meine Liebe.«

Sara tippte sich gegen die Stirn.

»Das habe ich gesehen«, sagte Elisabeth und wies auf einen riesigen glänzenden Kupfertopf an der Wand über ihr, in dem sich die Küche spiegelte.

»Äh, sorry«, murmelte Sara. Dann stand sie auf und

machte sich auf den Weg nach draußen. Elisabeths Warnung wollte ihr nicht aus dem Kopf gehen. Bevor sie jedoch überlegen konnte, was sie tun würde, klingelte ihr Handy.

»Hier ist Jenke Wegener. Meiner Frau geht es nicht gut.«

Sara versprach, sofort zu kommen. Die junge Kyra Wegener war eine ausgesprochen nervöse Schwangere. Erst im siebten Monat, aber davon überzeugt, das Kind könne jeden Tag kommen. Ausnahmsweise war Sara jetzt ganz froh über diese Patientin. Und um den Dienst als Aufpasserin bei der Stute Carina kam sie auch herum.

Kurz kehrte sie in die Küche zurück. »Kannst du bitte Jule Bescheid geben, dass ich abberufen worden bin?«

»Wo finde ich sie?«

»Bei den Pferden.«

Elisabeth machte eine erschrockenes Gesicht. »Ich soll in den Stall gehen?«

Sara musste ein Lächeln unterdrücken. Ein tolles Landvolk gaben sie hier ab. Angst vor Tieren war auf einem Bauernhof nicht wirklich hilfreich.

»Du kannst es ihr auch von draußen zurufen.«

»Gut«, murmelte Elisabeth.

Sara brauchte anderthalb Stunden, um Kyra Wegener davon zu überzeugen, dass sie bloß unter Blähungen litt. Nein, es gebe keinen Anlass, sie ins Krankenhaus zu bringen, und nein, es sei bestimmt nicht nötig, sie an den Herzton-Wehenschreiber anzuschließen. Und ja, sie könne ganz beruhigt sein und mit ihrem Mann den vierten Advent feiern.

Als sie zurückkehrte, sah sie sofort Christians schwarzen BMW in der Einfahrt stehen, aber ihn selbst konnte sie nirgends entdecken. In der Küche traf sie erneut nur Elisabeth an. Sie beugte sich gerade über die Ofenklappe und begoss den Braten.

»Dein Mann macht einen Spaziergang«, erklärte sie.

»Über die Weiden zum Deich?«, fragte Sara hoffnungsvoll.

»Nein, er wollte ins Dorf.«

»Und was tut er da?«

Elisabeth richtete sich auf und sah sie durchdringend an.

»Ist ja gut«, sagte Sara. »Ich gehe ja schon.«

Sie kam sich albern vor, als sie an Johanns Einfahrt vorbei in Richtung Dorf lief. Miss Marple im Alten Land, so ungefähr fühlte sie sich.

Alles wirkte wie ausgestorben. Das kalte Wetter hielt die Menschen in ihren Häusern fest, wo sie, ähnlich wie Elisabeth, ein Festessen für den vierten Advent vorbereiteten. Nur in der Kaffeebar herrschte Betrieb, und während Sara daran vorbeiging, überlegte sie, ob sie nicht besser aufhören sollte, Detektiv zu spielen. Eine heiße Schokolade und ein Stück Kuchen schienen ihr um einiges verlockender zu sein. Aber dann nahm sie aus den Augenwinkeln eine Bewegung wahr. Sie blieb stehen und blickte durch das Schaufenster ins Innere.

Dort saß Christian. Unanständig dicht neben ihm räkelte sich eine Frau auf ihrem Stuhl, die Sara erst auf den zweiten Blick erkannte: Liliane Petersen! Die schönste Mittdreißigerin im Umkreis von fünfzig Kilometern, Elbe mit eingerechnet. Eine rassige, unverheiratete Brünette, die erst im November ins Alte Land gezogen war und seitdem mehr Männern den Kopf verdrehte, als Sara es auch nur ansatzweise geschafft hatte.

Das durfte doch nicht wahr sein!

Sara stapfte mit den Füßen auf, stemmte die Fäuste in die Hüften und ... tat nichts. Stand bloß da, betrachtete ihren Mann und wusste nicht weiter.

»Exmann«, sagte sie laut. »Exmann, Exmann, Exmann. Er kann tun und lassen, was er will.«

Und doch war da ein Schmerz in ihrem Inneren – und Fassungslosigkeit. Sara begriff, dass sie niemals aufgehört hatte, Christian zu lieben. Ihre Liebe war vielleicht verschüttet gewesen, aber sie war niemals ganz verschwunden. Gleichzeitig empfand sie ungeheure Wut. Wie konnte er es wagen, mit einer anderen zu schäkern, während sie beide doch vielleicht eine winzige Chance hatten, einander wiederzufinden?

Mistkerl!

Und nun? Sie konnte nichts tun. Sie war schließlich keine streitbare Landfrau, die ihren Mann zur Not mit einer Mistforke verteidigte. Ironie des Schicksals, dachte Sara traurig. Noch vor ein paar Monaten war sie selbst es gewesen, die mit den Männern anderer Frauen flirtete.

Ihr Blick wanderte weiter durch die Kaffeebar und blieb an zwei Frauen hängen, die sie kannte. Kathrin Lange und Lea Kaltenberg. Saras erste Feindin und ihre erste Patientin gemeinsam an einem kleinen Tisch direkt neben Christian und Liliane Petersen. Beide beobachteten die Szene, dann standen sie auf, verließen die Bar und stellten sich neben Sara.

»Wird auch Zeit, dass du hier auftauchst«, sagte Lea.

»Was gedenkst du zu tun?«, erkundigte sich Kathrin.

Sara hob hilflos die Schultern. »Gar nichts. Wir sind nicht mehr verheiratet, und wenn er sie mag ...«

»Blödsinn. Die wirft sich an jeden Kerl ran, und deiner

ist einfach nur liebenswürdig. Vor drei Wochen haben wir die beiden auch gesehen. Da wollte sie ihn schon in ihre Wohnung locken.«

»Und?«, fragte Sara mit einem Zittern in der Stimme. »Ist er mitgegangen?«

Lea schüttelte den Kopf. »Nein. Hat's wohl mit der Angst gekriegt. So, und jetzt bist du dran, Sara.«

»Aber ...«

Beide Frauen standen breitbeinig vor ihr. Auf einmal war sich Sara sicher, sie würde an ihnen nicht vorbeikommen, wenn sie einfach nur weggehen wollte.

»Altländerinnen lassen sich ihre Männer nicht wegschnappen«, erklärte Kathrin fest.

Saras Schultern strafften sich wie von selbst, ihr Kinn hob sich. »Stimmt«, sagte sie knapp, riss die Eingangstür auf und marschierte geradewegs auf Christian zu.

»Geht doch«, hörte sie hinter sich noch Lea Kaltenberg sagen.

»Was machst du hier?«, fuhr sie ihn an.

Christian schrak zusammen, dann stand er auf. Liliane Petersen erhob sich ebenfalls.

Er sieht wirklich müde aus, schoss es Sara durch den Kopf. Müde und verwirrt. Wie jemand, der den Boden unter den Füßen verloren hat und nicht weiß, ob er überhaupt noch einen Schritt wagen soll.

»Sara«, sagte er.

»Deine Ex?«, erkundigte sich Liliane Petersen. »Was hat sie denn? Ich denke, ihr seid geschieden?«

Bevor sie noch mehr sagen konnten, waren plötzlich Kathrin Lange und Lea Kaltenberg da. Sie hakten sich rechts und links bei Liliane unter und nahmen sie mit nach draußen.

»Wir laden Sie zu einem Adventsumtrunk ein«, erklärte Kathrin freundlich.

»Genau«, fügte Lea hinzu. »Es wird höchste Zeit, dass wir uns mal richtig kennenlernen.«

Liliane blieb nichts anderes übrig, als sich zu fügen. Die Stimmen der beiden Frauen mochten freundlich sein, ihr Griff war stahlhart.

»Wow!«, stieß Christian aus.

Plötzlich erschöpft, ließ Sara sich auf den Stuhl sinken, der eben noch von Liliane besetzt gewesen war. Auch Christian setzte sich wieder.

»Warum?«, fragte Sara leise. »Warum musst du dir ausgerechnet hier eine neue Freundin suchen?«

Er senkte den Blick. »Als ich Ende November hier war, habe ich sie rein zufällig kennengelernt. Und dann bin ich ganz bewusst nicht mehr hergekommen. Aber ...« Er zögerte, fuhr dann jedoch fort: »Sie hat mich sehr oft angerufen und mir das Gefühl vermittelt, ich sei etwas Besonderes.«

»So«, sagte Sara scharf. »Und weil du endlich mal wieder angehimmelt wirst, musst du jetzt den Casanova geben. Ausgerechnet hier bei uns. Das hättest du auch in Hamburg machen können.«

Bevor er etwas erwidern konnte, fügte sie hinzu: »Und ja, tut mir leid, dass ich dich in den letzten Jahren nicht mehr genug bewundert habe. Du Ärmster, das muss schwer gewesen sein.«

»Darum ging es doch gar nicht«, erwiderte er leise.

»Sondern?«

Christian hob den Blick. In seinen Augen lagen Schmerz und Verwirrung.

»Du warst so unzufrieden, Sara. Du hast dich in deinem

Leben gelangweilt, und ich wusste nicht, wie ich dir helfen sollte. Es war mein Fehler. Ich hätte mit dir reden müssen. Aber du kennst mich. Mit Worten bin ich nur in meinem Beruf gut.«

Sie musste hart schlucken. Also stimmte es nicht, was sie immer gedacht hatte. Sie war nicht einfach unsichtbar geworden. Er hatte durchaus bemerkt, dass sie nicht mehr glücklich war. Andererseits – wäre er nur offener gewesen, zugänglicher. Vielleicht ... Sara rief sich selbst zur Ordnung. Ihr lagen tausend Argumente auf der Zunge, es gab so viele alte Verletzungen und Missverständnisse. Nicht alles musste jetzt ausgesprochen werden. An dem, was geschehen war, würden sie nichts mehr ändern.

»Und ich hätte etwas aus meinem Leben machen müssen«, sagte sie daher schlicht. »Dann wäre ich gar nicht erst so unzufrieden geworden.«

»Nun, du tust es jetzt.«

Sie schenkte ihm ein schmales Lächeln. »Ja, aber das hilft uns nicht weiter.«

Sie bemerkte, dass er seine Hand nach ihr ausstrecken wollte, dann jedoch innehielt. Möglicherweise fürchtete er sich vor einer Zurückweisung, vielleicht dachte er aber auch an Liliane Petersen.

Schlagartig war Saras Wut wieder da. Kalt, diesmal, und tief. Sie hatte geglaubt, er wollte sie zurückgewinnen, stattdessen hatte er seine Zeit mit einer anderen verbracht.

»Es ist am besten, du fährst zurück nach Hamburg und gehst dort deinem neuen Hobby nach«, sagte sie eisig.

Dann stand sie langsam und beherrscht auf, verließ die Kaffeebar, ging zum Glockenhof zurück. Auf ihren Wangen gefroren die Tränen, und sie ahnte, dass sie einen dummen Fehler begangen hatte. Vielleicht hätte sie mehr kämpfen müssen. Aber sie war nicht so streitbar wie Kathrin oder Lea und nicht halb so lebensklug wie Elisabeth. Sie war eben nur ein Kobold, dem das Herz weh tat.

## 24. Kapitel

Jule stand in Carinas Box und rieb die Stute mit Stroh ab. Nachdem Elisabeth ihr von weitem zugerufen hatte, Sara könne nicht kommen, hatte sie beschlossen, Carina trotzdem zu longieren. Aber schon in der Stallgasse hatte die Stute nervös gewiehert und prompt eine blökende Antwort von Nullnull bekommen. So war Jule auf die Idee verfallen, das Schaf mit hinauszunehmen. Tatsächlich hüpfte es auf seinen drei Beinen brav hinterher und begriff instinktiv, dass es nicht im Weg sein durfte. Auf dem Reitplatz stellte es sich in eine Ecke des Vierecks und beobachtete genau, wie seine Freundin an der langen Leine im Kreis trabte.

Ich sollte eine Schaftherapie für nervöse Pferde entwickeln, dachte Jule jetzt. Mit Carina und Nullnull klappte es schon mal prima.

In der Box nebenan genoss Lotte ihren Ruhetag. Die ganze Woche lang hatte sie Reitschüler auf ihrem Rücken getragen, heute durfte sie faul sein. Jule langte über die Trennwand und kraulte ihre schwarze Mähne, die dank sorgfältiger Pflege wieder seidig nachwuchs.

»Ohne dich wäre ich aufgeschmissen.«

»Das höre ich gern«, antwortete Leo. Er stand breitbeinig in der Stallgasse und strahlte sie an. Jule vergrub schnell ihr Gesicht in Lottes Mähne. Leo sollte nicht sehen, wie sie vor Freude rot wurde. Dass er sich bloß nichts einbildete!

Okay, sie mochte ihn wirklich, aber mit Liebe hatte das

nichts zu tun. Also, maximal mit einem klitzekleinen bisschen Verliebtheit. Aber selbst dafür war jetzt keine Zeit. Sie musste sich eine Existenz aufbauen, sie hatte furchtbar viel zu tun, sie ...

»Kriegst du noch Luft?«, hörte sie ihn fragen.

»Blödmann.«

Er kam zu ihr in Carinas Box. Die Stute zuckte nur kurz zusammen, dann ließ sie sich von ihm den schlanken Hals streicheln.

»Wenigstens eine, die mich mag«, erklärte er mit theatralischer Miene.

»Das Schaf findet dich auch ganz toll.«

Seine Augen funkelten sie belustigt an. »Was bin ich doch für ein Glückspilz. Ein Vierbeiner und ein Dreibeiner haben eine Schwäche für mich. Jetzt fehlt nur noch der Zweibeiner.«

»Darauf kannst du lange warten!«

»Ich hab's nicht eilig.«

Nullnull stupste Jule in die Kniekehlen. Es war nur ein leichter Stoß, aber sie stolperte nach vorn und landete in Leos Armen. Er fing sie auf, mit einer Sicherheit, als hätte er nur darauf gewartet.

»Steckst du mit dem Schaf unter einer Decke?«, fragte sie und versuchte, sich von ihm zu lösen. Schwierig, da er sie mit starken Armen fest und gleichzeitig sanft hielt.

»Ja«, erklärte er ganz ernsthaft. »Wir haben heute früh miteinander telefoniert und diesen Trick genau abgesprochen.«

»Blödm...«

Er ließ sie nicht ausreden. Sein Kuss war leicht, kaum spürte sie die Berührung, aber als ihre Lippen zitterten und ihr Körper sich an ihn drängte, wurde er forscher.

Leos Hände strichen über ihren Rücken, sein Herz klopfte hart und schnell in seiner Brust. Jule konnte sich nicht darin erinnern, wann sie sich zuletzt so lebendig gefühlt hatte. Gleichzeitig war sie voller Angst. Alles geschah so plötzlich. Der Glockenhof, das neue Leben und jetzt Leo. Ihr Kopf wollte Vernunft annehmen, zur Ruhe mahnen, ein anderer Teil von ihr sah das anders.

Während sie Leo von sich stieß und sich schwer atmend abwandte, stellte Jule sich vor, wie sie mit Leo im Stroh lag. Sehr glücklich und sehr nackt.

Sie kämpfte darum, die wilden Sexbilder aus ihrem Kopf zu kriegen. Schuld daran war bloß Ilka. Die hatte sie gestern angerufen und ihr erklärt, sie werde an diesem Wochenende nicht zum Glockenhof kommen. Sie habe nämlich beschlossen, diesem Dummkopf Fernando ein für alle Mal seine idiotischen Gefühle für eine Rollifahrerin auszutreiben. Und zwar mit Sex.

»Wie soll das gehen?«, hatte Jule zurückgefragt.

»Weiß ich auch noch nicht so genau. Aber ich wette, wenn er mich erst mal in Dessous sieht, vergeht ihm der Spaß. Obenrum ganz okay, aber untenrum zwei lahme Streichholzbeine.«

Jule hätte auf einen anderen Ausgang gewettet. Zwar kannte sie ihren Nachbarn kaum, doch ein sicheres Gefühl sagte ihr, dass Ilka sich irrte.

Leos Stimme holte sie ins Hier und Jetzt zurück. »Jule«, sagte er leise. Sie begriff, dass sie sich mit ihren Gedanken über Ilka nur von ihrem Dilemma ablenken wollte.

Langsam drehte sie sich wieder zu ihm um und vergrub ihre Hände in Nullnulls Wolle, um sie bloß nicht nach ihm auszustrecken. »Das ist zu viel, zu schnell. Ich ... kann nicht.«

Leos Schultern sanken herab, als er die Box verließ. Jetzt hat er schon genug von mir, dachte sie traurig. Aber bereits im nächsten Moment wirkte er wie ausgewechselt.

»Ein Ei!«, stieß er hervor.

Jule folgte ihm. Er stand neben einer großen auf der Seite liegenden Holzkiste, die den Hühnern als Notunterkunft diente.

»Da liegt definitiv ein Ei. Ein echtes großes braunes Hühnerei. Das ist das Wunder zum vierten Advent.«

»Du hast echt einen Sockenschuss«, erklärte Jule, aber dann musste sie lachen. Leos Begeisterung war ansteckend. Vielleicht konnten sie beide vergessen, was eben in der Box passiert war. Vielleicht konnten sie einfach Freunde sein. So wie früher. Oder nein, besser als früher. Sie holte eine Handvoll Maiskörner und streute sie auf dem Boden aus. Schon verließ Alfons mit seinen Hennen im Gefolge die Kiste.

Leo hob vorsichtig das Ei hoch und betrachtete es dann ausgiebig. »Wer das wohl gelegt hat? Rührei, Solei, Spiegelei oder Omelett? Ich finde, die sehen alle vier aus wie stolze Mütter.«

»Jetzt mach nicht so eine Show. Schau lieber nach, ob es noch mehr gibt.«

Er folgte ihrem Befehl, aber es blieb vorerst bei diesem einen Ei.

»Gut möglich, dass es befruchtet ist«, meinte Leo und löste damit bei Jule neue aufregende Phantasien aus. »Und wenn es Heiligabend schlüpft, gibt's ein Jesusküken.«

Jule kämpfte mit ihren Vorstellungen über eine Befruchtung und musste sich dringend mit etwas beschäftigen. Sie schnappte sich einen Reisigbesen und fing an, mit Schwung die Stallgasse zu kehren. Alfons und seine Damen flatterten unter lautem Protest hoch und verkrochen sich dann wieder in ihrem provisorischen Stall.

Leo sah ihr einen Moment zu, dann legte er das Ei auf der Futterkiste ab und nahm ihr den Besen aus der Hand.

»Das mache ich später für dich. Jetzt will ich dir etwas zeigen. Ich habe dir nämlich etwas mitgebracht.«

»So, was denn?«

»Ist eine Überraschung. Warte hier. Ich muss ihn noch aus dem Kofferraum holen.«

Ihn?, fragte sie sich misstrauisch. Nervös ging sie in der Stallgasse auf und ab. Sie hasste Überraschungen! Kam selten was Gutes bei raus!

Als Leo wieder erschien, trug er einen ziemlich großen Gegenstand vor sich her. Er war in eine Decke gehüllt, aber Jule ahnte sofort, was es war.

Trotzdem fragte sie mit scharfer Stimme: »Was soll das sein?«

»Ein Damensattel«, erklärte Leo.

★

Claudia schraubte die Verschlüsse auf drei Cremetiegel und wischte sie mit einem Küchentuch sauber. Dann setzte sie sich zufrieden auf den hohen Stuhl an ihrem Arbeitstisch und betrachtete ihr Werk. Ich habe es geschafft, sagte sie sich. Nach vielen Experimenten war sie zur ihrer allerersten Mixtur zurückgekehrt, mit ein paar Abweichungen: Von der Zitronenessenz hatte sie nur fünf Tropfen genommen. Sie sollte der Creme ein wenig Frische verleihen, aber um Gottes willen keine Hautreizungen mehr verursachen. Außerdem hatte sie der Mischung zehn Milliliter konzentriertes Apfelöl hinzugefügt, das den besonders schönen Duft verstärkte. Ein wenig Rosmarinessenz stellte den würzigen Gegenpol dazu dar. Davon abgesehen war sie nach einigen Versuchen mit anderen Ölen zu Jojoba-Öl zurückgekehrt. Auch Bienenwachs als Konsistenzgeber und Lanolin als Emulgator gehörten wieder in ihr Grundrezept.

Vor ein paar Tagen schon hatte sie einen ersten Versuch gestartet und die Creme dann an sich selbst ausprobiert. Die Wirkung war verblüffend gewesen. Nicht nur, dass es zu keinerlei Irritationen gekommen war, nein, viel besser: Claudias Gesicht hatte sich auf einmal seidenweich und frisch zugleich angefühlt. Eine Wirkung, die sie während ihrer Jahre in der Parfümerie Schwan oft angepriesen hatte, ohne selbst daran zu glauben. Aber es war so. Ihre Haut nahm die Creme auf und entfaltete sich zu neuer Blüte.

Na ja. Claudia grinste vor sich hin. Sie würde sich noch einen weniger pathetischen Werbeslogan ausdenken müssen, wenn sie glaubhaft bleiben wollte. Jetzt nahm sie drei Etiketten zur Hand und schrieb drei Namen darauf. Elisabeth, Sara und Jule. Klar, die drei gehörten verschiedenen Generationen an, aber diese Basiscreme sollte für Frauen jeden Alters geeignet sein. Erst in einem späteren Schritt wollte Claudia ihre Produkte spezieller gestalten. Immer schön eins nach dem anderen.

Früher war sie anders gewesen. Da hatte sie stets alles sofort erreichen wollen. Inzwischen hatte sie gelernt, den Dingen ihre Zeit zu lassen.

Ja, das Landleben bekam ihr gut. Noch vor wenigen Wochen hatte sie geglaubt, sie sei sich selbst fremd geworden, sie habe sich verloren. Jetzt begriff sie, dass sie sich selbst in Wahrheit neu erfand. Alles brauchte eben seine Zeit. Eine gute Creme konnte nicht von heute auf morgen entwickelt werden, ein altes Bauernhaus war nicht über Nacht renoviert. Freundschaften mussten in Ruhe wachsen, ihre Beziehung zu Jule verbesserte sich nicht mit einem einzigen großen Sprung, sondern mit vielen kleinen Schritten. Und die Liebe durfte ...

Mit der rechten Faust hieb Claudia so heftig auf den Arbeitstisch, dass die Cremetiegel gegeneinanderklirrten.

Über die Liebe durfte sie nicht nachdenken. Das war zu schmerzhaft.

Johann war fort, und er hatte sich nicht einmal von ihr verabschiedet. Einzig Elisabeth hatte ihr erzählt, dass er seine Töchter besuchen wollte. Schön und gut, aber in Claudias Augen war er einfach vor ihr geflüchtet. Feigling!

Nein, sie wollte nicht an Johann denken. Nur an das, was sie erreicht hatte. An ihre Tochter, an ihre Freundinnen, an ihr neues, gutes Leben. Es musste genügen.

Wütend wischte sie eine Träne fort, dann stand sie auf und verließ ihre Werkstatt. Die Tiegel trug sie in einem Plastikbehälter. Auf ihm klebte ein Schild mit der Aufschrift: »Nicht anfassen!« So bestand gute Hoffnung, dass er bis Weihnachten unberührt im Kühlschrank bleiben würde.

In der Küche standen Elisabeth und Sara einträchtig am Herd. Die eine wendete den Rotkohl, die andere dickte die Soße ein.

»Neues aus deiner Hexenküche?«, fragte Sara, als sie die Plastikbox in Claudias Händen entdeckte.

»Pass auf, was du sagst. Du wirst mich noch anflehen, dir einen Tropfen von meiner Creme zu schenken.«

Sara lachte kurz, dann verdunkelte sich ihre Miene.

»Was ist denn los?«, fragte Claudia, nachdem sie die Box weit unten im Kühlschrank verstaut hatte.

»Christian mutiert zum Weiberhelden. Ausgerechnet hier im Alten Land.«

»Was?«

»Sie übertreibt«, warf Elisabeth ein. »Meines Wissens war es ein unschuldiger Flirt.«

»Unschuldig! Pah!« Einige von Saras Locken lösten sich aus ihrem Pferdeschwanz und standen buchstäblich zu Berge. »Er gefällt sich in der Rolle des umschwärmten Paschas. Er führt sich auf wie … wie Alfons.«

Den drei Frauen gingen ähnliche Bilder durch den Kopf. Sie starrten einander an, dann brachen sie in schallendes Gelächter aus und klopften sich gegenseitig den Rücken.

Kaum hatten sie sich beruhigt, sagte Elisabeth: »Gockel Christian.« Schon prusteten sie wieder los.

Als sie zu Atem kam, ergänzte Claudia: »Der Herr der Hühner.«

Brüllendes Gelächter drang durch das Küchenfenster nach draußen in den Hof.

Ein Mann stand dort. Unschlüssig. Schließlich setzte er seinen Weg fort. Sein Ziel war der Stall. An einer behelfsmäßigen Leine zog er ein Tier hinter sich her, das sich zwar wehrte, gegen die Kraft des Mannes aber nicht ankam.

Claudia ließ sich auf die Eckbank sinken. Sara und Elisabeth folgten ihrem Beispiel. Elisabeth holte vorher noch eine Flasche Apfelkorn. »Den brauchen wir jetzt, sonst endet es schlimm mit uns.«

Sara nickte nur. Sie hatte einen fürchterlichen Schluckauf und musste die Luft anhalten.

»Danke«, sagte Claudia und kippte ihr Glas in einem Zug.

»Dein Mann ist wenigstens in der Nähe«, sagte sie dann zu Sara. Schlagartig kippte ihre Stimmung, und ein unkontrollierbarer Schmerz erfasste sie. »Johann ist spurlos verschwunden.«

»Unsinn«, warf Elisabeth ein. Auch sie lachte nicht mehr. »Johann besucht seine Töchter. Das habe ich dir schon erzählt. Er wird nicht ewig fortbleiben.« Sie nippte nur an ihrem Schnaps.

Sara starrte vor sich hin. Traurigkeit lag in ihrem Blick, in ihren Augenwinkeln. »Und ich habe Christian verloren. Selbst schuld. Wer wollte denn die Scheidung? Ich! Wer wollte weg aus Hamburg und ein neues freies Leben beginnen? Ich. Das habe ich nun davon. Geschieht mir ganz recht.«

»Und ich hab's wahrscheinlich auch verdient, dass Johann mich wie die Pest meidet«, fügte Claudia hinzu. Sie dachte an die Sturmnacht. Vielleicht hätte sie nicht gehen dürfen, vielleicht hätte sie nicht zulassen dürfen, dass er wieder Distanz zwischen ihnen schuf.

Dieses doppelte Liebesleid schien zu viel für Elisabeth zu sein. »Ihr solltet mal weniger an euch selbst denken.«

»Du meinst, ich soll Christian um Vergebung bitten, damit er mich wieder liebt?«, fragte Sara bitter.

»Und ich soll meinen Apfelgarten mit einer riesigen roten Schleife verzieren und Johann schenken, damit er mir sein hartes Bauernherz öffnet?«

»Euch beiden ist einfach nicht zu helfen!«, stellte Elisabeth fest. »Ich schlage vor, ihr lasst mich jetzt allein, damit ich mich weiter um das Mittagessen kümmern kann. Schleift ein altes Möbelstück ab, strickt einen Schal, nehmt ein Bad. Irgendwas!«

Ehe sie sichs versahen, standen Claudia und Sara in der Diele.

»Baden wäre eine gute Idee«, erklärte Claudia. »Aber

danach gibt es für Stunden kein warmes Wasser mehr. Ich glaube, ich dusche nur schnell.«

Sara nickte. »Ich ziehe mich um. Hey, weißt du was? Wir könnten mal wieder einen Nein-Tag veranstalten.«

Claudia grinste. »Mit schrecklichem Fernsehen und ekligem Essen.«

»Genau. Morgen?«

»Unmöglich. Da habe ich einen Termin in einer Kosmetikfabrik in Hamburg. Ich will mal ausloten, ob ich meine erste Pflegeserie dort produzieren lassen kann. Spätestens Ende Januar will ich die Prototypen für eine Tages- und eine Nachtcreme, für eine Augencreme und eine Körperlotion fertig haben. Dienstag?«

Sara schüttelte den Kopf. »Da bin ich den ganzen Tag im Krankenhaus. Meine Kollegin hat dort drei Belegbetten und will für zwei Tage verreisen. Ich vertrete sie.«

»Ach so. Na, da wird es so bald nichts. Ich will eine Gärtnerei besuchen. Meine eigenen Kräuter kann ich erst im Frühling ziehen. In der Gärtnerei arbeiten sie auf rein biologischer Basis. Da will ich mich mit einigen Kräutertöpfen eindecken.« Sie überlegte kurz und fuhr dann fort: »Mittwoch müssen wir auch streichen. Hab Jule versprochen, mit ihr nach Hamburg zu fahren. Sie braucht einiges aus ihrer Wohnung und will selbst aussuchen, was sie mitnehmen will. Sonst hätte ich ihr die Sachen schon am Montag nach meinem Termin in der Kosmetikfabrik mitbringen können. Die Wohnung wird sie übrigens im neuen Jahr untervermieten.«

»Toll. Das heißt, sie meint es ernst mit dem Glockenhof?«

Claudia nickte. »Und ich habe meinen Mietvertrag gekündigt.«

»Kein Hintertürchen, was?«

»Keines.«

»Ich will auch nicht zurück in die Villa. Im Augenblick kümmert sich Leo um alles, und Christian wohnt da ja auch wieder. Mich zieht da nichts mehr hin.«

Jetzt war sie nicht ganz ehrlich, fand Claudia.

»Mittwoch«, fuhr Sara fort, »möchte ich meine Patientinnen besuchen. Zwar kann es Weihnachten trotzdem Überraschungen geben, aber ich wäre auf jeden Fall ruhiger. Keine Ahnung, wann ich von der Tour zurückkomme. Kann spät werden.«

»Und dann ist Heiligabend«, stellte Claudia fest.

»Hm«, machte Sara. »Es gibt da sowieso ein Problem. Wir haben gar keinen Fernseher.«

Sie sahen sich an und grinsten. Offensichtlich gab es in ihrem Leben keinen Platz mehr für einen Nein-Tag.

Keine der beiden empfand besonderes Bedauern darüber.

★

Auf seinem Weg zum Stall kam Johann ein stinkwütender Leo entgegengelaufen.

»Hallo«, sagte er freundlich.

»Tach.« Leo starrte verwirrt auf Johanns Begleiter. »Welcher böse Zauberer hat Lulu denn verwandelt?«

Ohne eine Antwort abzuwarten, stürmte er weiter, um den BMW herum und die Einfahrt entlang. Er machte den Eindruck, als wollte er zu Fuß bis nach Hamburg laufen. Johann schüttelte den Kopf. Die Frauen des Glockenhofes machten es den Männern verdammt schwer. Verbohrt und stachelig – eine wie die andere. Einzig Elisabeth bildete da eine Ausnahme. Ohne sie wäre hier vermutlich schon längst alles auseinandergefallen. Unwillkürlich blieb er stehen. Oder auch nicht. Claudia, Sara und Jule würden es auch ohne sie schaffen. Sie waren starke Frauen, jede auf ihre Art. Nur von Männern sollten sie vielleicht besser die Hände lassen.

Er zog an dem Strick und setzte seinen Weg fort. Dabei grinste er in sich hinein. Merle, seine Älteste, hatte ihm gesagt, er sei verändert. Er sei ... irgendwie offener geworden. Kluges Mädchen. Sie war überrascht gewesen, als er plötzlich in Göttingen aufgetaucht war, aber er glaubte, sie hatte sich auch ein wenig gefreut. Marita in Hamburg war wie gewohnt sehr mit sich selbst beschäftigt gewesen. Zwar hatte sie einem Treffen in einem Coffeeshop zugestimmt, aber dann hatte sie nur von sich geredet. Johann war damit zufrieden gewesen.

Es ist ein neuer Anfang, sagte er sich jetzt. Und es braucht seine Zeit, aber ich werde dranbleiben.

Trotz des Widerstandes seines vierbeinigen Begleiters erreichte er endlich die Stalltür und stieß sie auf. Als seine Augen sich an das Halbdunkel gewöhnt hatten, staunte er. Jule stand breitbeinig in der Stallgasse und schlug mit einem Besen auf einen Sattel ein, der auf dem Boden lag. Dazu stieß sie heftige Flüche aus, die er seit langem nicht mehr von ihr gehört hatte. Die Pferde und das Schaf hatten sich in die hintersten Ecken ihrer Boxen verzogen, von den Hühnern war gar nichts zu sehen.

»Was zum Teufel tust du da?«

Sie warf ihm einen kurzen Blick zu. »Ich schlage auf das verdammte Ding hier ein.«

»Das sehe ich. Aber warum?«

»Es ist ein verfluchter Damensattel.« Das letzte Wort spuckte sie förmlich aus.

Johann hatte so einen Sattel vor Jahren schon einmal auf einem ländlichen Reitturnier gesehen. Er verfügte nur auf der linken Seite über einen Steigbügel und besaß dafür oben zwei breite, gebogene Sattelhörner. Eins schaute nach unten, eins nach oben. Die Damen saßen darauf in eleganter Haltung, beinahe so, als würden sie die Beine übereinanderschlagen. Innerhalb von zwei Sekunden zog er die richtige Schlussfolgerung.

»Okay«, sagte er. »Mit dem Besen wird das nichts. Hier, halt mal kurz Schinken fest. Ich hole die Axt.«

Er drückte ihr den Strick in die Hand und verschwand.

Als er zurückkam, starrte Jule auf das Schwein am anderen Ende des Stricks. Der Damensattel schien vergessen.

»Schinken? Was ist das denn für ein Scheiß-Name?«

»Bauer Wolters hat es so genannt. Als gutes Omen. Hat bloß nicht geklappt. Deswegen hat er mich gefragt, ob ich's zum Glockenhof bringen kann. Da werden doch kranke und bekloppte Tiere gepflegt. Seine Worte.«

»Für ein Schwein ist es verdammt dünn.«

»Ja. Es will seit zwei Wochen nicht mehr fressen.«

Jule starrte ihn an. »Johann, das glaube ich jetzt nicht. Du hast mir ein magersüchtiges Schwein gebracht? Meinst du nicht, ich habe schon genug zu tun?« Ihre Stimme aber klang schon viel weniger wütend, und er sah, dass Schinken sich vorsichtig der jungen Frau annäherte. Im nächsten Moment kratzte Jule ihm ausgiebig den borstigen Rücken.

»Von einem Problem kann ich dich befreien«, sagte Johann und nahm die Axt von der Schulter. »Oder soll ich es lieber draußen machen? Die Tiere sind ziemlich verschreckt.«

»Lass es einfach«, erwiderte Jule leise.

Er stellte die Axt in einer Ecke ab, ging auf sie zu und

nahm sie in die Arme. Bei seinen Töchtern hatte er das nicht gewagt, bei Jule war es ganz einfach.

»Ich habe Angst«, flüsterte sie. »Ich weiß ja, dass es eine Chance ist. Im Damensitz brauche ich das rechte Bein nicht. Ich könnte lernen, auf diese andere Art wieder richtig gut zu reiten, und müsste mich nicht an meinen Leistungen von früher messen. Leo ... Leo ist genial. Aber ich habe ihn weggejagt.«

»Er wird es verstehen, wenn er sich beruhigt hat«, erwiderte Johann.

Ganz sicher war er sich da allerdings nicht. Jeder Mann kommt irgendwann an seine Grenze, dachte er und fragte sich gleichzeitig, ob er bei Claudia diese Grenze schon erreicht hatte. Sie hatte von Freundschaft gesprochen, als er Liebe im Herzen verspürte. Eine innere Stimme schickte sich an, ihm zu erklären, dass er sich womöglich gewaltig täuschte. Es ging hier vielleicht nur um ein dummes Missverständnis. Liebevoll hatte er in der Sturmnacht nämlich nicht gerade geklungen. Eher abwehrend. Von wegen alte Geschichte, die er ihr hätte ersparen sollen. Außerdem war Claudia genauso stolz wie er selbst. Keine Frau, die jemals um seine Zuneigung betteln würde. Vor allem nicht, nachdem er sich über Nacht aus dem Staub gemacht hatte. Er brachte die Stimme nach kurzem Kampf zum Schweigen.

Jule löste sich langsam von ihm. »Mir ist schon selbst der Gedanke gekommen, es mit einem Damensattel zu versuchen. Er wird ja wieder immer beliebter, und es gibt Turniere auf hohem Niveau.«

»Aber du fürchtest dich.«

»Ja.«

»Nun, dagegen kenne ich ein gutes Mittel.« Er nahm ihr die Leine aus der Hand und band das Schwein an einem

Haken an der Stallwand fest. Die Hühner steckten vorsichtig die Köpfchen aus ihrer Holzkiste und beäugten den Neuzugang. Ein Grunzen jagte sie zurück.

Dann holte er Lotte aus der Box, legte ihr eine Trense an und hob den Sattel hoch.

»Kluger Junge«, sagte Johann. »Leo hat einen Sattel ausgesucht, der gut auf ihren breiten Rücken passt. Ist nicht perfekt, aber es geht schon. Und meine Lotte lässt sich von dem ungewohnten Ding nicht aus der Ruhe bringen.«

»Ich ... ich kann nicht.«

»Natürlich kannst du. Ein Altländer schafft alles, was er sich vornimmt. Wir stecken Niederlagen ein und verlieren nie den Mut. Wir überstehen Sturmfluten und fangen danach noch einmal von vorn an.«

Er sah, wie in ihren Augen etwas aufblitzte. Es hatte sich also herumgesprochen, was mit ihm geschehen war. Gut. Er hatte nichts dagegen.

»Wir sind sture Leute, und du bist jetzt eine von uns.«

Offenbar hatte er genau die richtigen Worte gefunden, denn Jules Schultern strafften sich, ihr Blick wurde fest.

»Zum Reitplatz«, sagte sie knapp.

Sie sprachen nicht mehr. Auf dem Platz angekommen, zog Johann den Sattelgurt straff. Er half Jule, den linken Fuß in den Steigbügel zu stellen, und gab ihr etwas Schwung, als sie sich hochzog. Mit einiger Mühe brachte sie das rechte Bein in die ungewohnte Position über dem oberen Horn, während das linke sich wie von selbst unter dem unteren Horn an den Pferdeleib schmiegte. Instinktiv saß sie dann sehr gerade und nicht seitlich verdreht. Die Schultern parallel zu Lottes Schultern. Ihre Hände nahmen die Zügel auf. Sie würde sich an eine breitere und höhere Haltung der Zügel gewöhnen müssen, da das rechte Knie im Weg war, aber Johann hegte keinen Zweifel, dass sie es schaffen würde. Sie war eine Kämpferin.

Lotte war die ganze Zeit brav auf ihren vier Hufen stehen geblieben. Auch die ungewohnten einseitigen Hilfen, die sie jetzt bekam, brachten sie nicht aus dem Konzept. Sie setzte sich in Bewegung.

Johann ging zum Zaun und schaute zu, wie Pferd und Reiterin in flottem Schritt das Viereck umrundeten. Zum ersten Mal bekam er eine Ahnung davon, wie Jule früher gewesen sein mochte. Eine stolze junge Frau, die elegant und kraftvoll zugleich im Sattel saß. Eine Augenweide. Er musste sich abwenden, damit sie nicht den Schmerz in seinem Gesicht entdeckte, als sie jetzt an ihm vorbeiritt.

»Ich werde eine lange Gerte brauchen, um die Hilfen an der rechten Seite zu ersetzen.«

»Eine lange Gerte«, erwiderte er rau. »In Ordnung.«

## 25. Kapitel

Die Wintersonne schickte ihre letzten Strahlen über den Apfelgarten und tauchte den frisch gefallenen Schnee auf den Baumkronen in ein goldenes Licht. Claudia atmete tief die kalte, saubere Luft ein. Pünktlich zum Heiligen Abend hatten die Wolkenberge am Morgen ihre weiße Pracht zur Erde geschickt und waren dann weitergezogen. Der Schnee knirschte unter ihren Füßen, als sie nun zu dem alten, knorrigen Apfelbaum ging, der im nächsten Jahr hoffentlich wieder ihre Lieblingsäpfel tragen würde. Stille lag über dem Land, nur aus der Ferne klang Glockengeläut zu ihr herüber und mischte sich mit dem Ton eines Schiffshorns.

Claudia brauchte diesen Moment für sich. Im Haus stritten sich Elisabeth und Jule um den Baumschmuck. Gemeinsam hatten die vier Frauen am Morgen eine schöne Tanne auf dem Brachland geschlagen und in die Stube geschleppt. Nun waren sich die älteste und die jüngste Frau im Haus uneinig. Echte Kerzen und Strohsterne gegen bunte Lichterketten und knallfarbene Kugeln. Sara hatte die Augen verdreht und war in die Küche gegangen, um den Kartoffelsalat zu wenden. Heute Abend sollte es schlichtes Essen geben. Würstchen und Kartoffelsalat, ein wenig geräucherten Fisch. Für den morgigen ersten Weihnachtstag hingegen plante Elisabeth einen Gänsebraten. Genauer gesagt: zwei Gänsebraten. Claudia hatte sich gegen die

Stirn getippt. Wer sollte das alles essen? Johann ließ sich nicht blicken, Christian und Leo waren in Hamburg. Aber Elisabeth hatte sich nicht beirren lassen. Es kam wie üblich niemand gegen sie an.

Nun gut, dann würden sie die Hälfte des Essens eben einfrieren müssen.

Der Apfelbaum stand ruhig und ewig vor ihr. Ihn konnte nichts erschüttern. Claudia berührte seinen Stamm und spürte fast augenblicklich, wie sie selbst ruhig wurde. Ein Gefühl von Frieden erreichte ihr gesprungenes Herz. Endlich wandte sie sich ab und ging zurück.

Als sie am Stall vorbeikam, hörte sie ein leises Wiehern. Ein Blöken, ein Gackern und ein Grunzen antworteten. Eine schöne Menagerie haben wir da, dachte Claudia und lächelte. Den Tieren ging es unter Jules Pflege gut. Carina wurde mit jedem Tag ruhiger, die Hennen wirkten glücklich, und sogar das Schwein machte Fortschritte. Das war allerdings Elisabeth zu verdanken. Die hatte das Schweinefutter kurzerhand weggeworfen und dem mageren Tier einfach die Küchenabfälle vorgesetzt. Rübenschnitze, Fleischreste, Kartoffelschalen. Tja, es hatte geklappt. Seitdem hatte Schinken wieder Appetit. Außerdem hatte Jule vorhin von einer freundschaftlichen Annäherung zwischen Schinken und Lotte erzählt. Warum auch nicht? Wenn sich das eine Pferd mit einem Schaf anfreundete, durfte das andere ein Schwein zum Gefährten wählen. Eine Sau, um genau zu sein, wie Jule ihnen allen erklärt hatte. Womit Alfons der einzige Mann blieb. Claudia verzog das Gesicht. Die reinste Weiberwirtschaft auf dem Glockenhof. Im Stall wie im Haus.

Vor der Eingangstür entdeckte sie gleich den dicken braunen Umschlag, der halb unter der Fußmatte verborgen war. Als sie vorhin zu ihrem kurzen Spaziergang aufgebrochen war, hatte da noch nichts gelegen. Das hätte sie beschwören können. Sie hob ihn auf, öffnete ihn und stieß einen kleinen Schrei aus.

Elisabeth, Sara und Jule kamen angelaufen.

»Was ist passiert?«, fragten sie im Chor.

»Zehntausend Euro«, sagte Claudia. »Das sind mindestens zehntausend Euro.«

Jule staunte, Elisabeth schaute intensiv zu Boden, Sara stieß ein einziges Wort aus: »Phänomenal!«

»Von wem ist das?«, fragte Jule.

»Das weiß ich nicht. Kein Name, kein Absender, kein Brief.«

»Vielleicht von Johann«, mutmaßte Jule. »Der will sich entschuldigen. Und außerdem hat er uns alle so lieb, dass er unsere maroden Finanzen sanieren will, damit wir ihm als Nachbarn erhalten bleiben.«

Sara zog eine Grimasse. Sie zweifelte offenbar an Johanns plötzlicher Menschenfreundlichkeit.

Claudia hatte sowieso einen anderen Verdacht. Sie musterte Elisabeth ausgiebig, aber die interessierte sich weiterhin für den Dielenboden.

»Ein Gottesgeschenk«, murmelte sie nur.

»Ich kann das nicht annehmen«, erklärte Claudia fest.

Aber da waren Sara und Jule anderer Meinung. Sara schnappte sich den Umschlag, Jule nahm ihre Mutter bei der Hand und führte sie ins Haus. Claudia sagte nichts mehr. Es genügt wohl, dass sie wusste, von wem die Spende kam.

In der Stube sah sie gleich, dass der Streit um den Baumschmuck zu Elisabeths Gunsten ausgegangen war. Es überraschte sie nicht. Die Kerzen brannten und verbreiteten ein heimeliges Licht. Allerdings war Jule kein Typ, der so leicht aufgab. Jedes Mal, wenn Elisabeth mit etwas anderem beschäftigt war, landete wie durch Zauberhand eine bunte Kugel am Baum.

Sara kam mit einer Flasche Sekt aus der Küche. »Wir stoßen jetzt an und sind alle ganz friedlich.«

Ihr Blick fiel auf den Baum und sie kicherte. Dann ließ sie den Korken knallen.

»Um vier Uhr nachmittags?«, erkundigte sich Elisabeth mit leisem Tadel.

»Ist doch ganz egal. Es ist Weihnachten, und wir sind unter uns.«

Mit Ausnahme von Elisabeth stimmte diese Bemerkung die Frauen traurig. Schnell goss Sara die Sektkelche voll und reichte sie herum. Sie stießen an und tranken. Elisabeth und Claudia setzten sich in die beiden Ohrensessel, Sara und Jule ließen sich auf einem flauschigen Teppich vor dem Tannenbaum nieder. Claudia beobachtete ihre Tochter genau. Nur ganz kurz verzog sie vor Schmerz das Gesicht, dann saß sie bequem, und ihre Züge entspannten sich. Dies war das schönste Weihnachtsgeschenk, das eine Mutter sich wünschen konnte.

Elisabeth schlug vor, sie könnten später am Abend in die Kirche gehen. Alle nickten. Sara erzählte, sie erwarte kein Jesuskind an diesem Abend, aber zur Sicherheit werde sie nicht mehr als dieses eine Glas Sekt trinken. Auf einmal klingelte Jules Handy. Sie entschuldigte sich bei den anderen, bevor sie das Gespräch annahm. Alle verstanden, dass sie nicht schnell aufspringen und nach nebenan gehen konnte.

Ob sie immer noch hofft, ihr Vater ruft sie an?, fragte sich Claudia. Sie glaubte es nicht.

Jule sagte ein paarmal »Oh« und »Ah« und »Verstehe«. Dann legte sie auf und grinste in die Runde.

»Das war Ilka«, erklärte sie dann. »Ich hatte sie eingeladen, mit uns zu feiern, aber sie ist ... ähm ... beschäftigt.«

»Womit?«, fragte Elisabeth.

Auch Claudia verstand nicht. Sara, die offenbar eingeweiht war, schon. Sie hob die Hand, aber Jule sprach bereits weiter. »Sie will mit Fernando was ausprobieren. Letztes Mal hat sie schon was gespürt. Aber sie muss dringend herausfinden, ob das nur ein Echo alter Tage war oder ob sich da wirklich wieder etwas regt.«

»Das genügt!«, erklärte Sara streng.

Claudia und Elisabeth tauschten einen ratlosen Blick. Dann ahnte Claudia plötzlich, worum es ging, und spürte, wie ihr die Hitze ins Gesicht stieg.

»Ach ja«, fügte Jule mit Unschuldsmiene hinzu, »Ilka meint auch, er hat dickere Eier, als sie gedacht hätte. Ich frage mich bloß, wie das gemeint ist. Wortwörtlich oder eher metaphorisch?« Lachend wehrte sie einen Ellenbogenstoß von Sara ab.

»Hauptsache, dem Mädchen geht es gut«, beendete Elisabeth energisch das Thema.

»Genau«, sagte Sara schnell. »Und jetzt gibt's Bescherung.«

Claudia war in Gedanken noch bei Ilka und Fernando. »Schade, dass sie nicht kommen. Dann wäre wenigstens ein Mann hier gewesen.«

»Pah!«, machte Jule. »Wir vier haben es bisher ohne die Kerle hingekriegt. Das schaffen wir auch weiterhin.«

Daraufhin stießen sie erneut an, obwohl Claudia dachte, dass es so nicht stimmte. Vor allem ihre Tochter hatte in Johann einen väterlichen Freund gefunden.

Schließlich griff Jule hinter sich und zog vier leuchtend bunte Päckchen aus dem Stapel der Geschenke.

»Johann hat mich in die Stadt gebracht«, erklärte sie, als sie die verwunderten Blicke bemerkte. »Er gibt mir übrigens auch Fahrstunden. Es klappt schon ganz gut. Bald bin ich wieder vollkommen selbständig.«

Claudia senkte die Lider. Sie freute sich für Jule. Johann half ihr, Johann stand ihr zur Seite. Nur ihr. Rasch wischte sie die Tränen fort und öffnete ein kleines Päckchen. Eine silberne Kette kam zum Vorschein, mit einem Anhänger in Herzform.

»Du bist die beste Mutter der Welt«, erklärte Jule leise. Claudia beugte sich zu ihr hinunter und umarmte sie fest.

»Oh!«, stieß Elisabeth aus und hielt einen knallroten Pulli hoch. »Der ist schön. Und ... so tief ausgeschnitten.«

Jule grinste. »Ich finde, du kannst dich ruhig mal ein bisschen peppiger anziehen.«

Sara hatte das größte Geschenk erhalten. Staunend befreite sie eine lederne Hebammentasche aus dem Papier.

»Die ist der Wahnsinn!«, erklärte sie hingerissen.

Jule strahlte. »Hat alle möglichen Fächer für deinen ganzen Kram.« Sie bekam einen schmatzenden Kuss von Sara.

Elisabeth schenkte allen drei Freundinnen das Gleiche: ein Buch mit dem Titel »Omas Kochrezepte«.

»Nur für den Fall, dass ihr mal ohne mich auskommen müsst«, erklärte sie mit einem kleinen Lächeln.

Claudia, Sara und Jule protestierten heftig, Elisabeth blieb ruhig. »Ich bin gern hier« sagte sie. »Doch vielleicht will ich auch mal ein paar Tage wegfahren. Hin und wieder wird mir eine Luftveränderung guttun. Dann sollt ihr nicht wieder mit Fertiggerichten anfangen.«

»Aber du wirst immer zurückkommen?«, vergewisserte sich Jule.

»Immer«, versprach Elisabeth. »Ihr werdet mich nicht wieder los.«

Daraufhin herrschte eine Weile glückliches Schweigen, bis Sara Claudia einen Gutschein für das Hamburger Opernhaus überreichte. »Damit die Kultur in der Wildnis nicht ganz vor die Hunde geht.« Elisabeth bekam von ihr ein paar warme gefütterte Winterstiefel, und Jules Päckchen war groß und weich. Als sie es öffnete, wurden ihre Augen rund vor Überraschung. Ein reich verziertes altmodisches Kleid aus königsblauem Taft kam zum Vorschein. Das Oberteil war schmal gearbeitet, der Rock bauschte sich weit über den Teppich.

»Es ist ein Barockkleid«, erklärte Sara stolz. »So wie ich dich kenne, wirst du bald an Turnieren im Damensattel teilnehmen, und ich habe mich informiert. Es gibt viele Wettbewerbe in diesen schönen Kostümen.«

Jule nickte und hielt das Kleid ganz fest.

»Claudia lässt dir dazu Stiefel anpassen.«

»Und einen Zylinder«, fügte Claudia bescheiden hinzu. Für Sara hatte sie einen Gutschein für den besten Friseur in Stade besorgt, Elisabeth bekam von ihr einen Konzertmitschnitt von Scott McKenzie auf CD. Schließlich holte sie ihr wichtigstes Geschenk. Drei kleine Päckchen. Ihre Freundinnen öffneten sie und betrachteten die Cremetiegel mit leichtem Misstrauen.

»Ich schwöre, sie funktioniert«, erklärte Claudia fest. »Ich habe sie selbst getestet.«

»Wunderbar«, murmelte Elisabeth und ließ ihren Tiegel

möglichst unauffällig unter dem roten Pulli verschwinden. Sara hatte es plötzlich eilig, Sekt nachzugießen, und Jule beschäftigte sich angelegentlich mit ihrem wunderschönen Kleid. Claudia musste grinsen. Es sah ganz danach aus, als müsste sie noch einige Überzeugungsarbeit leisten.

Frieden senkte sich über die vier Frauen in der guten Stube. Die Kerzen flackerten leicht, der Tannenbaum verströmte seinen harzigen Duft.

Alle schraken zusammen, als plötzlich laut gegen die Eingangstür gehämmert wurde. Drei von ihnen spürten einen Stich im Herzen. Drüben in der Küche ließ Django ein alarmiertes Bellen erklingen.

Sara rappelte sich auf. »Ich gehe schon. Vielleicht kommt ja doch noch ein Jesuskind zur Welt.«

Als sie zurückkehrte, stand unglaubliches Staunen in ihrem Gesicht. »Kein Jesuskind, aber dafür Kaspar, Melchior und Balthasar, die drei Weisen aus dem Morgenland. Die sind aber zu früh dran und sehen auch nicht weise aus. Eher bekloppt. Zwei von ihnen sind sternhagelvoll und stinken wie ein umgekipptes Rumfass. Und statt Gold, Weihrauch und Myrrhe haben sie ein Nudelsieb, einen Holzlöffel und einen Knüppel dabei.«

Erschöpft fiel sie zurück auf den Teppich und brach in schallendes Gelächter aus.

Elisabeth, Claudia und Jule blieben stumm.

In der Stube erschienen nacheinander Leo mit einem Holzlöffel in der Hand, Christian mit einem Nudelsieb auf dem Kopf und Johann, der tatsächlich einen dicken Ast über der Schulter trug. Von einem Apfelbaum abgesäbelt, vermutete Claudia. Als er ihren Blick bemerkte, stellte er ihn schnell ab.

Leo und Christian säuselten: »Fröhliche Weihnachten«,

stießen dabei rumgeschwängerte Atemwolken aus und sanken neben Sara und Jule zu Boden. Johann blieb stehen und schwieg.

Claudia verkrampfte sich.

»Wir wollten mit euch feiern«, erklärte Christian seiner Exfrau. »Aber wir hatten ein bisschen Angst vor euch. Deshalb sind wir erst zu Johann, und der hat uns einen leckeren Rumgrog eingeschenkt.«

»Wenigstens kannst du noch klar reden«, gab Sara streng zurück, doch ihre Augen strahlten.

»Ja, wir brauchten nur ein bisschen Mut, um die Bastion der eisernen Frauen zu erobern.«

»Und ihr habt interessante Waffen dabei.«

Verwirrt nahm Christian das Nudelsieb vom Kopf und betrachtete es ausgiebig. »Tja.«

»Und was ist mit Liliane Petersen?«

»Wer?« Dann dämmerte ihm, wen Sara meinte. »Die interessiert mich nicht. Ich liebe nur dich.«

»Dummkopf.«

»Aber ein lieber.« Er nahm sie fest in die Arme.

Claudia schaute zu Elisabeth. Sie betrachtete das Leben um sie herum und lächelte leicht.

»Du hast es gewusst«, sagte Claudia. »Deshalb hast du zwei Gänsebraten vorbereitet.«

Elisabeth nickte, ihr Lächeln vertiefte sich.

»Jule, meine Jule«, säuselte Leo.

»Hast du sie noch alle? Wer von euch hat Johann eingeredet, er müsse einen Ast mitnehmen?«

»Das war er selbst, Jule, meine Jule. Er meinte, zur Not muss er mir oder Christian damit eins überbraten.«

»Kluger Mann.«

Leo schwankte im Sitzen hin und her, seine Augenlider

flackerten. »Niemand kann mich von dir fernhalten, o Jule, meine Jule.«

»Hörst du jetzt bitte mal mit dem Scheiß auf? Und wehe, du kotzt auf mein neues Barockkleid.«

Leo grinste, dann sank sein Kopf in Jules Schoß. Sie sah auf ihn hinunter und strich ihm sanft durchs Haar.

»Blödmann«, sagte sie liebevoll.

Auf einmal stand Johann vor Claudias Sessel und streckte seine große Hand nach ihr aus. Sie zögerte. Es gab viel zu klären zwischen ihnen. Sie mussten reden, versuchen, einander besser zu verstehen. Ihr Herz brauchte Zeit, um zu heilen.

Dann verdrängte sie alle Gedanken, ergriff die Hand und ließ sich hochziehen. Er hielt sie fest, bis sie in der Diele standen. Dort half er ihr in die Jacke und nahm sie mit nach draußen, über den Hof, in den Apfelgarten. Endlich blieb er stehen. Dunkelheit lag über dem Land, und sie konnte seine Augen nicht sehen. Aber sie wusste: Da war nichts Kaltes mehr in seinem Blick.

Aus der Tasche zog er einen Wintergjockenapfel und reichte ihn ihr.

»Er hat dich hergebracht«, sagte er schlicht.

Es war das schönste Geschenk, das sie je bekommen hatte, und sie wollte hineinbeißen, wollte endlich das Glück schmecken. Aber Johann nahm ihr den Apfel wieder aus der Hand und zog sie an sich.

»Später«, raunte er.

Sein Kuss war sanft, und sie spürte ihn in ihrem Innersten. Es war der Kuss einer Weihnachtsnacht.

Lange standen sie engumschlungen in der Kälte. Als Johann seine Lippen von ihrem Mund löste, sagte sie leise: »Mach dir bloß keine falschen Hoffnungen.«

Er versteifte sich, hielt sie ein Stück von sich weg.

»Was soll das heißen?«

Claudia versuchte, ernst zu bleiben, aber sie konnte ein Lächeln nicht unterdrücken. »Du bekommst mich, aber nicht den Apfelgarten.«

»Verliebte sollten alles miteinander teilen«, erwiderte er und lächelte ebenfalls.

»Fast alles«, erklärte sie fest. »Und jetzt küss mich wieder, mir wird kalt.«

Er tat wie geheißen und dachte bei sich, dass diese Frau wirklich eine sture Altländerin war.

## Der Duft, aus dem die Träume sind

Brigitte Janson

**DER VERBOTENE DUFT**

Historischer Roman

ISBN 978-3-548-28431-6
www.ullstein-buchverlage.de

Hamburg 1840: Die junge Parfumeurin Clara versetzt die ganze Hansestadt in Aufregung. Sie hat einen Duft entwickelt, von dem es heißt, dass er jede Frau unwiderstehlich macht, sofern es ihr gelingt, eine halbe Träne beizumischen. Die feinen Bürgerinnen stehen bei ihr Schlange – doch nicht jeder gönnt Clara den Erfolg. Schon bald muss sie um ihr Geschäft bangen. Und um ihr Herz, denn genau wie ihre Kundinnen träumt Clara von der großen Liebe. Doch ihre Jugendliebe Paul ist seit Jahren verschwunden. Wird Clara ihn jemals wiedersehen?

ullstein

# Tessa Hennig
## Elli gibt den Löffel ab

Roman
ISBN 978-3-548- 60967-6

Ein unerwarteter Brief aus Italien stellt Ellis Leben völlig auf den Kopf: Die liebenswerte 60-Jährige hat eine kleine Pension auf der Ferieninsel Capri geerbt. Als ihr museumsreifer VW-Käfer auf dem Weg in den Süden schlappmacht, bekommt sie ausgerechnet Hilfe von Aussteiger Heinz, der Elli in seinem klapprigen Wohnmobil nach Capri bringt. Aber dort wartet eine unangenehme Überraschung auf sie: Ellis ältere Schwester Dorothea hat es ebenfalls auf das Erbe abgesehen. Ein Schwesternstreit entbrennt, bei dem es nicht nur um die Pension, sondern natürlich auch um Männer geht.

www.list-taschenbuch.de

List

Pia Ziefle
# SUNA
*Roman*

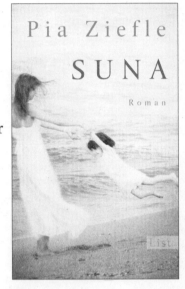

»Der beste Familienroman, den ich dieses Jahr gelesen habe.«
*Angela Wittmann,*
BRIGITTE

ISBN 978-3-548-61165-5

Sie schläft nicht. Nicht im Arm, nicht in der Wiege. Also trägt die junge Mutter Luisa Nacht für Nacht ihr waches Kind durchs Haus und erzählt: von ihrer serbischen Mutter, ihrem türkischen Vater und ihren deutschen Adoptiveltern. Von Liebe, die gefunden wurde und wieder verlorenging. Von der Zeit, als sie erfuhr, dass ihre Eltern nicht ihre leiblichen Eltern sind. Und davon, weshalb sie Suna genannt wird und ihre türkische Familie es für ein Wunder hält, dass es sie gibt.

Auch als ebook erhältlich
e-book

www.list-taschenbuch.de

List